"나에게 앤은 실제 인물이며, 언젠가는 꼭 만날 것이라 믿는다.
해 질 무렵 연인의 오솔길에서 상상에 잠길 때, 달빛 내리는 자작나무 길을 거닐 때
내 곁에 서 있는 앤을 발견할 것이다."

*Lucy Maud
Montgomery*

레드먼드의 앤

뒤늦게 발견되는 소중한 것들은
찾아 헤매온 이들에게만 그 모습을 드러낸다.
오래 기다린 사랑은 운명으로 맺어져,
감춰진 보물에 드리웠던 장막을 걷어내므로.

- 앨프리드 테니슨(영국 시인, 1809-1892)

빨간 머리 앤 전집 3

ANNE OF
THE ISLAND

레드먼드의 앤

루시 모드 몽고메리 | 유보라 그림 | 오수원 옮김

현대
지성

앤을 '더 알고 싶어 하는'
전 세계 모든 소녀에게

주요 등장인물

앤 셜리

퀸스 전문학교를 졸업하고 에이번리 학교에서 학생들을 가르치던 앤은 레드먼드 대학에 진학해서 꿈을 키워나간다. 친구들과 우정을 나누며 다양한 사람들을 만나 새로운 경험을 하면서 삶을 바라보는 시야가 넓어지고 인격은 점점 성숙해간다. 길버트를 비롯해 여러 남자에게 청혼을 받지만 모두 거절한다.

길버트 블라이드

앤의 어린 시절 친구로 앤과 함께 레드먼드 대학에 진학해서 우수한 성적을 거둔다. 앤에게 처음 마음을 고백했을 때는 거절당했으나 병에 걸려 사경을 헤매다 완쾌한 뒤 앤에게 다시 청혼한다.

필리파 고든

앤이 레드먼드 대학에서 만난 친구다. 아름답고 똑똑하지만 장난기가 많고 엉뚱하다. 노바스코샤 상류층 가문의 딸이며 대학에 입학하자마자 사교계를 주름잡는다.

로열(로이) 가드너

부유하고 유서 깊은 가문 출신으로 키가 크고 잘생겼으며 여러모로 앤의 이상형에 가까운 청년이다. 우연한 계기로 만난 뒤부터 앤과 교제한다.

프리실라 그랜트

앤이 퀸스 전문학교에서 사귄 친구로 유명 작가인 모건 부인의 조카다. 앤과 같은 하숙집에서 지내다가 패티의 집에서 함께 살며 즐거운 추억을 쌓아간다.

스텔라 메이너드

퀸스 전문학교를 졸업한 뒤 교사로 일하다가 레드먼드 대학에 진학한다. 앤과 친구들이 패티의 집에서 함께 살게 된 계기를 마련해준 장본인이다.

다이애나 배리

어린 시절부터 앤의 단짝 친구였으며 앤을 한결같이 사랑하고 도와준다. 앤이 쓴 소설의 열성 독자이기도 하다. 프레드 라이트와 결혼하고 아들을 낳는다.

루비 길리스

어린 시절에 앤과 자주 어울려 놀던 친구다. 외모가 빼어나고 이성에 관심이 많다. 퀸스 전문학교를 졸업하고 교사로 일하다가 폐결핵으로 세상을 떠난다.

찰리 슬론

에이번리 출신으로 앤과 레드먼드 대학을 함께 다닌다. 어렸을 때부터 앤에게 관심이 있었고, 어느 날 앤의 하숙집에 찾아와 청혼하지만 거절당한다.

차례

1장 --- 변화의 그림자 • *11*

2장 --- 가을의 화환 • *25*

3장 --- 만남과 작별 • *36*

4장 --- 4월의 숙녀 • *45*

5장 --- 집에서 온 편지 • *64*

6장 --- 공원에서 • *76*

7장 --- 귀향 • *86*

8장 --- 앤, 처음으로 청혼을 받다 • *99*

9장 --- 달갑잖은 연인과 반가운 친구 • *107*

10장 --- 패티의 집 • *119*

11장 --- 인생의 변화 • *130*

12장 --- 에이버릴의 속죄 • *143*

13장 --- 배신자의 길 • *155*

14장 --- 하늘로 떠난 친구 • *170*

15장 --- 망가진 꿈 • *182*

16장 --- 새로운 인연 • *189*

17장 --- 데이비의 편지 • *204*

18장 --- 조지핀 할머니, 앤을 잊지 않다 • *210*

19장 --- 막간극 • *219*

20장 --- 길버트의 고백 • *225*

21장 --- 어제의 장미 • *233*

22장 --- 봄도, 앤도 초록지붕집으로 돌아오다 • *240*

23장 --- 바위 사람들을 찾지 못한 폴 • *247*

24장 --- 조너스의 등장 • *253*

25장 --- 멋진 왕자가 나타나다 • *262*

26장 --- 크리스틴의 등장 • *272*

27장 --- 서로를 향한 신뢰 • *278*

28장 --- 6월 어느 날 저녁 • *286*

29장 --- 다이애나의 결혼식 • *293*

30장 --- 스키너 부인의 로맨스 • *300*

31장 --- 앤이 필리파에게 • *305*

32장 --- 더글러스 부인과 차를 마시다 • *310*

33장 --- 단지 찾아오기만 했던 사람 • *318*

34장 --- 존 더글러스, 마침내 청혼하다 • *324*

35장 --- 레드먼드에서 보내는 마지막 해 • *332*

36장 --- 가드너 가족의 방문 • *343*

37장 --- 어엿한 대학 졸업생 • *352*

38장 --- 헛된 기대 • *360*

39장 --- 결혼이라는 것 • *369*

40장 --- 묵시록 • *380*

41장 --- 사랑은 시간의 잔을 집어 들고 • *387*

작품 속 주요 식물 • *399*

사진 출처 • *407*

일러두기

1. 각주는 독자의 이해를 돕기 위해 역자가 단 것이다.
2. 어린아이의 말투나 글처럼 저자가 일부러 문법에 맞지 않는 단어 혹은 문장을 쓴 부분은 우리 문화에 걸맞은 표현으로 변형해서 옮겼다.
3. 성경에 있는 표현을 옮길 때는 우리말 역본 중 개역개정판을 기준으로 삼았고, 다른 역본을 사용할 경우 출처를 밝혔다.

1장

—

변화의 그림자

"여름도 지나고 추수도 끝났건만."*

앤 셜리는 추수가 끝난 들판을 꿈꾸듯 바라보며 되뇌었다. 다이애나 배리와 함께 초록지붕집 과수원에서 사과를 따다가 잠시 일손을 멈추고 양지바른 곳에서 쉬던 참이었다. 솜털 같은 엉겅퀴 씨앗 무리가 바람 날개에 실려 둥실둥실 흩날렸다. 유령의 숲에서 불어온 바람은 고사리의 향내를 머금고 있었다. 숨을 들이쉬면 아직은 달콤한 여름 내음이 느껴졌다.

하지만 두 사람을 둘러싼 풍경 속의 온갖 것들은 가을을 알리고 있었다. 바다는 멀리서 허허롭게 으르렁댔으며, 휑하니 헐벗고 시든 들판은 미역취로 덮여 있었다. 초록지붕집 아래쪽 계곡

---

* 구약성경(공동번역) 예레미야 8장 20절에 나온 표현

의 시냇가에서는 연보랏빛 과꽃이 물결치듯 넘실거렸고 반짝이는 호수는 더할 나위 없이 푸르렀다. 끊임없이 살아 움직이는 봄의 파릇한 빛이나 어슴푸레하게 옅은 여름의 하늘빛과 달리, 이 푸른빛은 맑고 고요하며 한결같았다. 호수는 갖가지 감정과 곤두선 기분을 다 지나치고 마침내 변덕스러운 꿈에 휘둘리지 않는 고요 속에 둥지를 튼 것 같았다.

"끝내주는 여름이었어. 뭐니 뭐니 해도 라벤더 아주머니와 어빙 씨의 결혼식이 압권이었지. 어빙 씨 부부는 지금쯤 태평양 연안에 있으려나?"

다이애나가 왼손에 낀 새 반지를 만지작거리며 미소 지었다. 그러나 앤은 가만히 한숨을 쉬었다.

"두 분이 떠난 뒤로 지구가 한 바퀴 돌아가고도 남을 만큼 오랜 시간이 흐른 것 같아. 고작 일주일밖에 지나지 않았다니 믿을 수 없어. 모든 게 변해버렸잖아. 라벤더 아주머니도 떠나셨고 앨런 목사님 부부도…. 목사관 덧문이 모조리 잠겨 있는 걸 보니까 얼마나 쓸쓸한지 몰라. 어젯밤 거길 지나는데 그곳에 살던 사람이 다 죽기라도 한 것처럼 쓸쓸했어."

"앨런 목사님같이 좋은 분을 다시 만나긴 힘들 거야. 올겨울에 목사님을 대신할 후보들이 오겠지만 아마도 설교를 듣지 못하는 주일이 절반은 되겠지. 게다가 너하고 길버트도 가버릴 거잖아. 아, 정말 재미없고 지루할 거야."

우울해하는 다이애나를 보고 앤은 짓궂게 놀렸다.

"그래도 프레드는 여기 있잖아."

다이애나가 앤의 말을 못 들은 척하며 물었다.

"린드 아주머니 이사는 언제니?"

"내일이야. 린드 아주머니가 오셔서 기뻐. 그 일도 또 하나의 변화겠지? 마릴라 아주머니하고 손님방을 싹 치웠어. 정말 하기 싫더라. 물론 철없는 생각이지. 하지만 아주머니랑 나랑 꼭 신성모독이라도 저지르는 것 같았지 뭐야. 그 낡은 손님방은 내게 성지 같은 곳이었거든. 어렸을 때 난 그곳을 세상에서 가장 멋진 방이라고 생각했어. 너도 기억하겠지만 난 어느 집에 가든 손님방 침대에 누워 잠들 날이 오길 간절히 바랐잖아. 초록지붕 집 그 손님방만 빼고. 아, 정말 그 방에서만큼은 자기 싫어! 너무 무서워서 한숨도 못 잘 게 뻔해. 마릴라 아주머니가 손님방에 심부름을 보냈을 땐 그곳을 제대로 걸어 다니지도 못했어. 교회에 들어선 것처럼 숨죽인 채 발끝으로 살금살금 방바닥을 내디뎠지. 방에서 나오고 나서야 겨우 숨을 돌렸다니까. 방에 걸린 거울 양쪽에는 조지 휫필드*하고 웰링턴 공작**의 초상화가 있었는데, 내가 들어갈 때마다 얼굴을 찌푸리면서 매섭게 쏘아보는 거야. 특히 용기를 내서 거울에 살짝이라도 눈길을 주면 더 그랬어. 우리 집에서 얼굴을 비췄을 때 일그러지지 않고 제대로 보이는 거울은 그거 하나였거든. 마릴라 아주머니는 어떻게 그

---

* 조지 휫필드(1714-1770)는 영국의 신학자이자 설교자다. 18세기에 감리교 제창자인 영국의 존 웨슬리와 대각성운동을 주도했으며, 개혁주의적 감리교 신학을 주장하고 기틀을 다졌다.
** 제1대 웰링턴 공작 아서 웰즐리(1769-1852)는 아일랜드의 더블린에서 태어나 영국군 총사령관을 거쳐 총리를 지낸 군인이자 정치가다. 나폴레옹전쟁 때 활약해서 명성을 얻었다.

방을 청소할 엄두가 나셨나 몰라. 난 손도 못 대겠던데. 하지만 지금은 청소는 물론이고 안을 텅텅 비우기까지 했잖아. 조지 휫필드하고 웰링턴 공작도 2층 복도로 쫓겨났고. 세상의 영광도 결국 이렇게 지나가는 거지, 뭐."

앤은 명랑하게 말했지만 웃음 속에는 아쉬움의 흔적이 남아 있었다. 예전에 성지라고 여겼던 곳이 훼손된 걸 보면서 마냥 즐거워할 수는 없었다. 비록 그곳을 성지라고 생각할 만한 나이를 훌쩍 넘겼다 해도 마찬가지다.

"네가 가버리면 난 정말 외로울 거야. 그것도 바로 다음 주에 떠난다고 생각하면!"

다이애나가 벌써 백 번은 되풀이한 넋두리를 늘어놓는데도 앤은 한결같이 밝게 대답했다.

"우린 아직 함께 있어. 다음 주에 일어날 일 때문에 이번 주의 기쁨을 빼앗겨서는 안 돼. 떠난다고 생각하면 나도 참 속상해. 초록지붕집과 난 정말 사이좋은 친구잖아. 외롭다고 그랬지? 진짜 슬퍼해야 할 사람은 바로 나야. 그래도 넌 오랜 친구들하고 여기 있잖아. 게, 다, 가, 네 곁엔 프레드도 있어. 하지만 난 낯선 사람들 틈에서 외톨이가 되겠지!"

앤의 짓궂은 말투를 흉내 내며 다이애나가 대꾸했다.

"길버트는 왜 빼니? 게, 다, 가, 찰리 슬론도 있잖아."

"맞아. 찰리 슬론에게 엄청난 위로를 받겠지."

앤이 장난스레 인정하며 빈정대자 둘은 입가에 가득 물었던 웃음을 한꺼번에 터뜨렸다. 다이애나는 앤이 찰리 슬론을 어떻게 생각하는지 똑똑히 알고 있었다. 하지만 이런저런 비밀을 터놓는 사이인데도 길버트 블라이드를 향한 앤의 마음은 알 길이 없었다. 사실 앤 자신도 모르는 일이었다.

앤이 말을 이어갔다.

"남자애들은 킹즈포트 변두리에서 하숙할 것 같아. 난 레드먼드에 가게 돼서 기뻐. 아마 어느 정도 시간이 지나면 거길 좋아하게 되겠지? 하지만 처음 몇 주는 그러지 못할 거야. 퀸스 전문학교에 다닐 때처럼 주말에 집으로 돌아가기만을 고대하면서 마음을 달랠 수도 없잖아. 크리스마스에나 올 텐데, 천 년보다 더 아득하게 느껴진다니까."

"모든 게 변하고 있어. 아니면 앞으로 변해가겠지. 앤, 모든 게 전과 같지 않을 거라는 느낌이 들어."

다이애나가 서글프게 말하자 앤은 생각에 잠겼다.

"우린 갈림길에 다다른 거야. 어차피 여기로 올 수밖에 없었던 거라고. 있잖아, 다이애나. 어른이 된다는 건 우리가 어렸을 때 상상했던 것만큼 멋진 일일까?"

"모르겠어. 좋은 점이 아예 없진 않지만 당황스러운 점도 아주 많아. 가끔씩 어른이 되는 게 이유 없이 무서워지기도 해. 그럴 때마다 어린아이로 돌아갈 수만 있다면 뭐든지 내줄 수 있을 것 같다는 생각이 들어."

살짝 미소 띤 얼굴로 반지를 다시 어루만지며 다이애나가 대답했다. 앤은 이 미소를 볼 때마다 자기는 아무런 경험도 쌓지 못한 채 뒤처진다는 느낌을 받곤 했다.

앤이 쾌활하게 말했다.

"머지않아 어른이 되는 일에 익숙해질 거야. 예상치 못했던 일도 점점 줄어들 테고…. 뭐, 난 예상 밖의 일이 인생에 양념을 쳐준다고 생각해. 다이애나, 우린 지금 열여덟 살이야. 앞으로 두 해만 지나면 스무 살이 돼. 열 살 땐 스무 살이 굉장히 많은 나이라고 생각했잖아. 넌 머지않아 부지런한 중년 주부가 될 거고, 난 멋들어진 노처녀 앤 이모가 되어 휴가 때마다 널 만나러 갈 거야. 네 집에 내가 머물 만한 귀퉁이 하나쯤은 비워둘 거지? 손님방은 사양할게. 노처녀가 감히 손님방을 욕심내서야 되겠니? 난 유라이어 히프•처럼 얌전히 지낼 수 있으니 현관 위 다락방이나 응접실과 떨어진 작은 방이면 충분해."

다이애나가 웃어넘겼다.

"앤, 무슨 말도 안 되는 소리야. 넌 아주 멋지고 잘생기고 돈도 많은 사람하고 결혼할 거야. 에이번리에서 가장 화려한 손님방을 보여줘도 아무런 감흥도 없을걸? 어렸을 때 사귄 친구들한테는 콧대를 높이 세우겠지."

앤은 자신의 오뚝한 코를 쓰다듬었다.

"그건 좀 유감이겠네. 내 코가 꽤 예쁜 편이라고 해도 콧대를 높이 세우다 보면 코 모양이 망가질 게 뻔하니까. 나한테는 예쁜 구석이 별로 없으니 내가 가진 몇 없는 자랑거리가 망가지도록 내버려둘 순 없지. 그러니까 다이애나, 설령 내가 식인종 섬을 다스리는 왕과 결혼하더라도•• 너한테는 절대 콧대를 세우지

• 영국 작가 찰스 디킨스(1812-1870)의 소설 『데이비드 코퍼필드』의 등장인물로 겸손한 척하지만 교활한 사무원이다.
•• 영국 작가 로버트 밸런타인(1825-1894)의 소설 『산호섬』의 내용을 언급했다.

않겠다고 미리 약속해둘게."

두 사람은 한 번 더 즐거운 웃음을 터뜨리고 헤어졌다. 다이애나는 비탈길 과수원집으로 돌아갔고 앤은 우체국으로 향했다. 편지 한 통이 앤을 기다리고 있었다. 반짝이는 호수 위를 가로지르는 다리에서 길버트 블라이드가 자신을 앞질렀을 때 앤은 편지 때문에 흥분해서 잔뜩 상기된 얼굴로 소리쳤다.

"프리실라 그랜트도 레드먼드로 간대. 정말 잘됐지? 프리실라는 가고 싶어 했는데 아빠가 정말 자기를 보내줄지 몰랐대. 그런데 허락이 떨어져서 나랑 같이 하숙하기로 했어. 깃발을 든 군대가 쳐들어와도, 아니 레드먼드의 교수들이 한데 뭉쳐서 들이닥친다 해도 프리실라 같은 친구가 옆에 있다면 자신 있게 맞설 수 있을 것 같아."

"우린 킹즈포트를 좋아하게 될 거야. 근사하고 고풍스러운 도시라고 들었어. 세계에서 가장 멋진 자연공원도 있는데 경치가 놀랄 만큼 빼어나대."

"그곳이 에이번리보다 아름다울까? 세상에 과연 그런 곳이 존재할 수 있을까? 난 잘 모르겠어."

앤은 길버트의 말이 끝나자마자 이렇게 중얼거리면서 애정이 가득한 눈으로 주위를 둘러보며 황홀감에 젖었다. 낯선 도시의 별 아래 아무리 아름다운 땅이 펼쳐져 있더라도 세상에서 가장 멋진 곳은 늘 '고향'이라고 굳게 믿는 눈빛이었다.

두 사람은 연못의 오래된 다리에 몸을 기댄 채 매혹적인 황혼의 빛을 깊이 들이마셨다. 일레인이 강물을 타고 캐멀롯으로 떠내려가는 장면을 친구들과 재현하던 날, 앤이 물속으로 가라앉는 배에서 탈출했던 바로 그 장소였다. 아직 서쪽 하늘은 고운 자줏빛 노을로 물들어 있었지만 달이 떠오르자 연못은 황홀한 은빛 꿈처럼 빛났다. 옛 추억은 두 젊은이에게 미묘하고도 달콤한 주문을 걸었다. 길버트가 마침내 입을 열었다.

"앤, 오늘따라 참 조용하네."

"일부러 소리 내거나 움직이지 않는 거야. 침묵이 깨지면 이 놀라운 아름다움이 사라질까 봐 무섭거든."

앤이 나직이 읊조리자 어느 순간 길버트가 다리 난간을 짚은 앤의 희고 가냘픈 손에 자기 손을 포갰다. 그의 담갈색 눈동자는 더 깊고 그윽해졌다. 아직 소년티가 나는 입술을 열어 영혼을 두근거리게 하는 꿈과 희망을 이야기하려는 듯했다. 하지만 앤은 손을 급히 뺀 뒤 재빨리 몸을 돌렸다. 황혼 녘이 앤에게 걸었던 주문이 풀리는 순간이었다. 앤은 왠지 모르게 어색하고 과장된 목소리로 외쳤다.

"집에 가야 해. 오후에 마릴라 아주머니의 두통이 도졌고 지금쯤이면 쌍둥이가 집을 난장판으로 만들어놨을 거야. 이렇게 오래 집을 비우지 말았어야 했어."

앤은 별것도 아닌 이야기를 쉴 새 없이 떠들어댔다. 두 사람이 초록지붕집 오솔길까지 걸어가는 내내 길버트는 한 마디 끼어들 틈을 찾을 수 없었다.

길버트와 헤어지자 앤은 오히려 마음이 놓였다. 얼마 전 메아리 오두막 앞뜰에서 자신의 감정을 깨달은 순간, 앤의 마음속에서 길버트는 전에 없이 비밀스러운 존재로 자리 잡았다. 알 수 없는 무언가가 침입해서 학창 시절 완벽했던 우정을 망치려고

위협하는 중이었다.

"길버트가 가는 걸 보고 마음이 놓인 적은 없었는데…. 이런 말도 안 되는 짓을 길버트가 계속한다면 우리 우정은 깨져버릴 거야. 그렇게는 안 돼. 보고만 있을 순 없지. 아, 남자애들은 어쩜 이리도 분별력이 없는 걸까!"

앤은 홀로 오솔길을 걸으면서 생각했다. 감정의 절반은 억울함이, 나머지 절반은 슬픔이 차지했다. 앤은 자신도 엄밀한 의미에서 분별력이 없는 것은 아닌가 싶어 불안해졌다. 길버트의 손이 닿았던 짧은 순간의 온기가 아직도 느껴졌기 때문이다. 그 감촉이 불쾌함과는 거리가 멀었기 때문에 이 상황이 더욱 터무니없이 느껴졌다. 사흘 전 밤 화이트샌즈 파티에서 찰리 슬론이 비슷한 행동을 했을 때 느꼈던 감정과 전혀 달랐다. 춤추는 사람들을 바라보며 앉아 있을 때였다. 앤은 그날의 불쾌한 기억이 떠오르자 몸서리를 쳤다. 하지만 감상과 동떨어진 분위기의 소박한 초록지붕집 부엌에 들어서자마자 혼란스러운 감정은 앤의 마음에서 자취를 감췄다. 여덟 살짜리 남자아이가 소파에 앉아 서럽게 울고 있었기 때문이다.

"데이비, 왜 그러니? 마릴라 아주머니랑 도라는 어디 있어?"

앤이 두 팔로 안아주었지만 데이비는 계속 흐느꼈다.

"마릴라 아줌마는 도라를 재우고 있어. 도라가 지하실 계단에서 거꾸로 넘어져 코가 다 까졌고, 그래서…."

"저런! 괜찮을 거니까 울지 마. 물론 도라가 걱정되겠지. 하지만 네가 운다고 도라가 낫진 않아. 내일이 되면 도라도 멀쩡해질 거야. 데이비, 우는 건 아무 소용 없어. 그리고…."

"난 도라가 지하실 계단에서 넘어진 것 때문에 우는 게 아냐. 하필 내가 거기 없어서 도라가 떨어지는 걸 못 봤거든. 억울해서 우는 거야. 난 재미있는 구경을 만날 놓쳐버린다니까."

따뜻한 위로의 말을 뚝 자르며 하소연하는 데이비 때문에 앤은 웃음이 터지려고 했지만 억지로 꾹꾹 눌렀다.

"어머, 데이비! 넌 가엾은 도라가 넘어져서 다치는 장면을 보는 게 재미있다는 거니?"

앤이 웃음을 겨우 삼켰을 때 데이비가 반항하듯 말했다.

"그렇게 많이 다친 건 아니야. 물론 난 도라가 죽으면 정말 슬플 거야. 하지만 우리 키스네 사람들은 그렇게 쉽게 죽지 않아. 블루잇네 가족도 그런 것 같아. 저번 수요일에 허브 블루잇이 건초 보관함에서 미끄러져서 순무를 운반하는 통로를 타고 마구간 칸막이로 떨어졌거든. 마구간에 아주 사나운 말이 있었는데 그 말발굽 아래로 구른 거야. 그런데도 그 애는 살아 나왔어. 뼈가 세 대밖에 안 부러졌다니, 정말 신기하지? 린드 아줌마가 그러는데 고기 써는 도끼로 내리쳐도 죽지 않는 사람들이 있대. 앤 누나, 린드 아줌마는 내일 이사 오는 거야?"

"그래. 그러니까 린드 아주머니한테는 항상 예의 바르고 착하게 행동해야 해."

"그렇게 할게. 그럼 이제 아줌마가 밤에 날 재우는 거야?"

"그럴 수도 있겠지. 그건 왜?"

데이비는 단호한 표정을 지었다.

"그러면 난 누나 앞에서처럼 기도하지 않을 거야."

"왜 안 할 건데?"

"안 친한 사람들 앞에서 하느님하고 얘기하는 건 별로 좋지 않을 것 같으니까. 도라는 린드 아줌마랑 있을 때 기도해도 돼. 하고 싶으면 하라지. 하지만 난 안 해. 아줌마가 나갈 때까지 기다렸다가 그다음에 기도할래. 누나, 그래도 괜찮지?"

"그래. 네가 잊어버리지 않고 기도하겠다면 그래도 돼."

"응, 난 잊지 않을 거야. 내기해도 좋아. 기도하는 건 굉장히 재미있어. 하지만 혼자 기도하는 건 누나 앞에서 하는 것만큼 재밌지 않아. 아, 누나가 계속 집에 있었으면 좋겠다. 누나가 왜 우릴 두고 딴 데로 가려는 건지 모르겠어."

"가고 싶어서가 아냐. 꼭 가야 해서 그래."

"가고 싶지 않으면 안 가도 되잖아. 누난 어른이니까. 나는 어른이 되면 하기 싫은 건 절대 안 할 거야."

"데이비, 너도 살다 보면 하기 싫은 일도 어쩔 수 없이 해야 한다는 사실을 알게 될 거야."

데이비가 딱 잘라 말했다.

"난 안 할 거야. 절대 안 해! 물론 지금은 하기 싫은 일도 해야 해. 안 그러면 누나하고 마릴라 아줌마가 날 침대로 보내버리니까. 하지만 내가 어른이 되면 그러지 못할 거잖아. 나한테 뭘 하지 말라고 할 사람도 없을 거야. 그럴 때가 오겠지! 앤 누나, 있잖아. 밀티 볼터가 그러는데 걔네 엄마 말로는 누난 남자를 잘 만나기 위해서 대학에 가는 거래. 정말이야? 궁금해."

앤은 잠시 화가 치밀어 올랐지만 곧바로 웃어버렸다. 볼터 부인의 무례하고 천박한 생각과 말 때문에 스스로 상처를 주면 안 된다고 생각한 것이다.

"아니야, 데이비. 절대 그런 거 아냐. 난 공부도 하고 더 성장하고 여러 가지를 배우려는 거야."

"어떤 거?"

앤이 이렇게 읊었다.

신발과 배와 밀랍
그리고 양배추와 임금님*

"누나는 남자를 만나고 싶으면 어떻게 할 건데? 나 궁금해."

무척 흥미 있는 주제였던지 데이비가 고집을 부렸다.

"불터 아주머니한테 물어보면 되겠네. 그런 일이 어떻게 벌어지는지는 아주머니가 나보다 잘 아실 테니까."

"다음에 만나면 물어볼게."

앤은 별생각 없이 대꾸했지만 데이비는 진지했다.

"데이비, 그러지 마!"

"하지만 방금 누나가 나보고 물어보랬잖아."

앤이 자신의 실수를 깨닫고 소리치자 데이비가 억울해하며 볼멘소리를 했다. 곤란해진 앤이 엄하게 말했다.

"이제 잘 시간이야."

데이비가 잠자리에 들자 앤은 빅토리아섬으로 걸어 내려가서 섬세하게 자아낸 달빛이 어둠을 둘러싼 그곳에 앉았다. 시내와

---

* 영국 작가 루이스 캐럴(1832-1898)의 소설 『거울 나라의 앨리스』에서 바다코끼리가 읊은 시의 한 구절을 인용했다.

바람이 어우러져 웃음소리를 냈다. 앤은 이 시냇물이 좋았다. 지난날 반짝이는 물을 보며 수많은 꿈을 실처럼 자아내곤 했다. 이제 앤은 젊은이의 애타는 사랑, 심술궂은 이웃의 험담 그리고 소녀의 고민을 다 잊었다. 대신 상상 속에서 저 멀리 '황량한 요정 나라'의 반짝이는 해변을 씻어 내리는 이야기의 바다를 항해했다. 그곳에서는 잃어버린 아틀란티스와 그리스신화 속 낙원이 펼쳐졌다. 앤은 저녁별의 안내를 받아 마음이 그리는 세계로 나아갔다. 현실보다 꿈속에서 더욱 풍요로웠다. "보이는 것은 잠시뿐이지만 보이지 않는 것은 영원하기 때문"*이다.

---

* 신약성경(공동번역) 고린도후서 4장 18절에 나온 표현

2장

—

가을의 화환

그다음 주는 쏜살같이 지나갔다. 앤이 이름 붙인 '마지막 정리'는 좀처럼 끝나지 않았다. 앤은 작별 인사를 하러 여러 곳을 방문했고 때로는 찾아온 사람들을 맞이하기도 했다. 누구를 만나느냐에 따라 유쾌하기도 했고 때로는 씁쓸해지기도 한 시간이었다. 앤이 품은 희망에 대해 진심으로 공감하는 사람도 있었지만, 대학에 간다는 이유로 우쭐해한다면서 앤의 콧대를 꺾어놓으려 애쓰는 사람들도 있었다.

에이번리 마을 개선협회는 어느 날 저녁 조시 파이의 집에서 앤과 길버트를 위해 송별회를 열었다. 공간이 넉넉해서 파티를 열기에 적합하기도 했지만, 장소를 제공하겠다는 제안을 거절하면 파이 자매가 송별회에 참석하지 않을 수도 있기 때문이었다. 짧지만 유쾌한 시간이었다. 파이 자매는 예의 바르게 행동했고 평소와 다르게 분위기를 망치는 말이나 행동을 하지 않으려 애썼다. 심지어 조시는 겸손한 자세로 앤을 칭찬하면서 전에 없이 다정하게 굴었다.

"앤, 새 드레스가 너한테 꽤나 잘 어울린다. 빈말 아니야. 그걸 입으니까 너도 예뻐 보여."

"그렇게 말해주니 정말 고마운걸."

앤의 눈동자가 즐겁게 춤을 추었다. 앤의 유머 감각은 나날이 발전했으며, 열네 살이었다면 마음이 상했을 법한 말도 이제는 곧잘 웃어넘겼다. 조시는 앤이 장난기 어린 눈으로 자신을 비웃었다고 생각했지만, 아래층으로 내려가 거티에게 "앤 셜리는 대학에 가면 지금보다 훨씬 잘난 척할 거야. 두고 봐!"라고 속삭이는 정도로 만족해야 했다.

옛 친구들이 모두 모였다. 송별회장은 사심 없이 명랑한 웃음과 열정으로 가득했고 다들 젊은이답게 들뜬 모습이었다. 다이애나 배리는 장밋빛 볼에 보조개가 핀 얼굴이 무척 아리따웠는데, 프레드는 그녀에게서 눈을 떼지 않고 그림자처럼 따라다녔다. 제인 앤드루스의 옷매무새는 단정하고 실용적이면서 소박했다. 크림색 실크 블라우스를 입고 금발에 빨간 제라늄을 꽂은 루비 길리스는 누구보다 아름답게 빛났다. 길버트 블라이드와 찰리 슬론은 앤과 가까이 있으려 애썼지만 앤은 최대한 그들을 피해 다녔다. 캐리 슬론은 창백하고 우울해 보였는데, 사람들은 캐리의 아버지가 올리버 킴벌을 집 근처에 얼씬도 못 하도록 막았기 때문이라고 했다. 무디 스퍼전 맥퍼슨의 둥근 얼굴과 볼품없는 귀는 전과 다를 바 없었다. 빌리 앤드루스는 저녁 내내 구석에 앉아 누구의 말에나 키득거리더니, 주근깨투성이의 넓적한 얼굴에 빙긋 미소를 띠며 앤 셜리를 바라봤다.

앤은 송별회가 열린다는 사실을 미리 알고 있었지만, 자기와 길버트가 협회의 설립자 자격으로 찬사와 존경을 담은 송별사를 듣고 선물도 받는다는 것까지는 미처 몰랐다. 이날 앤은 셰익스피어 희곡집을, 길버트는 만년필을 받았다. 무디 스퍼전이 목사처럼 엄숙한 어조로 낭송한 송별사를 듣고 나서 어찌나 감동했던지 앤의 반짝거리는 커다란 회색 눈동자가 눈물에 잠겼다. 에이번리 마을 개선협회를 위해 성심성의껏 일한 노고를 인정받자 앤은 마음이 따뜻해졌다. 모두들 다정하고 친절하며 유쾌하게 대해주었다. 심지어 파이 자매까지도 살갑게 굴었다. 앤은 세상 모든 것이 사랑스럽게 느껴졌다.

앤은 그날 저녁을 마음껏 즐겼지만 마지막 순간에 벌어진 일이 모든 것을 망쳐버렸다. 달빛이 비치는 베란다에서 저녁을 먹을 때 길버트가 또다시 감상적인 말을 꺼낸 것이다. 그래서 앤은 길버트를 혼내주고자 일부러 찰리 슬론에게 친절하게 굴었고 자신을 집까지 바래다주도록 내버려두었다. 하지만 앤은 이 복수로 가장 큰 상처를 받은 사람은 도리어 자신이라는 사실을 깨달았다. 길버트는 대수롭지 않다는 듯 루비 길리스와 같이 걸어갔다. 고요하고 상쾌한 가을 공기 속에서 이들이 즐겁게 웃으며 이야기하는 소리가 앤의 귓가에 들렸다. 두 사람이 더할 나위 없이 좋은 시간을 보내는 동안 앤은 찰리 슬론 때문에 지루해서 죽을 뻔했다. 찰리는 쉴 새 없이 입을 놀렸지만 그중에 들을 가치가 있는 말은 하나도 없었다. 앤은 이따금씩 "응"이나

"아니"라고 건성으로 대답하면서 그날 밤 루비가 얼마나 아름답게 보였는지, 달빛을 받아 낮보다 더 희번덕거리는 찰리의 눈동자가 얼마나 보기 거슬리는지를 생각했다. 세상은 송별회 초반에 착각한 것처럼 멋진 곳이 아니었다.

"너무 피곤했을 뿐이야. 그게 바로 문제였어."

드디어 방에 혼자 있게 되자 앤은 안도의 한숨을 내쉬며 중얼거렸다. 단지 피곤해서 그런 거라고 믿었다. 하지만 다음 날 저녁 길버트가 평소처럼 믿음직하고 빠른 걸음으로 유령의 숲을 지나 낡은 통나무 다리를 건너오는 모습을 보자 아무도 알지 못하는 비밀의 샘에서 보글거리며 물이 솟아나오듯 가슴에서 작은 기쁨이 솟구쳤다. 길버트는 마지막 밤을 루비 길리스와 함께 보내고 싶지 않았던 것이다!

"앤, 너 피곤해 보여."

"피곤한 거 맞아. 그보다 나쁜 사실은 기분도 울적하다는 거야. 온종일 가방을 싸고 바느질을 했으니 피곤한 게 당연하지. 울적한 기분이 든 건 아주머니 여섯 분이 작별 인사를 하러 와서는 하나같이 내 인생의 색을 흐릿하게 만드는 말과 11월의 잿빛 아침처럼 우울하고 침울한 기분을 남겨두고 가서야."

"돼먹지 못한 할망구들 같으니라고!"

길버트의 우아한 논평에 앤이 정색했다.

"어머, 그런 분들은 아니야. 사실 바로 그게 문제야. 못된 사람들이었다면 별로 신경 쓰지 않았을 거야. 모두 엄마처럼 다정하고 친절했어. 날 진심으로 아껴주시지. 나도 그분들이 좋아. 그래서 그분들의 직접적인 이야기나 넌지시 비추는 말이 날 더 무겁게 짓누르는 것 같아. 내가 레드먼드에서 공부하고 학사학위를 받는 걸 미친 짓이라고 생각하신대. 그런 말을 들은 뒤로는 내가 정말 미친 게 아닌지 고민되더라. 슬론 아주머니는 한숨을 내쉬면서 학업을 마칠 때까지 내 체력이 버티길 바란다고 하셨어. 그 말을 듣자마자 3학년을 마칠 때쯤 신경쇠약에 걸려 폐인이 된 내 모습이 보이는 거야. 라이트 아주머니는 레드먼드에서 4년 동안 지내려면 엄청나게 많은 돈이 필요하다고 하셨어. 마릴라 아주머니하고 내가 모은 돈을 헛되이 써버리는 건 용서 못할 일이라고 생각하니까 소름이 돋더라. 벨 아주머니는 내가 대학에 가서 망가지지 않길 바라신대. 사람이 망가지는 경우도 있다고 하셨지. 레드먼드에서 4년을 보내고 나면 내가 뭐든지 다 안다고 뻐기면서 에이번리의 모든 것을 깔보는 밉살맞은 인간이 될 거라는 느낌이 뼛속 깊이 파고들었어. 라이트 아주머니는 '레드먼드 여학생들, 특히 킹즈포트 출신 여학생들은 화려하게 차려입고 거만하게 굴더구나'라고 하시며 그들 사이에서 내가 그리 편하게 지내지는 못할 거래. 그러자 구릿빛 구두를 신고 레드먼드의 고풍스러운 건물을 어색하게 돌아다니는 가엾은 촌뜨기가 거울 보듯 눈에 선하지 뭐니."

예민한 성격의 앤에게는 자신을 못마땅하게 여기는 말이 전부 무겁게 다가왔다. 별로 존경하지 않는 사람의 의견도 마찬가지였다. 그런 말을 듣는 순간 삶이 무미건조해졌고 포부도 촛불 꺼지듯 사라져버렸다. 앤이 웃음과 한숨을 섞어가며 이야기를 마치자 길버트가 단호하게 말했다.

"그런 사람들이 한 말은 절대 신경 쓰지 마. 그들의 시야가 얼마나 좁은지 너도 알잖아. 훌륭한 분들이긴 하지만 자기도 해보지 못한 일을 누군가가 하는 걸 용납하지 못하는 거야. '누구든지 주를 사랑하지 아니하면 저주를 받을지어다'*라는 말도 있잖아. 너는 에이번리에서 처음으로 대학에 가는 여성이야. 모든 선구자가 이상한 사람 취급을 당했던 건 너도 알고 있지?"

"물론 알지. 하지만 아는 것과 직접 겪는 건 전혀 달라. 내 상식은 너랑 똑같은 말을 하지만, 상식이 아무런 힘도 되지 못할 때가 있어. 상식에서 벗어난 엉터리 생각으로 머리가 꽉 차는 거야. 실제로 엘리샤 아주머니가 다녀가고 나서는 짐을 마저 꾸릴 마음조차 없어져버렸어."

"앤, 그저 피곤해서 그런 걸 거야. 자, 모든 걸 잊고 나랑 산책이나 할까? 늪 너머 숲을 지나서 돌아오자. 내가 너한테 보여주고 싶은 게 거기 있을지도 몰라."

"있을지도 모른다고? 있는지 없는지 불확실하다는 말이야?"

"응, 거기 있다는 것만 알고 있어. 봄에 그곳에서 뭘 봤거든. 가자. 다시 어린아이로 돌아간 것처럼 바람을 타고 가는 거야."

둘은 즐겁게 발걸음을 옮겼다. 전날의 쓰라린 순간이 기억에 생생했던 앤은 길버트를 상냥하게 대했고, 경험을 토대로 한층 현명해진 길버트도 학교 친구처럼 행동하려고 애썼다. 린드 부인과 마릴라가 부엌 창문 너머로 두 사람을 지켜보았다.

"둘은 언젠가 짝이 되겠죠?"

린드 부인이 흐뭇해하며 말했다. 그런데 그 말을 듣고 마릴라

•　　신약성경 고린도전서 16장 22절에 나온 표현

는 조금 움찔했다. 마음속으로는 그러기를 바라고 있었지만, 이 일을 린드 부인이 흥밋거리처럼 말하는 것은 듣기 불편했다. 그 래서 짧게 대꾸했다.

"둘 다 아직 어린애일 뿐인데요."

린드 부인이 사람 좋게 웃으며 엄숙하게 마무리했다.

"앤은 열여덟 살이에요. 난 그 나이에 결혼했다고요. 마릴라, 우리 늙은이들은 말이죠. 아이들이 절대 자라지 않는다고 쉽게 생각해 버릇한다니까요. 정말이에요. 앤은 젊은 아가씨고 길버 트도 어엿한 청년이죠. 길버트는 앤이 밟은 땅에도 절을 하고 있어요. 누구라도 알 수 있는 사실인걸요. 길버트는 참 좋은 젊 은이고 앤도 나무랄 데가 없어요. 레드먼드에서 지낼 때 낭만적 이면서 허황된 생각이 앤의 머릿속으로 들어가지 않았으면 좋 겠어요. 난 남녀공학은 찬성하지 않아요. 전부터 그랬죠. 그렇고 말고요. 내 생각에 그런 대학에 다니는 학생들은 서로 시시덕거 리는 건 물론이거니와 다른 짓도 많이 할 거예요."

"공부도 조금은 하겠죠."

마릴라의 미소에 린드 부인은 코웃음을 쳤다.

"겨우 눈곱만큼이겠죠. 하지만 앤은 열심히 공부할 것 같아 요. 남자하고 시시덕거리는 아이는 아니니까요. 저 아인 길버트 가 얼마나 괜찮은 남자인지 모르고 있어요. 아, 난 여자애들을 잘 알죠! 찰리 슬론도 앤한테 푹 빠져 있어요. 그래도 슬론 집안 사람과 결혼하라고 앤에게 권할 순 없어요. 물론 그들은 착하고 정직하고 존경받을 만한 사람들이에요. 하지만 어쨌든 슬론네 사람들이잖아요."

마릴라는 고개를 끄덕였다. "슬론네 사람들은 결국 슬론네 사람들이다"라는 말을 외지인이 들으면 고개를 갸웃하겠지만 마릴라는 곧바로 알아들었다. 어느 마을에나 그런 집안이 있기 마련이다. 착하고 정직하고 존경받을 만한 사람들일 수는 있겠지만, "인간의 여러 언어를 말하고 천사의 말까지 한다 하더라도"* 슬론네 사람들은 영원히 슬론네 사람들일 것이다.

린드 부인이 자기들의 미래를 어떻게 정해놓았는지 몰랐던 길버트와 앤은 어둑어둑한 유령의 숲을 천천히 거닐었다. 숲 너머 추수가 끝난 언덕이 호박색 저녁노을을 쬐고 있었다. 높은 하늘은 장밋빛과 푸른빛으로 물들었다. 청동색으로 빛나는 가문비나무 숲이 초원 위로 긴 그림자를 드리웠다. 산들바람이 두 사람 주위의 전나무 사이를 지나며 노래를 불렀다. 숲에서 가을 내음이 물씬 풍겼다.

앤은 몸을 굽히고 서리가 끼어 밀랍처럼 하얗게 바랜 고사리 가지를 주워 모았다.

"지금 이 숲은 유령으로 가득해. 옛 추억이라는 유령이지. 어린 다이애나와 내가 여기서 놀던 모습이 보여. 황혼 녘에 드라이어드 거품 옆에 앉아 유령들과 비밀 모임을 열었지. 해 질 녘에 이 길을 오를 때마다 어린 시절의 두려움과 떨림을 잠깐이라도 잊은 적이 없었다니까. 우리가 만든 유령 중에서 특히 무서웠던 게 있어. 살해된 아이의 유령이야. 뒤에서 살며시 다가와 차가운 손가락을 몸에 갖다 댄다고. 지금도 해가 진 뒤에 여

•　　신약성경(공동번역) 고린도전서 13장 1절에 나온 표현

기 올 때면 뒤에서 발소리가 들리는 듯해. 하얀 옷을 입은 여자나 머리 잘린 남자, 해골은 하나도 무섭지 않아. 하지만 어린아이 유령은 상상해내지 않는 편이 좋았을 텐데. 마릴라 아주머니랑 배리 아주머니가 그 일로 얼마나 화를 내셨는지 몰라."

앤은 추억을 떠올리며 미소 지었다. 얇은 비단처럼 섬세한 거미줄이 늪지 위쪽 주변 숲을 실 꿰듯 감싸 안았다. 숲은 온통 보랏빛이었다. 울퉁불퉁한 옹이투성이 가문비나무들이 얼기설기 얽혀서 그늘을 짙게 이룬 숲을 지나고, 평소 햇볕이 따사로이 내리쬐는 단풍나무 골짜기를 지나서 둘은 길버트가 찾는다는 '무언가'를 발견했다.

"아, 여기 있네."

길버트가 흡족한 얼굴로 말하자 앤도 기뻐서 소리쳤다.

"사과나무잖아. 이렇게 깊숙한 곳에 있다니!"

"그래, 사과까지 열려 있어. 여긴 과수원에서 2킬로미터나 떨어진 곳이고 소나무와 너도밤나무로 둘러싸여 있잖아. 지난봄 여기 왔다가 온몸에 하얗게 꽃이 핀 이 나무를 발견했어. 그래서 가을에 사과가 열리는지 확인해보고 싶었지. 봐, 사과가 열렸잖아. 먹음직스러워 보인다. 황갈색이면서 옆쪽은 짙은 붉은색이야. 야생 사과나무에서 열리는 건 대부분 초록색이고 맛없어 보이잖아."

앤이 꿈꾸듯 속삭였다.

"몇 년 전에 우연히 떨어진 씨앗이 움터서 나무가 되었을 거야. 어쩜 이리도 울창하게 자라나 다른 나무들 사이에서 자리를 지킬 수 있었을까. 용감하고 굳센 나무네!"

"쓰러진 나무에 푹신한 이끼가 끼어 있어. 앤, 여기 앉아. 숲속 나라 왕좌로 삼으려고 마련해둔 자리 같아. 나는 나무에 올라가 사과를 좀 따 올게. 모두 높은 가지에 열렸어. 햇빛을 받으려고 나무가 높이 자랐나 봐."

사과는 정말 맛있었다. 황갈색 껍질 아래 희디희면서 어렴풋이 붉은 기운이 도는 과육이 있었다. 사과 본연의 맛뿐만 아니라 과수원 사과에서는 맛볼 수 없는, 톡 쏘는 풍미까지 느껴졌다. 앤이 감탄하며 말했다.

"에덴동산에서 자란다는 금단의 사과도 이런 맛이 나지는 않았을 거야. 아, 이제 집에 돌아가야 할 시간이네. 저것 봐, 3분 전까지만 해도 황혼이 비쳤는데 지금은 달빛이 내려앉고 있잖아. 변화의 순간을 놓쳐서 안타까워. 하지만 그런 순간은 절대 내 손에 잡히지 않는 것 같아."

"늪지를 끼고 빙 돌아서 연인의 오솔길로 가자. 앤, 지금도 출발할 때처럼 기분이 울적하니?"

"아니. 사과가 만나*처럼 영혼의 허기를 채워줬어. 왠지 레드먼드 대학을 좋아하게 될 것 같아. 그곳에서 멋진 4년을 보낼 수 있을 거야."

"그럼 4년 뒤에는 어떻게 될까?"

앤이 가볍게 대답했다.

"글쎄, 그 끝에는 다른 길모퉁이가 나오겠지. 거길 돌아갔을

• 이스라엘 민족이 모세의 인도로 이집트에서 탈출해 가나안으로 가던 중 그들의 신 여호와가 하늘에서 날마다 내려 주었다고 하는 기적의 음식

때 뭐가 나올지는 전혀 모르겠어. 별로 알고 싶지도 않아. 모르는 편이 더 멋지니까."

그날 밤, 창백한 달빛 속으로 정적이 깔리고 신비로운 기운이 감돌았던 연인의 오솔길은 무척 사랑스러웠다. 두 사람은 많은 이야기를 나누지 않아도 편안함을 느끼는 오랜 친구처럼 묵묵히 그곳을 거닐었다. 아무도 입을 열지 않았다.

'길버트가 항상 오늘 저녁처럼만 행동한다면 모든 게 참 명쾌하고 멋질 텐데.'

길버트는 옆에서 걷는 앤을 바라보았다. 얇은 드레스를 걸친 앤의 날씬하고 우아한 모습을 보니 하얀 붓꽃이 떠올랐다.

'앤이 나를 좋아하게 만들 수 있을까?'

길버트는 자신이 없었다. 그래서 마음이 아팠다.

3장

—

만남과 작별

월요일 아침 찰리 슬론, 길버트 블라이드, 앤 셜리는 에이번리를 떠났다. 앤은 날씨가 맑기를 바랐다. 다이애나가 앤을 역까지 데려다주기로 했기 때문이다. 당분간 둘이 함께 마차를 타고 달릴 기회가 없기에 앤은 마지막 순간을 기분 좋게 보내고 싶었다. 하지만 일요일 밤 잠자리에 들 무렵 초록지붕집 주위로 동풍이 불어오면서 불길한 조짐이 보였고, 다음 날 아침 우려는 현실이 되어버렸다. 잠에서 깬 앤은 창밖으로 빗방울이 내리치고 연못의 잿빛 수면에 둥근 고리를 넓게 드리우는 광경을 보았다. 언덕과 바다가 안개 뒤로 숨었고 어둑어둑한 하늘은 을씨년스럽기까지 했다. 항구까지 가는 기차를 타려면 일찍 출발해야 했으므로 앤은 칙칙한 잿빛 새벽녘에 옷을 갈아입었다. 그러면서 자기 의지와는 상관없이 저절로 솟아나는 눈물을 삼키기 위

해 안간힘을 썼다. 너무나도 소중한 초록지붕집과 작별하는 순
간이었다. 방학 때나 잠시 돌아올 수 있을 뿐 이제 영원히 집을
떠나게 되었다는 사실이 실감 났다. 모든 게 예전과 달라질 것
이다. 방학 때 올 수 있다 해도 여기서 사는 것과는 다르다. 얼마
나 소중하고 사랑스러운 곳인가! 소녀 시절의 꿈이 신성하게 남
아 있는 하얀 방, 창가의 눈의 여왕, 골짜기의 시냇물, 드라이어
드 거품, 유령의 숲, 연인의 오솔길…. 지난날의 추억이 아로새겨
진 이곳을 떠나서 진정 행복해질 수 있을까?

그날 초록지붕집의 아침 식탁 분위기는 무척 서글펐다. 데이
비는 난생처음 아무것도 먹지 못했을 뿐만 아니라 죽 그릇을 앞
에 둔 채 창피한 줄도 모르고 흐느꼈다. 다른 사람들도 별로 입
맛이 없어 보였지만 도라만은 자기 몫을 깨끗이 먹어 치웠다.
도라는 미쳐버린 연인의 시신이 실려갈 때도 빵을 자르고 버터
를 바를 만큼 냉정했던 불멸의 여인 샬럿*처럼 무슨 일이 일어
나도 동요하지 않는 재능을 타고난 아이였다. 겨우 여덟 살인데
도 어지간한 일로는 평정심을 잃지 않았다. 물론 도라도 앤이
떠난다는 사실이 슬펐지만 그렇다고 해서 수란 없은 토스트를
먹지 않을 이유는 없다고 여겼다. 그렇게 도라는 데이비가 남긴
음식까지 깨끗이 해치웠다.

시간에 딱 맞게 다이애나가 마차를 몰고 나타났다. 비옷을 입
은 다이애나의 장밋빛 뺨이 붉게 물들어 있었다. 이제 작별 인

* 영국 소설가 윌리엄 새커리(1811-1863)가 쓴 시 〈베르테르의 슬픔〉에 등장하는
인물로 베르테르가 사랑했던 여인이다.

사를 해야만 했다. 린드 부인이 방에서 나와 앤을 힘껏 끌어안으면서 무슨 일을 하든 건강을 잘 돌봐야 한다고 당부했다. 마릴라는 퉁명스러운 표정으로 눈물도 보이지 않고 앤의 뺨에 가볍게 입을 맞추면서 자리를 잡으면 편지를 보내달라고 말했다. 우연히 지나가다 이 모습을 본 사람이라면 "앤이 떠나는 것쯤은 마릴라에게 대수롭지 않은 일인가보군"이라고 생각 없이 말했겠지만 만약 마릴라의 눈을 자세히 들여다봤더라면 다른 결론을 내렸을 것이다. 도라는 앤에게 새초롬히 입맞춤한 뒤 점잖게 눈물 두 방울을 짜냈다. 하지만 식탁에서 일어난 뒤로 뒤쪽 베란다 계단에서 울고만 있었던 데이비는 작별 인사조차 거부했다. 앤이 다가가자 벌떡 일어나 뒤쪽 계단을 뛰어오르더니 옷장 안에 틀어박혀서 나오지 않았다. 데이비의 흐느낌은 앤이 초록지붕집을 떠나면서 마지막으로 들은 소리였다.

브라이트리버역으로 가는 내내 비가 억수같이 쏟아졌다. 카모디에서 오는 철도는 항구로 가는 기차와 연결되지 않아서 브라이트리버역으로 가야 했다. 앤과 다이애나가 역에 도착했을 때 찰리와 길버트는 이미 플랫폼에 와 있었고 기차는 기적을 울렸다. 앤은 겨우 출발 시간에 맞춰 기차표를 사고 짐 가방을 부쳤다. 다이애나와 황급히 작별 인사를 하고 기차에 오르면서 앤은 에이번리로 돌아가고 싶다는 생각을 했다. 머지않아 향수병에 걸려 괴로워할 게 뻔했다. 지나간 여름과 잃어버린 기쁨을 아쉬워하는 것처럼 쏟아지는 비도 달갑지 않았다! 길버트가 옆에 있다는 사실도 위로가 되지 않았다. 찰리 슬론도 함께 있었기 때문이다. 슬론 집안다운 기질은 날씨가 화창할 때나 겨우 참아줄 만할 뿐 비라도 오는 날에는 도저히 견딜 수 없었다.

하지만 배가 증기를 내뿜으며 샬럿타운 항구를 빠져나가자 상황은 한결 나아졌다. 비가 그친 뒤 구름을 비집고 황금빛 햇볕이 내리쬐면서 잿빛이었던 바다는 구릿빛으로 반짝였다. 섬의 붉은 해변가는 장막을 쳤던 안개가 걷히면서 화창한 날을 예고하듯 황금빛으로 번쩍거렸다. 게다가 찰리 슬론은 뱃멀미가 심해서 선실로 내려가고, 갑판 위에는 앤과 길버트만 남았다. 앤은 조금 모진 마음이 들었다.

'슬론 집안사람들은 모두 배를 타자마자 멀미를 한다더니…. 아무튼 다행이야. 찰리가 옆에서 감상에 젖은 척하면 난 고향 땅에 제대로 작별을 고하지 못할 테니까.'

"이제 정말 떠나는구나."

길버트가 감상이라고는 조금도 없이 건조하게 말했다. 앤은 회색 눈을 찡긋하며 씩씩하게 대꾸했다.

"응, 바이런의 '차일드 해럴드'*라도 된 기분이야. 지금 보고 있는 곳이 내가 태어난 바닷가가 아니라는 사실만 빼면 말이지. 내 고향은 노바스코샤야. 하지만 태어난 바닷가는 가장 사랑하는 장소라는 뜻이니까, 나한테 그런 곳은 프린스에드워드섬뿐이야. 원래부터 여기에서 살지 않았다는 사실이 믿기지 않을 정도라니까. 여기 오기 전의 11년은 악몽 같았어. 이 배를 타고 건너온 지도 7년이 지났네. 스펜서 아주머니가 호프타운에서 날

---

* 영국 시인 고든 바이런(1788-1824)의 시 〈차일드 해럴드의 편력〉에 나온 인물로 고국을 떠나 유럽 여러 곳을 여행한다.

38 ✂ 39

데려온 그날 저녁이 눈에 선해. 넌더리가 날 정도로 낡아빠진 혼방 원피스를 입고 빛바랜 밀짚모자를 쓴 채 호기심에 가득 차 갑판과 선실을 돌아다니던 내 모습이 눈에 선해. 화창한 저녁이었고, 섬의 붉은 해변이 눈부시게 반짝였어. 지금 난 해협을 다시 건너고 있어. 아, 길버트. 내가 레드먼드하고 킹즈포트를 좋아해야 할 텐데, 그럴 수 있을까?"

"앤, 네 낙천적인 인생관은 어디로 가버린 거야?"

"외로움과 향수병이라는 거대한 파도에 잠겨버렸어. 지난 3년 동안 레드먼드에 가길 그토록 바랐는데, 막상 그렇게 되니까 마음이 이렇게 변하다니! 하지만 걱정 마. 실컷 울고 나면 기운을 차리고 나다운 모습을 되찾게 될 거야. 통과의례처럼 해치워야 하는데, 오늘 밤 하숙집 침대에 누울 때까진 참아야 해. 거기가 어떤 곳인지는 모르겠지만, 아무튼 한바탕 눈물을 쏟고 나면 평소의 앤으로 돌아가겠지. 그런데 지금쯤 데이비가 옷장에서 나왔는지 궁금하네."

기차가 킹즈포트에 도착한 시각은 밤 9시였다. 푸르스름한 불빛이 비치는 역은 사람들로 혼잡했다. 한동안 멍하니 서 있던 앤에게 프리실라 그랜트가 다가왔다. 프리실라는 토요일에 이미 와 있었다.

"앤, 드디어 왔구나. 피곤하겠다. 지난 토요일 밤 여기 도착했을 때 나도 그랬거든."

"물론이지! 말도 마. 정말 고단해. 열 살 먹은 시골뜨기가 된 기분이야. 어디라도 좋으니까 완전히 넋 나간 이 불쌍한 친구를 정신 차릴 만한 곳으로 데려다줘."

"우리 하숙집으로 곧장 가자. 승합마차를 잡아뒀어."

"프리실라, 네가 여기 있어서 얼마나 든든한지 몰라. 너마저 없었다면 난 지금 이 자리에 가방을 깔고 주저앉아 울기만 했을 거야. 낯선 이들로 소란스러운 황야 한복판에서 낯익은 얼굴을 본다는 게 이처럼 위로가 될지 몰랐어!"

"앤, 저기 있는 사람이 길버트 블라이드니? 지난 1년 동안 정말 많이 달라졌네! 내가 카모디에서 아이들을 가르칠 때만 해도 평범한 학생 같더니만. 쟤는 찰리 슬론이겠네? 별로 달라지지 않았어. 하긴 그럴 리 없지! 태어났을 때도 지금과 꼭 같은 모습이었을 거고 여든 살이 돼도 그대로일 테니까. 자, 이쪽으로 가면 돼. 이제 20분 뒤면 집에 도착할 거야."

앤이 신음했다.

"집이라고? 왠지 형편없는 하숙집에 가게 될 것 같아. 우중충한 뒷마당이 보이는 끔찍한 문간방이 떠오르거든."

"앤, 형편없는 하숙집은 아니야. 아, 여기 이 마차야. 어서 타. 짐은 마부가 실어줄 거야. 맞다, 하숙집 이야기를 하던 중이었지. 거짓말 안 보태고, 거긴 하숙집치고는 굉장히 좋은 곳이니까 걱정하지 마. 하룻밤 푹 자고 나서 어둡고 우울했던 기분이 분홍 장밋빛으로 바뀌면 너도 인정하게 될걸? 하숙집은 커다랗고 고풍스러운 회색 석조 건물이야. 세인트존 거리에 있는데, 학교까지 기분 좋게 걸어갈 수 있어. 예전에는 부유층이 살던 주택가였지만 점점 유행에 뒤처지면서 좋았던 시절은 옛말이 되고 말았지. 집이 넓어서 공간을 메우려면 하숙을 쳐야 해. 사실인지 모르겠지만 집주인 아주머니들은 틈만 나면 그렇게 말한다니까. 참 재미있는 분들이야."

"집 주인이 여러 명인가 봐?"

"두 명이야. 해나 하비 아주머니하고 에이다 하비 아주머니인데, 50년 전쯤에 쌍둥이로 태어나셨대."

앤이 미소를 지었다.

"난 쌍둥이하고는 떼놓을 수 없는 운명인가 봐. 어딜 가도 주위에 쌍둥이가 있잖아."

"음, 그런데 지금은 두 분이 쌍둥이라고 할 수 없어. 서른 살 이후부턴 쌍둥이처럼 보이지 않았대. 해나 아주머니가 더 나이 들어 보이는데 별로 우아하진 않아. 에이다 아주머니는 서른 살에 머물러 있는 듯하지만 역시 우아함과는 거리가 멀어. 해나 아주머니는 웃는 법을 모르시는 것 같아. 웃는 얼굴을 한 번도 본 적 없거든. 에이다 아주머니는 항상 웃고 계시는데 그게 더 부담스러워. 하지만 친절하고 좋은 분들이셔. 매년 하숙생을 두 명씩 둔대. 해나 아주머니의 경제관념으로는 방이 남아도는 걸 용납할 수 없어서 그렇다는 거야. 다른 이유는 없다고 에이다 아주머니가 토요일 밤 이후로 내게 일곱 번이나 말했어. 우리 방은 모두 문간방이야. 내 방에선 뒷마당이 보이고, 앞쪽의 네 방에선 올드세인트존 묘지가 보여. 길 건너에 있거든."

앤이 몸서리를 쳤다.

"으, 소름 끼쳐! 차라리 뒷마당을 보는 게 낫겠어."

"어머, 아니야. 그렇지 않아. 지내보면 알 거야. 올드세인트존 묘지는 멋진 곳이거든. 오래전부터 묘지로 써왔지만 지금은 킹즈포트의 명소가 되었지. 어제 운동 삼아 한 바퀴 돌고 왔어. 묘지 주위로 큰 돌담과 거대한 나무가 둘러서 있고 특이한 모양의 오래된 비석도 있는데, 거기엔 기묘하고 진기한 비문이 새겨져 있어. 가면 그것부터 읽게 될걸? 정말일 테니 두고 봐. 이제 더는 그 묘지에서 장례를 치르지 않는대. 하지만 몇 년 전 크림전쟁에서 전사한 노바스코샤 병사들을 추모하려고 아름다운 기념비를 세웠어. 정문 바로 맞은편에 있지. 네가 자주 말했던 것처럼 '상상할 거리'가 있는 곳인가 봐. 아, 드디어 네 가방이 왔네. 남자애들도 잘 자라는 인사를 하러 오고 있어. 앤, 찰리 슬론하고 꼭 악수해야 해? 걔 손은 너무 차가워서 꼭 물고기를 만지는 것 같거든. 자주 오지는 말라고 말해둬야겠어. 해나 아주머니가 일주일에 두 번 정도는 젊은 신사 손님을 초대해도 된다고 허락하셨어. 다만 적당히 머물다가 돌아가야 한다는 조건이 붙었지. 에이다 아주머니는 손님들이 자기의 멋진 쿠션 위에 절대 앉지 못하게 해달라고 웃으면서 부탁하시더라. 난 그러겠다고 약속했지만 앉을 데가 남아 있을지 모르겠어. 어딜 가도 쿠션이 깔려 있으니 바닥에 앉아야 할걸? 에이다 아주머니는 피아노 위에도 아주 예쁜 쿠션을 올려두거든."

그쯤 되자 앤도 웃었다. 프리실라는 앤이 기운을 차리도록 이런저런 이야기를 늘어놓았다. 향수병은 잠시 사라졌고 작은 침실에 혼자 남게 된 뒤에도 앤은 아까처럼 심란하진 않았다. 앤은 창가로 가서 밖을 내다보았다. 거리는 어둡고 조용했다. 건너편 기념비 사자상의 크고 거무스름한 머리 바로 뒤에 버티고 서 있는 나무들 위로 달빛이 내렸다. 오늘 아침에 집을 떠나왔다는 사실이 믿기지 않았다. 고작 하루 동안 엄청난 변화를 겪은 터라 마치 오랜 시간이 흐른 것 같았다.

　"저 달은 초록지붕집도 내려다보고 있겠지? 하지만 그런 생각은 이제 그만둘래. 향수병만 심해질 테니까. 실컷 울어버리는 일도 더 적당한 때로 미룰 거야. 지금은 침대에 얌전히 누워 잠을 자는 게 낫겠어."

4장

4월의 숙녀*

킹즈포트는 식민지 초기를 떠오르게 하는 도시로, 우아한 노부인이 젊은 시절 유행하던 옷을 입은 것처럼 옛 풍취가 물씬 풍겼다. 여기저기서 근대화의 싹이 돋아났지만 도시의 정체성은 그대로 유지하고 있었다. 진기한 유적이 가득했고 지난날의 수많은 전설이 낳은 모험담은 후광처럼 빛났다. 한때 이곳은 황무지 변두리의 작은 역참이었다. 종종 아메리카 원주민이 쳐들어와 정착민의 단조로운 일상을 깨뜨리던 시절이었다. 그러다 영국과 프랑스가 이곳에서 접전을 벌이면서 양쪽에 번갈아 점령당했고, 전투를 벌이던 나라에게 입은 상처가 더디게 아물어가다가 마침내 지배에서 벗어났다.

* 아일랜드 작가 마거릿 울프 헝거포드(1855-1897)의 소설 제목

공원에는 관광객의 이름이 빼곡히 적힌 원형 포탑이 있었다. 외곽 지역 언덕에는 옛 프랑스군 요새가 있었고, 광장에는 낡은 대포 몇 문이 놓여 있었다. 호사가가 찾는 사적지도 여럿 있었지만 마을 중심가에 위치한 올드세인트존 묘지보다 고풍스럽고 멋들어진 곳은 없었다. 묘지와 접한 거리 두 곳은 오래된 집들이 양쪽으로 늘어서 있어 고즈넉했고 다른 두 곳은 현대적인 대로가 뻗어 있어 혼잡하고 부산했다. 시민들은 올드세인트존 묘지에 대한 자부심이 있었다. 이름깨나 얻은 사람이라면 대부분 그곳에 조상이 묻혀 있기 때문이다.

죽은 이의 일평생이 기록된 묘비는 무덤 머리맡에 기묘한 형태로 기울어져 있거나 무언가로부터 보호하려는듯 무덤을 감싸고 있었다. 오래된 묘비는 대부분 장식이 없고 투박했다. 보통 근처에서 캐낸 갈색이나 회색 돌을 다듬어 만들었고, 조금이라도 장식을 새긴 것은 몇 기에 불과했다. 해골과 넓적다리뼈 두 개를 교차한 문양으로 새긴 경우도 있었고, 그 위에 천사의 얼굴을 덧붙인 것도 간혹 있었다. 수많은 묘비가 쓰러지거나 깨져 있었다. 세월의 이빨에 갉아먹혀 글자가 완전히 지워졌거나 간신히 알아볼 수 있는 것들도 많았다. 이런 비석이 묘지에 꽉 들어차 있었고, 느릅나무와 버드나무가 이곳을 에워싸기도 하고 가로지르기도 하면서 촘촘한 그늘을 만들었다. 죽은 이들은 나무 그늘 아래에서 바람과 나뭇잎의 노래를 들으며 건너편에서 들리는 소음에 시달리는 일 없이 깊은 잠을 잘 것이다.

다음 날 오후 앤은 앞으로 자주 거닐게 될 올드세인트존 묘지를 찾아갔다. 오전에 프리실라와 레드먼드에 가서 등록하고 나니 더는 할 일이 없었다. 두 사람은 가슴을 쓸어내리며 학교를 빠져나왔다. 낯선 이들에게 둘러싸여 있는 것이 전혀 즐겁지 않았기 때문이다. 학생들 대부분은 소속 없는 이방인 같았다.

여자 신입생들은 두세 명씩 짝을 지어 서로를 곁눈질했다. 반면에 남자 신입생들은 중앙 건물의 큰 계단에 모여서 혈기를 발산하며 왁자지껄하게 떠들었다. 전통적인 맞수인 2학년을 향한 일종의 도발이었다. 2학년 몇 명이 신입생 주위를 오만하게 어슬렁거리며 계단 위의 '버릇없는 애송이들'을 경멸하듯 바라보았다. 길버트와 찰리는 보이지 않았다.

"내가 슬론 집안사람을 보고 싶어 하게 될 줄이야! 찰리의 튀어나온 눈조차도 반가울 것 같아. 낯익다는 느낌은 들 테니까."

교정을 가로지르며 프리실라가 말했다. 앤은 한숨을 쉬었다.

"아, 등록 차례를 기다리면서 저기 서 있었을 때 내 마음이 어땠는지 말로 표현할 수 없어. 거대한 양동이 속 물방울 하나처럼 하찮은 존재가 된 기분이었지. 지금 별 볼 일 없게 느껴지는 것만으로도 충분히 괴롭지만, 앞으로도 별것 아닌 존재에서 벗어나지 못할 거라는 생각은 더더욱 견딜 수 없어. 맨눈으로는 보이지도 않는 미약한 존재라 저기 2학년들이 날 밟아버릴 것 같아. 그럼 난 애도나 칭송 없이 무덤에 묻히겠지."

프리실라가 위로했다.

"내년까지만 기다려보자. 그때쯤이면 우리도 2학년처럼 무슨 일이든 따분해하면서 다 안다는 듯한 표정을 지을 수 있을 거야. 하찮게 느껴지는 게 끔찍한 건 분명한 사실이야. 하지만 덩치 크고 어색한 내 모습보다는 낫다고 생각해. 내 팔과 다리가 레드먼드 전체에 뻗어 있는 것 같거든. 딱 그런 느낌이야. 내가 거기 있던 누구보다도 5센티미터는 더 큰 것 같았어. 그래서 2학년들이 날 밟고 지나갈까 봐 두려워하진 않았지. 대신 날 코끼리로 오인하지는 않을까, 아니면 섬에서 감자만 먹고 지나치게 커버린 사람의 표본쯤으로 보진 않을까 걱정됐어."

앤은 오래 간직해온 낙천적인 인생관의 조각들을 끌어모아 벌거벗은 영혼을 덮어주듯이 말했다.

"레드먼드가 퀸스처럼 작지 않다는 사실을 쉽사리 받아들이지 못하는 게 문제인가 봐. 퀸스를 떠날 때 우린 전교생 한 명 한 명을 알고 있었고 거기엔 우리만의 자리도 있었어. 아마도 그 지점에서 레드먼드의 생활이 자연스레 이어질 거로 기대한 것 같아. 그런데 지금은 발밑에서 땅이 꺼진 느낌이잖아. 내 심정을 린드 아주머니나 엘리샤 라이트 아주머니는 전혀 모르고, 앞으로도 그럴 거라 다행이야. 그분들은 '내가 뭐랬어'라고 으스대면서 종말이 시작되었다고 자신할 테니까. 하지만 이제 겨우 첫 단계가 끝났을 뿐인걸."

"바로 그거야. 이제야 앤답게 말하는군. 조금만 있으면 이곳 생활에 익숙해지고 뭐든 더 알게 되면서 일이 잘 풀릴 거야. 앤, 너 혹시 오늘 아침에 화장실 문 앞에 혼자 서 있던 여자애 봤니? 갈색 눈에 입매가 비뚜름한 예쁜 애 말이야."

"응, 그 아인 나처럼 외롭고 친구도 없어 보여서 특히 눈여겨봤어. 나한텐 네가 있지만 그 애한테는 아무도 없었거든."

"꽤 외로워하는 것 같던데. 우리한테 오려고 몇 번이나 움찔하는 것 같더니 끝내 오지 않더라. 무척 부끄러워하는 것 같았어. 나도 그 애가 다가왔으면 싶었거든. 방금 말했듯이 내가 코끼리 같다는 생각이 떠오르지만 않았어도 그 애한테 갔을 거야. 남학생들이 죄다 계단에서 떠들고 있는데 그 넓은 홀을 쿵쿵거리며 가로질러 갈 수는 없잖아. 오늘 본 여자 신입생 중에 걔가 제일 예뻤어. 하지만 오늘은 첫날이니까 '고운 것도 거짓되고 아름다운 것도 헛된* 것일지도 몰라.”

프리실라가 웃음 지으며 말을 마쳤다.

“점심을 먹고 난 뒤엔 올드세인트존 묘지에 가볼까 해. 묘지가 기운을 북돋아줄 만한 장소인지는 모르겠지만, 나무가 많고 그럴싸한 곳은 거기뿐이잖아. 내겐 나무가 꼭 필요하거든. 오래된 비석에 앉아 눈을 감고 에이번리의 숲을 상상해볼 거야.”

하지만 앤은 그럴 수 없었다. 올드세인트존 묘지에는 눈을 크게 뜨고 볼 만한 흥미로운 것이 많았기 때문이다. 두 사람은 정문으로 들어가 잉글랜드 왕실을 상징하는 사자가 떠받친 거대하고 단순한 모양의 돌 아치를 지나갔다.

인케르만**에서는 딸기 덤불조차 피로 물들었으니
이 황량한 언덕은 길이 알려질 것이다.***

앤은 시를 읊으면서 떨리는 심정으로 돌 아치를 바라보았다.

---

* 　구약성경의 잠언 31장 30절에 나온 표현
** 　크림전쟁에서 영국군과 프랑스군이 러시아군을 격파한 곳이다.
*** 　에드워드 불워 리턴(1803-1873)의 운문 소설 〈루실〉에 나온 구절

두 사람은 녹음이 짙게 깔려 있고 상쾌한 바람이 불어오는 시원한 곳에 발을 들여놓았다. 풀이 무성하게 난 길을 여기저기 오가며 지금보다 시간적 여유가 있었던 시대에 새겨진 진기하고 긴 비문을 읽어나갔다.

앤은 닳아버린 회색 묘비에 새겨진 글귀를 읽었다.

> 앨버트 크로퍼트가 여기 잠들다. 그는 여러 해 동안 킹즈포트에서 국왕 폐하의 군수품을 충실하게 관리했다. 1763년 파리조약이 체결될 때까지 군에서 복무했으며 건강이 악화되어 제대했다. 용감한 장교, 훌륭한 남편, 자상한 아버지, 최고의 친구였던 그는 1792년 10월 29일 84세의 나이로 숨을 거두었다.

"프리실라, 이건 널 위한 묘비명이야. 여기에는 '상상할 거리'가 있어. 이런 삶에는 모험이 가득했을 거야! 인격적 자질을 이렇게까지 칭찬하는 추도문이 또 있을까? 그가 살아 있을 때도 이처럼 칭송을 받을지 궁금해."

프리실라가 말을 이었다.

"여기 또 있어. 들어봐."

> 알렉산더 로스를 기억하며. 1840년 9월 22일에 향년 43세로 세상을 등졌다. 고인은 부하가 아닌 친구로 인정받을 만큼 27년 동안 상관을 충실히 보필했다. 감사의 표시로 전폭적인 신뢰와 믿음을 담아 이 묘비를 세운다.

앤은 생각에 잠긴 듯 덧붙였다.

"더 바랄 게 없을 만큼 훌륭한 묘비명이야. 우리는 어떤 의미로 보면 누군가를 보필하는 사람이잖아. 그러니까 우리가 충실했다는 사실만 묘비에 정확히 새겨준다면 무언가를 덧붙이지 않아도 될 거야. 프리실라, 여기 작고 슬퍼 보이는 회색 무덤이 있어. '사랑하는 아이를 추모하며'라고 적혀 있네. 다른 비석에는 '어딘가에 묻혀 있을 이를 추모하며'라는 글귀가 있고. 이 사람의 무덤이 어디에 있을지 궁금해. 프리실라, 오늘날의 묘지는 이곳만큼 흥미로울 수 없다는 네 말이 맞았어. 난 앞으로 종종 여기 올 거야. 벌써 이곳이 마음에 드는걸. 그런데 우리만 여기 있었던 게 아니잖아. 이 길 끝 쪽에 누가 있어."

"맞아. 오늘 아침 학교에서 봤던 그 애 같아. 내가 5분 전부터 지켜봤는데, 정확히 여섯 번이나 이쪽으로 오려 하다가 매번 되돌아가더라. 수줍음이 많은가 봐. 앤, 우리가 가서 먼저 말을 걸어보자. 내 생각엔 레드먼드보다는 묘지에서 친해지는 게 더 쉬울 것 같은데."

두 사람은 풀이 무성한 통로를 걸어 내려가 커다란 버드나무 밑 회색 묘비에 앉아 있는 낯선 여학생에게 다가갔다. 여학생은 아주 예뻤다. 강렬한 인상에 파격적이면서도 넋을 빼앗길 만한 아름다움이었다. 새틴 천같이 매끄러운 머리는 갈색 밤처럼 반짝거렸고 둥근 뺨은 발그레하게 빛났다. 커다란 갈색 눈은 벨벳만큼이나 보드라웠으며 그 위로 묘하게 뾰족 솟은 검은 눈썹이 자리 잡고 있었다. 약간 비뚤어진 입술은 장미 꽃잎처럼 붉었다. 깔끔하게 차려입은 정장 아래로 세련된 신발이 살짝 보였다. 금갈색 양귀비꽃을 두른 연분홍 밀짚모자는 정확하게 표현하기 어렵지만 모자 장인의 작품 같은 분위기가 감돌았다. 동네 상점에서 모자를 장식한 프리실라는 갑자기 주눅이 들었다. 앤은 린드 부인이 본을 뜨고 자기가 직접 만든 블라우스가 낯선 여학생의 세련된 옷차림에 비해 너무 촌스럽고 초라해 보일까 봐 민망했다. 지금이라도 발길을 돌리고 싶어졌다.

하지만 그들은 이미 회색 묘비 쪽으로 몸을 돌린 상태였다. 그리고 되돌아가기엔 너무 늦었다. 두 사람이 자기에게 말을 붙이러 오고 있다는 것을 갈색 눈의 소녀가 분명하게 인식한 듯 보였기 때문이다. 튀어 오르듯 일어난 그녀는 수줍어하거나 부담스러워하는 흔적을 전혀 찾을 수 없을 만큼 환하고 친근한 미소를 지으며 두 사람에게 손을 내밀었다.

여학생은 진심이 담긴 목소리로 외쳤다.

"저기, 나 너희와 친해지고 싶어. 그러고 싶어서 죽을 지경이었지. 오늘 아침 레드먼드에서 너희를 봤어. 음, 거기 참 끔찍하지 않았니? 잠깐 동안이나마 집에 남아 결혼하는 게 낫겠다는 생각이 들 정도였어."

앤과 프리실라는 예상 밖의 반응에 웃음을 터뜨리고 말았다. 갈색 눈의 소녀도 따라 웃었다.

"정말 그렇게 생각했어. 진짜 결혼할 수도 있었거든. 자, 우리 비석에 앉아서 통성명이나 하자. 금세 친해질 수 있을 거야. 오늘 아침 너희를 보자마자 서로 좋아하게 될 거라고 확신했지. 곧장 달려가 너희를 끌어안고 싶었다니까."

프리실라가 물었다.

"왜 그렇게 하지 않았어?"

"마음은 굴뚝같았지만 결심이 서지 않았어. 난 무슨 일이건 쉽게 결정을 못 내리거든. 우유부단한 성격 때문에 늘 고민이야. 뭘 하기로 결심하자마자 다른 게 맞을 것 같다는 생각이 든다니까. 이젠 정말 지긋지긋해. 하지만 그렇게 타고났으니 나를 탓해봤자 아무 소용없지. 그래서 너희한테 말을 걸고 싶었지만 그러지 못했던 거야."

앤이 말했다.

"우린 네가 수줍음을 많이 탄다고 생각했어."

"천만의 말씀! 수줍음을 타는 건 내 기다란 장단점 목록에 없어. 내 이름은 필리파 고든, 줄여서 필이야. 필이라고 불러줘. 너희 이름은 뭐니?"

"얘는 프리실라 그랜트야."

"얘는 앤 셜리고."

앤은 프리실라를, 프리실라는 앤을 가리키며 소개했다. 그러고는 한목소리로 말했다.

"우린 프린스에드워드섬에서 왔어."

"난 노바스코샤의 볼링브로크 출신이야."

필리파의 말을 듣고 앤이 소리쳤다.

"볼링브로크라고? 와, 거긴 내가 태어난 곳이야."

"정말? 그럼 너도 노바스코샤의 '푸른 코'*구나."

"아니, 그렇지 않아. 댄 오코넬이었지? '사람이 마구간에서 태

* 노바스코샤 사람들의 별칭

어난다고 해도 말이 되지는 않는다'라고 했던 사람 말이야. 그 말대로 난 뼛속까지 프린스에드워드섬 사람이야."

"뭐, 어쨌든 네가 볼링브로크 출신이라니 정말 반갑다. 나랑 이웃이나 마찬가지잖아. 네게는 비밀을 털어놓을 수 있을 것 같아서 참 좋아. 아무 상관없는 남에게 말하는 것과는 분명히 다를 테니까. 난 무슨 말이라도 뱉어야만 하거든. 비밀을 속에 담고 있진 못해. 노력해봤지만 소용없었지. 그게 나의 가장 큰 결점이랄까? 아까 말한 우유부단한 성격도 그렇고. 여기 오기 전에 어떤 모자를 쓸지 결정하는 데만도 30분이나 걸렸거든. 믿을 수 있겠니? 처음에는 깃털 달린 갈색 모자를 집었어. 그런데 그걸 쓰자마자 테두리가 있는 이 분홍색 모자가 나한테 잘 어울릴 것 같은 거야. 그래서 이걸 쓰고 핀으로 고정했는데, 곧바로 갈색 모자가 더 좋아졌어. 결국 모자 두 개를 침대에 나란히 놓고 눈을 감은 다음 핀으로 찔렀지. 그래서 선택된 게 이 모자야. 어때? 잘 어울리니?"

흠잡을 데 없이 진지한 목소리로 천진난만한 질문을 하는 바람에 프리실라의 입가에서 다시 웃음이 비어져 나왔다. 앤은 자기도 모르게 필리파의 손을 꼭 잡으며 말했다.

"오늘 아침에 우린 레드먼드에서 본 사람들 가운데 네가 가장 예쁘다고 생각했어."

필리파의 삐죽한 입가에 매혹적인 미소가 번지면서 하얗고 작은 이가 드러났다. 그녀는 한 번 더 놀라운 말을 했다.

"나도 내가 제일 예쁘다고 생각했어. 하지만 누군가 내 생각에 동의해주기를 바라고 있었어. 난 내 외모도 확신할 수 없거든. 내가 예쁘다고 생각하자마자 곧바로 그렇지 않은 것 같다는 생각이 들어서 비참해지곤 해. 게다가 내게는 나이 많은 대고모님이 한 분 계시는데 항상 안타깝다는 식으로 한숨을 쉬면서 이렇게 말씀하셔. '넌 참 예쁜 아기였는데, 자라면서 이렇게 변하다니 이상한 노릇이구나.' 난 고모들을 좋아하지만 대고모님은 싫어. 너희만 괜찮다면 나더러 예쁘다고 자주 말해줬으면 좋겠어. 예쁘다고 믿으면 훨씬 편안해지거든. 만약 너희가 원한다면 나도 그렇게 말해줄게. 양심을 속이는 것도 아니니까."

앤이 웃었다.

"고마워. 하지만 프리실라하고 나는 외모가 괜찮다고 확신하니까 누가 확인해줄 필요는 없어. 신경 쓰지 않아도 돼."

"어머, 너희는 날 비웃고 있구나. 내가 밉살맞을 정도로 허영심이 많다고 생각했나 봐. 하지만 그렇지 않아. 허영심이라고는 눈곱만큼도 없거든. 난 칭찬할 만한 사람들에게는 망설임없이 찬사를 보내. 너희와 친해져서 정말 기뻐. 난 토요일에 여기 도착했는데 그때부터 향수병 때문에 죽을 것 같았다니까. 몸서리가 날 정도야. 볼링브로크에서는 나름 유명인사였지만 킹즈포트에서는 아무것도 아니니까! 심하게 우울했던 적도 여러 번 있었어. 그런데 너희는 어디 사니?"

"세인트존 거리 38번지야."

"그것 참 잘됐네. 월리스 거리 모퉁이만 돌면 내가 지내는 곳이 나오거든. 지금 하숙집이 딱히 좋진 않아. 너무 황량하고 쓸쓸해. 내 방에서는 흉한 뒷마당이 보이는데, 거긴 세상에서 가장 지저분한 곳이야. 게다가 고양이들까지 있으니 말 다했지.

글쎄, 밤만 되면 킹즈포트에 있는 고양이들이 다는 아니더라도 최소한 절반은 모여들더라니까. 쾌적하고 아늑한 난로 앞 깔개에 앉아 꾸벅꾸벅 졸고 있는 고양이라면 나도 좋아해. 하지만 컴컴한 밤 뒷마당에 있는 고양이는 전혀 다른 동물이야. 여기 온 첫날 밤에 밤새도록 울었는데 고양이들도 따라 울더라. 다음 날 아침 내 코가 어땠는지 너희가 봤어야 하는데. 역시 집을 떠나지 말았어야 했다고 얼마나 후회했는지 몰라!"

프리실라가 재미있어하며 물었다.

"네가 어떻게 레드먼드에 오기로 결심했는지 모르겠어. 정말 그렇게 우유부단한 사람이라면 쉽지 않았을 텐데."

"아휴 참, 내가 결정한 게 아니야. 내가 여기 오길 바란 사람은 우리 아빠였어. 왜 그런 결정을 했는지는 나도 의문이야. 내가 학사학위를 따려고 공부한다는 생각을 하니 진짜 웃긴 것 같아. 안 그러니? 그렇다고 내가 공부를 못 따라갈 거라는 뜻은 아니야. 머리는 웬만큼 좋으니까."

"어머!"

프리실라는 어안이 벙벙해졌다.

"정말이라니까. 그런데 이 좋은 머리를 사용하는 건 참 힘든 일이야. 그리고 학사는 유식하고 위엄 있고 똑똑하고 근엄하게 구는 사람을 말하는 거잖아. 분명 그렇겠지. 사실 난 레드먼드에 오기 싫었어. 단지 아빠 소원을 들어주려고 온 거야. 아빤 정말 좋은 분이거든. 게다가 내가 집에 남아 있으면 꼼짝없이 결혼해야 해. 엄마는 내가 결혼하길 간절히 원하시니까. 엄만 결단력이 뛰어난 분이야. 하지만 난 몇 년 정도는 결혼에 대해 생각도 하기 싫었어. 가정을 꾸리기 전까진 재미있게 지내고 싶어. 내가 학사가 된다는 것도 우습지만 유부녀가 된다는 건 훨씬 터무니없으니까. 안 그래? 난 이제 겨우 열여덟 살이야. 그래서 결혼할 바에는 차라리 레드먼드에 오기로 결심한 거야. 게다가 어떤 남자와 결혼할지도 결정할 수 없었고."

앤이 소리 내어 웃었다.

"결혼할 상대가 그렇게 많았어?"

"산더미같이 차고 넘쳤지. 남자애들은 날 굉장히 좋아해. 그건 사실이야. 하지만 진지하게 고려해볼 만한 남자는 둘뿐이었어. 나머지는 모두 너무 어리고 가난했거든. 있잖아, 난 부자하고만 결혼할 수 있어."

"왜 그래야 하는데?"

"너희는 내가 가난한 남자의 아내가 되는 걸 상상할 수 있겠니? 난 쓸모 있는 일은 하나도 할 줄 모르고 씀씀이도 헤프거든. 그래서 남편감 후보가 둘로 좁혀진 거야. 하지만 두 사람 중 한쪽을 선택하는 건 이백 명 중에서 한 명을 고르는 것만큼이나 어려웠어. 누구를 선택해도 다른 사람과 결혼하지 않은 걸 평생 후회하며 살 게 뻔하니까."

"그럼 넌 둘 중 누구도 사랑하지 않는 거야?"

앤이 조금 머뭇거리며 물었다. 만난 지 얼마 안 된 친구에게 인생의 거대한 신비와 변화에 대한 이야기를 선뜻 건네기는 쉽지 않았다.

"나 참, 무슨 소리야? 난 누구도 사랑할 수 없어. 그런 건 나한테 안 맞아. 굳이 그러고 싶지도 않고. 사랑에 빠지면 완전히 노예가 되어버리는 것 같잖아. 여자에게 상처 입힐 수 있는 힘을 남자 쪽에 줘버리는 거라고. 난 그게 무서워. 물론 앨릭하고 알론조는 선량한 남자들이라 그런 염려는 없지만 아무튼 난 둘 다 좋아서 내가 어느 쪽을 더 좋아하는지 모르겠어. 그게 문제야. 물론 앨릭이 더 잘생겼어. 난 잘생긴 사람이 아니면 결혼할 수 없거든. 검은 곱슬머리가 예쁘고 성격도 참 좋아. 그런데 그는 너무 완벽해. 내가 완벽한 남편을 좋아할 것 같진 않은데…. 결점이라곤 찾아볼 수 없는 사람은 부담스러워."

"그럼 알론조하고 결혼하면 되잖아?"

프리실라의 진지한 물음에 필리파가 애절하게 말했다.

"알론조 같은 이름을 가진 사람과 결혼한다고 생각해봐! 도저히 견딜 수 없을 것 같아. 하지만 그 사람 코는 고전적으로 생겼어. 그런 코가 집안 대대로 전해진다면 그나마 위안이 될 수는 있겠지. 내 코는 믿을 수 없거든. 지금까지는 고든 가문다운 코 모양을 이어받았지만 나이가 들면서 번 가문의 특징이 나타날까 봐 걱정이 태산이야. 난 거기 신경 쓰여서 내 코가 아직도 고든 가문 모양인지 매일 확인하고 있어. 엄마는 코 모양이 전형적인 번 가문답거든. 나중에 한번 봐. 난 멋진 코를 정말 좋아해. 앤 셜리, 네 코는 엄청나게 멋져. 코 모양 때문에 알론조 쪽으로 마음이 거의 기울었지. 하지만 그는 이름이 알론조잖아! 아니, 난 결정할 수 없었어. 모자를 고를 때처럼 결정할 수만 있다면, 그러니까 둘을 나란히 세운 다음 눈을 감고 모자 핀으로 찔러본다면 한결 쉬울 텐데."

프리실라가 물었다.

"네가 떠났을 때 앨릭하고 알론조는 어떤 기분이었대?"

"그들은 아직 희망을 갖고 있어. 나 스스로 결심이 설 때까지 기다리라고 했지. 기꺼이 기다려줄 거야. 둘 다 내게 푹 빠졌거든. 그동안 난 재밌게 지낼 생각이야. 레드먼드에서 남자 친구를 많이 사귈 수 있을 테니까. 난 남자 친구가 없으면 행복하지 않거든. 그런데 신입생들은 심각하게 촌스러운 것 같지 않니? 그중에서 딱 한 명 정말 잘생긴 애를 봤어. 아쉽게도 너희들이 오기 전에 가버렸지. 같이 있던 친구가 걔를 길버트라고 불렀는데, 길버트의 친구는 눈이 정말 많이 튀어나왔더라. 아니, 얘들아. 벌써 돌아가려고? 이렇게 일찍 가지 마."

앤이 조금 차가운 목소리로 말했다.

"가야 할 것 같아. 시간도 늦었고 할 일도 좀 있거든."

"그래도 둘 다 날 보러 와줄 거지? 나도 너희를 만나러 가게 해줘. 친하게 지내고 싶어. 너희가 참 좋아지기 시작했거든. 내가 너무 나대서 성가셨던 건 아니지?"

필리파가 일어나더니 두 친구에게 팔짱을 끼며 물었다. 앤은 웃으면서 진심을 담아 필리파의 손을 잡았다.

"그런 건 아니야."

"난 겉으로 보이는 것처럼 바보가 아니야. 하느님이 만드신 바로 그 필리파 고든 자체로 날 받아들여줘. 내 결점까지 이해하고 나면 날 좋아하게 될 거야. 이 묘지 참 멋지지 않니? 난 이곳에 묻히고 싶어. 철제 난간 안에 있는 이 무덤은 아까 못 봤던 건데…. 어머, 얘들아. 여기 좀 봐. 영국의 섀넌호와 미국의 체서피크호가 벌인 해전에서 숨진 해군 장교 후보생의 무덤이라고 적혀 있어. 정말 낭만적이지?"

앤은 난간 앞에 멈춰 서서 닳아버린 묘비를 바라보았다. 갑자기 흥분되면서 가슴이 뛰었다. 나무들이 아치처럼 뻗어 있고 기다란 길을 따라 그림자가 드리워진 오래된 묘지는 앤의 시야에서 흐릿하게 멀어졌다. 대신 거의 한 세기 전 킹즈포트 항구의 풍경이 보였다. 빛나는 "유성이 박힌 듯한 잉글랜드 상선기"*를 내건 거대한 군함이 안개를 헤치고 천천히 모습을 드러냈다. 그 뒤에는 군함이 또 한 척 있었다. 선미 갑판에는 한 영웅이 성조기에 싸인 채 말없이 누워 있었다. 바로 용감한 로렌스 함장이었다. 시간의 손가락이 인생의 책장을 앞으로 넘기자 섀넌호가 체서피크호를 붙잡은 뒤 의기양양하게 항구로 귀환하는 모습이 눈앞에 펼쳐졌다.

"돌아와, 앤 셜리. 돌아오라니까. 넌 지금 우리가 있는 곳에서 백 년은 더 떨어진 곳에 가 있잖아. 그만 돌아와."

필리파가 웃으며 팔을 잡아당기자 앤은 한숨을 쉬면서 현실로 돌아왔다. 얼굴에 남은 눈물자리가 부드럽게 빛났다.

앤이 말했다.

"난 옛이야기가 좋아. 전투에서는 잉글랜드 군대가 이겼지만 내가 이 이야기를 좋아하게 된 건 패배한 쪽의 용감한 함장 때문이야. 그리고 이 무덤은 당시 이야기를 코앞까지 불러와서 현재 일어나는 일처럼 느끼게 해주잖아. 이 가엾은 해군 장교 후보생은 겨우 열여덟 살이었네. 묘비에 이렇게 적혀 있어. '용감

---

* 영국 시인 토머스 캠벨(1777-1844)의 시구에서 인용한 구절

하게 싸우다가 치명상을 입고 전사하다.' 이것이야말로 군인의 진정한 바람 아니겠니."

떠나기 전에 앤은 옷에 달린 보라색 팬지꽃을 떼어내서는 치열한 해전에서 숨진 소년병의 무덤에 가만히 내려놓았다.

필리파와 헤어진 뒤에 프리실라가 물었다.

"네가 보기에 우리의 새 친구는 어떤 아이 같아?"

"난 좋아. 터무니없는 소리만 늘어놓는데도 어딘가 마음을 끄는 구석이 있어. 자기 입으로 말했듯이 바보 같지는 않아. 입맞춤하고 싶을 만큼 귀엽고, 평생 어른이 되지 않을 것 같아."

"나도 걔가 좋아. 필은 루비 길리스 못지않게 남자애들 얘기를 많이 해. 그런데 루비의 말을 듣고 있으면 화가 나고 속이 상하지만 필이 하는 얘기는 기분 좋은 웃음을 짓게 만들거든. 왜 그럴까?"

프리실라가 고개를 갸웃하자 앤이 곰곰이 생각하며 말했다.

"차이가 있어. 루비는 남자들을 너무 의식하는 것 같아. 사랑과 연애를 가지고 장난치잖아. 게다가 남자 친구 자랑을 할 때는 상대방이 그러지 못하는 걸 두고 약 올리는 느낌이야. 하지만 필은 그저 친구들 이야기를 하는 것처럼 들려. 걘 진짜로 남자애들을 친구처럼 여기는 거야. 주위에 남자 친구가 많다고 기뻐하는 건 자기가 인기 있다는 사실이 좋고, 그런 사람으로 비치는 게 좋아서일 뿐이지. 이젠 이름을 따로 떼어서 생각할 수는 없을 앨릭하고 알론조도 필한테는 그저 놀이 친구일 것 같아. 그들도 필이 평생 자기들이랑 놀아주길 바라는 거야. 필을 만나서 참 기뻐. 올드세인트존 묘지에 가길 잘했지. 오늘 오후

난 킹즈포트 땅에 작게나마 마음의 뿌리를 내린 것 같아. 정말 그랬으면 좋겠다. 멀쩡히 잘 있다가 어느 날 갑자기 어딘가에 옮겨 심긴 기분은 정말 끔찍해."

5장

―

집에서 온 편지

그 뒤로도 3주 동안 앤과 프리실라는 여전히 낯선 나라에 사는 이방인이 된 기분이었다. 그러다가 갑자기 모든 것이 제자리를 찾기 시작했다. 레드먼드, 교수들, 수업, 학업, 교우 관계가 전부 명료해졌다. 파편처럼 따로 놀던 생활이 한데 뭉쳐 조화를 이루어나가기 시작한 것이다. 신입생들은 서로 관련 없는 개인의 모임이 아니라 기개와 외침, 관심, 저항, 포부를 공유하는 집단으로 성장했다. 특히 그들은 매년 열리는 '대동제' 날 2학년을 상대로 승리를 거두면서 모든 학년의 인정을 받았고 스스로 커다란 자신감을 얻었다. 지난 3년 동안은 2학년이 승리해왔는데, 올해 결과가 뒤집힌 것은 전적으로 길버트 블라이드 덕분이었다. 그는 동급생들을 이끌면서 독창적인 전술로 2학년의 사기를 꺾고 신입생에게 승리를 안겼다. 이러한 공적을 인정받아 길버트는 신입생 대표로 선출되었다. 많은 학생이 탐낼 만큼 명예롭고 책임 있는 자리였다. 그뿐 아니라 길버트는 레드먼드의 학우회인 '램스'에 가입할 것을 권유받았다. 신입생으로서는 좀처럼 얻기 힘든 영예였다. 입회에 앞선 신고식을 치르느라고 길버트는 여성용 차양모를 쓰고 화려한 꽃무늬가 수놓인 커다란 무명 앞치마를 두른 채 온종일 킹즈포트의 번화가를 누볐다. 길버트는 이 일을 즐거운 마음으로 해냈을 뿐만 아니라 아는 여학생들을 만나면 우아하게 모자를 들어 올리며 인사까지 했다. 램스에 가입하라는 권유를 받지 못한 찰리 슬론은 길버트가 어떻게 저런 행동을 할 수 있는지 모르겠다면서, 자기라면 창피해서 절대 못 할 것이라고 앤에게 말했다.

프리실라가 키득거렸다.

"찰리 슬론이 무명 앞치마를 두르고 차양모까지 받쳐 쓴 모습을 상상해봐. 슬론 할머니하고 똑같아 보일 거야. 길버트는 저런 옷을 입고 있어도 여느 때나 마찬가지로 충분히 남자다워 보이는데 말이지."

앤과 프리실라는 어느새 레드먼드 사교계의 중심에 들어와 있었다. 그렇게 되기까지는 필리파 고든의 공이 컸다. 필리파는 부유한 명사의 딸이면서 유서 깊은 상류층인 '푸른 코' 집안사람이었다. 거기에 더해 필리파는 미모가 출중했고 만나는 사람마다 인정할 만큼 매력적이었기 때문에 레드먼드의 어떤 파벌이든 클럽이든 학과든 그들을 향해 문을 활짝 열어주었다. 그리고 필리파는 어디를 가든지 앤과 프리실라와 함께했다. 그녀는 두 사람을 좋아했으며 특히 앤에게 푹 빠졌다. 필리파는 "날 사랑하고 내 친구들도 사랑하라"라는 좌우명을 은연중에 새기고 있는 듯했다. 필리파는 계속해서 넓어지는 친구 관계 속으로 자연스럽게 두 사람을 끌어들였다. 덕분에 에이번리의 두 소녀는 레드먼드의 사교계로 수월하게 들어갔고, 다른 여자 신입생들에게 부러움과 경탄의 대상이 되었다. 필리파의 지원을 받지 못한 학생들은 1년 내내 주변부만 맴돌 수밖에 없었다.

상대적으로 진지한 인생관을 가진 앤과 프리실라에게 필리파는 첫 만남 때의 모습 그대로 재미있고 사랑스러운 아이 같았다. 하지만 필리파는 스스로 말했듯 머리가 정말 좋았다. 다만 언제 어디서 공부를 하는지는 짐작할 수조차 없었다. 필리파는 항상 '재미있는 일'을 찾아다녔고 저녁마다 그녀의 집은 손님들로 붐볐기 때문이다. '남자 친구'도 바라던 만큼 두게 되었다. 신입생 중 열에 아홉은 물론 다른 학년 남학생의 상당수도 필리파의 미소를 얻는 데 혈안이 되었다. 필리파는 이런 상황을 두고 천진난만하게 기뻐하면서 자신의 정복담 하나하나를 앤과 프리실라에게 신나는 말투로 이야기해주었다. 그때마다 운 나쁜 연인 쪽에서는 두 귀가 따가웠을 것이다.

"앨릭과 알론조에 견줄 수 있을 만큼 강력한 경쟁자는 아직 나타나지 않은 것 같네."

앤이 놀리듯 말하자 필리파도 동의했다.

"단 한 명도 없었어. 두 사람한테 매주 편지를 써서 이곳의 남자 친구들에 관해 하나도 빼먹지 않고 알려주거든. 그들은 틀림없이 재미있어할 거야. 하지만 가장 마음에 드는 사람을 아직 찾지는 못했어. 길버트 블라이드는 날 거들떠보지도 않아. 그저 귀여워서 쓰다듬고 싶은 새끼 고양이를 보듯 날 힐끗하기만 할 뿐이지. 왜 그런지는 잘 알고 있어. 앤 여왕님, 저는 당신이 원망스럽답니다. 사실 난 널 미워해야 하는데, 도리어 미친 듯이 좋아하고 있잖아. 하루라도 널 보지 못하면 울적해질 정도야. 넌 이제까지 내가 알던 어떤 여자아이와도 다르니까. 네가 뭔가 다른 시각으로 나를 볼 때마다 내가 시시하고 하찮은 존재가 된 것만 같아서, 더 나아지고 현명해지고 강해지기를 갈망하게 돼. 그렇게 훌륭한 결심을 해봤자 잘생긴 남자가 내 앞에 나타나기만 하면 머릿속에서 순식간에 사라져버리고 말지만. 아무튼 대학 생활은 정말 멋진 것 같지 않니? 첫날의 끔찍한 기분을 떠올리면 우습기까지 해. 하지만 그러지 않았다면 너랑 이렇게 가까워질 순 없었겠지. 앤, 네가 날 조금은 좋아한다고 다시 한번 말해줘. 그 말이 너무 듣고 싶어."

앤이 싱긋 웃었다.

"조금이 아니라 아주 많이 좋아해. 내 생각에 넌 다정하고 매혹적이고 사랑스러운 데다가 부드럽고 발톱도 없는 조그만 고양이 같아. 그런데 네가 언제 공부하는지는 모르겠어."

필이 시간을 내어 공부하는 것은 분명한 사실이었다. 모든 과목에서 좋은 성적을 거두었기 때문이다. 남녀공학을 싫어한 나머지 레드먼드에 여학생이 입학하는 것을 극렬히 반대해왔던 괴팍하고 나이 많은 수학 교수까지도 필리파에게 좌절감을 안겨주지는 못했다. 이처럼 모든 과목에서 다른 신입생들을 압도한 필리파였지만 영문학에서만큼은 예외였다. 이 과목에서는 앤 셜리가 필리파를 멀찌감치 따돌렸다. 사실 1학년 공부는 앤에게 무척 쉬웠다. 지난 2년간 에이번리에서 길버트와 꾸준히 공부해왔기 때문이다. 덕분에 앤은 사교 활동을 할 여유가 생겼고 그 시간을 충분히 누렸다. 하지만 단 한순간도 에이번리와 옛 친구들을 잊지 않았다. 앤이 가장 행복했던 순간은 매주 고향에서 온 편지를 받을 때였다. 앤은 첫 번째 편지 묶음을 받고 나서야 비로소 킹즈포트를 좋아하게 되었으며, 이곳에서도 고향에 있는 것처럼 편안하게 지낼 수 있겠다고 생각했다. 편지가 오기 전까지는 에이번리가 아주 멀리 떨어져 있는 것처럼 느껴졌지만, 편지가 두 곳의 거리를 좁히고 이전 생활과 지금 생활을 이어주었다. 그래서 분리된 두 세계가 아니라 한 몸처럼 여겨지기 시작했다.

첫 번째 편지 묶음에는 여섯 통이 들어 있었다. 제인 앤드루스, 루비 길리스, 다이애나 배리, 마릴라, 린드 부인 그리고 데이비의 편지였다. 제인의 편지는 동판으로 인쇄한 것 같았다. 't' 자에는 멋지게 줄이 그어져 있고 'i' 자에는 전부 정확하게 점이 찍혀 있었지만 재미있는 문장은 하나도 없었다. 제인은 앤이 진심으로 듣고 싶어 한 학교 이야기는 한 마디도 쓰지 않았고 먼젓번 편지에서 물어본 내용에도 답하지 않았다. 대신 자기가 레이스를 얼마나 길게 떴는지, 에이번리의 날씨가 어땠는지, 새 드레스를 어떻게 만들 계획인지, 머리가 아팠을 때 어떤 기분이었는지 등의 이야기만 가득할 뿐이었다. 루비 길리스는 앤이 그곳에 없어 안타깝다는 내용을 과장스레 쏟아내면서 자기가 끔찍이도 앤을 그리워한다고 강조했다. 그리고 레드먼드에서 사귄 '친구들'이 어떻게 생겼는지를 물은 뒤, 편지 나머지 부분은 자기에게 반한 남자들이 많아서 괴롭다는 이야기로 채워놓았다. 루비의 편지는 유치하고 별다른 내용이 없어서 만약 추신이 덧붙지 않았다면 앤은 웃어넘기고 말았을 것이다. 추신에서 루비는 이렇게 말했다.

> 길버트의 편지를 보니까 레드먼드에서 즐겁게 지내는 것 같네. 찰리는 그리 잘 지내는 것 같진 않지만.

길버트가 루비한테 편지를 보내고 있었던 것이다.

'좋아. 물론 길버트가 편지를 못 쓸 이유는 없지. 그래도!'

앤은 루비가 먼저 편지를 보냈고 길버트는 순전히 예의상 답장을 썼다는 사실을 몰랐다. 앤은 경멸하듯 루비의 편지를 옆으로 던져버렸다. 하지만 많은 소식을 담고 있는 다이애나의 쾌활하고 명랑한 편지 덕분에 루비의 추신이 준 충격을 떨쳐버릴 수 있었다. 다이애나의 편지에는 프레드에 대한 내용이 많았지만 그것 말고도 재미있는 이야기가 빼곡하게 들어차 있었다. 편지를 읽는 동안 앤은 에이번리로 돌아간 기분이 들었다. 마릴라의 편지는 딱딱하고 건조했으며 특별한 이야깃거리나 감상적인 내용이 거의 없었다. 하지만 그 편지는 초록지붕집의 건강하고 소박한 삶의 숨결을 자연스럽게 전해주었으며 예전의 평화로운 분위기를 보여주었다. 무엇보다 앤에 대한 변함없는 사랑이 그대로 드러났다. 린드 부인의 편지는 교회 소식으로 가득했다. 집안일에서 해방된 린드 부인은 어느 때보다 외부 활동에 전념할 여건이 갖춰지면서 교회 일에 열성을 다하고 있었다. 특히 빈 자리로 남아 있던 설교대에 형편없는 '대리 목사들'만 서고 있다면서 분개했다.

린드 부인의 통렬한 편지는 이렇게 이어졌다.

요즘은 바보들만 목사가 되는 게 아닌가 싶어 기가 막힐 지경이다. 교구에서 우리한테 보내준 담임목사 후보들이 죄다 그 모양이야. 설교도 어쩌나 엉망이던지! 하는 소리라고는 절반이 엉터리인 데다가 더 심한 건 교리에 맞지도 않는다는 점이지. 지금 있는 목사님은 그중에서도 최악이야. 성경 구절을 인용하다가도 딴 이야기로 새는 경우가 대부분이거든. 심지어 이교도 전부가 지옥에 떨어진다고 생각하지는 않는다지 뭐니. 말도 안 되는 소리야! 그렇다면 해외 선교 후원회에 보낸 돈을 전부 낭비한 셈이 되어버리잖니. 암, 그렇고말고!

지난 주일 밤에는 물에서 떠오른 도끼 이야기를 그다음 주 설교 때 하겠다고 발표했어. 내 생각에 목사님이라면 성경에만 집중하고 선정적인 주제는 언급하지 않는 게 나을 것 같은데 말이다. 목사님이 설교할 내용을 성경에서 찾아내지 못한다면 꽤나 문제가 있는 것 아니겠니?

앤, 넌 어느 교회에 다니니? 빠지지 말고 예배에 꼭 출석했으면 좋겠다. 사람들은 집을 떠나면 교회 가는 일을 게을리하기 쉽지. 그 점에서는 대학생들이 큰 죄를 짓고 있다고 생각한단다. 많은 대학생이 주일날에도 공부한다는 말을 들었다. 넌 그렇게까지 타락하지는 말길 바란다. 여기서 네가 어떻게 자랐는지 명심해라.

친구도 조심해서 사귀도록 하렴. 대학 같은 곳에 어떤 사람들이 다니는지 넌 모를 거야. 겉은 '회칠한 무덤' 같고 속은 '굶주린 이리들'이야.* 이 섬 출신이 아닌 젊은이와는 말도 섞지 않는 게 좋아.

그 목사님이 이 집에 방문했을 때 무슨 일이 일어났는지 말하는 걸 잊을 뻔했구나. 내 평생 가장 우스꽝스러운 일이 었어. 내가 마릴라에게 '앤이 여기 있었다면 얼마나 웃었을 까요?'라고 말하기도 했지. 마릴라까지 웃었단다. 목사님 은 키가 아주 작고 뚱뚱한 데다가 다리도 휘었어. 그런데 해리슨 씨의 늙은 돼지 있잖니. 뒤룩뒤룩 살찌고 몸집이 커 다란 돼지 말이다. 글쎄 그놈이 주변을 헤매고 다니다가 뒷 마당으로 들어왔는지, 우리도 모르는 사이에 부엌문 안쪽 에서 떡하니 버티고 있었던 거야. 바로 그때 목사님이 문 앞에 도착했지. 돼지는 달아나려고 날뛰었는데 빠져나갈 통로라고는 목사님의 휜 다리 틈새밖에 없었어. 돼지는 몸 집이 너무 크고 목사님은 너무 작다 보니까 돼지가 빠져나 간 게 아니라 목사님을 등에 태운 채 달아나버렸지. 마릴라 와 내가 문 쪽으로 갔을 땐 목사님 모자는 이쪽으로, 지팡 이는 저쪽으로 굴러가버린 상황이었어. 그때의 목사님 얼 굴은 아마도 살아 있는 동안 잊지 못할 거야. 그 불쌍한 돼 지도 무서워서 거의 죽을 지경이었겠지. 앞으로 나는 성경

* 신약성경(새번역)의 마태복음 23장 27절과 7장 15절에 나온 표현

에서 비탈을 내리달아 물속에 빠져 죽은 돼지 이야기*를 읽을 때마다 해리슨 씨의 돼지가 목사님을 태우고 언덕을 미친 듯이 뛰어 내려가는 모습을 떠올릴 수밖에 없을 거다. 그 돼지는 마귀가 자기 몸속에 들어간 게 아니라 등에 올라탔다고 생각했겠지. 마침 쌍둥이가 곁에 없어서 정말 다행이더구나. 이렇게 채신머리없는 목사님의 모습을 아이들이 봐서 좋을 게 없으니까.

목사님은 시냇물 바로 앞에 가서야 돼지 등에서 뛰어내렸어. 어쩌면 굴러 떨어졌을 수도 있고. 돼지는 미친 듯이 시냇물로 뛰어들더니 곧 숲으로 달아났지. 내가 마릴라와 달려 나가 목사님을 일으켜 세우고 윗옷을 털어드렸단다. 다친 데는 없었지만 화가 많이 나셨지. 이 모든 일에 대한 책임은 마릴라와 내게 있다고 생각하시는 것 같았어. 그 돼지는 우리 가축도 아니고 여름내 그런 식으로 우릴 성가시게 했었다고 말씀드렸는데도 막무가내였지. 그런데 목사님이 왜 뒷문으로 오셨던 걸까? 앨런 목사님은 절대 그랬던 적이 없었어. 앨런 목사님 같은 분을 만나려면 시간이 오래 걸릴 거다. 하지만 "바람이 나쁜 쪽으로 불어도 좋은 점은 있기 마련"이라는 속담도 있잖니. 이 일이 일어난 뒤로는 그 돼지의 발굽이나 털끝 하나 보지 못했고 앞으로도 그럴 것 같구나.

- 신약성경의 마태복음 8장에 기록된 사건으로, 예수가 두 사람의 몸속에서 귀신들을 내쫓자 귀신들이 돼지 떼에 들어가서 벌어진 일이다.

에이번리는 별다른 일 없이 조용하단다. 초록지붕집은 생각만큼 적적하진 않구나. 올겨울에는 무명실로 조각보를 짜볼까 해. 사일러스 슬론 부인이 아주 예쁜 사과나무 잎 무늬본을 가지고 있거든.

조금 심심하다 싶을 때면 조카가 보내준 보스턴 신문에서 살인범 재판 기사를 찾아 읽는단다. 전에는 한 번도 읽어보지 않았는데 정말 재미있더구나. 역시 미국은 무시무시한 곳이 틀림없어. 앤, 넌 절대로 거기 가지 마라. 요즘 젊은 여자들이 전 세계를 돌아다닌다니, 정말이지 흉하고 무서운 일이야. 그런 일은 항상 성경 「욥기」에 나오는 악마를 떠오르게 한단다. 여기저기 곳곳을 돌아다니는 악마 말이다. 그건 하느님이 의도한 바가 아니라고 믿는다. 암, 그렇고말고.

네가 떠난 뒤로 데이비는 꽤 착하게 지내고 있어. 어느 날에 데이비가 나쁜 짓을 해서 마릴라가 벌을 주었단다. 도라의 앞치마를 온종일 입고 있게 한 거야. 그랬더니 데이비가 앞치마를 갈기갈기 찢어버렸지. 버릇을 고쳐주려고 내가 엉덩이를 흠씬 때렸더니 이번에는 내 수탉을 쫓아다녀서 결국 죽게 만들었지 뭐냐.

전에 내가 살던 집에는 맥퍼슨 가족이 이사 왔단다. 맥퍼슨 부인은 훌륭한 주부고 아주 꼼꼼한 사람이야. 그런데 내 6월 백합을 전부 뽑아버렸지 뭐냐. 정원이 너무 지저분해 보여서 그랬다는구나. 그 꽃은 우리 부부가 결혼했을 때 토머스가 심은 거였어. 맥퍼슨 씨네 남편은 좋은 사람인 것 같지만, 부인은 안타깝게도 노처녀였을 때의 버릇을 아직 버리지 못한 것 같아.

공부를 너무 열심히 하지는 말고, 날씨가 추워지면 곧바로 내복을 입도록 해라. 마릴라는 네 걱정을 많이 해. 하지만 넌 내가 한때 생각했던 것보다 훨씬 철이 들었으니까 별일 없을 거라고 마릴라한테 말해줬단다.

데이비는 편지에서 처음부터 불평을 늘어놓았다.

앤 누나, 제발 내가 낚시하러 갈 때 다리난간에 날 묶어놓지 말라고 마릴라 아줌마한테 편지를 좀 써줘. 그러면 남자애들이 놀린단 말이야. 누나가 없어서 여기는 굉장히 심심해. 그래도 학교는 아주 재밌어. 제인 앤드루스 선생님은 누나보다 무서워. 난 어젯밤에 핼러윈 호박등으로 린드 아줌마를 깜짝 놀라게 했어. 아줌마는 냅다 화를 냈어. 그리고 아줌마의 늙은 수탉이 죽을 때까지 내가 온 마당을 돌면서 쫓아다닌 일로도 화를 냈지. 닭을 죽일 생각까지는 없었는데 어째서 죽어버린 걸까? 나 궁금해. 린드 아줌마는 그 닭을 돼지우리에 던져버렸어. 블레어 아저씨한테 팔 수 있었는데도 그러지 않았어. 요즘 블레어 아저씨는 죽은 수탉 중에 좋은 건 50센트씩 쳐주시거든. 린드 아줌마가 목사님한테 자기를 위해 기도해달라고 말하는 걸 들었어. 누나, 아줌마가 무슨 나쁜 짓을 한 걸까? 궁금해.

난 엄청난 꼬리가 달린 연을 갖고 있어. 어제 밀티 볼터가 끝내주는 얘기를 해줬어. 이 얘기 진짜래. 지난주 밤에 조 모지 할아버지하고 리언이 숲에서 카드놀이를 하고 있었대. 카드는 그루터기에 놓여 있었는데 갑자기 나무보다 크고 시커먼 사람이 나타나서 카드랑 그루터기를 움켜잡고는 천둥 같은 소릴 내면서 사라졌대. 둘 다 굉장히 무서웠을 거야. 밀티는 그 시커먼 사람이 악마라고 했어. 앤 누나, 정말 그럴까? 나 궁금해. 스펜서베일에 사는 킴벌 아저씨가 많이 아파서 '뱅원'에 가야 한대. 마릴라 아줌마한테 철자가 맞는지 나중에 물어볼 테니까 틀려도 이해해줘. 마릴라 아줌마가 그러는데 아저씨가 가야 하는 곳은 '요양소'래. 아저씨는 자기 몸속에 뱀이 있다고 생각해. 몸속에 뱀이 있으면 어떤 기분일까? 궁금해. 로렌스 벨 아줌마도 아파. 린드 아줌마 말로는 자기 몸 생각을 너무 많이 해서 그런 거래.

앤이 편지를 접으며 말했다.
"린드 아주머니는 필리파를 어떻게 생각하실까?"

6장

—

공원에서

"얘들아, 오늘 뭐 할 거니?"

어느 토요일 오후 필리파가 앤의 방으로 불쑥 들어오면서 묻자 앤이 대답했다.

"우린 공원으로 산책하러 가기로 했어. 집에 남아서 블라우스를 마저 만들어야 하지만 이런 날에 바느질이라니, 말도 안 되지. 공기 속에 있는 무언가가 내 안으로 스며들어서 마음을 들쑤시는 것 같아. 손가락이 멋대로 꿈틀거려서 솔기를 엉망으로 꿰맬 거야. 그러니까 공원에 가서 소나무 숲을 봐야겠지."

"그 '우리'에 너랑 프리실라 말고 또 누가 있니?"

"응, 길버트하고 찰리도 같이 가기로 했어. 너도 같이 가면 다들 좋아할 거야."

필리파가 애처로운 얼굴로 말했다.

"하지만 내가 가면 곁다리밖에 안 되겠네. 나 필리파 고든에게는 새로운 경험인걸."

"새로운 경험은 시야를 넓혀주잖아. 같이 가자. 그럼 너도 곁다리 노릇만 해야 하는 불쌍한 사람들의 심정을 이해하게 될 거야. 그런데 네 추종자들은 다 어디 있니?"

"아, 난 걔네들이 죄다 지겨워져서 오늘은 누구한테도 시달리고 싶지 않아. 게다가 좀 우울하기도 해. 기분이 조금 연하게 어두운 느낌이랄까? 컴컴할 만큼 심각하게 어두운 건 아니니까 걱정 마. 지난주에 앨릭과 알론조한테 편지를 썼어. 편지지를 봉투에 넣고 주소까지 쓴 다음 아직 봉하지는 않았지. 그런데 그날 밤 우스운 일이 생겼어. 앨릭이라면 재미있어할 테고 알론조는 관심 없어 할 만한 사건이야. 난 서둘러 앨릭에게 보낼 편지를 봉투에서 꺼내고 추신으로 그 일을 덧붙였어. 분명 그렇게 했다고 생각했지. 그런 다음 편지 두 통을 다 부쳤어. 그리고 오늘 아침에 알론조한테 답장이 왔는데, 맙소사! 내가 알론조에게 보낼 편지에 추신을 적었던 거야. 걔는 화가 많이 났어. 물론 알론조는 머지않아 화를 풀 테고, 설령 그렇지 않더라도 어쩔 수 없겠지만 난 그 일 때문에 오늘 하루를 망쳐버린 거야. 그래서 너희를 만나 기분을 달래려 했던 거지. 풋볼 시즌이 시작되면 토요일 오후엔 남는 시간이 없을 거야. 난 풋볼을 정말 좋아하거든. 관전하러 갈 때 입으려고 화려한 모자와 레드먼드를 상징하는 줄무늬 스웨터를 샀어. 조금 떨어져서 보면 이발소 표지판이 걸어가는 것처럼 보일 거야. 그런데 너희의 길버트가 1학년 풋볼 팀 주장으로 뽑혔다면서?"

화가 난 앤이 입을 꾹 다물고 있자 그 모습을 본 프리실라가 재빨리 대답했다.

"응, 어제저녁에 길버트가 얘기해줬어. 찰리랑 같이 왔었거든. 걔네들이 온다고 해서 우린 에이다 아주머니의 쿠션 전부를 눈에 띄지도 않고 손에 닿지도 않을 만한 곳에 숨겼어. 얼마나 애를 먹었는지 몰라. 정교하게 자수를 놓은 쿠션 하나는 원래 올려두었던 의자 뒤쪽 구석에 숨겨놨지. 거기라면 안전하다고 생각했거든. 그런데 무슨 일이 벌어졌는지 아니? 찰리 슬론이 그 의자 쪽으로 갔다가 쿠션을 발견한 거야. 그리고 그걸 조심스럽게 주워 올려서 저녁 내내 깔고 앉아 있지 뭐니. 쿠션이 얼마나 납작하게 찌부러졌는지 몰라! 가엾은 에이다 아주머니가 여전히 웃고 있지만 야단치는 듯한 얼굴로, 왜 그 쿠션 위에 앉게 내버려뒀냐고 물어봤어. 난 내가 앉으라고 한 건 아니라고 변명했어. 쿠션은 그렇게 될 운명이었고 여기에 슬론 집안다운 기질까지 더해졌으니, 두 가지가 결합했다면 나로서는 어쩔 도리가 없었다고 말했지."

앤이 덧붙였다.

"에이다 아주머니의 쿠션은 정말 신경에 거슬려. 지난주에도 새로 두 개나 만드셨어. 속을 채우고 수를 놓는 데 목숨을 건 사람처럼 보인다니까. 이제는 쿠션을 놓을 자리도 없어서 층계참 벽에 기대어 세워놓으셨어. 그게 자주 쓰러져서 골치 아파. 어두울 때 계단을 오르내리다가 쿠션에 걸려 넘어질 뻔한 적이 많거든. 지난 일요일에 데이비스 박사님이 바다에서 위험한 상황에 처하기 쉬운 사람들을 위해 기도하셨을 때, 난 속으로 '쿠션

들이 분수에 맞지 않게 지나친 사랑을 받는 집에 사는 사람들을 위해'라고 덧붙였어. 자! 난 나갈 준비가 됐어. 남자애들도 올드 세인트존 묘지를 지나서 이쪽으로 걸어오고 있네. 필, 너도 우리랑 같이 갈 거니?"

"나도 갈게. 프리실라하고 찰리랑 같이 걷는 거라면 괜찮아. 곁다리가 되는 걸 참을 수 있을 테니까. 앤, 너의 길버트는 아주 멋진 사람이잖아. 그런데 왜 눈이 튀어나온 저 친구랑 늘 함께 다니는 거야?"

앤은 얼굴이 굳어졌다. 비록 찰리 슬론을 별로 좋아하지는 않았지만 그도 에이번리 사람이었다. 그래서 외지인이 그를 비웃는 것은 참기 어려웠다. 앤이 차갑게 말했다.

"찰리하고 길버트는 오랜 친구 사이야. 찰리도 좋은 애고. 눈이 튀어나온 건 걔 잘못이 아니야."

"그렇게 말하지 마! 걔 잘못 맞아! 찰리는 전생에 끔찍한 일을 저지른 벌로 그런 눈을 가지고 태어난 게 틀림없어. 프리실라하고 나는 오늘 오후에 걔를 놀려줄 거야. 아마 우리가 대놓고 놀려대도 절대 모를걸?"

앤이 '못 말리는 P자매'로 이름 붙인 이들은 이 유쾌한 계획을 실행에 옮겼다. 다행히도 찰리 슬론은 알아차리지 못했고 심지어 두 여학생, 특히 1학년 중 가장 아름답고 매력 있는 필리파 고든과 함께 걷는 자신이 꽤 괜찮은 남자로 여겨져 우쭐거리기까지 했다. 그는 앤이 이 모습을 보며 자극을 받길 기대하면서 자신의 진정한 가치를 인정해주는 여성들도 있음을 앤에게 알리고 싶어 했다.

길버트와 앤은 세 사람 뒤를 천천히 따르면서 공원의 소나무 아래 평온하고 조용한 가을 오후의 아름다움을 만끽했다. 항구의 해안을 따라 비탈지고 구불구불한 오르막길이었다.

앤이 햇빛 가득한 하늘을 향해 얼굴을 들며 말했다.

"이곳은 마치 기도하는 것처럼 고요하네. 그렇지? 난 소나무가 정말 좋아! 모든 시대의 로맨스에 깊게 뿌리내린 것 같거든. 가끔씩 슬그머니 여기 와서 소나무하고 사이좋게 이야기를 나누고 나면 마음이 한결 편안해져. 이곳에서는 늘 행복한 기분이든다니까."

> 그리하여 산에서는 고독이 밀려오네,
> 거룩한 마법에 걸린 듯.
> 그들의 근심도 사라지네,
> 바람에 흔들려 떨어지는 솔잎처럼.•

길버트가 시를 읊고 나서 물었다.

"소나무는 우리의 작은 포부마저 시시한 것처럼 보이게 해. 앤, 그런 것 같지 않아?"

"언젠가 엄청난 슬픔이 닥쳐온다면 난 이 소나무를 찾아와서 위로받을 거야."

앤이 꿈꾸듯 말하자 길버트가 답했다.

"넌 엄청난 슬픔 같은 건 겪지 않았으면 좋겠어."

• 미국 작가 브렛 하트(1836-1902)의 시 〈디킨스 인 캠프〉를 인용했다.

길버트는 자기 옆에 있는 생기 넘치고 기쁨에 찬 소녀를 슬픔과 연관지어 생각할 수 없었다. 가장 높은 곳까지 날아오를 수 있는 사람은 가장 깊은 곳까지 떨어질 수 있으며 기쁨을 열렬하게 느끼는 사람은 고통도 날카롭게 느낀다는 사실을 길버트는 모르고 있었다.

앤이 생각에 잠겨 말했다.

"하지만 언젠가는 반드시 그런 일이 생길 거야. 인생이란 방금 막 내 입술에 닿은 영광의 잔 같아. 그 안에는 분명 쓴맛도 담겨 있어. 모든 사람의 잔이 다 그렇겠지. 그러니까 언젠가는 나도 맛보게 될 거야. 글쎄, 난 강하고 용감하게 대면하고 싶어. 다만 내 잘못으로 그런 일이 일어나지는 않았으면 좋겠어. 지난 일요일 저녁에 데이비스 박사님이 하신 말씀 기억나? 하느님이 주신 슬픔은 위로와 힘도 함께 오지만, 우리가 어리석고 사악해서 스스로 자초한 슬픔은 훨씬 견디기 어렵다고 하셨잖아. 그래도 오늘 같은 날 슬픈 이야기를 하면 안 되겠다. 오늘은 삶을 온전히 기뻐하기 위한 날인 것 같지 않니?"

"내 마음대로 할 수만 있다면, 행복과 기쁨이 아닌 건 네 삶에 다가오지 못하게 하고 싶어."

길버트가 머지않아 위험한 상황이 닥칠 것 같다는 듯이 말하자 앤은 재빨리 응수했다.

"그건 별로 현명하지 않은 생각이야. 인생에서 시련과 슬픔이 하나도 없으면 발전하거나 성숙해질 수 없다고 확신하거든. 우린 그런대로 편안할 때에만 그걸 인정할 뿐이지. 어서 가자. 다른 애들은 벌써 정자에 도착했어. 저길 봐. 우리에게 얼른 오라고 손짓하잖아."

　모두 아담한 정자에 앉아 가을 하늘을 연한 금빛으로 물들이며 불꽃처럼 붉게 빛나는 노을을 바라보았다. 왼쪽에는 킹즈포트가 펼쳐져 있었고 도시의 지붕과 첨탑들이 보랏빛 연기의 장막 속에서 희미하게 모습을 드러냈다. 오른쪽에는 땅거미가 지면서 온통 장밋빛과 구릿빛으로 물든 항구가 있었다. 이들 앞에는 바다가 새틴 천처럼 부드럽게 은회색으로 너울졌다. 그 너머에는 말끔하게 면도라도 한 것처럼 나무 하나 없는 윌리엄스섬이 안개 속에서 윤곽을 드러내며 사나운 불도그처럼 마을을 지키고 있었다. 섬에 있는 등대의 불빛이 불길한 별처럼 깜빡거렸고, 먼 수평선에서는 다른 불빛이 응답했다.

　"이렇게 강렬한 인상을 주는 곳은 처음 봐. 윌리엄스섬이 갖고 싶은 건 아니지만 가능했더라도 가질 순 없었을 거야. 저기 요새 꼭대기에 있는 보초병 좀 봐. 깃발 바로 옆에 있잖아. 로맨스 소설에서 막 빠져나온 사람 같지 않니?"

　필리파가 감상을 이야기하자 프리실라도 입을 열었다.

　"로맨스 이야기를 해서 말인데, 우린 히스꽃을 찾아본 적이 있어. 물론 한 번도 못 봤지. 철이 지났나 봐."

　"히스꽃이라고? 그건 아메리카 대륙에서 나지 않을걸?"

　앤이 소리치자 필리파가 말했다.

　"대륙 전체에서 딱 두 곳에만 있어. 그중 하나가 바로 이 공원이고, 나머지 한 곳은 노바스코샤의 어느 지역이래. 정확히 어디인지는 잊어버렸어. 그 유명한 부대인 '검은 파수꾼'이 여기서 1년 동안 진을 쳤는데 봄에 침상의 짚을 털었을 때 히스 꽃씨가 몇 알 떨어져 뿌리를 내린 거야."

"어머, 정말 멋지다!"

앤은 이야기에 폭 빠져들었다.

"스포퍼드 거리를 돌아서 집으로 가자. '부유한 귀족들이 사는 아름다운 저택*'을 구경할 수 있어. 스포퍼드 거리는 킹즈포트에서 가장 휘황찬란한 주택가야. 백만장자가 아니면 아무도 거기에 집을 지을 수가 없다던데."

길버트가 제안하자 필리파가 동의했다.

"난 찬성! 앤, 거기엔 네게 보여주고 싶은 집이 있어. 끝내주게 완벽한 곳이지. 백만장자가 지은 저택은 아니야. 공원을 나오면 바로 보이는 집인데 스포퍼드 거리가 아직 시골길이었을 때부터 있었던 게 틀림없어. 그러니까 새로 지은 건 아니라고! 난 그 거리의 다른 집들은 별로 관심 없어. 다 똑같은 새 집이고 유리처럼 번쩍번쩍하기만 한걸. 그런데 이 작은 집은 마치 꿈속의 장소 같아. 집 이름도 그렇고. 하지만 네가 직접 볼 때까진 아무 말도 꺼내지 않을 거야."

공원을 나와 소나무로 둘러싸인 언덕을 오르자 그 집이 눈에 들어왔다. 스포퍼드 거리의 폭이 좁아져 평범한 길이 되는 언덕 꼭대기에 작고 하얀 목조주택이 있었다. 양옆에는 소나무들이 이 집을 지키듯 낮은 지붕 위로 가지를 뻗고 서 있었다. 붉은색과 황금색 담쟁이덩굴이 지붕을 뒤덮었고, 덩굴 사이로 초록색 덧문이 내려진 창문이 살짝 보였다. 집 앞에는 낮은 돌담으로 둘러싸인 작은 정원이 있었다. 10월이었지만 정원은 여전히 아름다웠다. 산사꽃, 개사철쑥, 버베나, 알리숨, 피튜니아, 마리골드, 국화같이 예전에 많이 심었던 귀하고 사랑스러운 꽃과 관목이 자라고 있었다. 작은 오늬무늬 벽돌담은 대문에서 앞쪽 현관으로 이어졌다. 비록 멀리 있는 시골 마을을 그대로 옮겨온 듯했지만, 드넓은 잔디밭으로 둘러싸인 으리으리한 궁궐은 이웃의 담배왕 저택을 조잡하고 현란하고 교양 없어 보이도록 하는 독특한 품격이 있었다. 필리파의 말처럼 처음부터 그 자리에 있던 것과 새로 지은 것의 차이였다.

"이제까지 본 곳 중에서 가장 아름다워. 반갑게도 옛날처럼 마음이 묘하게 저릿해지네. 저곳은 심지어 라벤더 아주머니의 돌집보다 아름답고 고풍스러운걸."

앤이 기뻐하자 필리파가 말했다.

"네게 가장 알려주고 싶은 건 이 집 이름이야. 여기 봐. 대문 위 아치에 흰 글씨로 적혀 있잖아. '패티의 집'이네. 정말 끝내주는 이름인걸! 파인허스트 저택이나 엘름월드 저택 또는 시더크로프트 저택 같은 이름이 넘쳐나는 이 거리에 패티의 집이라니, 세상에나! 마음에 쏙 들어."

프리실라가 물었다.

"혹시 패티가 누군지 알아?"

"이 집 주인인 노부인의 이름이 패티 스포퍼드야. 내가 알아냈지. 조카딸과 같이 살고 있대. 여기서 둘이 몇백 년쯤 살았겠지? 더 오래되었거나 그 정도는 아닐 수도 있고. 앤, 아마 백 년보다는 조금 짧을 거야. 과장해봤자 시적 상상의 비약일 테니까. 부유한 사람들이 몇 번이나 이 집을 사려고 한 것도 당연해. 지금은 값이 꽤 나가거든. 하지만 패티는 무슨 일이 있어도 여길 팔지 않을 거야. 그리고 집 뒤쪽엔 뜰 대신 사과나무 과수원이 있어. 조금만 더 가면 보일 거야. 아, 스포퍼드 거리에 진짜 과수원이라니!"

"오늘 밤에는 패티의 집 꿈을 꿀 거야. 왠지 내가 거기 사는 것 같은 기분이 들어. 혹시 아니? 언젠가는 저 집 안까지 들어가 볼 수 있을지."

앤의 말에 프리실라가 고개를 저었다.

"그렇게 될 것 같진 않은데."

앤은 수수께끼 같은 미소를 지었다.

"뭐, 네 말이 맞을 수도 있겠지. 하지만 난 그럴 수 있을 거라고 믿어. 예감이라고 해야 할까? 왠지 오싹하고 <u>으스스</u>한 기분이 들거든. 언젠가는 패티의 집과 내가 친해질 것 같아."

7장

—

귀향

레드먼드에 입학하고 나서 처음 3주는 무척 길었지만 이후 시간은 바람 날개를 타고 쏜살같이 지나갔다. 이 사실을 미처 깨닫기도 전에 레드먼드 학생들은 크리스마스 시험이라는 고난을 맞이했다. 하지만 대부분은 의기양양하게 헤쳐 나갔다.

1학년 수석의 영예는 앤, 길버트, 필리파가 교대로 차지했다. 프리실라도 제법 괜찮은 성적을 거두었다. 찰리 슬론은 아슬아슬하게 유급을 면했지만 전 과목 수석이라도 한 듯 만족스러운 기색이었다.

"내일 이맘때면 난 초록지붕집에 있겠지? 도무지 실감이 안나. 하지만 진짜 갈 거라고. 필, 너도 볼링브로크에서 앨릭과 알론조를 만나겠구나."

떠나기 전날 밤에 앤이 말했다. 초콜릿을 야금야금 먹고 있던 필리파가 고개를 끄덕이며 대답했다.

"난 두 사람이 몹시 보고 싶어. 참 좋은 남자들이잖아. 거기가면 춤을 추고 마차를 몰고 즐거운 모임을 원없이 가질 거야. 앤 여왕님, 그대를 절대 용서하지 않을 겁니다. 방학 때 소인의 집에 행차하지 않으신다니 말이죠."

"너랑 사흘을 같이 못 보낸다고 '절대' 용서 못 하겠다니 너무 심한걸? 필, 초대해줘서 정말 고마워. 언젠가는 볼링브로크에 가보고 싶어. 하지만 올해는 안 돼. 집에 꼭 가야 하거든. 내가 얼마나 집을 그리워하는지 넌 모를 거야."

"재미있는 일도 별로 없을 게 뻔하잖아. 바느질 모임 같은 거나 한두 번 있겠지. 수다쟁이 할머니들은 네가 있는 곳에서나 없는 곳에서나 가리지 않고 네 얘기를 할걸? 앤, 넌 외로워서 죽어버릴지도 몰라."

필리파가 깔보듯 말했지만 앤은 재미있다는 듯 물었다.

"에이번리에서 말이야?"

"그래. 지금 나랑 같이 가면 완벽하게 멋진 시간을 보낼 수 있을 텐데. 앤 여왕님, 볼링브로크는 당신께 열광할 겁니다. 네 머리하고 네 스타일 그리고 아, 네 모든 것에 대해서! 넌 정말 달라. 앞으로 넌 엄청난 성공을 거둘 거고 나도 네 곁에서 후광을 누릴 거야. '장미는 아니지만 장미 옆에 있다'*라는 말도 있잖아. 앤, 어쨌든 나랑 같이 가자."

"필, 사교계에서 성공하겠다는 네 그림은 꽤 매력적이야. 하

---

* 페르시아의 시인 사디(1184-1291)의 말을 인용했다.

지만 나도 그만한 그림을 하나 그려줄게. 난 오래된 시골 농가로 돌아가는 거야. 한때는 초록색이었지만 지금은 색이 조금 바랬고, 양쪽 과수원의 사과나무는 잎이 다 떨어졌겠지. 아래쪽에는 시냇물이 흐르고 건너편에는 12월의 전나무 숲이 펼쳐져 있어. 그곳에서 난 비와 바람의 손가락이 연주하는 하프 소리를 듣곤 했어. 근처에 있는 연못은 지금쯤 회색빛으로 물들어 사색에 잠겼겠지. 집에는 나이 드신 두 부인이 계셔. 한 분은 키가 크고 말랐는데 다른 분은 키가 작고 뚱뚱하지. 집에 쌍둥이도 있단다. 한 아이는 완벽한 모범생이고 다른 아이는 린드 아주머니 말마따나 '손도 댈 수 없는 말썽꾸러기'야. 현관 위 2층에는 오래된 꿈들이 짙게 드리워진 작은 방이 있어. 그 안에는 하숙집 매트리스에 비하면 엄청나게 사치스러워 보일 만큼 커다랗고 두툼하면서 아름다운 깃털 이불 침대도 있지. 필, 내 그림은 어떤 것 같니? 마음에 들어?"

"아주 따분한 그림인데."

필리파가 얼굴을 찡그리자 앤이 부드럽게 말했다.

"아, 하지만 모든 걸 바꿔놓을 만한 것에 대해선 아직 이야기를 꺼내지도 않았어. 필, 그곳에는 사랑이 있단다. 세상 어디서도 찾을 수 없고 변하지 않으면서 다정한 사랑이 가득해. 날 기다려주는 사랑이지. 화려한 색으로 칠하지는 않았지만 그게 내 그림을 걸작으로 만들어주는 것 아닐까?"

필리파는 말없이 일어서더니 초콜릿 상자를 팽개치고 앤에게 다가가 두 팔로 껴안았다. 그러고는 장난기를 거두며 말했다.

"앤, 나도 너 같았으면 좋겠어."

다음 날 밤 다이애나는 카모디역으로 앤을 마중 나왔다. 별이 수놓은 고요한 하늘 아래 둘은 마차를 함께 타고 집으로 향했다. 오솔길에 접어들었을 때 초록지붕집은 축제 같은 모습이었다. 모든 창문이 환하게 밝혀져 있었는데 어둠을 뚫고 빛나는 그 불빛은 컴컴한 유령의 숲을 배경으로 일렁거리는 불꽃 같았다. 마당에는 모닥불이 활활 타올랐고 어린아이 둘이 주위를 돌며 즐겁게 춤을 추고 있었다. 마차가 포플러나무 아래에 나타나자 그중 한 명이 듣도 보도 못한 고함을 질러댔다.

다이애나가 말했다.

"데이비는 인디언이 싸울 때처럼 소리를 질러. 해리슨 아저씨 댁에서 일하는 아이가 가르쳐줬대. 널 환영하려고 계속 연습했어. 린드 아주머니는 저 소리 때문에 신경이 너덜너덜해질 것처럼 거슬린다고 하셨지. 데이비가 몰래 아주머니 뒤로 가서 갑자기 소리를 질러대거든. 널 위해 모닥불을 피울 계획도 세웠어. 두 주 동안이나 나뭇가지를 쌓아 올리고는 불을 피우기 전에 등유를 좀 부어달라고 마릴라 아주머니한테 졸라댔지. 기름 냄새가 나는 걸 보면 아마 허락을 받아낸 것 같아. 린드 아주머니는 그걸 허락해주면 데이비뿐만 아니라 모두가 날아갈지도 모른다며 끝까지 반대하셨지만."

앤이 마차에서 내리자 데이비는 환호성을 지르며 앤의 다리를 껴안았고 도라도 앤의 손에 매달렸다.

"앤 누나, 정말 굉장한 모닥불이지? 불을 어떻게 피우는지 보여줄게. 저 불꽃 보여? 누나를 위해 피운 거야. 누나가 집에 와서 정말 기뻐."

부엌문을 열고 마릴라가 나왔다 등불을 등지고 있던 터라 여윈 몸이 거무스름하게 드러났다. 마릴라는 차라리 어둠 속에서 앤을 맞이하고 싶었다. 기쁜 나머지 울어버릴까 봐 걱정되었기 때문이다. 근엄하게 감정을 억눌러온 마릴라는 속 깊은 감정을 드러내는 게 볼썽사납다고 생각했다. 뒤에는 린드 부인이 서 있었다. 예전처럼 쾌활하고 다정한 모습이었다. 필리파에게 말했던 사랑이 앤을 둘러싸고 기다렸다가 축복과 달콤함을 가득 머금고 앤을 감싸 안았다. 오랜 인연, 오랜 친구, 오랜 초록지붕집과 견줄 수 있는 것은 세상 어디에도 없었다! 떡 벌어지게 차린 저녁 식탁을 앞에 두고 앉았을 때 앤의 눈은 초롱초롱 빛났고 뺨은 붉게 물들었다. 은구슬처럼 맑은 소리로 얼마나 많이 웃었는지 모른다! 다이애나도 밤새도록 함께 있기로 했다. 소중한 옛날 그대로였다! 식탁에는 장미꽃 무늬 찻잔 세트가 놓여 있었다. 마릴라의 타고난 성격을 헤아려보면 최대한의 애정 표현이라고 할 만했다.

"이제부터 다이애나와 이야기하느라 밤을 꼴딱 새우겠구나."

두 사람이 2층으로 올라가자 마릴라가 비꼬듯 말했다. 마릴라는 마음속 감정을 내보일 때면 언제나 그런 말투가 되곤 했다. 앤이 밝은 얼굴로 말했다.

"그럴 거예요. 하지만 먼저 데이비를 재워야겠어요. 데이비가 그렇게 해달라고 조르거든요."

함께 복도를 걸어가면서 데이비가 말했다.

"꼭 그래야 해. 내 기도를 들어줄 사람이 다시 왔으면 하고 바랐거든. 혼자서 말하는 건 하나도 재미없어."

"데이비, 넌 혼자 말하는 게 아니야. 하느님은 늘 곁에서 네 말을 듣고 계신단다."

"하느님은 안 보이잖아. 난 보이는 사람이 있는 곳에서 기도하고 싶어. 하지만 린드 아줌마나 마릴라 아줌마 앞에서는 안 할래. 절대로!"

데이비가 떼를 썼다. 데이비는 회색 플란넬 잠옷을 입고 나서도 기도를 시작할 마음이 없는 듯했다. 데이비는 앤 앞에 선 채 한쪽 발을 다른 쪽에 비벼대면서 머뭇거렸다.

"데이비, 이리 와. 무릎 꿇어야지."

앤이 말하자 데이비는 다가와서 앤의 무릎에 얼굴을 묻었다. 하지만 무릎은 꿇지 않았다.

"앤 누나. 난 기도하고 싶은 마음이 조금도 없어. 일주일이나 그런 기분이었어. 사실, 어젯밤에도 그랬고 그저께 밤에도 기도를 안 했어."

데이비가 소리 죽여 말하자 앤이 부드럽게 물었다.

"왜 안 했는데?"

"저기, 누나. 말해도 무섭게 화내지 않을 거지?"

데이비가 애원했다. 앤은 데이비의 작은 몸을 무릎 위로 안아 올리고 머리를 끌어안았다.

"데이비, 네가 뭘 말했을 때 내가 무섭게 화낸 적 있니?"

"아니. 누난 그런 적 없어. 하지만 슬퍼하잖아. 그게 더 싫어. 내가 이걸 얘기하면 누나는 굉장히 슬퍼할 거야. 그리고 날 창피하게 여길 것 같아."

"나쁜 짓이라도 했어? 그래서 기도를 못 하는 거야?"

"아니, 나쁜 짓은 하나도 안 했어. 아직은. 하지만 하고 싶어."

"뭘 하고 싶은데?"

데이비가 가까스로 말을 꺼냈다.

"저기, 나는 나쁜 말을 하고 싶어. 지난주에 해리슨 아저씨네서 일하는 형이 하는 말을 들었어. 그때부터 자꾸만 그 말이 하고 싶어서 입이 근질근질해. 기도할 때도 그래."

"그럼 말해봐, 데이비."

데이비는 깜짝 놀라 벌게진 얼굴을 들었다.

"하지만 끔찍하게 나쁜 말인걸."

"괜찮아. 말해도 돼!"

데이비는 믿을 수 없다는 표정을 지으며 낮은 목소리로 그 말을 했다. 그러고는 앤의 가슴에 얼굴을 묻었다.

"아, 앤 누나. 다시는 그 말을 하지 않을 거야, 절대로 안 해. 생각도 안 할 거야. 그 말이 나쁘다는 건 알고 있었지만, 이 정도일 줄은 몰랐어. 이렇게까지 나쁜 줄은 몰랐다고."

"그래, 데이비. 다시는 그런 말을 하고 싶지 않을 거야. 생각도 하고 싶지 않겠지. 그리고 내가 너라면 해리슨 아저씨 집에서 일하는 아이와 어울리려고 하지도 않을 거야."

"그 형은 인디언이 싸울 때 내는 소리를 흉내 낼 수 있는데."

데이비는 조금 아쉬운 듯했다.

"하지만 넌 마음속을 나쁜 말들로 꽉꽉 채우고 싶지는 않잖아. 그렇지? 네 마음을 망쳐버릴 뿐만 아니라 착하고 남자다운 것들을 모조리 쫓아내는 말들을 좋아하는 건 아니지?"

"당연하지. 그런 건 싫어."

데이비는 눈을 올빼미같이 크게 떴다. 얼굴에는 뉘우치는 기색이 역력했다.

"그러면 나쁜 말을 하는 사람과 친하게 지내서도 안 되는 거야. 데이비, 이제는 기도할 수 있겠니?"

데이비가 꼼지락거리며 바닥에 내려와 무릎을 꿇고 간절하게 말했다.

"응, 이제는 기도를 잘할 수 있을 것 같아. '만약 잠에서 깨지 못하고 죽는다면'이라는 말도 이젠 무섭지 않아. 나쁜 말을 하고 싶었을 땐 무서워서 이 말을 못 했거든."

아마도 그날 밤 앤과 다이애나는 서로에게 속마음을 전부 털어놓았을 것이다. 하지만 어떤 비밀이 오갔는지는 알 수 없다. 두 사람은 생기 있게 눈을 반짝이며 아침 식사 자리에 나타났다. 몇 시간 동안 마음껏 떠들며 속을 죄다 털어놓은 젊은이들에게서나 볼 수 있는 표정이었다.

여태껏 눈이 오지 않았는데 다이애나가 오래된 통나무 다리를 건너 집으로 갈 무렵, 꿈도 꾸지 않고 잠자는 적갈색과 회색 들판 그리고 숲 위로 하얀 눈송이가 흩날리기 시작했다. 얼마 지나지 않아 멀리 떨어진 비탈과 언덕은 투명한 스카프를 두른 유령처럼 희끄무레해졌다. 마치 창백한 가을 신부가 안개로 만든 흐릿한 베일을 머리에 쓰고 겨울 신랑을 기다리는 듯했다. 모두 화이트 크리스마스를 맞아 즐거운 하루를 보냈다. 오전에 편지와 선물이 도착했다. 라벤더와 폴이 보낸 것이었다. 앤은 활기 찬 초록지붕집 부엌에서 편지를 읽으며 선물을 열었다. 데이비가 코를 킁킁거리며 흐뭇해했듯이 부엌은 맛있는 냄새로 가득 차 있었다.

"라벤더 아주머니하고 어빙 씨는 이제야 새집에 자리를 잡았대요. 라벤더 아주머니는 무척 행복하신가 봐요. 편지의 분위기를 보면 알 수 있거든요. 넷째 샬로타 소식도 있네요. 보스턴에 마음을 붙이지 못해서 향수병을 심하게 앓고 있대요. 라벤더 아주머니는 제가 여기 있는 동안 메아리 오두막에 들러서 불을 피우고 쿠션에 곰팡이가 생기지 않았는지도 봐줬으면 하세요. 다음 주에 다이애나랑 같이 가야겠어요. 그날 저녁에는 시어도라 딕스하고 시간을 보낼까 해요. 시어도라를 보고 싶네요. 그런데 뤼도비크 스피드는 아직도 시어도라를 만나러 다니나요?"

앤이 마릴라에게 편지 내용을 알려주다가 문득 생각난 듯 물어보았다.

"그렇다고 하는구나. 뤼도비크는 계속 만나고 싶어 하는 것 같아. 이제 사람들은 두 사람의 관계가 다음 단계로 진전될 거라는 기대를 접었어."

"내가 시어도라라면 뤼도비크를 좀 더 재촉했을 거다. 암, 그렇고말고."

린드 부인이 말을 보탰다. 린드 부인이라면 분명 그러고도 남았을 것이다.

필리파가 보낸 편지도 있었다. 필리파답게 휘갈겨 쓴 편지에는 앨릭과 알론조가 무슨 말과 행동을 했는지, 자기를 볼 때 표정이 어땠는지 등 두 사람에 관한 이야기로 가득했다.

하지만 난 누구하고 결혼할지 마음을 정할 수 없어. 네가 나랑 같이 와서 정해줬으면 좋았을 텐데. 난 지금 누군가의 도움이 간절히 필요하거든. 앨릭을 봤을 때 심장이 크게 쿵 하고 내려앉아서 '바로 이 사람이구나'라고 생각했어. 그런데 알론조를 보자 심장이 또다시 쿵 하고 내려앉았지. 심장을 안내자로 삼아야 하는데, 이래서야 확신이 설 수 있겠니? 이제까지 내가 읽은 소설에선 죄다 그러던데 현실은 다르네. 앤, 넌 진짜 왕자님이 아니라면 누구를 보더라도 심장이 내려앉진 않겠지? 내 심장은 어딘가 근본적으로 잘 못됐나 봐. 하지만 난 더없이 즐거운 시간을 보내고 있어. 네가 여기 있었으면 얼마나 좋을까!

　오늘은 눈이 와서 무척 들떠 있어. 눈 없는 크리스마스를 보내게 될까 봐 무척 걱정했거든. 난 눈이 오지 않는 그린(green) 크리스마스가 끔찍하게 싫어. 크리스마스가 마치 백 년 전에 버려져 물에 잠긴 것처럼 지저분한 회색이나 갈색투성이면 그걸 그린 크리스마스라고 부른다니까! 왜 그런 이름이 붙었는지는 물어보지 마. 던드리어리 경*이 "아무도 이해하지 못하는 것들이 있도다"라고 말했듯 나도 제대로 설명할 수 없으니까.

　앤, 넌 전차에 타고 나서야 요금을 치를 돈이 없다는 걸 알게 된 적이 있니? 요전에 내가 그랬어. 말할 수 없이 끔찍했지. 전차에 탔을 때만 해도 5센트 동전 한 닢을 갖고 있었거든. 웃옷 왼쪽 주머니에 넣어두었다고 생각했지. 편하게 자리에 앉고 나서 찾아봤는데 거기 없는 거야. 그 순간 소름이 돋았어. 다른 주머니도 뒤져봤지만 헛수고였지. 다시 한번 소름이 끼쳤어. 작은 안주머니에 손을 넣어봤지만 아무 소용이 없었지. 이번엔 연달아 두 번이나 소름이 끼치는 거야.

난 장갑을 벗어 자리에 놓고는 모든 주머니를 샅샅이 뒤졌어. 아무것도 없었지. 그래서 벌떡 일어나 몸을 흔들어본 다음 바닥을 살펴봤어. 오페라 관람을 마친 뒤 집에 돌아가는 사람들로 전차는 만원이었고 다들 날 쳐다봤지만 그런 사소한 것에 신경 쓸 겨를조차 없었어.

어떻게 해도 차비를 찾을 수 없었어. 내가 동전을 입에 물고 있다가 무심코 삼켜버린 게 틀림없다는 생각까지 들더라니까.

어떻게 해야 할지 모르겠더라. 걱정이 꼬리를 물고 이어졌지. 차장이 전차를 세운 뒤에 날 내리게 하지는 않을까? 그러면 얼마나 부끄러울까? 건망증 때문에 일어난 일일 뿐이지 내가 돈을 잃어버린 척하고 무임승차나 하는 부도덕한 사람이 아니라는 사실을 차장에게 납득시킬 수 있을까? 앨릭이나 알론조가 같이 있었으면 참 좋았겠지만 아쉽게도 그들은 없었어. 내가 같이 가기 싫다고 했거든. 그러지만 않았어도 기꺼이 함께 있어줬을 텐데. 게다가 난 차장이 돌아다닐 때 뭐라고 둘러대야 할지 몰라 막막한 상태였어. 설명할 문장 하나를 머릿속으로 지어냈다가도 그 말을 믿을 사람이 없을 것 같아서 또 다른 설명을 생각해내야 했지.

하느님의 뜻에 맡길 수밖에 없을 것 같았어. 폭풍우가 한창일 때 전능하신 분의 뜻에 맡기는 수밖에 없다는 선장의 말을 듣고 '아, 선장님. 그렇게 상황이 나쁜가요?'라고 외치는 노부인이 되는 게 차라리 나았지.

모든 희망이 사라지고 차장이 내 옆 승객에게 요금함을 내밀던 그때, 갑자기 어디에 그 지긋지긋한 동전을 두었는지 떠올랐단다. 역시 난 그걸 삼켜버리지 않았던 거야. 난 장갑 안 집게손가락 쪽에서 얌전하게 동전을 꺼내 요금함에 넣었지. 그리고 모두에게 미소를 지어 보였어. 세상이 얼마나 아름답게 느껴지던지!

메아리 오두막 방문은 방학 동안 이곳저곳 나들이를 다녔던 일 중에서도 손에 꼽을 만큼 즐거운 시간이었다. 앤과 다이애나는 점심 바구니를 들고 너도밤나무 숲 옛길을 따라 다시 그곳에 갔다. 라벤더의 결혼식 이후로 계속 닫혀 있었던 메아리 오두막은 다시 문을 열고 바람과 햇살을 맞이했으며 작은방에서는 난롯불이 타올랐다. 라벤더의 장미 바구니에서 풍겨나는 향기가 여전히 집 안을 가득 채우고 있었다. 당장이라도 라벤더가 가벼운 발걸음으로 나와 갈색 눈을 별처럼 반짝이며 환영해줄 것만 같았다. 파란 리본을 매고 활짝 웃는 넷째 샬로타가 불쑥 문을 열고 나오는 모습과 요정에 대한 공상을 하면서 집 주위를 맴도는 폴의 모습도 눈에 선했다.

앤이 웃으며 말했다.

"달빛에 잠깐 비친 지난날을 다시 찾아온 유령이라도 된 것 같아. 밖으로 나가서 메아리가 여전히 남아 있는지 알아보자. 뿔피리를 가져와봐. 아직 부엌문 뒤에 걸려 있어."

메아리는 여전히 그곳에 남아 있었다. 하얀 강물 너머로 전과 같이 은방울 울리듯 몇 번이고 맑게 퍼져나갔다. 메아리의 대답이 잦아들자 두 사람은 메아리 오두막의 문을 다시 잠근 뒤 장밋빛과 샤프란빛이 섞인 겨울 노을을 따라 집으로 돌아갔다. 비록 반 시간 남짓했지만 완벽한 시간이었다.

8장

—

앤, 처음으로 청혼을 받다

묵은해는 분홍빛 노란 석양을 데리고 짙은 황혼 속으로 슬그머니 지나가버리지 않았다. 오히려 거세게 휘몰아치는 눈보라와 함께 저물어갔다. 폭풍이 얼어붙은 초원과 거무스름한 골짜기를 세차게 두드리다가 길 잃은 사람처럼 처마 주위에서 신음 소리를 내는가 하면 흔들리는 유리창에 눈을 힘껏 몰아붙이기도 하는 밤이었다.

"사람들이 담요를 뒤집어쓴 채 하느님께 받은 은혜가 얼마나 남았나 헤아려볼 것만 같은 밤이야."

앤이 제인 앤드루스에게 말했다. 오후에 놀러온 제인은 밤새 앤과 함께 있기로 했다. 하지만 두 사람이 현관 위에 있는 앤의 자그마한 방에서 담요를 두르고 있을 때 제인은 하느님의 은혜를 생각하고 있지 않았다.

제인이 자못 진지한 얼굴로 말했다.

"앤, 너한테 할 얘기가 있어. 해도 될까?"

앤은 지난밤 루비 길리스가 연 파티에 다녀오느라 조금 피곤한 상태였다. 지루할 게 뻔한 제인의 말을 듣기보다는 차라리 잠을 자는 게 나을 듯했다. 앤은 제인의 입에서 무슨 말이 튀어나올지 짐작조차 하지 못했다. 어쩌면 제인이 약혼을 했을지도 모른다. 루비 길리스는 스펜서베일 학교의 선생님과 약혼했다는 소문이 돌았다. 여자아이들 모두 그 선생님에게 꽤나 열을 올리고 있다고들 했다.

'머지않아 어린 시절의 4총사 중 내가 유일하게 매인 데 없는 아가씨로 남겠구나.'

앤은 졸음을 참으며 큰 소리로 말했다.

"그야 물론이지."

제인의 표정이 더 진지해졌다.

"앤, 너 우리 빌리 오빠를 어떻게 생각해?"

전혀 예상하지 못했던 질문에 숨이 턱 막힌 앤은 허둥지둥 생각을 더듬어보았다. 세상에, 빌리 앤드루스를 어떻게 생각하느냐고? 앤은 빌리에 대해 아무런 생각도 해본 적 없었다. 둥근 얼굴에 멍청한 데다가 착해빠져서 항상 실없이 웃기만 하는 남자다. 도대체 누가 빌리 앤드루스를 마음속으로 진지하게 생각해본단 말인가? 앤이 말을 더듬었다.

"제인, 무슨… 무슨 소린지 모르겠어. 정확히 어떤 의미야?"

"빌리 오빠를 좋아해?"

"그건, 그러니까…. 어, 좋은 사람이지, 물론."

제인이 직설적으로 물어보자 앤은 숨을 몰아쉬었다. 자기가 지금 진실을 말하고 있는지도 확신할 수 없었다. 빌리를 싫어하지 않는 건 분명했다. 하지만 어쩌다 마주쳐도 무심하게 쳐다볼 뿐인 앤이 과연 그를 좋아한다고 말할 수 있을까? 제인은 도대체 무슨 말을 하고 싶은 것일까?

제인이 조용히 물었다.

"남편감으로 오빠를 좋아하는 거야?"

"남편감이라고?"

조금 전까지 앤은 침대에 앉아 있었다. 빌리 앤드루스를 어떻게 생각하느냐는 문제와 씨름하려면 그 편이 나았다. 하지만 이제 베개 위로 쓰러졌다. 숨도 제대로 쉴 수 없을 지경이었다.

"누구 남편을 말하는 거니?"

제인이 대답했다.

"당연히 네 남편이지. 빌리 오빠는 너랑 결혼하고 싶어 해. 네게 푹 빠져 있거든. 그리고 아빠가 농장 위쪽을 오빠에게 물려주셔서 이제 결혼하는 데 걸림돌이 없어. 하지만 오빤 워낙 수줍음을 많이 타서 네게 직접 물어볼 수 없대. 그래서 자기랑 결혼할 마음이 있는지 나한테 물어봐달라고 한 거야. 난 그러고 싶지 않았지만 오빠가 하도 귀찮게 굴어서 기회가 생기면 말해보겠다고 했지. 앤, 넌 어떻게 생각하니?"

혹시 지금 꿈을 꾸는 것은 아닐까? 무슨 영문인지도 모르고 싫어하거나 전혀 모르는 사람과 약혼 또는 결혼을 하게 되는 꿈을 꾸기도 했는데, 이 상황도 그런 악몽에 불과한 것은 아닐까? 아니다. 지금 앤 셜리는 눈을 크게 뜨고 침대에 누워 있었으며 옆에서는 제인 앤드루스가 오빠 빌리를 대신해서 진지하게 청혼하고 있었다. 앤은 몸부림을 쳐야 할지 웃어야 할지 혼란스러웠다. 하지만 둘 중 아무것도 할 수 없었다. 제인의 마음을 상하게 해서는 안 되기 때문이다.

"난, 난 빌리와 결혼할 수 없어. 제인, 너도 알잖아. 저기, 그런 생각은 전혀 해본 적 없어. 단 한 번도!"

앤이 가까스로 대답하자 제인도 동의했다.

"그럴 거라고는 생각했지. 오빠 언제나 부끄러움을 많이 타는 사람이라 청혼 같은 건 엄두도 못 냈어. 하지만 앤, 다시 한번 생각해봐. 내 오빠라서 하는 말이 아니라 빌리는 참 좋은 남자야. 못된 버릇도 없고 일도 잘해. 믿을 만한 사람이지. '내 돈 서 푼이 남의 돈 사백 냥보다 낫다'라는 속담도 있잖아. 오빠는 올봄 씨뿌리기를 시작하기 전에 결혼하고 싶지만 네가 대학을 마칠 때까지 기다릴 마음도 있대. 네가 졸업한 후에 결혼하고 싶다면 그렇다는 거야. 오빠 평생 네게 잘해줄 거고, 그건 내가 장담해. 무엇보다 난 네가 내 올케가 되면 좋겠어."

"난 빌리랑 결혼할 수 없어. 제인, 다시 생각해볼 필요도 없는 일이야. 난 빌리를 그런 식으로 생각해본 적이 전혀 없어. 그러니까 빌리에게 분명히 그렇게 전해줘."

앤이 단호하게 말했다. 정신이 들면서 조금 화가 나기까지 했다. 지금 상황이 너무나 우스꽝스러웠다.

"뭐, 네가 승낙할 거라고는 기대하지도 않았어. 네게 물어봐야 씨도 먹히지 않을 거라고 말했지만 오빠가 고집을 부렸지. 어쨌든 네가 결정한 일이니 후회하지 않았으면 좋겠다."

제인은 자기가 최선을 다했으니 어쩔 수 없다는 듯 한숨을 쉬었다. 사실 제인의 목소리는 다소 차가웠다. 아무리 빌리가 사랑에 빠졌다 해도 앤을 설득할 수는 없다는 것을 제인도 알고 있었다. 하지만 따지고 보면 일가친척도 없이 입양된 고아에 불과한 앤 셜리가 자기 오빠를, 그것도 에이번리의 앤드루스 가문의 청혼을 거절했다는 사실에 조금은 기분이 상했다.

'그래, 교만한 사람은 몰락하는 법이지.'

앤은 빌리와 결혼하지 않으면 후회할지도 모른다는 말을 듣고 자기도 모르게 미소를 지었다.

"빌리가 이 일 때문에 너무 마음 상하지 않았으면 좋겠어."

앤이 부드럽게 말하자 제인은 베개 위로 고개를 들었다.

"아, 오빠 가슴이 찢어지는 일은 없을 거야. 그럴 만큼 분별력 없는 사람은 아니거든. 사실 오빤 네티 블루잇도 꽤 좋아해. 엄마는 오히려 오빠가 네티와 결혼하기를 바라시지. 네티는 살림도 잘하고 알뜰하잖아. 빌리 오빠는 너와 결혼할 가망이 없다는 걸 확실히 깨달으면 네티를 데려올 것 같아. 앤, 다른 사람한테는 이 이야길 절대 하지 말아줄래?"

"그야 물론이지. 입을 꾹 다물고 있을게."

앤은 이 사실을 여기저기 퍼뜨리고 다닐 생각이 전혀 없었다. 빌리 앤드루스가 자기와 결혼하고 싶어 하고, 자기 다음으로는 네티 블루잇을 좋아한다는 걸 누구에게 말한단 말인가! 세상에, 네티 블루잇이라니!

"이제 그만 자자."

제인은 이렇게 말한 뒤 눈을 감자마자 잠이 들었다. 제인은 맥베스와 닮은 점이 없었지만 앤의 잠을 죽여 없애버린 것은 분명했다.[*] 청혼을 받은 앤은 오밤중까지 머리를 베개에 올려둔 채 뜬눈으로 누워 있었다. 머릿속은 낭만과 거리가 멀었다.

그러나 다음 날 아침이 되자 앤은 간밤의 일을 떠올리면서 웃을 수 있었다. 집으로 돌아갈 때까지도 제인의 목소리와 태도는 여전히 냉랭했는데, 앤드루스 집안과 인연을 맺자는 영예로운 제안을 앤이 고맙게 여기지 않고 딱 잘라 거절해서 마음이 불편했기 때문이었다. 제인이 집으로 돌아가자 앤은 방으로 다시 올라가 문을 닫은 뒤에야 마침내 참았던 웃음을 터뜨렸다.

"이 농담 같은 일을 누군가와 이야기할 수 있다면 얼마나 좋을까! 하지만 어쩔 수 없지. 다이애나에게는 털어놓고 싶지만, 입을 꾹 다물겠다고 제인과 약속하지 않았더라도 지금은 말을 꺼낼 수 없어. 프레드한테 고대로 털어놓을 게 뻔하니까. 어쨌든 처음으로 내가 청혼을 받았네. 언젠가 이런 일이 있을 거라고는 생각했지만 당사자가 아닌 사람한테 대신 청혼을 받게 될 줄은 생각지도 못했어. 정말 우스운 일이야. 하지만 왠지 마음이 쓰라리기도 해."

말은 하지 않았지만 앤은 그 쓰라림의 정체를 잘 알고 있었다. 앤은 처음으로 청혼을 받는 순간에 대한 꿈을 남몰래 간직해왔다. 꿈속에서 경험한 청혼은 항상 낭만적이고 아름다웠다. 구혼자는 눈동자가 검고 아주 잘생긴 데다가 기품이 넘치고 말

---

[*] 셰익스피어의 희곡 〈맥베스〉의 등장인물인 스코틀랜드의 무장 맥베스가 마녀의 예언에 현혹되어 덩컨왕을 죽인 것에 빗대어 표현했다.

맵시도 빼어난 사람이어야 했다. "네"라는 앤의 대답을 듣고 황홀해하는 멋진 왕자님뿐만 아니라, 아쉽게도 아름다운 거절의 말을 듣고 절망적인 현실을 받아들여야 하는 사람도 마찬가지다. 후자라도 섬세하게 표현된 거절은 승낙에 버금가기에, 그는 앤의 손에 입을 맞추면서 평생토록 변함없이 헌신하겠다고 맹세한 뒤 떠나갈 것이다. 그러면 그에게는 그 일이 자랑스러우면서도 조금은 슬프고 아름다운 기억으로 남을 것이었다.

그런데 가슴 두근거려야 마땅한 경험이 터무니없는 사건으로 전락해버렸다. 빌리 앤드루스는 아버지가 농장 위쪽을 물려주자 동생을 통해서 대신 청혼한 것이다. 심지어 앤이 자기와 '결혼해주지' 않으면 네티 블루잇과 결혼하겠다는 말까지 했다. 복수심이 가미된 로맨스가 아닌가! 앤은 웃다가 한숨을 쉬었다. 어린 소녀의 꿈에서 피어나던 꽃송이가 떨어져버렸다. 이런 고통스러운 과정을 계속 겪다 보면 세상 모든 것이 따분하고 지루해지는 게 아닐까?

9장

—

달갑잖은 연인과 반가운 친구

레드먼드에서 맞이한 2학기는 1학기만큼이나 쏜살같이 지나갔다. 필리파의 말을 빌리자면 "눈 깜짝할 사이에" 끝나버렸다. 앤은 대학 생활의 모든 순간을 즐겁게 누렸다. 동기들과 치열하게 경쟁했고, 새로운 사람을 만나 도움을 주고받으며 교우 관계를 돈독히 했다. 유쾌한 사교술을 익히고 다양한 모임에서 활동하며 시야와 관심사를 넓혀갔다. 영문학 성적으로 결정되는 소번 장학금을 받기 위해 공부도 열심히 했다. 장학금을 받으면 앤이 결심했던 것처럼 얼마 안 되는 마릴라의 저금에 손대지 않고도 다음 학기에 레드먼드로 돌아올 수 있었다.

길버트는 성적 우수 장학금을 목표로 공부에 매진하면서도 종종 시간을 내어 세인트존 38번지를 방문했다. 그는 학교에서 열린 거의 모든 행사에서 앤의 곁을 지켰기 때문에 레드먼드 학생들은 앤과 길버트의 이름을 묶어서 입에 올리곤 했다. 이런 사실을 알게 된 앤은 무척 화가 났지만 어쩔 수 없었다. 오랜 친구이기도 했지만 길버트가 갑자기 신중하고 조심스러워졌기 때문에 더더욱 그를 멀리할 수 없었다. 길버트의 행동은 당연해 보였다. 레드먼드 남학생 여러 명이 날씬한 몸매에 저녁별처럼 매혹적인 회색 눈의 빨간 머리 여학생 옆자리를 호시탐탐 노리고 있었기 때문이다. 필리파는 희생양을 자처하는 무리를 곁에 두고 1학년 내내 승리의 행진을 계속했지만 앤은 구애자들을 절대 가까이하지 않았다. 다만 호리호리하고 똑똑한 1학년생, 얼굴이 둥글고 몸집이 작으면서 쾌활한 성격의 2학년생, 키가 크고 박식한 3학년생만은 예외였다. 이들은 세인트존 38번지를 자주 찾아와 쿠션이 가득한 응접실에서 어떤 이론이니 무슨 주의니 하는 주제를 비롯해 좀 더 가벼운 화젯거리를 가지고 앤과 대화를 나누었다. 길버트는 이들 중 누구도 마음에 들지 않았을 뿐더러 누군가가 불현듯 앤을 향한 속내를 드러내 자기보다 나은 기회를 잡지는 않을까 노심초사했다. 길버트는 앤을 대할 때마다 에이번리 시절의 친구 자리로 돌아갔고, 그렇게 할 때 앤을 연모하는 경쟁자들에 맞서 우세한 자리를 지킬 수 있었다. 앤도 누구든 길버트만큼 만족스러운 친구가 될 수 없을 거라고 솔직하게 인정했다. 또한 길버트가 말도 안 되는 생각을 모두 버린 것 같다고 혼잣말하면서 무척 기뻐했다. 물론 그 이유가 궁금해서 한동안 신경을 쓰긴 했다.

　어느 날, 그해 겨울을 망친 불쾌한 사건이 일어났다. 찰리 슬론이 에이다 아주머니가 가장 아끼는 쿠션 위에 꼿꼿이 앉아서

'언젠가 찰리 슬론의 부인이 될 것'을 약속해달라고 앤에게 요구한 것이다. 이미 빌리 앤드루스의 대리 청혼을 겪은지라 앤의 낭만적인 감수성은 큰 충격을 받지 않았다. 하지만 가슴이 찢어지는 듯한 환멸을 느낀 것만은 분명했다. 또한 화가 나기도 했다. 그런 일이 가능할 것으로 기대할 만한 여지를 그에게 눈곱만큼도 준 적이 없었기 때문이다. 하지만 린드 부인이 경멸조로 말했듯 슬론 집안사람에게 무엇을 바라겠는가? 찰리의 태도며 말투며 분위기며 말의 내용까지 전부 슬론 집안다운 냄새가 풍겨났다. 그는 자기의 제안이 앤에게 대단한 명예를 안겨준다고 생각하는 눈치였다. 물론 전혀 그렇게 생각하지 않았던 앤은 사려 깊게 거절했다. 슬론 집안사람에게도 감정은 있으니 지나치게 상처 입히지 않으려고 조심한 것이다.

그러자 슬론 집안의 모습이 더욱 여실히 드러났다. 찰리는 청혼을 거부당한 상상 속의 사람처럼 반응하지 않았다. 대신 성을 내며 분노를 고스란히 드러냈다. 앤에게 꽤나 험한 말까지 내뱉었다. 앤도 화를 참을 수 없어서 짧고 신랄하게 응수했다. 이 날카로운 말은 슬론 집안사람 특유의 둔감한 보호색을 뚫고 가장 아픈 곳에까지 닿았다. 찰리는 얼굴이 시뻘게진 채 모자를 집어 들고 집 밖으로 뛰쳐나갔다. 앤도 쿠션에 두 번이나 걸려 휘청대면서 2층으로 뛰어 올라가 굴욕과 분노의 눈물을 흘리며 침대로 몸을 던졌다.

'내가 슬론 집안사람과 말다툼이나 할 지경으로 나락에 떨어진 거야? 찰리 슬론의 말이 실제로 날 화나게 할 만큼 영향력이 있다고? 아, 정말 수치스러운 일이야. 네티 블루잇과 경쟁을 벌

이는 것보다 끔찍하잖아!'

앤은 분한 마음으로 베개에 얼굴을 묻고 흐느껴 울었다.

"끔찍하게 막돼먹은 사람을 다시는 보고 싶지 않아."

찰리와 얼굴도 보지 않고 지낼 수는 없었다. 하지만 격분한 찰리 쪽에서 도리어 앤과 마주치지 않으려고 신경 썼다. 이후 에이다 아주머니의 쿠션은 찰리의 횡포에서 벗어났고, 거리나 학교에서 우연히 맞닥뜨렸을 때도 찰리는 지극히 차갑게 인사했다. 두 동창생은 거의 1년 가까이 서먹한 관계를 유지했다! 그 뒤 찰리는 들창코에 푸른 눈동자, 둥근 얼굴에 홍조를 띤 조그마한 2학년생에게로 상처 입은 마음을 돌렸다. 그 여학생은 기꺼이 찰리의 기대에 부응해주었다. 그러자 찰리는 마음을 풀고 앤을 다시 정중하게 대하면서 거들먹거렸다. 물론 앤이 무엇을 놓쳤는지 보여주겠다는 의도가 담긴 태도였다.

어느 날 앤은 흥분한 얼굴로 프리실라의 방으로 뛰어들더니 환호성을 지르며 편지를 건넸다.

"이거 읽어봐. 스텔라가 보낸 건데, 내년에 레드먼드로 올 거래. 어떻게 생각해? 완벽하게 멋진 계획이지? 우리가 실행에 옮길 수 있을까? 프리실라, 네 생각은 어때?"

"무슨 일인지 알아야 대답할 거 아니야?"

프리실라는 이렇게 말한 다음 그리스어 사전을 내려놓고 스텔라의 편지를 집어 들었다. 스텔라 메이너드는 두 사람이 퀸스 전문학교에 다닐 때 사귄 친구로, 졸업한 뒤 줄곧 학교에서 아이들을 가르치고 있었다.

스텔라는 편지에 이렇게 적었다.

앤, 난 교사를 그만둘 거야. 그리고 내년에는 대학에서 공부할 생각이야. 퀸스에서 3학년까지 마쳤으니까 대학에 2학년으로 편입할 수 있어. 외딴 시골 학교에서 가르치는 건 참 지겨워. 언젠가는 「시골 여교사의 시련」이라는 글을 쓸 거야. 참혹한 현실을 있는 그대로 묘사한 사실주의 작품 정도가 되지 않을까? 교사들이 호의호식하며 3개월마다 봉급을 인출해가는 일 말고는 아무것도 안 한다는 인식이 사람들 사이에 팽배해 있어. 내 글은 우리의 고달픈 현실을 널리 알려줄 거야. 아, 쉬운 일을 하는데도 턱없이 높은 봉급을 받는다는 말을 일주일만이라도 듣지 않을 수 있다면, 지금 당장 죽어서 하늘에 간다 해도 여한이 없겠어. 어떤 지방세 납세자들은 무시하는 얼굴로 우릴 보며 이렇게 말하겠지.

"거, 돈을 참 쉽게 버는군요. 선생님은 저기 앉아 아이들이 공부하는 소리를 듣기만 할 뿐이잖아요."

처음에는 잘잘못을 따지기도 했지만 지금은 그러지 않을 만큼 현명해졌어. 사실이 명확하다고 해도 누군가를 설득하기란 어려운 법이니까. 어느 현자의 말마따나 아무리 확실하다고 한들 진실은 분명하게 보이는 오해의 절반에도 못 미치잖아. 그래서 난 고상하게 미소만 짓고 있어. 침묵은 웅변 이상의 효과를 내니까. 학교에서 아홉 학년을 다 맡고 있다 보니 난 지렁이의 몸속이 어떻게 생겼는지부터 태양계 연구까지 모든 것을 조금씩 가르쳐야 해. 가장 어린 학생은 엄마가 '아이를 보기 귀찮아서' 학교에 보냈다는 네

살배기야. 그리고 가장 나이 많은 학생은 농사를 짓는 것보다는 학교에 가서 교육을 받는 게 더 쉬울 것 같다는 생각이 '문득' 들었다는 스무 살짜리지. 이런 학생들의 머릿속에 모든 과목을 쑤셔 넣으려고 매일 여섯 시간 동안 필사적으로 노력하다 보면, 활동사진을 보러 간 저학년 남자아이 같은 기분을 느끼지나 않을지 걱정돼. "지금 막 지나간 것이 뭔지 알아차리기도 전에 다음 장면을 봐야만 해요"라는 불평을 할 만하지. 나도 그런 기분인걸.

게다가 앤, 내가 받는 편지는 또 어떤지 아니? 토미 엄마는 아들의 수학 실력이 바라는 만큼 늘지 않는다고 적었어. 토미는 아직 간단한 뺄셈만 배우는데 조니 존슨은 분수 진도를 나가고 있다면서, 조니는 토미의 절반만큼도 똑똑하지 않은데 왜 그런지 이해할 수 없대. 그리고 수지 아빠는 딸이 편지를 쓸 때 철자를 절반이나 틀리는 이유가 궁금하다고 했어. 딕의 숙모는 조카와 같이 앉는 브라운이 조카한테 나쁜 말을 가르치는 못된 아이니 자리를 바꿔달라고 요구하더라.

경제적인 면을 말하자면, 이 얘긴 꺼내지도 않는 게 좋을 것 같아. "누군가를 파멸시키려고 한다면 신은 일단 시골 학교 여교사가 되게 하는도다!"*

이렇게 속을 털어놓으니까 마음이 한결 편해졌어. 어쨌든 2년은 즐겁게 지냈으니 이제 레드먼드에 갈 거야.

---

* 미국 시인 롱펠로(1807-1882)의 시에 나온 표현

앤, 그리고 내게 작은 계획이 있어. 내가 얼마나 하숙을 싫어하는지 너도 알잖아. 4년이나 했더니 이제 하숙이라면 넌더리가 나. 그걸 3년이나 더 견뎌낼 수는 없을 것 같아. 그래서 말인데, 너하고 프리실라하고 나하고 셋이서 킹즈 포트 어딘가의 작은 집을 빌려서 함께 살면 어떨까? 그러면 돈도 아낄 수 있을 거야. 물론 집안일을 해줄 사람이 필요할 텐데, 그 자리에 딱 맞는 분이 계셔. 전에 내가 제임시나 아주머니 이야기를 한 적 있지? 이름과 다르게 참 다정한 분이야. 이름이야 아주머니도 어쩌지 못하는 거잖아! 제임시나라는 이름이 붙은 건, 아주머니의 아버지 함자가 제임스였는데 아주머니가 태어나기 한 달 전 바다에 빠져 돌아가셨기 때문이래. 난 항상 짐시 아주머니라고 부르곤 했지. 아주머니의 하나밖에 없는 딸이 얼마 전에 결혼해서 외국으로 선교 활동을 하러 갔대. 제임시나 아주머니는 크고 넓은 집에 혼자 남겨져서 몹시 외로워하셔. 우리가 부탁하면 킹즈포트로 오셔서 집안일을 돌봐주실 거야. 너희도 틀림없이 아주머니를 좋아하게 될 거고. 생각하면 할수록 마음에 드는 계획 아니니? 그렇게만 된다면 우린 즐겁고 자유로운 생활을 마음껏 누릴 수 있겠지.

만약 내 생각에 동의한다면, 거기 있는 너희가 이번 봄에 적당한 집을 찾아보는 게 어때? 가을까지 기다리는 것보단 나을 거야. 가구가 딸린 집을 얻으면 금상첨화겠지만 그럴 수 없다고 해도 괜찮아. 원래 우리가 갖고 있던 것에 더해 가족과 친구들이 다락방에 처박아둔 것을 얻으면 되지 뭐. 어쨌든 되도록 빨리 결정해서 답장을 보내줘. 그래야 제임시나 아주머니도 준비를 하실 수 있을 테니까.

"정말 좋은 생각인걸!"

프리실라가 말하자 앤도 기쁜 얼굴로 동의했다.

"나도 그렇게 생각해. 물론 이곳도 좋지만 하숙집은 진정한 집이라고 할 수 없잖아. 그러니까 당장 살 집을 구해보자. 시험이 시작되기 전에 끝마치는 게 좋겠어."

프리실라가 충고했다.

"웬만큼 괜찮은 집을 구하는 건 쉽지 않을 수도 있어. 그러니 너무 많이 기대하지는 마. 우리 형편으로는 좋은 위치의 멋진 집을 구할 순 없을걸? 아마 누가 사는지도 모르는 거리의 작고 초라한 집에 만족해야 할 거야. 겉모습이 뭐가 중요하겠니? 그 안에서 편안하게 지내면 되지."

두 사람은 곧 집을 구하러 다녔다. 하지만 기대에 딱 들어맞는 곳은 프리실라가 걱정한 것 이상으로 발견하기 힘들다는 사실만 알게 되었다. 가구가 있고 없음을 떠나 집 자체는 너무나도 많았다. 그런데 이 집은 너무 크고 저 집은 너무 작았으며, 어떤 집은 너무 비싸고 다른 집은 학교에서 너무 멀었다. 어느새 시험이 시작되고 또 끝났다. 학기 마지막 주가 되었을 때까지 앤이 말하는 '꿈의 집'은 여전히 공중누각에 불과했다.

"그만 포기하고 가을까지 기다려야 할 것 같아. 그때쯤이면 우리 몸을 눕힐 만한 오두막이라도 구할 수 있을 거야. 만에 하나 그것도 안 된다면, 우리가 들어갈 하숙집이야 언제든지 찾을 수 있겠지."

프리실라가 지친 얼굴로 말했다. 두 사람은 산들바람이 불어오고 하늘은 푸른빛으로 물든 4월의 어느 아름다운 날 공원을 거닐고 있었다. 항구는 이리저리 떠다니는 진줏빛 안개에 뒤덮여 크림색으로 빛났다.

"어쨌든 지금은 그런 걱정을 하느라 이 사랑스러운 오후를 망치진 않을 거야."

앤은 즐거운 듯 주위를 둘러보며 말했다. 소나무 향기가 희미하게 밴 공기는 상쾌하고 차가웠으며 저 위의 하늘은 수정처럼 맑고 푸르렀다. 마치 커다란 축복의 잔을 엎어놓은 듯했다.

"오늘은 봄이 내 혈관에서 노래 부르고 4월의 유혹이 공기 속을 떠다니는 날이야. 프리실라, 난 지금 꿈속에서 환상을 보는 것 같아. 서쪽에서 바람이 불어오기 때문인가 봐. 난 서풍이 좋거든. 희망과 기쁨을 노래하며 불어오잖아. 동풍이 불 때면 처마에 내리는 슬픈 비와 회색빛 해변으로 몰려드는 슬픈 파도가 생각나. 나이가 들면 동쪽에서 바람이 불 때마다 류머티즘을 앓을지도 몰라."

프리실라도 활짝 웃었다.

"거추장스러운 털옷과 겨울옷을 벗어버리고 이렇게 가벼운 차림으로 활기차게 다니는 것도 참 즐거워. 새롭게 태어난 기분이 들지 않니?"

"봄에는 모든 게 새로워. 봄이 오는 것 자체도 언제나 새롭지. 어느 해의 봄이건 지난봄과는 딴판이야. 그해 봄만의 독특한 달콤함을 지니고 있거든. 저기 작은 연못 주변에 돋아난 풀이 얼마나 푸른지 한번 봐. 버드나무에도 싹이 돋아났어."

"시험도 끝났고 종업식이 코앞이네. 돌아오는 수요일이야. 다음 주 이맘때면 집에 가 있겠지."

"난 정말 기뻐. 하고 싶은 일이 산더미거든. 부엌문 계단에 앉아 해리슨 아저씨네 밭에서 불어오는 산들바람을 느끼고 싶어. 유령의 숲에서 고사리를 찾아다니고, 제비꽃 골짜기에 가서 제비꽃을 모으고 싶기도 해. 프리실라, 우리가 끝내주게 멋진 소풍을 갔던 날 기억하니? 개구리의 노랫소리와 포플러나무가 속삭이는 소리도 듣고 싶어. 하지만 난 킹즈포트도 점점 좋아지고 있어. 가을에 여기로 돌아올 수 있어서 참 행복해. 만약 소번 장학금을 받지 못했다면 그럴 수 없었을 거야. 마릴라 아주머니의 얼마 안 되는 저금은 절대로 쓰고 싶지 않았거든."

앤이 꿈꾸듯 말하자 프리실라가 한숨을 쉬었다.

"이제 집만 구하면 되는데! 앤, 저기 킹즈포트를 봐. 집, 집, 사방에 집이 늘어서 있지만 정작 우리가 살 집은 없네."

"그만, 프리실라. '가장 좋은 것은 아직 오지 않았다'*라는 말이 있잖아. 우리는 고대 로마인들처럼 집을 찾거나 짓거나 둘 중 하나는 할 거야. 이런 날 내 멋진 사전에 실패란 말은 없어."

두 사람은 해 질 녘이 될 때까지 공원을 거닐면서 봄이라는 계절의 놀라운 기적과 영광과 경이로움에 흠뻑 젖어들었다. 그리고 집에 가는 길에는 패티의 집을 보기 위해 여느 때처럼 스포퍼드 거리를 들렀다.

<hr />

* 영국 시인 로버트 브라우닝(1812-1889)의 시 〈랍비 벤 에즈라〉에 나온 표현

"뭔가 신비로운 일이 당장이라도 일어날 것 같은 기분이 들어. '엄지손가락이 따끔거리는 걸 보면'* 알 수 있지. 멋진 동화책 속에 들어와 있는 기분이야. 어머, 어머, 어머! 프리실라 그랜트, 저길 보고 나서 저게 진짜인지 아니면 내가 헛것을 보고 있는 건지 말해줄래?"

언덕을 오를 때 앤이 호들갑을 떨었다. 프리실라가 그 말에 따라 눈길을 돌렸다. 앤의 엄지손가락과 눈에는 아무런 문제가 없었다. 패티의 집 대문 아치 너머로 작고 수수한 팻말이 걸려 있었는데 거기에 적힌 글귀가 다음과 같았기 때문이다.

세놓음. 가구 포함. 안으로 들어와 문의 바람.

"프리실라, 우리가 패티의 집을 빌릴 수 있을까?"

앤이 기어 들어가는 목소리로 조심스레 입을 열었다. 하지만 프리실라는 딱 잘라 대답했다.

"아니, 힘들 거야. 이렇게 좋은 일이 현실로 나타날 리 없잖아. 요즘은 동화 같은 일이 벌어지진 않아. 앤, 난 기대하지 않을 거야. 그러다 실망하게 되면 괴로워서 견딜 수 없을 테니까. 집세도 우리가 감당 못할 만큼 터무니없이 비쌀걸? 명심해, 이 집은 스포퍼드 거리에 있다고."

앤은 단호하게 말했다.

"어쨌든 무슨 방법이 있을지도 몰라. 오늘은 너무 늦었으니 내일 다시 와보자. 아, 프리실라. 사랑스러운 이 집을 빌릴 수만 있다면 얼마나 좋을까! 난 이곳을 처음 봤을 때부터 내 운명과 패티의 집이 연결되어 있다고 느꼈어."

10장

패티의 집

다음 날 저녁 앤과 프리실라는 마음을 굳게 먹고 작은 정원의 오늬무늬 길을 걸어갔다. 4월의 바람은 소나무들 사이를 노랫소리로 속속들이 채웠다. 개똥지빠귀가 지저귀는 숲은 활기가 넘쳤다. 크고 통통한 새 몇 마리는 활개를 치며 오솔길을 걸어다니기까지 했다. 약간 겁먹은 두 사람이 초인종을 누르자 무뚝뚝한 표정의 나이 든 하녀가 나와서 맞이했다. 열린 문 안으로 들어가자 곧바로 커다란 거실이 나왔다. 밝게 타오르는 작은 벽난로 옆에 나이 든 두 부인이 앉아 있었는데 이들은 엄숙한 분위기를 풍겼다. 한 사람은 70세쯤 되었고 다른 사람은 50세쯤으로 보인다는 사실만 제외하면, 두 사람에게는 차이점이 거의 없었다. 금속제 안경 뒤로 보이는 눈은 놀라울 만큼 커다랗고 연푸른빛이 감돌았다. 둘 다 모자를 쓰고 회색 숄을 걸쳤는데,

서두르는 기색은 없었지만 한시도 쉬지 않고 뜨개질을 했다. 그들은 흔들의자에 앉아 여유 있게 몸을 흔들면서 가만히 두 소녀를 바라보았다. 그들의 등 뒤에는 커다란 도자기 개가 한 마리씩 앉아 있었다. 둥근 초록색 점이 몸 전체에 가득했고 코와 귀도 초록색이었다. 앤은 이 개들을 보자마자 반해버렸다. 마치 패티의 집을 지키는 쌍둥이 수호천사 같았다.

몇 분 동안 아무도 입을 열지 않았다. 앤과 프리실라는 너무 긴장해서 무슨 말을 꺼내야 할지 몰랐고 두 노부인이나 도자기 개들은 별로 말하고 싶지 않은 듯했다. 앤은 흘끔흘끔 방을 둘러보았다. 정말 사랑스러운 곳이었다! 다른 문은 소나무 숲 쪽으로 통했고 대담하게도 개똥지빠귀가 층계 위까지 발을 들였다. 바닥 여기저기에는 굵게 짠 둥근 깔개가 놓여 있었다. 초록지붕집에서 마릴라가 만들던 것과 비슷했다. 에이번리에서조차도 시대에 뒤떨어진 물건이라고들 했는데, 여기 스포퍼드 거리에 이런 것들이 있다니! 구석에는 잘 닦아놓은 거대한 괘종시계가 크고 둔탁한 소리를 내며 움직이고 있었다. 벽난로 위로 호감을 느끼게 할 만한 작은 찬장이 있었고, 찬장 유리문 안쪽에서는 진기한 도자기들이 빛났다. 벽에는 오래된 판화와 그림자 그림이 걸려 있었다. 한쪽 구석의 계단은 2층으로 이어졌고, 계단 첫 번째 모퉁이에는 긴 유리창이 나 있었는데 앉을 자리도 마련되어 있었다. 앤이 상상했던 모습 그대로였다.

더는 침묵을 견디기 힘들었던 프리실라가 앤을 팔꿈치로 쿡쿡 찌르며 재촉했다. 앤은 패티 스포퍼드임이 분명해 보이는 부인에게 기어 들어가는 목소리로 말했다.

"저기, 이 집을 세놓는다는 팻말을 봤는데요."

"아, 그래요? 그 팻말은 오늘 떼려던 참이었어요."

패티 부인의 대답에 앤의 얼굴이 흐려졌다.

"아, 그럼 저희가 너무 늦었나 보네요. 다른 사람에게 세를 놓기로 하신 건가요?"

"그건 아니에요. 집을 빌려주지 않기로 했어요."

"어머, 정말 유감이네요. 전 이 집을 사랑해요. 이곳에 들어와 살고 싶었는데…."

앤은 자기도 모르게 소리쳤다. 패티 부인은 뜨갯거리를 내려 놓고 안경을 벗어서 닦은 뒤 다시 썼다. 그러고는 처음으로 앤을 사람 대하듯 바라보았다. 다른 부인도 거울에 비치는 모습처럼 패티 부인을 똑같이 따라 했다.

"이 집을 사랑한다고 했는데, 그건 진정 사랑한다는 뜻인가요? 아니면 그저 보이는 모습이 좋다는 뜻인가요? 요즘 아가씨들은 과장해서 말하는 버릇이 있기 때문에 무엇이 진심인지 알수 없다니까요. 내가 젊을 때는 그러지 않았죠. 그때는 젊은 여자들이 어머니나 하느님을 사랑한다고 말할 때와 똑같은 말투로 순무를 사랑한다고 하지 않았어요."

패티가 '사랑'이라는 말을 강조하며 말했다. 양심에 거리낄 것이 없었던 앤이 부드럽게 말했다.

"전 정말로 이 집을 사랑해요. 지난해 가을 이 집을 본 뒤로 줄곧 사랑해왔어요. 저는 대학 친구 둘과 내년에 하숙을 하지 않고 같이 살기로 했어요. 그래서 적당한 집을 찾고 있었죠. 그러던 중 세를 놓는다는 팻말을 보고 정말 기뻤어요."

"이 집을 사랑한다면, 빌려줄게요. 사실 마리아와 나는 오늘 아무래도 이 집을 세놓지 말아야겠다고 마음먹었어요. 찾아온 사람들이 죄다 마음에 들지 않았거든요. 세를 놓지 않아도 유럽에 갈 형편은 되니까요. 집세를 받으면 가계에 보탬이야 되겠죠. 하지만 금덩어리를 준다 해도 여기 와서 보고 갔던 부류에게 우리 집을 맡기고 싶지 않았어요. 아가씨들은 좀 달라 보이는군요. 이 집을 사랑하고 소중하게 보살필 거라는 믿음이 가요. 그러니 이 집에 들어와 살아도 돼요."

그 말을 듣고 앤이 망설였다.

"저기, 집세를 얼마나 드려야 할까요?"

패티 부인이 원하는 액수를 말해주었다. 앤과 프리실라는 서로 얼굴을 쳐다보았다. 프리실라가 고개를 저었다. 앤이 실망한 기색을 감추며 말했다.

"그렇게나 비싼 집세를 감당할 순 없을 것 같아요. 보시다시피 저희는 아직 대학생이라 생활비가 빠듯하거든요."

패티 부인이 뜨개질을 멈추고 물었다.

"얼마까지 낼 수 있죠?"

앤이 금액을 말하자 패티 부인은 점잖게 고개를 끄덕였다.

"그 정도면 괜찮아요. 방금 말했듯이 우리가 형편이 어려운 건 아니니까요. 부자는 아니지만 유럽에 다녀올 만큼은 살아요. 나는 평생 유럽에 못 가봤어요. 갈 생각도 없었을뿐더러 가고 싶지도 않았죠. 그런데 저기 있는 조카 마리아 스포퍼드가 가고 싶어 해요. 젊은 사람이 혼자 세계 여행을 할 수는 없잖아요."

앤은 패티 부인의 진지한 말을 듣고 이렇게 중얼거렸다.

"그, 그렇죠. 그러면 안 되죠."

"물론이에요. 그래서 마리아를 돌보려고 내가 같이 가는 거예요. 나도 재미있을 것 같아요. 난 일흔 살이지만 아직은 사는 게 힘들지 않거든요. 좀 더 일찍 마음먹었더라면 유럽엔 벌써 다녀오고도 남았을 텐데. 아무튼 우린 2년에서 3년 정도 집을 비워둘 것 같아요. 6월에 배가 떠나니까 그즈음 열쇠를 보내줄게요. 그리고 아가씨들이 마음대로 쓸 수 있도록 모든 걸 잘 정리해둘게요. 특별한 것 몇 개만 빼고 나머지는 두고 갈 거예요."

"도자기 개도 남겨두실 건가요?"

앤이 조심스럽게 물었다.

"그랬으면 좋겠어요?"

"네, 진심으로요. 굉장히 멋지거든요."

패티 부인이 기쁜 얼굴로 자랑스럽게 말했다.

"난 저 개들을 소중하게 여기고 있어요. 만든 지 백 년도 넘은 거예요. 50년 전에 우리 오라버니 아론이 런던에서 가져온 뒤로 지금까지 벽난로 양쪽 자리를 지키고 있죠. 스포퍼드 거리라는 도로명은 아론 오라버니의 이름을 딴 거예요."

"보기 드물게 훌륭한 분이셨어요."

처음으로 마리아가 입을 열었다. 울컥한 기색이 얼굴에 고스란히 드러난 패티 부인이 말을 이었다.

"네게 참 좋은 삼촌이셨지. 기특하게도 기억하고 있구나."

"절대 못 잊을 거예요. 저 벽난로 앞에 서서 뒷짐을 지고 우리에게 미소를 지으셨던 모습이 지금도 눈에 선해요."

마리아가 엄숙하게 말하고는 손수건을 꺼내 눈물을 닦았다.

하지만 패티 부인은 감상에서 현실로 돌아와 단호히 말했다.

"아가씨들이 잘 돌본다고 약속해준다면 개들은 그대로 두고 갈게요. 이름은 곡과 마곡이에요.* 곡은 오른쪽을 보고 있고 마곡은 왼쪽을 보고 있죠. 그리고 당부할 게 하나 더 있어요. 이 집을 '패티의 집'이라고 불러주면 좋겠는데, 괜찮겠어요?"

"그럼요. 이 집에서 가장 좋은 것 하나가 이름인걸요."

"역시 뭔가 아는 사람들이 맞군요. 믿을 수 있을지 모르겠지만 이 집을 빌리려고 여기 온 사람들은 전부 자기들이 사는 동안 문패를 떼도 되는지 물어봤어요. 난 이 집이 그 이름과 어울리는 곳이라고 분명히 말했죠. 아론 오라버니가 유산으로 물려줬을 때부터 패티의 집이었고, 나와 마리아가 죽을 때까지는 패티의 집으로 남아 있을 거예요. 그런 뒤에는 새 주인이 이 집에 바보 같은 이름을 붙여도 상관할 바 없겠죠."

패티 부인은 만족스러운 어조로 말한 뒤 이야기를 마쳤다. "우리가 떠난 뒤에 홍수가 나든 말든 무슨 상관이냐"**라는 말과 무척 비슷하게 들렸다.

"그럼 계약을 맺기 전에 집을 둘러볼까요?"

앤과 프리실라는 집을 살펴보고 나서 더 크게 기뻐했다. 1층에는 넓은 거실 말고도 부엌과 작은 침실이 있었다. 2층에는 방이 세 개 있었는데 하나는 크고 둘은 작았다. 앤은 작은 방들 중

- 곡과 마곡은 신약성경의 요한계시록 20장 8절에 나오는 반기독교 지도자의 이름이다.
- •• 프랑스 왕 루이 15세의 정부 퐁파두르가 로스바흐전투 때 했던 말로, 성경의 홍수 이야기와 관련되어 있다.

에서 큰 소나무가 내려다보이는 곳을 자기 방으로 점찍었다. 연한 파란색 벽지를 발랐고 촛대가 달린 작고 고풍스러운 화장대가 있는 방이었다. 마름모꼴 유리가 달린 창문 옆에는 파란 모슬린 장식으로 덮어놓은 의자가 있었는데, 공부를 하거나 꿈을 꾸기에 알맞은 곳으로 보였다.

"전부 다 기가 막히게 멋지다. 잠에서 깼을 때 모든 것이 밤사이에 본 덧없는 환영이라고 여겨질 것 같아."

돌아오는 길에 프리실라가 말하자 앤이 웃었다.

"패티 아주머니와 마리아 아주머니는 도저히 꿈속에서 만들어냈다고 할 수 없을 것 같은데. 두 분이 그 숄과 모자 차림으로 세계 여행을 하는 걸 상상할 수 있겠니?"

"여행지에선 벗고 다니겠지. 그런데 어딜 가든 뜨갯거리를 가지고 다닐 게 분명해. 뜨개바늘을 절대 손에서 놓지 못할 거야. 웨스트민스터사원을 걸어 다니면서도 뜨개질을 할 게 틀림없어. 앤, 그동안 우린 패티의 집에서 사는 거야. 그것도 스포퍼드 거리에서! 벌써부터 백만장자가 된 기분이야."

프리실라의 말에 앤도 감상을 이야기했다.

"난 기쁨을 노래하는 샛별 무리에 들어간 기분이야."

그날 밤 필리파 고든이 세인트존스 38번지에 찾아와서는 앤의 침대에 몸을 던졌다.

"얘들아, 나 피곤해서 죽을 것 같아. '나라 잃은 남자'*가 된 기분이야. 아니 '그림자를 잃어버린 남자'였나? 아무튼 어느 쪽인

---

* 미국 작가 에드워드 헤일(1822-1909)의 단편소설 「나라 잃은 남자」를 말한다.

지 잊어버렸어. 지금까지 짐만 싸고 있었다니까."

"네가 완전히 지쳐버린 이유는 어떤 짐을 먼저 싸야 하는지, 싸놓은 짐들을 어디에 둬야 하는지 결정을 못 해서겠지."

프리실라가 키득거렸다.

"바로 그거야. 가까스로 모든 걸 쑤셔 넣고 하숙집 아주머니랑 하녀를 가방 위에 앉히고 나서야 간신히 잠갔는데 그 순간 종업식에서 필요한 물건들이 가방 밑바닥에 있다는 걸 깨달았지. 난 겨우 가방을 열어서 한 시간 동안이나 헤집은 끝에 필요한 걸 꺼냈어. 찾던 물건이라 생각하고 잡아당길 때마다 다른 게 튀어나왔거든. 앤, 그래도 난 욕은 하지 않았어."

"난 네가 그랬다고는 안 했는데."

"뭐, 네 표정만 봐도 다 알 수 있는걸. 하지만 내 생각이 고상하지 못한 쪽에 가까웠던 건 사실이야. 게다가 난 심한 코감기에 걸렸어. 훌쩍거리고(sniffle) 한숨을 쉬다가(sigh) 재채기(sneeze)를 하지. 두운이 딱딱 들어맞는 고통 아니니? 앤 여왕님, 기운 좀 내게 한 마디만 해주세요."

"다음 주 목요일 밤엔 앨릭(Alec)과 알론조(Alonzo)가 있는 곳으로 돌아갈 거라고 생각해봐."

앤이 말하자 필리파는 슬픈 얼굴로 고개를 저었다.

"또 두운을 맞췄네. 아무리 앨릭과 알론조라 해도 코감기에 걸렸을 때는 보고 싶지 않아. 그런데 너희 둘 무슨 일 있니? 지금 가까이서 보니까 영혼에서부터 무지갯빛이 나는 것 같아. 어머나, 정말 빛나고 있네! 무슨 일이야?"

"우리 이번 겨울부터 패티의 집에서 살기로 했어. 맞아, 하숙이 아니라 우리끼리 사는 거라고! 우리가 집을 빌렸지. 스텔라 메이너드도 오고, 걔네 친척 아주머니가 살림도 해주실 거야."

앤이 의기양양하게 말하자 필리파는 벌떡 일어나 코를 쓱 닦은 뒤 앤 앞에 무릎을 꿇었다.

"얘들아, 제발. 나도 끼워줘. 아, 나 죽은 듯 얌전하게 지낼게. 거기에 내가 들어갈 방이 없으면 과수원의 개집에서 자도 좋아. 거기서 작은 개집을 봤거든. 그냥 같이 살게만 해줘."

"일어나. 바보같이 왜 그래?"

"내가 너희들과 같이 살아도 된다고 말해주기 전까진 무릎을 달싹거리지도 않을 거야."

앤은 프리실라와 눈을 맞추다가 천천히 말했다.

"필, 우리도 너랑 같이 사는 게 좋아. 하지만 솔직히 말하는 게 낫겠지. 난 가난해. 프리실라도, 스텔라 메이너드도 마찬가지야. 그래서 살림살이는 아주 간단하게 마련하고 식탁도 평범하게 차려야 할 거야. 너도 우리처럼 살아야 해. 그런데 넌 부자잖아. 네 하숙비만 봐도 알 수 있어."

필리파는 비극의 주인공이라도 된 듯한 목소리로 물었다.

"아, 그게 무슨 상관이야? 친구들과 먹는 우정 어린 푸성귀가 혼자 하숙집에서 먹는 미움 섞인 쇠고기보다 낫지.* 내가 먹을 것만 밝힌다고 생각하진 말아줘. 빵에 잼만 조금 발라주면 돼. 빵과 물만 있어도 살 수 있어."

"그리고 해야 할 일도 많을 거야. 아주머니 혼자 살림을 다 할수는 없거든. 모두가 거들어야겠지. 그런데 넌…."

앤이 말을 미처 끝내기도 전에 필리파가 받아쳤다.

"난 애쓰지도 않았고 길쌈을 해본 적도 없지.* 하지만 집안일을 배울게. 딱 한 번만 시범을 보여주면 돼. 지금도 침대는 정돈할 수 있어. 그리고 내가 요리를 못하긴 해도 화는 참을 수 있거든. 그 정도면 대단한 거야. 날씨가 어떻든 불평하지 않을게. 아, 제발! 내 평생 이렇게까지 뭘 간절히 원한 적은 없었어. 그런데이 바닥 말이야, 지독하게 딱딱하네."

프리실라가 단호하게 말했다.

"하나 더 있어. 레드먼드 전체가 다 아는 사실이지만 넌 거의매일 밤 손님을 초대해서 놀잖아. 하지만 패티의 집에선 그렇게할 수 없어. 우린 금요일 저녁에만 친구들을 집에 초대하기로정했어. 네가 우리랑 같이 산다면 이 규칙을 지켜야 해."

"혹시 내가 못 지킬 거라고 생각하는 건 아니겠지? 난 대환영인걸. 나도 그런 규칙이 필요하다는 건 알았는데 만들거나 지킬결심을 못 했던 거야. 너희에게 책임을 넘기면 난 한시름 덜겠지. 내가 너희와 운명을 함께하도록 허락해주지 않는다면 난 실망한 나머지 죽어버릴지도 몰라. 그런 다음에 유령으로 돌아와너희를 따라다닐 거야. 문간에 딱 버티고 서 있을 거니까 너희는 나한테 걸려 넘어지지 않고는 집을 드나들지 못할걸?"

---

* 신약성경 마태복음 6장 28절의 "수고도 아니하고 길쌈도 아니하느니라"를 응용한 표현

또다시 앤과 프리실라는 의미심장한 표정을 주고받았다. 앤이 말했다.

"그래. 하지만 우린 스텔라와 의논하기 전까진 네 제안을 받아준다고 약속할 수 없어. 하지만 걔도 반대할 것 같진 않아. 우리 생각엔 네가 와도 좋을 것 같아. 기쁘게 환영할게."

"검소한 생활에 싫증 나면 나가도 돼. 아무것도 묻지 않을게."

프리실라가 덧붙였다. 필리파는 벌떡 일어나 환호성을 지르며 두 사람을 껴안았다. 그러고는 크게 기뻐하며 돌아갔다.

"모든 게 잘됐으면 좋겠어."

프리실라가 진지하게 말하자 앤도 목소리에 힘을 주었다.

"우리가 모든 걸 잘되게 만들어야지. 필은 우리 '행복한 작은 집'과 잘 맞을 거야."

"아, 필은 같이 수다를 떨고 친구로 지내기엔 좋은 애야. 그리고 사람 수가 많아질수록 우리 빈약한 주머니 사정은 더 나아지겠지. 하지만 필이 공동생활을 할 수 있을까? 누구든 여름과 겨울을 함께 지내보지 않으면 같이 살 만한 사람인지 모르잖아."

"아, 우리 모두 시험대에 오른 거야. 우린 현명한 사람처럼 자신의 고집을 버려야 해. 생활하면서 서로에게 맞춰나가는 거지 뭐. 조금 생각이 없긴 하지만 필은 이기적인 애가 아니야. 우린 패티의 집에서 사이좋게 지낼 수 있을 거야."

11장

—

인생의 변화

앤은 소번 장학금을 받고 자랑스럽게 에이번리로 돌아왔다. 사람들은 앤이 별로 변하지 않았다고 말했다. 놀라워하면서도 조금 실망스러워하는 듯한 어조였다. 변하지 않기로는 에이번리도 마찬가지였다. 적어도 언뜻 보기에는 그랬다. 하지만 앤은 집으로 돌아온 뒤 첫 번째로 맞이한 일요일, 교회의 초록지붕집 가족석에 앉아서 다른 신도들을 보자마자 몇 가지 소소한 변화를 알아차렸다. 단번에 몰아닥친 변화의 물결을 실감한 앤은 에이번리의 시간이 그대로 멈춰 있지는 않았다는 사실을 새삼 깨달았다. 설교대에는 새로 온 목사님이 서 있었다. 신도들이 앉는 자리에서 몇몇 낯익은 얼굴이 사라져버렸다. 두 번 다시 예언할 수 없게 된 에이브 아저씨, 한숨을 다 비워버린 피터 슬론 부인, 린드 부인의 말처럼 "20년 동안 죽는소리를 하다가 마침

내 정말 세상을 떠난" 티머시 코튼 부인, 관에 눕히기 전 수염을 말끔하게 깎아놓아서 아무도 얼굴을 알아보지 못했던 조사이아 슬론 할아버지까지, 모두 교회 뒤편의 작은 묘지에 잠들었다.

빌리 앤드루스는 네티 블루잇과 결혼했다! 두 사람은 앤이 예배에 참석한 그날 처음 모습을 드러냈다. 빌리는 자랑스럽고 행복한 미소를 지으며 깃털 장식이 달린 비단옷을 입은 신부를 하먼 앤드루스네 가족석으로 인도했고, 앤은 흔들리는 눈빛을 감추기 위해 눈을 감았다. 크리스마스 휴가 때 겨울 폭풍우가 몰아치던 밤 제인이 빌리를 대신해 청혼했던 일이 떠올랐다. 빌리는 거절을 당해도 마음이 찢어지지 않은 게 분명해 보였다. 앤은 제인이 네티에게도 대신 청혼했는지, 아니면 빌리가 용기 있게 직접 운명적인 질문을 했는지 궁금해졌다. 가족석에 앉은 하먼 부인부터 성가대석에 있는 제인까지 앤드루스 집안사람들은 자기들끼리 자랑스럽고 즐거운 감정을 나누는 듯 보였다. 제인은 에이번리 학교의 교사 자리를 그만두고 가을에 서부로 갈 생각이라고 했다.

"에이번리에서는 애인을 사귈 수 없어서 그렇겠지. 내 말이 맞을 거다. 그 아이 말로는 서부에 가면 건강이 좋아질 거로 생각한다는구나. 그 애가 건강이 안 좋았다는 이야기를 당최 들어본 적이 있어야지."

린드 부인이 비아냥거리자 앤이 친구를 감싸며 말했다.

"제인은 좋은 아이예요. 누구처럼 관심을 끌려고 그런 일을 벌일 사람은 아니거든요."

"물론 걔가 남자들을 쫓아다니진 않았어. 그런 의미라면 네 말이 맞단다. 하지만 그 아이도 남들처럼 결혼은 하고 싶겠지. 암, 그렇고말고. 그게 아니라면 남자가 넘쳐나고 여자가 부족하다는 장점만 있는 구석진 서부로 가는 이유가 뭐겠니? 더 말할 것도 없다!"

하지만 그날 앤이 당황해서 놀란 눈으로 바라본 사람은 제인이 아니었다. 바로 성가대 자리에서 제인 옆에 앉은 루비 길리스였다. 루비한테 무슨 일이 일어난 것일까? 전보다 훨씬 아름다웠지만 푸른 눈은 지나치다 싶을 정도로 환하게 반짝였으며 뺨은 벌겋게 달아올라 있었다. 몸은 많이 여위었는데 특히 찬송가 책을 든 손은 피부 속이 비칠 정도로 가냘팠다.

"루비가 어디 아픈가요?"

교회에서 집으로 돌아가는 길에 묻자 린드 부인은 둘러대지 않고 있는 그대로 말해주었다.

"루비 길리스는 폐결핵으로 죽어가고 있어. 본인하고 가족 빼고는 다 아는 사실이야. 하지만 그들은 인정하지 않아. 물어봐도 더할 나위 없이 건강하다고 할 거야. 루비는 지난겨울 갑작스럽게 피를 토한 뒤로 학교에서 가르칠 수 없게 되었지만 가을에는 다시 교단에 서겠다고 하더구나. 지금은 화이트샌즈 학교를 알아보고 있다지? 하지만 화이트샌즈 학교가 개학할 때쯤 저 가엾은 아이는 아마 무덤 속에 있을 거다."

앤은 충격을 받아 말없이 듣기만 했다. 루비 길리스가, 오랜 친구가 죽어간다고? 세상에 어찌 그런 일이! 최근 몇 년 동안 두 사람은 떨어져 있었지만 학교 친구로서 맺은 오랜 친밀감은 그대로였기에 이 충격적인 소식은 앤의 마음을 날카롭게 헤집어놓았다. 빛나고 명랑하면서 매력적인 루비! 루비를 떠올리며 죽음 따위와 결부시키는 일은 불가능했다. 예배가 끝나자 루비는 앤을 반기고 다정하게 인사를 건네면서 다음 날 저녁 집에 들러 달라고 부탁했다.

"화요일하고 수요일 저녁에는 외출할 거라서 만나기 어려워. 카모디에서 음악회가 있고, 화이트샌즈에서는 파티가 열려. 허브 스펜서가 데려다줄 거야. 내가 지금 만나는 사람이거든. 내일 꼭 와야 해. 너랑 실컷 얘기하고 싶어 미치겠어. 레드먼드에서 있었던 일을 전부 다 듣고 싶어."

루비는 자랑하듯 속삭였다. 앤은 루비가 최근의 연애 이야기를 해주고 싶어 한다는 것을 알았지만 그래도 가기로 약속했다. 옆에 있던 다이애나도 같이 가겠다고 했다.

다음 날 저녁 두 사람이 초록지붕집을 나설 때 다이애나가 앤에게 말했다.

"난 오래전부터 루비네 집에 가고 싶었어. 하지만 도저히 혼자선 갈 수 없더라. 루비가 전처럼 재잘거려도 마음이 편치 않고, 특히 기침하느라 말을 제대로 못 하면서 멀쩡한 척하는 걸 볼 때마다 너무 무서웠거든. 루비는 죽을힘을 다해 견디고 있지만 사람들 말로는 가망이 전혀 없대."

두 사람은 노을이 붉게 비치는 길을 말없이 걸었다. 개똥지빠귀가 황금빛 대기를 환희로 채우며 나무 꼭대기 높은 곳에서 저녁 기도를 올리고 있었다. 땅에 내렸던 햇볕과 빗물을 힘입어 생명의 싹을 틔워보려고 씨앗이 몸부림치는 들판 너머 늪지와 연못가에서는 개구리 울음소리가 은빛 플루트 연주처럼 들려왔다. 거칠긴 하지만 달콤하고 은은한 산딸기 덩굴의 향기가 공기에 가득 배어들었다. 하얀 안개가 고요한 골짜기 위를 맴돌았고, 별들이 시냇물 위로 제비꽃을 흩뿌려놓은 듯 점점이 파랗게 빛을 냈다.

"노을이 저렇게 아름다울 수가! 앤, 저것 봐. 하늘에 땅이 그대로 떠오른 것처럼 보이지? 길고 낮게 깔린 보라색 구름 뒤편은 해변이고, 저 멀리 맑은 하늘은 황금빛 바다잖아."

다이애나의 말을 듣고 앤은 몽상에서 깨어났다.

"달빛 배 기억하지? 폴이 예전에 썼던 작문에 나오잖아. 그걸 타고 갈 수 있다면 얼마나 멋질까. 다이애나, 그곳에선 우리의 지난날 전부를, 예전의 봄들과 꽃들을 다 찾을 수 있지 않을까? 거기서 폴이 보았다는 꽃밭에는 옛날에 우리를 위해 활짝 피어났던 장미도 있지 않을까?"

"그러지 마! 인생을 다 산 할머니가 된 기분이 들잖아."

"가엾은 루비 이야기를 듣고 나서는 우리가 정말 그렇게 된 듯한 기분이 들어. 루비가 죽어가는 게 사실이라면 다른 슬픈 일도 사실이 될지 모르잖아."

다이애나가 물었다.

"엘리샤 라이트 아주머니네 집에 잠깐 들러도 괜찮겠지? 엄마가 아토사 대고모님한테 이 잼을 갖다 드리라고 하셨거든."

"아토사 대고모님이 누구야?"

"아, 들어본 적 없니? 스펜서베일의 샘슨 코츠 부인이야. 엘리샤 라이트 아주머니의 이모지. 우리 아빠의 고모이기도 해. 지난겨울에 남편을 여의고 홀로되셨어. 형편도 어렵고 해서 라이트 아주머니네 집으로 모셔온 거야. 엄마는 우리가 대고모님을 모셔야 한다고 생각했지만 아빠가 필사적으로 반대하셨어. 아토사 고모하고 함께 살 수는 없대."

"성격이 보통은 아니신가 보구나?"

앤이 무심코 물어보자 다이애나가 의미심장한 얼굴로 고개를 끄덕였다.

"우리가 그 집에서 나오기도 전에 대고모님이 어떤 분인지 알게 될 거야. 아빠 말을 빌리자면 대고모님은 도끼같이 생겼어. 공기도 베어낼 정도야. 그런데 혀는 더 날카롭다니까."

아토사 대고모는 늦은 시간인데도 부엌에서 씨감자를 자르고 있었다. 낡고 바랜 옷을 입었고 백발은 심하게 헝클어져 있었다. 아토사 대고모는 자신이 괜찮은 사람으로 보이는 것이 싫어서 지나치리만큼 고약하게 굴곤 했다.

"아, 네가 바로 그 앤 셜리로구나? 네 얘기는 많이 들었다. 네가 집에 돌아왔다고 앤드루스 부인이 말해줬어. 네가 전보다 꽤 나아졌다고 하더구나."

다이애나가 앤을 소개하자 부인이 말했다. 앤에 대해 좋은 이야기는 전혀 듣지 못했다는 말투였다. 아토사 대고모가 보기에 앤에게 지금보다 개선해야 할 부분이 넘쳐난다는 사실에는 의심의 여지가 없었다. 대고모는 잠시도 쉬지 않고 힘차게 씨감자를 자르며 말했다.

"앉으라고 해도 아무 소용없겠지? 이곳에는 너희의 관심을 끌 만한 게 없으니까. 하필 지금은 집에 아무도 없지 뭐냐."

대고모가 빈정거리자 다이애나가 쾌활하게 말했다.

"어머니가 대황으로 만든 잼을 대고모님께 보내셨어요. 오늘 만들었는데 마음에 드실지 모르겠다고 하셨어요."

아토사 대고모는 거드름을 피우며 심술궂게 말했다.

"그래, 고맙구나. 솔직히 너희 엄마 잼에 별 기대는 없어. 항상 너무 달게 만들거든. 그래도 좀 참고 먹어볼 테니 걱정 마라. 올봄에는 끔찍할 만큼 식욕이 없단다. 건강도 영 안 좋아진 것 같고. 그런데도 난 계속 일하잖니. 여긴 일할 수 없는 사람을 달가워하지 않거든. 아주 귀찮지 않다면 이 잼을 찬장에 넣어주겠니? 난 오늘밤까지 감자 손질을 해치워버려야 해. 너희 같은 아가씨들은 이런 일을 한 번도 해본 적이 없겠지? 손이 거칠어지는 걸 싫어할 테니까."

"저희 집 농장을 빌려주기 전까지는 저도 종종 씨감자를 자르곤 했어요."

앤이 먼저 웃으며 말하자 다이애나도 계면쩍게 웃고는 장난스럽게 덧붙였다.

"전 아직도 하고 있어요. 지난주에는 사흘 동안이나 감자를 자른걸요. 물론 그다음엔 매일 밤 레몬주스에 손을 담근 뒤 새끼염소 가죽으로 된 장갑을 끼고 잤지만 말이에요."

아토사 대고모는 콧방귀를 뀌었다.

"바보 같은 잡지를 산더미처럼 읽고 그런 정보를 얻은 모양이구나. 네가 그러는 동안 어머니가 널 가만 내버려뒀는지 모르겠다. 어쨌든 너희 어머니는 널 너무 오냐오냐하면서 키웠어. 조지가 결혼할 때, 우리 집에선 너희 어머니가 그 애한테 걸맞지 않은 아내라고 생각했었단다."

아토사 대고모는 조지 배리가 결혼할 때 들었던 불길한 예감이 안타깝게도 들어맞았다는 듯 한숨을 크게 내쉬었다.

두 사람이 일어서자 대고모가 물었다.

"가려고? 하긴 나 같은 할머니랑 이야기해봤자 무슨 재미가 있겠니. 하필 남자애들이 집을 비워서 안됐구나."

다이애나가 설명했다.

"루비 길리스한테 잠깐 가보려고 해요."

"아, 물론 무슨 일이든 핑곗거리야 갖다 붙이면 되겠지. 갑자기 들이닥쳐서는 예의 바르게 인사할 시간도 없이 금세 가버리는구나. 대학에서 그렇게 가르치나 보지? 루비 길리스하고는 떨어져 있는 게 현명한 거야. 폐결핵은 옮는 거라고 의사들이 그랬어. 난 루비가 틀림없이 무슨 병을 얻을 줄 알았다. 작년 가을에는 보스턴에까지 나다녔잖니. 집에 가만히 못 있는 사람은 뭐라도 걸리기 마련이야."

아토사 대고모가 상냥한 척 말하자 다이애나는 정색했다.

"어디 가지 않고도 병에 걸릴 수 있어요. 어떤 사람은 죽기도 하는걸요."

"그런 건 그 사람들 탓이 아니지. 참, 다이애나! 너 6월에 결혼한다고 들었다."

아토사 대고모도 지지 않고 쏘아붙이자 다이애나는 얼굴이 금세 새빨개졌다.

"그건 사실이 아니에요."

아토사 대고모가 의미심장한 얼굴로 말했다.

"글쎄, 너무 오래 미루지는 마라. 너도 금세 시들어버릴 테니까 지나치게 여유를 부리면 안 돼. 네게 볼 만한 건 얼굴빛하고 머리카락뿐이잖니. 그리고 라이트 집안은 무지막지하게 변덕을 부린다니까. 이봐, 셜리 양. 넌 모자를 써야겠다. 네 코는 주근깨가 덕지덕지하구나. 이런, 머리까지 빨갛잖아! 뭐, 우린 모두 하느님이 만드신 그대로겠지만 말이다! 마릴라 커스버트한테 안부를 전해주겠니? 내가 에이번리에 온 뒤로 한 번도 찾아오지 않았지만 불평해도 소용없는 일이겠지. 커스버트네 사람들은 늘 이 부근의 누구보다 자기들이 낫다고 생각한다니까."

두 사람이 오솔길로 도망쳐 나온 뒤에야 다이애나가 숨을 헐떡이며 말했다.

"와, 정말 끔찍하지 않니?"

"일라이자 앤드루스 아주머니보다 심해. 하지만 아토사 같은 이름으로 평생 동안 살아야 한다는 사실을 생각해봐! 누구에게든 심술궂게 대하지 않을까? 자기 이름이 코델리아라고 상상했더라면 좋았을 거야. 도움이 많이 됐겠지. 나도 앤이라는 이름을 싫어했을 땐 그렇게 했거든."

"조시 파이가 늙으면 대고모님하고 똑같아질 거야. 너도 알겠지만 조시 엄마하고 아토사 대고모님은 친척 사이잖아. 아, 볼일이 끝나서 다행이야. 대고모님은 도가 지나치게 심술을 부리셔. 모든 일을 다 기분 나쁘게 만드는 것 같거든. 아빠가 대고모님에 대해 재미있는 얘기를 해줬어. 예전에 스펜서베일에 아주 훌륭하고 신앙심이 깊지만 귀가 어두운 목사님이 계셨대. 보통 크기로 대화하는 소리도 전혀 들을 수 없었지. 음, 거기선 일요일 저녁마다 기도 모임을 열었는데 교회 신자들이 모두 차례로 일어나서 기도하거나 성경 구절에 대해 몇 마디 이야기를 나누기로 했어. 그런데 어느 날 저녁 아토사 대고모님이 벌떡 일어났대. 기도나 설교를 하려던 게 아니었어. 대신 교회 사람 모두를 욕하고 무섭게 깎아내렸지. 한 명씩 이름을 불러가면서 그들이 무슨 일을 저질렀는지 폭로하고 지난 10년 동안 있었던 싸움이나 소문을 전부 들춰낸 거야. 마지막으로 자기는 스펜서베일 교회에 넌덜머리가 나서 다시는 발을 들여놓지도 않을 생각이며 이곳에 무서운 심판이 내리길 바란다고 마무리했어. 그런 다음 대고모님이 숨을 헐떡이며 자리에 앉자마자 그 말을 한 마디도 들을 수 없었던 목사님이 너무나 경건한 목소리로 덧붙였대. '아멘! 주님께서는 우리 사랑하는 자매님의 기도를 이루어주실 것입니다'라고 했다지 뭐야. 아빠가 이 이야기를 하실 때 너도 곁에서 들었어야 했어."

"다이애나, 이야기라니까 말인데. 사실은 요즘 짧은 글을 써볼까 생각하고 있어. 출판해도 좋을 만한 글 말이야."

앤이 굉장한 비밀을 털어놓듯 말했다. 이 놀라운 선언을 듣자마자 다이애나가 말했다.

"와, 너라면 당연히 쓸 수 있을 거야. 넌 몇 년 전 우리가 만든 이야기 클럽에서 가슴 뛰는 이야기를 몇 편 써본 적도 있잖아."

앤이 미소를 지었다.

"뭐, 그 이야기를 하려던 건 아니야. 요즘 그 일에 대해서 고민하는 중이었어. 하지만 막상 쓰려고 하니까 두렵기만 해. 실패하면 너무 부끄러울 것 같아."

"전에 프리실라가 말하는 걸 들었는데 모건 부인이 처음으로 쓴 소설도 모든 출판사에서 퇴짜를 맞았대. 하지만 앤, 네 소설은 거절당하지 않을 거야. 요즘에는 편집자들도 전보단 더 보는 눈이 생겼을 테니까."

"마거릿 버튼이라고 레드먼드의 3학년 학생이 지난겨울 소설을 썼는데 『캐나다 여성』에 실렸어. 그 정도 글은 나도 쓸 수 있을 것 같아."

"그럼 네 글도 『캐나다 여성』에 발표할 거니?"

"일단 더 유명한 잡지에 도전해보려고 해. 내가 어떤 글을 쓰는지에 달려 있겠지."

"무엇을 주제로 삼을 거야?"

"아직은 모르겠어. 일단 괜찮은 줄거리를 찾고 싶어. 편집자 관점에서는 그게 가장 중요할 것 같아. 지금 결정된 건 주인공 이름뿐이야. 에이버릴 레스터로 정했어. 이름만 들어도 예쁘지 않니? 다이애나, 다른 사람한테는 말하지 마. 너하고 해리슨 아저씨 말고는 아직 아무한테도 말하지 않았거든. 아저씨는 별로 격려해주시지 않더라. 요즘엔 쓰레기 같은 글이 너무 많다면서, 난 대학을 1년이나 다녔으니까 내게 더 나은 것을 끄집어내길 기대했다는 거야."

다이애나가 진저리를 쳤다.

"해리슨 아저씨 같은 분이 아는 게 뭐가 있겠니?"

이어서 방문한 길리스의 집은 흥겨운 분위기였다. 불이 환하게 켜져 있었고 집 안은 방문객들로 북적거렸다. 스펜서베일의 레너드 킴벌과 카모디의 모건 벨이 응접실 양쪽 끝에서 서로를 노려보고 있었다. 쾌활한 아가씨 몇 명도 찾아왔다. 흰옷을 차려입은 루비의 눈과 뺨이 이날따라 더욱 빛났다. 루비는 끊임없이 웃고 수다를 떨다가 다른 아가씨들이 돌아간 뒤 앤을 데리고 2층으로 올라가 새로 산 여름옷을 보여주었다.

"아직 옷으로 만들지 않은 파란 비단이 있는데 여름에 입기엔 조금 무거운 재질이긴 해. 그건 가을까지 그냥 둘 생각이야. 너도 알겠지만 나 화이트샌즈에서 가르치게 됐어. 이 모자 어때? 어제 네가 교회에 쓰고 온 건 정말 귀여웠어. 하지만 난 더 화려한 게 좋아. 아래층에 한심한 남자 둘이 와 있던데, 봤니? 둘 다 상대방이 떠나기 전에는 일어나지 않으려고 마음먹은 것 같아. 난 둘 중 누구에게도 관심이 없어. 내가 좋아하는 사람은 오직 허브 스펜서야. 그 사람이야말로 운명의 상대라는 생각이 들어. 크리스마스 때는 스펜서베일의 교장선생님을 운명이라고 생각했지. 그런데 그에게서 등을 돌릴 만한 부분이 보이는 거야. 내가 거절하니까 그 사람은 거의 미쳐버렸어. 저 두 남자가 오늘 밤 오지 않으면 좋았을 텐데. 앤, 난 너랑 얘기를 많이 하고 싶었거든. 하고 싶은 얘기가 산더미처럼 쌓여 있어. 너하고 난 항상 좋은 친구였잖아, 그렇지?"

루비는 나지막이 웃으며 앤의 허리에 팔을 감았다. 하지만 두 사람의 눈이 마주치는 순간 앤은 루비의 반짝이는 모습에 가려진 가슴 저미는 무언가를 보았다.

루비가 속삭였다.

"종종 놀러와, 앤. 그러겠다고 약속해줘. 너 혼자 와줄래? 둘이서만 보고 싶어."

"루비, 몸은 좀 괜찮아?"

"그럼, 아주 좋아. 평생 이렇게 좋았던 적이 없을 정도야. 물론 지난겨울에 각혈을 해서 조금 나빠지기는 했어. 하지만 지금 내 혈색을 좀 봐. 아픈 사람으로 안 보이지?"

루비의 목소리는 날카롭기까지 했다. 화가 난 듯 앤에게서 팔을 떼고 아래층으로 뛰어 내려간 루비는 자신에게 반한 두 남자와 농담을 주고받으며 아까보다 즐거운 모습을 보여주었다. 루비가 둘을 골탕 먹이는 데 열중한 상황에서 다이애나와 앤은 왠지 자기들만 겉도는 느낌이 들었다. 결국 얼마 뒤에 둘은 그곳을 나와 집으로 돌아갔다.

12장

에이버릴의 속죄

"앤, 대체 무슨 공상을 하는 거야?"

어느 날 저녁 앤과 다이애나는 시냇물이 흐르는 아름다운 골짜기를 거닐었다. 고사리는 고개를 주억거렸고 작은 풀들은 파랗게 우거져 있었다. 하얀 커튼을 두른 듯한 야생 배나무에서는 기분 좋은 향기가 풍겼다.

"내 소설을 생각하고 있었어."

앤은 만족스러운 숨을 내쉬며 공상에서 깨어났다. 다이애나의 눈이 엄청난 호기심으로 반짝거렸다.

"어머, 벌써 쓰기 시작한 거야?"

"응, 아직 몇 쪽밖에 쓰지 않았지만, 전체적인 틀은 거의 다 구상해놨어. 그럴듯한 줄거리를 만드는 데 시간을 좀 들였지. 막 떠오르는 이야기 중에는 에이버릴이라고 이름 지은 소녀한테 어울리는 게 하나도 없었거든."

"이름을 바꾸면 되잖아."

"그건 불가능해. 바꿔보려고도 했는데 그럴 수 없었거든. 네 이름을 바꿀 수 없는 것과 마찬가지야. 에이버릴은 실제로 존재하는 사람 같아서 아무리 다른 이름을 붙이려고 해도 곧바로 진짜 이름은 에이버릴이라는 생각이 드는 거야. 하지만 마침내 에이버릴에게 딱 맞는 줄거리를 떠올렸어. 그다음으로 모든 등장인물에게 이름을 지어주었지. 얼마나 신나고 매력적인 일인지 넌 상상도 못 할 거야. 각각의 이름을 생각하느라 몇 시간 동안이나 잠을 못 이룰 정도였다니까. 남자 주인공 이름은 퍼시벌 댈림플이야."

"등장인물 이름을 다 지은 거야? 아직 남았다면 한 사람만큼은 내가 이름을 짓게 해달라고 부탁할 참이었어. 중요하지 않은 인물이라도 괜찮아. 그러면 나도 이 소설에 한몫한 것 같은 기분이 들 거야."

다이애나가 아쉬운 얼굴로 사정하자 앤이 양보했다.

"레스터 집안에서 일하는 남자아이 이름은 네가 지어도 돼. 별로 중요한 인물은 아니고 걔만 아직 이름이 없거든."

"레이먼드 피츠오즈번이라고 부를래."

다이애나가 제안했다. 다이애나의 머릿속에는 이런 이름이 잔뜩 들어 있었다. 어린 시절 다이애나, 앤, 제인 앤드루스, 루비 길리스가 만들었던 '이야기 클럽'의 유산이었다.

앤은 곤란하다는 듯 고개를 저었다.

"다이애나, 잔심부름이나 하는 아이한테 너무 귀족 같은 이름

아닐까? 피츠오즈번이라는 사람이 돼지한테 먹이를 주고 땔감을 줍는 건 상상할 수 없잖아?"

다이애나는 앤의 주장을 납득할 수 없었다. 상상력이 있다면 문제될 게 없다고 여겼기 때문이다. 하지만 앤이 워낙 잘 아는 일이었기에 결국 심부름꾼 아이에게는 로버트 레이라는 이름을 붙였고 필요한 경우에는 보비로 부르기로 했다.

"네 소설로 얼마나 벌 수 있을까?"

다이애나가 물어봤지만 앤은 거기까지 생각해본 적이 없었다. 명예를 얻고 싶을 뿐 돈벌이가 목적은 아니었기 때문이다. 문학을 향한 앤의 꿈은 아직 금전적 욕구로 물들지 않았다.

다이애나가 졸라댔다.

"나도 읽게 해줄 거지?"

"완성하면 너랑 해리슨 아저씨에게 곧바로 읽어줄게. 혹독하게 비평해줬으면 좋겠어. 다른 사람에겐 책으로 나오기 전까지 안 보여줄 거야."

"어떻게 끝낼 거야? 행복하게? 아님 불행한 결말로?"

"아직 모르겠어. 불행하게 끝내고 싶긴 해. 그게 훨씬 낭만적일 테니까. 하지만 편집자들이 슬픈 결말에 선입견이 있다는 걸 알아. 언젠가 해밀턴 교수님의 말씀을 들었어. 천재가 아니라면 슬픈 결말을 쓰려고 해서는 안 된다고 하셨거든. 난 천재와 거리가 멀잖아."

앤은 겸손하게 말을 맺었다.

"난 행복한 결말이 가장 좋아. 퍼시벌과 에이버릴이 결혼했으면 좋겠어."

다이애나는 모든 소설이 이런 식으로 끝나야 한다고 여겼다. 프레드와 약혼한 뒤로는 더욱 그랬다.

"하지만 넌 소설을 읽고 우는 걸 좋아하잖아?"

"아, 이야기 중간쯤에는 그렇지. 하지만 마지막에는 모든 일이 행복하게 마무리되면 좋겠어."

"비극적인 장면을 하나 넣어야겠어. 로버트 레이가 사고로 다치고 죽는 건 어떨까?"

앤이 생각에 잠겨 말하자 다이애나가 웃으며 항의했다.

"아니, 보비를 죽이면 안 돼. 걘 내 거니까 잘됐으면 좋겠어. 꼭 죽여야 한다면 다른 사람을 고르지 그래?"

앤은 그 뒤로 2주 동안 집필에 매진하면서 그때그때의 기분에 따라 괴로워하기도 하고 즐거워하기도 했다. 번뜩이는 아이디어가 떠올라 환호성을 지르다가 반대편 등장인물이 마음대로 움직이지 않아서 절망하기도 했다. 다이애나는 앤의 이런 모습을 도무지 이해할 수 없었다.

"인물들이 네가 원하는 대로 행동하도록 쓰면 되잖아."

다이애나가 말하자 앤이 한탄했다.

"그럴 순 없어. 에이버릴은 무척 다루기 힘든 주인공이야. 생각지도 못한 말과 행동을 하겠지. 그러면 그때까지의 모든 이야기가 엉망이 돼버려서 처음부터 다시 쓸 수밖에 없어."

마침내 소설이 탈고되었다. 앤은 호젓한 현관 위 다락방에서 다이애나에게 자기 작품을 읽어주었다. '비극적인 장면'에서 로버트 레이는 무사했다. 앤은 소설을 낭독하면서도 다이애나에게서 눈을 떼지 않았다. 다이애나는 특정 대목에서 앤이 짐작했던 반응을 보이며 울기도 했다. 하지만 결말 부분에 이르자 조금 실망한 기색이 뚜렷했다.

"왜 모리스 레녹스를 죽였어?"

다이애나가 나무라듯 묻자 앤이 항변했다.

"그야 악당이니까. 벌을 받아 마땅하지."

"난 모리스가 제일 좋은걸."

다이애나가 터무니없는 말을 하자 조금 언짢은 듯한 얼굴로 앤이 대꾸했다.

"뭐, 모리스는 죽었어. 죽게 내버려둘 거야. 살려두면 에이버릴하고 퍼시벌을 계속 괴롭힐 테니까."

"그래도…. 모리스가 마음을 고쳐먹게 만들면 되잖아."

"그러면 별로 낭만적이지 않을걸? 게다가 이야기도 쓸데없이 늘어질 테고."

"뭐, 어쨌든 앤. 완벽하게 우아한 이야기야. 이걸로 넌 유명해질 거야. 그건 확실해. 제목은 붙였어?"

"오래전에 정해두었어. 「에이버릴의 속죄」라고 해. 어때? 괜찮지? 에이버릴(Averil)이라는 이름이랑 속죄(atonement)라는 낱말은 두운도 맞잖아. 자, 다이애나. 솔직하게 말해봐. 혹시 내 소설에서 어색한 점은 없니?"

다이애나가 머뭇거리다가 입을 열었다.

"글쎄? 음, 에이버릴이 케이크를 만드는 부분은 다른 장면과 어울리지 않는 것 같아. 그건 누구나 할 수 있는 일이잖아. 여주인공은 요리를 하지 않는 게 좋겠어."

"어머, 그게 바로 재미를 주는 요소인걸. 난 전체 이야기에서 가장 좋은 장면이라고 생각했어."

여기까지는 앤의 말이 옳다고 판단해도 될 것이다.

다이애나는 현명하게도 더는 비평하지 않았다. 하지만 해리슨 씨의 평가는 훨씬 인색했다. 그는 소설 속에 쓸데없는 묘사가 너무 많다고 말했다.

"미사여구는 전부 빼는 게 좋겠다."

해리슨 씨의 무자비한 말에 앤은 마음이 불편했지만 냉정하게 생각해보면 그 말이 옳았다. 결국 애착이 가는 묘사 대부분을 지웠다. 까다로운 해리슨 씨를 만족시키기 위해서는 세 번이나 원고를 다시 써야 했다.

마침내 앤이 말했다.

"노을 장면만 남기고 묘사를 몽땅 빼버렸어요. 하지만 이건 뺄 수 없어요. 소설에서 가장 좋은 부분이니까요."

"이야기와는 아무 상관없잖아. 그리고 돈 많은 도시 사람들을 배경으로 설정한 것도 문제야. 네가 그 사람들에 대해 뭘 알겠니? 차라리 이곳 에이번리를 배경으로 삼는 게 좋을 거야. 물론 이름은 바꿔야겠지. 그러지 않으면 린드 부인이 자기가 주인공이라고 착각할지도 몰라."

하지만 앤은 납득할 수 없었다.

"어머, 그럴 순 없어요. 에이번리는 세상에서 가장 소중한 곳이지만 이야기의 무대가 될 만큼 낭만적이진 않으니까요."

해리슨 씨는 당연하다는 듯이 말했다.

"에이번리에서도 수많은 로맨스가 피어나지 않았겠니? 비극도 많았고. 그런데 네 등장인물들은 실제로 존재하는 사람들 같지 않아. 말이 너무 많고 지나치게 과장된 표현을 쓰지. 심지어 댈림플이라는 녀석이 두 쪽에 걸쳐 혼자 떠드는데 여자애가 한 마디도 끼어들지 못하는 장면이 있잖아. 실제 상황이었다면 여자가 남자를 집어 던졌을 거야."

"전 그렇게 생각하지 않아요."

앤이 딱 잘라 말했다. 앤은 퍼시벌이 에이버릴에게 바친 아름답고 시적인 말이 어떤 여자의 마음이라도 완전히 사로잡을 것으로 생각했다. 게다가 위엄 있고 여왕 같은 에이버릴이 누군가를 던져버린다는 것은 상상만 해도 몸서리나는 일이었다. 에이버릴은 단지 청혼을 정중히 거절할 뿐이다.

하지만 해리슨 씨는 무자비한 평가를 계속했다.

"난 모리스 레녹스가 왜 그 여자와 맺어지지 않았는지 모르겠다. 경쟁자보다 두 배는 남성적이잖아. 나쁜 짓이지만 아무튼 뭐라도 했잖니. 퍼시벌은 멍하니 시간만 보냈을 뿐이고."

'멍하다'라니. 그건 '집어 던진다'보다 훨씬 나쁜 말이었다! 앤이 화를 내며 말했다.

"모리스 레녹스는 악당이에요. 왜 다들 퍼시벌보다 그를 더 좋아하는지 모르겠어요."

"퍼시벌은 지나치게 착하니까 답답할 수밖에 없지. 다음번엔 주인공의 인간성에 양념을 조금 치도록 해라."

"에이버릴을 모리스하고 결혼시킬 순 없어요. 모리스는 나쁜 사람이니까요."

"개과천선해서 새사람이 되게 하면 문제없잖아. 너도 어떤 남자를 좋은 사람으로 만들 수 있어. 물론 해파리같이 줏대 없는 남자를 바꿀 순 없겠지. 아무튼 네 소설은 나쁘지 않아. 재미있다는 건 인정하마. 하지만 넌 훌륭한 소설을 쓰기엔 너무 어려. 아마 10년은 더 기다려야 할 거다."

다음번 소설을 쓸 때는 그 누구에게도 비평해달라고 부탁하지 않으리라 앤은 마음먹었다. 기운만 빠질 뿐이니까. 길버트에게는 소설 이야기만 하고 읽어주지 않았다.

"길버트, 일이 잘되면 소설이 출판되었을 때 볼 수 있겠지. 하지만 실패하면 아무한테도 보여주지 않을 거야."

마릴라는 앤의 도전에 대해 아무것도 몰랐다. 앤은 잡지에 실린 자기 소설을 마릴라에게 읽어주는 모습을 상상해보았다. 마릴라가 찬사를 보내도록 유도한 다음 의기양양하게 작가가 자신임을 알린다. 상상으로는 무엇이든 가능한 법이니까.

어느 날 앤은 길고 두툼한 봉투를 들고 우체국으로 갔다. 젊음과 미성숙에서 비롯된 자신감을 바탕으로 여러 '대형' 잡지사 중에서 가장 큰 곳의 주소를 봉투에 적어 놓았다.

다이애나도 앤 못지않게 흥분했다.

"언제쯤 결과를 알 수 있을까?"

"아마 두 주는 넘지 않을 거야. 아, 원고가 채택되면 얼마나 행복하고 자랑스러울까!"

"물론 그럴 거야. 뿐만 아니라 다른 글도 자기들에게 보내달라고 부탁하겠지. 앤, 언젠가는 너도 모건 부인처럼 유명해질 거야. 그땐 내가 널 알고 지냈다는 게 얼마나 자랑스러울까?"

다이애나는 친구의 재능과 타고난 장점을 사심 없이 칭찬할 줄 아는 보기 드문 성정을 지녔다.

즐거운 꿈을 꾸며 일주일을 보낸 앤에게 쓰라린 순간이 찾아왔다. 어느 날 저녁 초록지붕집 현관 위 다락방에 올라간 다이애나는 얼굴에 흐느낀 흔적이 남아 있는 앤을 보고 깜짝 놀랐다. 탁자 위에는 기다란 봉투와 구겨진 원고가 놓여 있었다.

"앤, 설마 네 소설이 돌아온 건 아니지?"

다이애나가 믿을 수 없다는 듯 외치자 앤이 짧게 말했다.

"아니, 돌아왔어."

"어머, 편집자가 정신이 나간 게 틀림없어. 이유가 뭐래?"

"이유 같은 건 한 글자도 없었어. 채택되지 않았다고 적힌 종이만 들어 있었거든."

"어쨌든 난 그 잡지가 별거 아니라고 생각했어. 거기에 실린 소설은 『캐나다 여성』에 비하면 읽는 재미가 절반에도 못 미치거든. 값은 훨씬 비싼데도 그 모양이라니까. 미국인이 아닌 사람들한테 편견을 가진 편집자인 게 분명해. 앤, 실망하지 마. 모건 부인의 작품이 얼마나 많이 퇴짜를 맞았는지 생각해봐. 이번에는 『캐나다 여성』에 글을 보내는 게 좋겠어."

다이애나가 발끈하며 말하자 앤이 마음을 다잡았다.

"그렇게 할 생각이야. 만약 거기에 실린다면 미국인 편집자한테도 잡지를 한 권 보내줄 거야. 하지만 노을 장면은 빼야겠어. 해리슨 아저씨 말이 맞는 것 같아."

용감하게 노을 장면을 삭제했지만 『캐나다 여성』의 편집자 역시 「에이버릴의 속죄」를 곧바로 돌려보냈다. 화가 난 다이애나는 이렇게 빨리 돌아온 것을 보면 분명 소설을 읽어보지도 않았을 거라며 구독을 즉시 중단하겠다고 선언했다. 앤은 절망한

나머지 오히려 침착한 마음으로 두 번째 거절을 받아들였다. 앤은 이 소설을 예전 '이야기 클럽'에서 쓴 이야기를 보관하던 짐 가방에 쑤셔 넣었다. 하지만 다이애나의 간청에 못 이겨 사본을 건네주었다.

"이걸로 내 문학적 야심은 끝난 거야."

앤이 괴로운 얼굴로 말했다. 앤은 해리슨 씨에게 먼저 이 일을 언급하지 않았지만, 어느 날 저녁 해리슨 씨는 소설이 채택되었는지를 불쑥 물었다.

"아니요, 편집자가 받아주지 않았어요."

앤이 짧게 대답하자 해리슨 씨는 금세라도 울음이 터질 것 같은 앤의 상기된 얼굴을 힐끗 곁눈질했다.

"뭐, 괜찮아. 넌 계속 글을 쓸 거잖아."

"아뇨, 소설 같은 건 다시는 쓰지 않을 거예요."

해리슨 씨가 격려했지만 앤은 단호히 선언했다. 눈앞에서 문이 닫히자 희망을 잃어버린 열아홉 살다운 반응이었다. 해리슨 씨가 곰곰이 생각하더니 이렇게 권유했다.

"나라면 완전히 포기하진 않을 거다. 가끔씩은 소설을 쓸 것 같군. 다만 그걸로 편집자들을 귀찮게 하진 않을 거다. 내가 알고 있는 사람과 장소에 대해 쓰고, 등장인물도 일상적인 말로 대화하도록 만들 거야. 해가 뜨고 진대도 난리를 부리지 않고 평소처럼 조용하게 둘 거라고. 어쨌든 앤, 만약 내가 악당을 소설에 등장시킨다면 그에게도 기회를 줄 거다. 세상엔 끔찍하게 나쁜 사람들이 있는 것도 같지만 좀처럼 보기 힘들지. 린드 부인은 모두가 나쁜 사람이라고 믿고 있지만 사람은 그리 단순한 존재가 아니야. 대부분은 좋은 점을 조금이라도 갖고 있는 법이지. 앤, 계속 글을 써보도록 하려무나."

"아뇨. 소설 쓰기를 시도하다니, 전 참 바보였어요. 레드먼드를 졸업하면 가르치는 일에만 전념할 거예요. 전 소설은 못 쓰지만 잘 가르칠 순 있잖아요."

해리슨 씨가 말했다.

"레드먼드를 졸업할 때쯤엔 남편을 얻을 나이가 되겠구나. 결혼을 너무 오래 미루지 않는 게 좋아. 나를 보면 알잖니."

앤은 벌떡 일어나 집으로 갔다. 해리슨 씨는 이따금 사람을 짜증 나게 만들곤 했다. '집어 던진다'에 '멍하다'에 이제는 '남편을 얻는다'라니.

"악, 정말 싫어!"

13장

—

배신자의 길 *

데이비와 도라는 주일학교에 갈 준비를 마쳤다. 둘이서만 갈 예정이었는데, 어지간해서는 이런 경우가 드물었다. 그동안 린드 부인이 늘 주일학교에 데려다주었기 때문이다. 하지만 린드 부인은 발목을 삐어서 이날 꼼짝없이 집에 있어야 했다. 쌍둥이는 가족을 대표해서 교회에 가는 셈이었다. 앤은 카모디에 있는 친구들과 일요일을 보내러 전날 밤부터 집을 비웠고, 마릴라는 두통이 도져서 교회에 갈 수 없었다.

데이비는 천천히 아래층으로 내려왔다. 린드 부인의 도움으로 준비를 마친 도라는 복도에서 데이비를 기다리고 있었다. 데이비도 나름대로 채비를 했다. 주머니에는 주일학교에 헌금할

<hr>

* 구약성경(새번역)의 잠언 13장 15절에 나온 표현

1센트와 예배 시간에 헌금할 5센트가 들어 있었다. 한 손에는 성경책을, 다른 손에는 주일학교 회보를 들고 있었다. 이날 배울 내용도 이미 알고 있었고 교훈서와 교리문답도 완벽하게 외워두었다. 지난주 일요일 오후 내내 린드 부인의 부엌에서 억지로 공부한 덕분이었다. 그러니 데이비는 평온해야 마땅했다. 하지만 아무리 교훈과 교리를 새겼다고 해도 데이비의 속마음은 굶주려 날뛰는 늑대나 다름없었다.

데이비가 도라 옆으로 가자 린드 부인이 부엌에서 다리를 절며 나왔다.

"깨끗하게 씻었니?"

부인이 엄하게 묻자 데이비가 반항이라도 하듯 얼굴을 잔뜩 찌푸리며 대답했다.

"네. 보이는 데는 전부 다요."

린드 부인은 한숨을 쉬었다. 데이비의 목과 귀가 청결한지 의심스러웠던 것이다. 하지만 검사를 해보겠다고 하면 데이비는 한달음에 달아나버릴 테고, 오늘은 쫓아갈 수도 없다는 사실을 알고 있었다.

부인이 두 사람에게 주의를 주었다.

"얌전하게 굴어야 한다. 먼지 많은 곳을 걸어가면 안 돼. 교회 입구에 멈춰 서서 아이들과 떠들어도 안 되고, 자리에 앉아 몸을 꼬거나 꿈틀거려도 안 돼. 교훈서 내용도 잊어버리지 마라. 헌금할 돈을 잃어버리거나 헌금함에 넣는 걸 까먹으면 절대 안 돼. 기도는 큰 소리로 하고, 설교도 집중해서 들어야 한다."

데이비는 고개를 숙인 채 아무 대답도 하지 않고 집 밖으로 나갔다. 데이비가 오솔길로 힘차게 발걸음을 옮기자 도라가 얌전하게 뒤를 따랐다. 하지만 데이비의 속은 부글부글 끓었다. 린드 부인이 초록지붕집에 온 뒤로 어찌나 간섭하고 잔소리를 해대는지 하루하루가 고통스러웠다. 적어도 데이비는 그렇게 여겼다. 린드 부인은 아홉 살이건 아흔 살이건 간에 이치에 맞게 행동하지 않는 사람과는 함께 살 수 없었다. 전날 오후만 하더라도 부인이 참견하는 바람에 데이비는 티머시 코튼네 아이들과 낚시를 하러 가지 못했다. 데이비는 이 일로 여전히 마음이 부글거렸다.

데이비는 오솔길을 벗어나자마자 멈춰 서더니 얼굴을 일그러뜨렸다. 너무나 기괴하고 끔찍하게 찡그린 터라, 얼굴이 다시 펴질 수나 있을지 도라가 진심으로 걱정할 정도였다.

"망할 할망구 같으니라고."

데이비가 분통을 터뜨리자 도라가 깜짝 놀라 숨을 헐떡였다.

"어머, 데이비. 욕하지 마."

"'망할'이라는 말은 욕이 아냐. 진짜 심한 욕은 아니라고. 욕이면 또 어때서. 난 상관없어."

데이비가 앞뒤 가리지 않고 쏘아붙이자 도라가 애원했다.

"나쁜 말을 하고 싶더라도 일요일엔 참아야 해."

데이비는 후회하는 기색이 없었지만, 가슴속 깊은 곳에서는 자기가 좀 지나쳤다고 느낀 듯했다.

"이제 나만 쓰는 욕을 만들 생각이야."

데이비가 선언하자 도라가 정색을 하고 말했다.

"그러면 하느님이 벌주실 거야."

"그럼 하느님은 고약한 늙은이겠지. 누구든지 감정을 드러낼 뭔가가 필요하다는 걸 하느님도 모르진 않을걸?"

"데이비!"

데이비가 쏘아붙이자 도라가 소리쳤다. 도라는 데이비가 그러다가 그 자리에서 쓰러져 죽을까 봐 겁이 났다. 하지만 아무 일도 일어나지 않았다.

데이비가 씩씩거리며 말했다.

"어쨌든 난 린드 아줌마가 대장처럼 구는 걸 더는 참을 수 없어. 앤 누나하고 마릴라 아줌마는 나한테 그래도 되지만 린드 아줌마는 아니야. 아줌마가 나한테 하지 말라고 하는 일은 하나도 빠짐없이 다 할 거야. 두고 봐."

도라가 잔뜩 겁에 질려 바라보는 동안 데이비는 꿈쩍도 하지 않고 무언가를 생각했다. 잠시 후 푸른 풀밭이 깔린 길에서 벗어나더니 한 달째 비가 오지 않아 생겨난 흙먼지 더미에 발목까지 집어 넣고 먼지가 구름처럼 온몸을 덮을 때까지 휘저은 뒤 거칠게 발을 끌며 걸어갔다.

데이비가 의기양양하게 선언했다.

"이제 시작이야. 교회에 도착하면 입구에 멈춰 서서 얘기할 사람이 없어질 때까지 계속 떠들어댈 거야. 몸을 꼬고 꿈틀거리면서 수군댈 거라고. 교훈서의 내용 따위는 모른다고 말할래. 헌금할 돈도 지금 당장 버릴 거야."

데이비는 얼굴을 활짝 펴고 1센트와 5센트 동전을 배리 씨네 울타리 너머로 힘껏 던졌다.

"오빠 악마에게 조종당하는 거야."

도라가 나무라듯 말하자 데이비가 화를 버럭 냈다.

"아니야. 나 혼자 생각해낸 거야. 그리고 다른 것도 생각했어. 주일학교도 안 가고 교회도 아예 안 갈 거야. 코튼네 애들하고 놀아야지. 어제 걔네들이 오늘 주일학교에 안 갈 거랬어. 엄마가 어디 가버려서 자기들더러 교회 가라고 하는 사람이 없대. 도라, 같이 가자. 재밌을 거야."

"난 가기 싫어."

도라는 거절했다.

"너도 가야 될걸? 안 가면 지난 월요일에 학교에서 프랭크 벨이 너한테 입 맞춘 걸 마릴라 아줌마한테 이를 거야."

"그건 나도 어쩔 수 없었어. 걔가 그럴 줄 몰랐다고."

도라가 얼굴이 빨개져 소리치자 데이비가 쏘아붙였다.

"글쎄, 넌 걔를 때리지도 않았고 화를 내지도 않았잖아. 네가 안 간다면 아줌마한테 그 이야기까지 죄다 일러바칠 거야. 여기 들판을 가로질러 지름길로 가자."

"하지만 난 저 소들이 무서운걸."

가엾은 도라가 어떻게든 빠져나갈 구실을 찾으며 저항하자 데이비가 비웃었다.

"쟤들이 무섭다는 거야? 둘 다 너보다 어려."

"나보다 몸집이 크잖아."

"쟤들이 널 해치진 않을 거야. 자, 같이 가자. 참 좋네. 난 어른이 되면 교회는 절대 안 갈 거야. 천국은 혼자 힘으로 갈 수 있을 테니까."

"안식일을 지키지 않으면 다른 곳으로 가게 될 텐데."

도라는 속이 상했지만 별수 없이 데이비의 뒤를 따랐다.

도라의 말을 듣고도 데이비는 겁을 내지 않았다. 지옥은 여기에서 멀리 떨어진 곳에 있었고, 코튼네 아이들과 낚시하는 기쁨은 엎어지면 코 닿을 데에 있었다. 데이비는 도라가 지금보다 대담해지면 좋겠다고 생각했다. 도라는 툭 건드리면 울음을 터뜨릴 것만 같은 얼굴로 계속 뒤를 돌아보았고, 그 모습이 마음에 걸려 데이비는 흥이 깨졌다.

'여자애들은 다 저렇다니까!'

데이비는 속으로 구시렁거리면서도 이번에는 '망할'이라는 말을 붙이지 않았다. 아직까지는 그렇게 말한 것을 후회하지 않았다. 하지만 미지의 힘을 가진 존재의 코털을 건드리면 안 될 것 같은 생각이 하루에 몇 번씩 들긴 했다.

뒷마당에서 놀던 코튼네 아이들은 데이비를 반갑게 맞이했다. 집에는 피트, 토미, 아돌푸스, 미러벨뿐이었다. 남자아이 무리에 혼자 끼게 될까 봐 걱정했던 도라는 미러벨이 있어서 그나마 다행이라고 생각했다. 그러나 미러벨도 남자아이만큼 짓궂었다. 햇볕에 피부가 그을려도 아랑곳하지 않았으며 시끄럽고 막무가내로 굴었다. 그래도 원피스는 입고 있었다.

"우리 낚시하러 가려고 왔어."

"와!"

데이비가 보란 듯이 선언하자 말이 떨어지기가 무섭게 코튼네 아이들은 환호성을 질렀다.

모두들 곧장 지렁이를 잡으러 뛰어갔다. 양철 깡통을 든 미러벨이 앞장섰다. 도라는 주저앉아 울음을 터뜨리고 싶었다.

'아, 꼴도 보기 싫은 프랭크 벨이 별안간 다가와 입맞춤하지만 않았어도! 그랬다면 데이비를 뿌리치고 좋아하는 주일학교에 갈 수 있었을 텐데….'

아이들은 교회 가는 사람들에게 들킬 위험이 큰 연못에는 낚싯대를 드리우지 않았다. 코튼네 집 뒤쪽 숲에 있는 시냇가 정도가 고작이었다. 하지만 그곳에는 물 반 고기 반으로 송어가 가득해 그날 아침은 시간 가는 줄 모르고 즐겁게 보냈다. 적어도 코튼네 아이들은 그랬다. 데이비도 겉으로는 즐거워 보였다. 다만 본분을 완전히 잃어버리지는 않아서 구두와 양말을 벗어두고 토미 코튼의 멜빵바지를 빌려 입었다. 이런 차림이라면 늪지대를 지나든 웅덩이를 건너든 풀숲을 헤치든 두려울 것이 없었다. 도라는 누가 봐도 애처로운 모습이었다. 이 웅덩이 저 웅덩이로 옮겨 다니는 아이들을 성경책과 주일학교 회보를 꼭 움켜잡은 채 따라다니면서도 그때쯤 자신이 앉아 있어야 할 사랑하는 교실과 흠모하는 선생님 앞자리를 생각하니 마음이 쓰라렸다. 도라는 구두가 더러워지지 않도록 신경 쓰고 예쁘게 차려입은 드레스가 찢어지거나 얼룩이 묻지 않게 조심하면서 천둥벌거숭이 같은 코튼네 아이들과 숲을 헤맸다. 미러벨이 앞치마를 빌려주겠다고 했지만 싸늘하게 거절했다.

여느 일요일처럼 송어가 잘 잡혔다. 한 시간 만에 이 '배신자'들은 물고기를 잔뜩 잡아 집으로 돌아왔고 도라는 그제야 마음이 놓였다. 도라가 마당 닭장 위에 얌전히 걸터앉아 있는 동안 아이들은 시끄럽게 술래잡기를 했다. 그리고 돼지우리 꼭대기로 올라가 지붕널에 자기 이름 머리글자를 새겼다. 닭장의 평평

한 지붕과 그 밑에 쌓인 짚더미를 보자 데이비는 기발한 생각이 떠올랐다. 데이비의 지휘에 따라 아이들은 야호 소리를 지르며 지붕에서 짚더미로 뛰어드는 놀이를 30분이나 했다.

하지만 금지된 쾌락에는 끝이 있는 법이다. 얼마 뒤 연못 다리를 구르는 마차 바퀴 소리가 들렸다. 사람들이 교회에서 집으로 돌아가고 있다는 뜻이었다. 데이비도 집에 가야 한다는 사실을 깨달았다. 그래서 토미의 작업복을 벗고 원래 입었던 옷으로 갈아입은 뒤 줄로 꿰어놓은 송어에서 얼굴을 돌렸다. 이 아까운 운 걸 집에 들고 갈 수 없어서 한숨이 절로 나왔다.

"오늘 우리 정말 재밌게 놀았지?"

언덕마루를 내려가면서 데이비가 따져 물었다. 도라가 딱 잘라 말했다.

"난 재미없었어. 오빠도 속으론 그렇게 생각할 것 같은데."

"난 재밌었어."

도라 입에서 예상 밖의 말이 튀어나오자 데이비가 소리쳤다. 하지만 억지 부리는 것이 드러나는 목소리였다.

"당연히 넌 재미없었겠지. 노새처럼 앉아 있기만 했잖아."

"난 이제 코튼네 애들하곤 어울려 다니지 않을 거야."

자기는 그 아이들과 다르다는 듯한 도라의 말을 듣고 데이비가 쏘아붙였다.

"걔네들이 뭐가 어때서? 우리보다 훨씬 재미있게 지내고 있어. 하고 싶은 일이든 하고 싶은 말이든 마음껏 한다고. 나도 앞으로는 그렇게 할 거야."

"사람들 앞에서 하면 안 되는 말도 있어. 아주 많아."

"아니, 없어."

"있어. 그럼 오빠 목사님한테 수고양이•라고 말할 수 있어?"

도라가 진지한 얼굴로 따졌다.

쉽게 대답할 수 없는 문제였다. 데이비는 아무 말이나 내키는 대로 하는 것에 대해 구체적으로 생각해보지 않았다. 하지만 도라의 말을 고분고분 따를 수도 없는 노릇이었다.

"물론 없지. 수고양이는 종교와 관련된 말이 아니야. 목사님한테는 동물 얘기를 할 필요가 없어."

"그래도 말해야 될 땐?"

데이비가 볼멘소리로 인정했지만 도라는 물러서지 않았다.

"그럼 고양이 씨라고 부르지 뭐."

도라는 곰곰이 생각한 뒤 의견을 말했다.

"난 고양이 선생님이 더 예의 바르다고 생각해."

"네가 생각이라는 걸 한다고?"

데이비는 도라를 바보 취급하며 경멸조로 쏘아붙였다. 데이비는 마음이 편치 않았지만 그걸 도라에게 시인할 바에는 죽는 편이 낫다고 생각했다. 주일학교를 빠진 즐거움과 흥분이 가라앉자 이제 양심이 마음을 콕콕 쑤시기 시작했다. 역시 주일학교와 교회에 갔어야 했다. 린드 부인이 대장 노릇을 하는 것은 사실일지도 몰랐다. 하지만 부엌 찬장에는 항상 과자 상자가 있었고 부인은 인색한 사람이 아니었다. 이처럼 마음이 불편한 순간

•   '수고양이'를 뜻하는 단어 tomcat은 '여자 꽁무니를 쫓아다니는 남자, 호색꾼'이라는 뜻을 가진 속어로 사용되기도 한다.

데이비는 지난주 학교에서 입을 새 바지가 찢어졌을 때 린드 부인이 티도 안 나게 바지를 수선해주고는 마릴라에게 한 마디도 하지 않았다는 사실을 떠올렸다.

하지만 데이비는 악행의 잔을 아직 끝까지 비우지 못했다. 한 가지 죄를 감추기 위해서 또 다른 죄에 손을 뻗을 상황에 처하고 말았다.

점심을 먹을 때 린드 부인이 데이비에게 물었다.

"오늘 주일학교에 너희 반 애들 다 왔니?"

데이비가 침을 꿀꺽 삼키면서 말했다.

"네, 다들 왔어요. 한 명만 빼고요."

"교훈서랑 교리문답도 제대로 외웠니?"

"네."

"헌금도 했지?"

"그럼요."

"맬컴 맥퍼슨 부인도 교회에 오셨니?"

"모르겠어요."

궁지에 몰린 데이비는 적어도 자신이 모른다는 사실만큼은 거짓말이 아니라고 생각했다.

"다음 주에 여전도회가 있을 거라고 공지해주셨니?"

"네."

데이비의 목소리가 점점 떨렸다.

"기도회는?"

"모, 모르겠어요."

"잘 들었어야지. 공지 사항은 좀 더 주의를 기울여서 들어야 하는 거야. 하비 씨는 교훈서 몇 번째 구절을 읽으셨니?"

데이비는 물을 벌컥벌컥 들이켰다. 마지막까지 저항하던 양심은 물과 함께 속으로 흘러 들어가버렸다. 그러고는 몇 주 전에 배운 교훈서 구절을 그럴듯하게 외웠다. 다행히도 린드 부인은 질문을 멈추었다. 하지만 데이비는 식욕을 잃어버렸다. 푸딩 한 접시를 입에 댄 것이 고작이었다.

그 모습을 보고 당연히 놀란 린드 부인이 물었다.

"너 무슨 일 있니? 몸이 아픈 거야?"

"아뇨."

데이비가 우물거리자 린드 부인이 주의를 주었다.

"얼굴이 창백하구나. 오늘 오후엔 햇볕을 쬐지 마라."

식사가 끝나고 둘만 남았을 때 도라가 나무라듯 물었다.

"린드 아줌마한테 거짓말을 몇 번이나 했는지 알아?"

자포자기한 데이비는 사납게 고개를 돌렸다.

"몰라. 나랑 상관없어. 도라 키스, 입 좀 다물어."

가엾은 데이비는 장작더미 뒤에 몰래 틀어박혀 '배신자의 길'을 생각해보았다.

앤이 돌아왔을 때에는 어둠과 정적이 초록지붕집을 휘감고 있었다. 무척 피곤하고 졸렸던 앤은 곧장 잠자리에 들었다. 지난주 에이번리에서 여러 번 떠들썩한 모임에 참석하는 바람에 늦게까지 밖에서 시간을 보낸 날이 많았다. 앤은 베개에 머리가 닿자마자 반쯤 혼곤한 잠에 빠졌다. 하지만 그때 문이 조용히 열리더니 애처로운 목소리가 들려왔다.

"앤 누나."

"데이비, 너니? 무슨 일이야?"

앤은 졸음을 쫓으며 일어나 앉았다. 하얀 잠옷 차림의 데이비가 방을 가로질러 다가오더니 침대에 몸을 던졌다.

"앤 누나."

데이비가 흐느끼며 앤의 목에 매달렸다.

"누나가 집에 돌아와서 정말 다행이야. 누군가에게 털어놓지 않고는 잠을 잘 수 없었어."

"누군가에게 무슨 말을 한다는 거야?"

"나 너무 속상해."

"데이비, 뭐가 그렇게 속상하니?"

"앤 누나, 오늘 난 너무 나쁜 짓을 했어. 아, 정말 나쁜 짓이야. 이제까지 저지른 잘못 중에서 가장 심한 거라고."

"무슨 짓을 했는데?"

"아, 누나한테 말하는 것도 무서워. 그러면 누나도 날 좋아하지 않을 거야. 오늘 밤에는 기도도 할 수 없었어. 내가 한 짓을 하느님한테 차마 고백할 수 없었던 거야. 하느님이 알면 정말 창피해질 테니까."

"데이비, 하느님은 모든 일을 알고 계셔."

"도라도 그렇게 말했어. 하지만 하느님이 때마침 눈치채지 못했을 수도 있잖아. 어쨌든 누나한테 먼저 말할 거야."

"도대체 네가 했다는 일이 뭐니?"

"나 주일학교에 안 갔어. 코튼네 애들하고 낚시하러 갔다고. 또 린드 아줌마한테 거짓말을 무진장 많이 했어. 아, 대여섯 번도 넘게 했을 거야! 그리고 앤 누나, 나 욕을 했어. 아마 거의 욕이 맞을 거야. 하느님한테도 욕했어."

　모든 자백이 한꺼번에 쏟아져 나온 뒤 침묵이 흘렀다. 데이비는 지금 상황을 어떻게 받아들여야 할지 몰랐다. 앤 누나가 심한 충격을 받아 다시는 말을 걸지 않으려는 것일까?

　데이비가 속삭였다.

　"앤 누나, 날 어떻게 할 거야?"

　"아무것도 안 할 거야. 내 생각엔 넌 이미 벌을 받았어."

　"아니야, 난 벌 받지 않았어. 아무 일도 없었단 말야."

　"나쁜 짓을 하는 동안 마음이 괴로웠잖아, 그치?"

　데이비가 힘주어 말했다.

　"맞아. 그건 진짜야!"

　"데이비, 네 양심은 너한테 그걸로 벌을 내린 거야."

　"내 양심이라는 건 뭔데? 나 궁금해."

　"양심은 네 안에 있어. 네가 나쁜 짓을 할 때마다 얘기해주지. 만약 나쁜 짓을 계속하면 좋지 않은 마음이 들게 만들어. 너도 그런 기분 느꼈지?"

　"응, 그런데 난 그게 뭔지 몰랐어. 나한테는 그게 없으면 좋을 텐데. 그럼 더 재밌을 게 틀림없으니까. 앤 누나, 양심이라는 건 어디 있는 거야? 궁금해. 내 배 속에 있어?"

　"아니, 그건 네 영혼에 있는 거야."

　앤은 어두워서 다행이라고 생각하며 대답했다. 이런 진지한 문제는 웃음기를 빼고 진중한 태도로 다루어야 했기 때문이다. 데이비가 한숨을 쉬며 말했다.

　"그럼 그걸 깨끗이 없애버릴 수는 없겠네. 앤 누나, 마릴라 아줌마하고 린드 아줌마한테 얘기할 거야?"

"아니, 아무한테도 말하지 않을게. 넌 말썽 부린 걸 후회하고 있잖아, 맞지?"

"맞아!"

"그럼 다시는 그런 나쁜 짓을 하지 않겠네."

"응, 그런데…."

데이비가 조심스럽게 덧붙였다.

"다른 나쁜 짓은 할지도 몰라."

"나쁜 말을 쓰지 않을 거고, 주일학교에 빠지지 않을 거고, 네 잘못을 감추려고 거짓말을 하지도 않을 거지?"

"응, 이젠 재미없어."

"그럼, 데이비. 하느님한테 죄송하다고 말씀드리면서 용서해 달라고 빌어."

"앤 누나는 날 용서해준 거야?"

"물론이지."

데이비가 기쁜 얼굴로 말했다.

"그럼 하느님이 날 용서하든지 말든지 상관 없어."

"데이비!"

"아, 용서해달라고 할게. 그렇게 할 거라고."

데이비는 허둥지둥 말하고는 침대에서 기어 내려갔다. 앤의 목소리로 미루어 짐작했을 때 자기가 무언가 무서운 말을 한 게 분명하다고 생각한 것이다.

"앤 누나, 난 하느님한테 용서해달라고 할 수 있어. 하느님, 부탁이에요. 오늘 나쁜 짓을 해서 정말 죄송해요. 일요일에는 항상 착하게 지내도록 노력할게요. 그러니까 제발 용서해주세요. 누나, 이제 됐지?"

"잘했어. 그럼 착한 아이답게 곧장 자러 가야지."

"알았어. 이젠 바보 같은 기분이 사라진 것 같아. 기분이 아주 좋아졌어. 그럼 잘 자."

"너도 잘 자렴."

앤은 안도의 한숨을 쉬며 곧장 베개에 머리를 뉘었다. 너무 졸려서 까무룩 잠이 들려고 하는 순간….

"앤 누나!"

데이비가 다시 앤의 침대 옆으로 돌아와 있었다.

"이번에는 뭐니?"

앤은 무거운 눈꺼풀을 겨우 밀어올리면서 물었다. 목소리에 짜증이 배어나오지 않도록 애썼다.

"누나는 해리슨 아저씨가 침을 어떻게 뱉는지 본 적 있어? 나도 열심히 연습하면 아저씨처럼 할 수 있을까?"

앤이 일어나 앉았다.

"데이비 키스. 당장 네 침대로 가. 오늘 밤에 다시 침대 밖으로 나오면 절대 안 돼! 가, 지금!"

데이비는 찍소리도 못 하고 앤의 명령을 따랐다.

14장

하늘로 떠난 친구

한낮의 해가 느적느적 기어서 하루를 지나 완전히 사라질 무렵까지 앤은 길리스네 집 정원에서 루비와 함께 앉아 있었다. 후덥지근하고 습기가 차서 끈끈한 여름 오후였다. 활짝 핀 꽃이 세상 곳곳에서 화려한 광채를 뿜냈고 한적한 골짜기에는 물안개가 물씬 피어올랐다. 숲길은 그림자로 덕지덕지 치장했고 들판에는 보라색 과꽃이 흐드러지게 피어 있었다.

앤은 달빛 아래 화이트샌즈 해변으로 마차를 타고 나들이하러 갈 계획을 포기했다. 루비와 저녁 시간을 함께 보낼지도 몰랐기 때문이다. 그해 여름 앤은 저녁 시간을 종종 이렇게 보냈다. 그래 봤자 누구에게 도움이 될 것이며 무엇을 얻을 수 있겠냐는 의구심이 들 때면 두 번 다시 가지 말아야겠다고 결심하면서 집으로 돌아가기도 했다.

루비는 여름의 끝자락으로 접어들면서 점점 창백해졌다. 결국 "새해가 될 때까지는 가르치는 일을 쉬는 게 좋겠다고 아빠가 말씀하셨어"라고 말하면서 화이트샌즈 학교를 그만두었다. 좋아하던 자수를 놓는 일도 갈수록 힘에 부쳐서 손에 잡지 않았다. 하지만 루비는 항상 쾌활했고 희망에 차 있었다. 여전히 여러 남자 친구와 경쟁자들, 그들이 느꼈을 절망감에 관한 이야기를 자랑스럽게 재잘거렸다. 이런 점 때문에 앤은 루비를 찾아갈 때마다 힘들어했다. 전에는 어처구니없거나 재미있었지만 지금은 섬뜩한 경험이었다. 삶을 가장한 가면에서 죽음이 새어나오고 있었던 것이다. 하지만 루비는 앤에게 매달리는 듯했고, 머지않아 다시 오겠다며 새끼손가락을 걸기 전까지는 절대로 돌려보내지 않았다. 앤이 루비를 자주 찾아가는 것에 대해 린드 부인은 불편한 심정을 드러냈고 그러다 폐결핵을 옮을 수 있다며 만류했다. 마릴라도 걱정하는 눈치였다.

"넌 루비에게 다녀올 때마다 완전히 진이 빠진 얼굴이구나."

마릴라의 말에 앤이 나지막이 답했다.

"너무 슬프고 무섭거든요. 루비는 자기가 어떤 상태인지 알아차리지 못하는 것 같아요. 그런데도 왠지 그 애한텐 도움이 필요하고 그 애도 그걸 간절히 바라는 것처럼 느껴져요. 그래서 제가 도움을 주고 싶은데 그럴 수가 없어요. 루비랑 있는 내내 걔가 보이지 않는 적과 싸우는 것을, 힘을 다해 저항하면서 적을 밀어내려고 애쓰는 것을 바라보기만 하는 기분이었어요. 그래서 집에 오면 녹초가 되나 봐요."

하지만 이날 밤에는 그런 기분이 별로 들지 않았다. 루비는 이상하게도 말이 없었다. 파티나 마차 타고 나들이를 가는 것, 드레스며 남자 친구들에 대한 말은 한 마디도 하지 않았다. 루비는 미처 손도 대지 못한 자수를 옆에 늘어놓은 채 여윈 어깨에 하얀 숄을 걸치고 해먹에 누워 있었다. 길게 땋은 머리카락이 양쪽으로 늘어져 있었다. 앤이 학창 시절 그토록 부러워했던 아름다운 금발이었다. 머리핀은 모두 뽑아두었다. 핀을 꽂으면 머리가 아팠기 때문이다. 열 때문에 생긴 홍조가 사라지면서 루비의 얼굴은 창백한 어린아이처럼 변했다.

은빛 하늘에 달이 얼굴을 내밀었고 달무리는 진줏빛으로 빛났다. 그 아래 연못을 헤엄치는 달빛이 희미하게 반짝였다. 길리스 씨네 집 건너편에는 교회가 있었고 그 옆은 오래된 묘지였다. 달빛이 하얀 묘비를 비추자 뒤편의 시커먼 나무를 배경으로 비석의 윤곽이 선명하게 드러났다.

갑자기 루비가 몸서리를 쳤다.

"달빛을 받으면 묘지가 이렇게나 이상해 보인다니! 유령이 나올 것 같아. 앤, 이제 머지않아 내가 저기 묻힐 거야. 너하고 다이애나하고 다른 친구들 모두 활력 있게 살아가는데, 난 저기 오래된 묘지에 머무는 거야. 죽은 채로…."

앤은 머리를 세게 얻어맞은 것 같았다. 어떻게 반응해야 할지 몰라 잠깐 동안 아무런 말도 할 수 없었다.

"그렇게 된다는 걸 너도 알고 있었잖아."

루비가 다그치자 앤이 꽉 잠긴 목소리로 대답했다.

"응, 알아. 루비, 나 알고 있었어."

"모두 아는구나. 나도 그래. 여름내 알고 있었어. 하지만 인정하고 싶지 않았던 거야. 그리고… 아, 앤. 난 죽고 싶지 않아. 죽는 게 무서워."

쓰디쓴 말을 던지며 루비는 갑작스럽게 팔을 뻗더니 애원하듯 앤의 손을 잡았다. 앤이 조용히 물었다.

"루비, 뭐가 가장 무섭니?"

"뭐냐면, 뭐냐면…. 아, 앤. 천국에 가지 못할까 봐 무서워하는 건 아냐. 난 교회에 다니잖아. 그런데… 모든 게 달라질 거고, 그렇게 생각하니까 너무 무서워. 그리고 또… 집이 그리울 거야. 물론 천국은 아름답겠지. 성경에도 그렇다고 적혀 있으니까. 하지만 앤, 거긴 내가 있던 곳이 아니잖아."

앤은 필리파 고든에게 들은 이상한 이야기가 머릿속에 문득 떠올랐다. 죽은 뒤의 세상에 대해 루비와 같은 의견을 말한 어느 노인의 이야기였다. 그때는 그 말이 우스꽝스럽게 들려서 프리실라와 함께 박장대소했었다. 하지만 지금 루비의 창백하고 떨리는 입술에서 나오는 말에는 약간의 웃음기도 보이지 않았다. 애처롭고 비극적일 뿐 아니라 무엇보다도 눈앞에 닥친 현실이었다! 루비에게 천국은 낯선 곳이다. 루비의 즐겁고 들뜬 생활, 잡힐 듯 말 듯한 이상과 열망 속에는 이 중대한 변화와 어울리는 것이 하나도 없었다. 죄다 앞으로 다가올 천국의 삶을 어색하고 비현실적이며 바람직하지 않게 보이도록 하는 것뿐이었다. 앤은 자기가 얼마나 무기력한지 깨달았다. 루비에게 도움이 될 만한 이야기가 떠오르지 않았다. 대체 이 상황에서 무슨 말을 해야 한단 말인가.

"루비, 내 생각엔…."

앤이 망설이며 입을 열었다. 마음속 깊은 곳에 자리했거나 머릿속에서 이제 막 모습을 갖추기 시작한 관념을 누군가에게 말하기란 무척 어려운 일이었다. 현세와 내세의 위대한 신비에 관해 어린아이의 미숙한 사고를 뛰어넘는 차원 높은 이야기를 하는 건 루비 길리스 같은 상대 앞에서는 더더욱 힘들었다.

"우리는 천국에 대해 완전히 잘못된 생각을 하는 것 같아. 천국이란 무엇이며 우리를 위해 무엇이 마련되어 있는지 같은 것 말이야. 사람들은 천국의 삶이 지금과 딴판일 거라고들 하지만 난 그렇게 생각하지 않아. 현세의 삶이 계속 이어지는 거라고 믿어. 이곳에서 사는 것과 같기 때문에 우리 모습도 그대로일 거야. 다만 착하게 사는 건 더 쉬워지겠지. 하느님을 따르는 것도 그렇고. 장애물과 당혹감이 사라져버리고 모든 걸 분명하게 볼 수 있겠지. 그러니까 루비, 무서워하지 마."

루비는 애처로운 표정을 지었다.

"나도 어쩔 수 없어. 천국에 대한 네 말이 사실이라고 해도 그건 상상일 뿐이잖아. 너도 확신하진 못할 거야. 완전히 똑같을 리 없어. 난 여기서 계속 살고 싶어. 앤, 난 이렇게 젊잖아. 아직 인생을 제대로 살아보지도 못했어. 살기 위해 그렇게나 힘들게 싸워왔는데, 아무 소용도 없잖아. 난 죽을 수밖에 없어. 내가 아끼는 모든 걸 남기고 떠나는 거야."

앤은 고통스러워 견딜 수 없었다. 루비를 위로한답시고 거짓말을 할 수는 없었다. 더욱이 루비가 한 모든 말이 사실이기에 섬뜩한 기분까지 들었다. 루비는 자기가 사랑하는 모든 것을 남겨두고 떠나야 했다. 루비는 이 땅에 자기의 보물을 쌓아두었다. 영원으로 이어지는 위대한 가치를 잊어버린 채 삶의 사소한 것들, 덧없이 지나가는 것들만을 추구하며 살아왔다. 위대한 가치야말로 두 세계 사이의 심연에 다리를 놓고, 죽음마저 황혼에서 새롭고 맑은 하늘로, 한곳에서 다른 곳으로 옮겨가는 정도로 받아들이게 해준다. 하느님은 천국에서 루비를 보살펴줄 것이다. 앤은 그렇게 믿었고 루비도 알게 될 것이다. 하지만 지금 루비의 영혼이 맹목적인 무력감 속에서 그동안 알고 사랑했던 것에만 매달리는 건 당연했다.

루비는 한 팔로 몸을 지탱하며 일어나더니 아름답게 빛나는 파란 눈을 달빛이 가득 퍼진 하늘로 돌렸다.

이윽고 루비가 떨리는 목소리로 말했다.

"앤, 나 살고 싶어. 다른 여자들처럼 살고 싶어. 난, 난 결혼하고 싶어. 그리고 아기도 낳고 싶어. 앤, 난 원래 아기를 좋아했잖아. 너 말고 다른 사람한테는 이 얘기를 할 수 없어. 너는 날 이해할 거라 믿어. 그리고 불쌍한 허브, 그 사람은 날 사랑하고 나도 그를 사랑해. 다른 남자는 나한테 아무 의미도 없어. 하지만 그는 달라. 살 수만 있으면 그 사람의 아내가 돼서 아주 행복해질 텐데. 아, 앤. 견디기 너무 힘들어."

루비는 베개에 얼굴을 묻고 흐느꼈다. 앤은 안타깝고 괴로운 마음으로 루비의 손을 꼭 잡았다. 앤의 말 없는 공감이 서툴고 불완전한 위로보다 루비에게 큰 도움이 되었다. 루비는 금세 차분해졌고 흐느낌도 멈췄다.

루비가 소리를 낮췄다.

"앤, 너한테 이런 얘기를 하게 돼서 기뻐. 다 털어놓는 것만으로도 마음이 한결 편해졌어. 네가 올 때마다 여름내 말하고 싶었어. 너와 이야기해보고 싶었거든. 그런데 그럴 수 없었어. 내가 죽을 거라고 입 밖에 내거나, 다른 사람이 그런 사실을 말하고 넌지시 내비치기만 해도 진짜 그렇게 된다는 생각이 확실해졌거든. 그래서 그 말을 하지 않을뿐더러 생각도 안 하려고 했지. 낮에 내 주위에 사람들이 모이고 모든 것이 즐거울 때는 생각을 하지 않는 게 어렵지 않았어. 하지만 밤에 잠이 오지 않을 땐… 정말 두려웠어. 그 생각에서 벗어날 수 없었지. 죽음이 다가와 내 얼굴을 빤히 들여다보는 듯해서 겁에 질려 비명을 지를 수밖에 없었던 거야.”

“루비, 그래도 이제는 두렵지 않을 거야. 할 수 있지? 용기를 내. 모든 게 다 잘될 거라고 믿어봐.”

“그럴 거야. 네가 말한 걸 잘 생각해보면서 믿으려고 노력할게. 되도록 자주 와줬으면 좋겠어. 앤, 그래줄 거지?”

“물론이지.”

“앤, 이제 시간이 얼마 남지 않았어. 분명히 그런 느낌이 들어. 다른 누구보다도 네가 옆에 있어줬으면 해. 학교에 같이 다닌 여자애들 중 널 제일 좋아했거든. 몇몇 여자애들이 그랬던 것처럼 질투하거나 못되게 굴지 않았잖아. 어제는 가엾은 엠 화이트가 날 보러 왔어. 우리가 학교 다닐 때 엠이랑 나랑 3년 동안 아주 친한 친구였던 것 기억하지? 그러다 학교 발표회 때 싸웠잖아. 그 뒤로는 서로 말을 섞은 적이 없어. 바보 같지? 지금 생각해보면 참 멍청했어. 하지만 어제 엠하고 난 옛날에 싸웠던 일을 화해했어. 엠도 몇 년 전부터 말을 걸고 싶었는데 내가 싫어할 거라고 생각했대. 나도 엠이 나랑 말을 안 하고 싶을 거라고 확신하는 바람에 걔한테 말을 걸지 않았거든. 앤, 사람들이 이렇게 서로 오해할 수 있다니, 참 이상한 일 아니니?"

"인생의 어려움은 대체로 오해에서 비롯되는 것 같아. 루비, 이제 가야겠어. 너무 늦었네. 그리고 너도 이렇게 공기가 찬 곳에 나와 있으면 안 되잖아."

"또 들러줘. 되도록 빨리."

"응, 곧 올 거야. 그리고 내가 도울 수 있는 건 기꺼이 할게."

"그래. 넌 벌써 날 많이 도와줬어. 지금은 어떤 것도 별로 무섭지 않아. 앤, 그럼 잘 자."

"응. 잘 자, 루비."

앤은 달빛 속을 느리게 걸어 집으로 향했다. 그날 저녁은 앤 안에 있는 무언가를 뒤바꾼 시간이었다. 인생의 의미가 달라졌고 더 깊은 목적이 생겼다. 표면적으로는 전과 같은 삶이 계속되겠지만 깊은 곳에서는 무언가가 움직이고 있었다. 가엾은 나비 같았던 루비와는 달랐으면 했다. 생이 무너지는 듯한 공포에 질린 채, 다음 생은 어딘가 완전히 다를 것이며 지금까지 익숙했던 생각과 이상과 열망과는 어울리지 않을 거라는 두려움에 젖어 있을 수는 없었다. 삶의 사소한 것들이 아무리 아름답고 멋지더라도 살아가는 목적으로 삼아서는 안 된다. 가장 숭고한 것을 찾으며 따라야 한다. 천국의 삶은 여기 이 땅에서부터 시작되어야 한다.

정원에서 나누었던 저녁 인사는 영원한 작별이 되었다. 앤은 살아 있는 동안 두 번 다시 루비를 볼 수 없었다. 다음 날 밤 에

이번리 마을 개선협회는 서부로 떠나는 제인 앤드루스의 환송회를 열었다. 이들은 가벼운 발걸음으로 춤을 추고 반짝이는 눈으로 웃음을 터뜨리며 즐겁게 수다를 떨고 있었다. 그때, 에이번리의 한 영혼에게 무시하거나 피할 수 없는 하늘의 부름이 임했다. 다음 날 아침 루비 길리스가 죽었다는 소식이 온 마을에 전해졌다. 루비는 잠든 사이에 고통 없이 편안하게 숨을 거뒀다. 얼굴에는 미소가 번져 있었다. 죽음은 루비가 두려워했던 소름 끼치는 유령의 모습 대신 다정한 친구처럼 다가와 천국으로 가는 문턱을 넘게 해준 것만 같았다.

장례식이 끝나고 린드 부인은 이제까지 루비 길리스만큼 아름다운 자태로 누워 있는 시신은 본 적이 없다고 힘주어 말했다. 앤이 놓아둔 예쁜 꽃송이 사이에 흰옷을 입고 누운 루비의 아름다운 모습은 오랜 시간이 지난 뒤에도 에이번리 사람들의 기억에 남아 계속 입에 오르내렸다. 루비는 늘 아름다웠지만 그 모습은 이 세상의 것이었고 지극히 세속적이었다. 보는 사람에게 자신을 과시하는 듯한 도도함을 지녔다. 루비의 아름다움은 영혼을 빛내지도 않았고 지성으로 다듬어진 것도 아니었다. 하지만 죽음이 그녀의 아름다움에 손을 대고 축복하면서 이제까지 보지 못했던 섬세한 모습과 순수성을 끄집어냈다. 루비가 계속 살았더라면 그녀의 삶과 사랑, 크나큰 슬픔 그리고 여성으로서 느꼈을 깊은 환희가 본인에게 해줬을 법한 일을 대신 해준 것이다. 앤은 눈물 어린 눈으로 어릴 적 친구를 바라보면서 이것이 바로 하느님이 루비에게 주려고 한 얼굴이라고 생각했다. 그리고 영원토록 루비의 얼굴을 기억하리라 다짐했다.

길리스 부인은 장례 행렬이 집을 나서기 전에 앤을 빈 방으로 따로 불렀다. 그러고는 작은 꾸러미를 건네주며 흐느꼈다.

"앤, 이걸 네게 주고 싶구나. 루비도 그런 마음일 거야. 그 아이가 수놓던 식탁보란다. 아직 완성되진 않았어. 바늘은 그 아이가 세상을 떠나기 전날 오후 마지막으로 가느다란 손가락이 닿았던 그 자리에 꽂혀 있었단다."

이야기를 전해 들은 린드 부인이 눈물을 글썽였다.

"누구나 끝맺지 못한 일이 있는 법이지. 하지만 그걸 마무리하는 누군가도 항상 있게 마련이란다."

다이애나와 집으로 걸어가면서 앤이 말했다.

"아는 사람의 죽음은 받아들이기가 참 어려워. 루비는 학교 친구 중에서 가장 먼저 세상을 떠났잖아. 언제가 될지는 모르겠지만 남은 우리도 한 사람씩 뒤를 따르게 될 거야."

"응, 그렇겠지."

다이애나는 불편해 보였다. 사실 이런 이야기는 하고 싶지 않았다. 그보다 장례식에서 있었던 일들을 이야기하고 싶었다. 길리스 씨가 루비를 위한 일이라며 고집했던 화려한 흰색 벨벳 관을 두고 린드 부인이 "길리스 집안사람들은 항상 돈을 펑펑 쓴다니까. 장례식 때도 그러잖아"라고 혀를 찼던 일, 허브 스펜서의 슬픈 얼굴, 루비의 자매 중 하나가 사람들의 시선에도 아랑곳하지 않고 발작한 일 등이다. 하지만 앤은 그런 이야기는 하지 않으려고 했다. 앤은 몽상에 잠긴 듯 보였고, 다이애나는 그 속에 자신의 몫이나 자리가 없어서 쓸쓸한 마음이 들었다.

데이비가 불쑥 말을 꺼냈다.

"루비 길리스 누나는 잘 웃는 좋은 사람이었어. 천국에서도 에이번리에 있을 때처럼 많이 웃을까? 앤 누나, 궁금해."

"응, 그럴 거야."

"어머, 앤."

다이애나가 조금 충격을 받은 듯한 미소를 지으며 항의했다.

"음, 왜 그래? 우리가 천국에서는 웃지 않을 거라고 생각해?"

앤이 진지하게 묻자 다이애나가 허둥거렸다.

"어, 난 잘 모르겠어. 왠지 안 어울릴 것 같아. 교회에서 웃는 건 좀 끔찍하잖아."

"하지만 천국이 교회와 늘 같은 곳은 아닐 거야."

데이비가 기세등등하게 말을 보탰다.

"나도 안 그랬으면 좋겠어. 그게 아니라면 난 천국에 가고 싶지 않아. 교회는 엄청 따분하잖아. 어느 쪽이든 난 당분간은 거기 갈 생각이 없어. 내 말은 백 살까지 살겠다는 거야. 화이트샌즈의 토머스 블루잇 할아버지처럼. 그 할아버지가 그러는데 자기가 오래 사는 건 만날 담배를 피워서 병균을 다 죽인 덕분이래. 앤 누나, 나도 이제 곧 담배를 피울 수 있겠지?"

"데이비, 안 돼. 넌 절대 담배를 피우지 않았으면 좋겠어."

앤이 딴생각을 하며 건성으로 말했다. 데이비가 물었다.

"그럼 내가 병균 때문에 죽으면 어떡하려고 그래?"

15장

망가진 꿈

"한 주만 더 있으면 레드먼드로 돌아가는 거야."

공부와 수업 그리고 친구들이 있는 곳으로 돌아간다고 생각하니 앤은 마음이 설렜다. 즐거운 상상은 패티의 집 주변으로도 뻗어나갔다. 아직 그곳에서 살아보지 않았지만 생각하는 것만으로도 집이 전해주는 따뜻하고 즐거운 분위기를 느꼈다.

물론 에이번리에서의 생활도 아주 행복했다. 여름의 태양과 하늘을 즐겼고, 건강하면서도 즐거운 시간을 보냈다. 옛 친구들과 우정을 돈독하게 다졌을 뿐만 아니라 더 훌륭하게 살고 더 참을성 있게 일하며 더 마음껏 노는 법을 배웠다.

'모든 교훈을 대학에서만 배우는 건 아니야. 인생은 어디서나 사람들에게 가르침을 주고 있어.'

하지만 즐거운 방학은 마지막 주에 엉망이 되고 말았다. 꿈을 망가뜨리는 어이없는 사건이 일어났기 때문이다.

"요즘은 소설 안 쓰니?"

어느 날 저녁 앤이 해리슨 부부와 차를 마실 때 해리슨 씨가 살갑게 묻자 앤이 조금 새초롬하게 대답했다.

"안 써요."

"기분 나쁘게 하려던 건 아니다. 얼마 전 하이럼 슬론 부인에게 들은 말인데, 한 달 전쯤 우체국에서 몬트리올의 롤링스 릴라이어블 베이킹파우더 회사 주소가 적힌 큰 봉투를 봤다는구나. 슬론 부인은 그 회사에서 베이킹파우더 이름이 들어간 소설을 뽑는 공모전을 주최했는데 누가 거기에 응모한 게 아닌지 생각했대. 부인 말로는 봉투의 주소가 네 글씨체는 아니었다는데, 그래도 난 혹시 네가 응모했을 수도 있다고 생각했거든."

"절대 아니에요! 광고는 봤지만 응모할 생각은 꿈에도 없었어요. 베이킹파우더를 광고하기 위해 소설을 쓰는 건 격에 맞지 않는 일이라고 생각해요. 저드슨 파커 씨가 울타리를 제약회사 광고판으로 빌려준 것에 버금가는 일이라고요."

앤은 당당하게 말했지만 자신 앞에 굴욕의 골짜기*가 놓여 있다는 사실은 꿈에도 생각하지 못했다. 그날 저녁 다이애나가 현관 다락방으로 들이닥쳤다. 뺨이 장밋빛으로 물든 다이애나는 눈을 반짝거리면서 편지 한 통을 건네주었다.

"아, 앤. 여기 너한테 온 편지야. 우체국에 갔었는데 이걸 보고 네게 직접 가져다줘야겠다고 생각했어. 빨리 열어봐. 내가 생각

---

* 영국 작가 존 버니언(1628-1688)의 소설 『천로역정』에 나온 표현

하는 그 편지가 맞으면 기뻐서 미쳐버릴지도 몰라."

영문을 몰라 어리둥절해진 앤은 봉투를 뜯고 타자기로 친 편지를 훑어보았다.

프린스에드워드섬 에이번리 초록지붕집 앤 셜리 양께

안녕하십니까. 귀하의 훌륭한 소설 「에이버릴의 속죄」가 당사의 공모에 당선되어 상금 25달러를 기쁜 마음으로 수여합니다. 편지에 수표를 동봉했습니다. 캐나다 주요 신문에 귀하의 작품을 게재하려고 준비 중이며 작은 소책자 형태로 인쇄해서 고객들에게 배포할 예정입니다. 당사에 관심을 가져주셔서 감사드립니다.

언제나 진실된 기업
롤링스 릴라이어블 베이킹파우더

"뭐가 뭔지 모르겠어."

앤의 멍한 얼굴에 대고 다이애나가 손뼉을 쳤다.

"상을 받을 거라고 확신했어! 내가 네 소설을 응모했거든."

"다이애나 배리! 너, 정말…."

"응, 내가 보냈어."

다이애나는 침대 끝에 걸터앉아 들뜬 목소리로 말했다.

"그 광고를 보자마자 네 소설이 생각났지. 처음엔 너한테 응모하라고 얘기해볼 생각이었어. 그런데 네가 하지 않을까 봐 걱정된 거야. 넌 그 소설에 대해 영 자신 없어 했잖아. 그래서 네가 준 사본을 보내고 입을 꾹 다물기로 마음먹었어. 그러면 상을 받지 못해도 넌 알 수 없을 테니 실망할 일도 없잖아. 낙선한 소설은 돌려주지 않으니까. 만약 상을 받으면 넌 깜짝 놀라 기뻐할 거고."

다이애나는 사람의 마음을 살피는 데 무딘 편이었지만 이때만큼은 앤이 크게 기뻐하지 않는다는 것을 알아채고 의아해했다. 놀란 것은 분명한데 즐거워하는 모습은 어디 숨은 것일까?

"어머, 앤. 너 하나도 기뻐 보이지 않아!"

다이애나가 외쳤다. 앤은 얼른 미소를 짜내고 차분히 말했다.

"물론 날 기쁘게 해주려는 네 착한 마음은 정말 고마울 따름이야. 하지만 너도 알다시피 난 너무 놀랐어. 어떻게 된 일인지… 이해할 수 없어. 내 소설에는 그 단어가 하나도 안 나오잖아. 그… 그… 베이킹파우더 말이야."

앤은 약간 목이 메었다. 다이애나가 자신 있게 말했다.

"아, 그건 내가 끼워 넣었어. 그 정도야 누워서 떡 먹기였거든. 옛날 '이야기 클럽'에서 활동했던 게 도움이 됐지. 에이버릴이 케이크를 만드는 장면이 있었잖아? 난 거기에다 에이버릴이 롤링스 릴라이어블을 사용했기 때문에 케이크를 잘 만들 수 있었다고 적었어. 그리고 마지막 단락에서 퍼시벌이 에이버릴을 끌어안고 이렇게 말하잖아. '사랑하는 당신, 앞으로 올 아름다운 나날들이 우리가 꿈꾸는 가정을 채워줄 거요.' 여기에 내가 이 말을 덧붙였지. '롤링스 릴라이어블의 베이킹파우더가 아닌 다른 제품은 쓰지 말기로 합시다'라고 말이야."

"아."

누가 찬물이라도 끼얹은 것처럼 앤은 숨이 막혔다. 다이애나가 의기양양하게 말을 이었다.

"그래서 네가 25달러를 받게 된 거야. 이것 봐. 프리실라가 그러는데 『캐나다 여성』은 소설 한 편에 5달러밖에 안 준대!"

앤은 꼴도 보기 싫은 분홍색 수표를 다이애나에게 내밀었다. 앤의 손가락은 사시나무 떨듯 했다.

"난 받을 수 없어, 다이애나. 이건 네 거야. 네가 소설을 보냈고 고쳐 쓰기도 했잖아. 난, 난 절대로 보내지 않았을 거야. 그러니까 네가 이 수표를 받아야 해."

"내가 뭘 했다고 그래. 난 수상자의 친구라는 사실만으로도 충분히 영광스럽다니까. 이제 난 돌아가봐야 해. 손님이 왔거든. 우체국에서 곧장 집으로 가야 했지만 여기 와서 소식을 확인하고 싶었어. 앤, 네가 잘돼서 정말 기뻐."

다이애나는 천진난만한 얼굴이었다. 앤은 불쑥 몸을 굽혀 다이애나를 두 팔로 끌어안고 뺨에 입을 맞췄다. 앤의 목소리가 약간 떨렸다.

"다이애나, 넌 세상에서 가장 다정하고 진실한 친구야. 네가 좋은 뜻으로 이 일을 해줘서 고맙게 생각해. 정말이야."

다이애나는 기뻐하면서도 조금은 쑥스러운 마음으로 돌아갔다. 가엾은 앤은 죄 없는 수표를 마치 불결한 돈이라도 되는 듯 책상 서랍 속에 내동댕이친 뒤 침대에 몸을 던졌다. 그러고는 북받쳐 오르는 부끄러움을 이기지 못하고 눈물을 흘렸다.

'아, 이 일을 내 인생에서 결코 씻어낼 수 없을 거야!'

날이 저물 무렵 앤을 축하해주고 싶어서 참지 못하겠다는 얼굴로 길버트가 찾아왔다. 비탈길 과수원집에 들렀다가 소식을 들은 것이다. 하지만 앤의 얼굴을 보자 축하한다는 말은 쏙 들어가버렸다.

"아니, 앤. 왜 그래? 난 네가 롤링스 릴라이어블상을 받고 기뻐할 줄 알았는데. 잘된 일이잖아!"

"아! 길버트, 너마저."

앤의 말투는 "브루투스, 너마저"라고 탄식하는 것 같았다.

"너라면 이해할 거라고 생각했어. 이게 얼마나 끔찍한 상황인지 정말 모르겠니?"

"솔직히 모르겠는데. 뭐가 잘못된 거야?"

앤이 신음했다.

"모든 게 다! 난 영원히 망신당할 거야. 베이킹파우더 광고 문신이 온몸에 뒤덮인 아이를 본 엄마의 기분이 어떨 것 같아? 지금 내 기분이 그래. 보잘것없는 작품이지만 난 이 짧은 소설을 사랑했어. 내 안에 있던 최고의 이야기를 쏟아부어서 써낸 거라고. 그걸 베이킹파우더 광고 수준으로 끌어내리다니, 신성모독이나 마찬가지야. 퀸스 전문학교에서 문학 수업 때 해밀턴 교수님이 자주 하시던 말 기억나? 천박하고 무가치한 동기로는 한 글자도 쓰지 말고 항상 최고의 이상을 따라가라고 하셨잖아. 내가 특정 회사 제품을 광고하려고 소설을 썼다는 말을 들으면 교수님은 어떻게 생각하실까? 만약 레드먼드에 이 소식이 퍼지면 다들 날 얼마나 놀리고 비웃을지 생각해봐!"

길버트는 앤이 특히 꼴도 보기 싫은 3학년생의 의견을 걱정

하고 있을지도 모른다는 생각에 불안해졌다.

"그렇게 되진 않을 거야. 레드먼드 사람들도 나랑 똑같이 생각할걸? 열에 아홉은 분에 넘치도록 부유하지 않은 사람들이니 너도 학업을 이어나가기 위해서 정직한 방법으로 돈을 벌었다고 말이야. 그게 천박하고 무가치한 동기는 아니라고 봐. 우스꽝스럽지도 않고. 누구나 이왕이면 걸작을 쓰고 싶어 하지만 한편으로는 하숙비와 수업료도 내야 하잖아."

길버트의 상식적이고 현실적인 의견을 듣자 앤은 마음이 조금 풀렸다. 적어도 비웃음을 살 것이라는 두려움은 사라졌다. 다만 꿈이 망가진 상처는 여전히 깊게 남아 있었다.

16장

새로운 인연

"이제까지 내가 본 곳 중에서 가장 집다운 곳이야. 우리 집보다 더 집 같으니 말 다했지."

필리파는 반짝거리는 눈으로 주위를 둘러보았다. 해 질 녘 패티의 집 커다란 거실에 모두 모여 있었다. 앤과 프리실라, 필리파, 스텔라, 제임시나 아주머니 그리고 세 고양이 러스티, 조지프, 세라를 비롯해 도자기로 만든 개 곡과 마곡이었다. 난롯불 그림자가 벽에서 춤을 추고 고양이들은 가르랑댔다. 온실 국화를 꽂아둔 커다란 화병이 황금빛으로 넘실대는 어둠을 헤집고 크림색 달처럼 반짝거렸다. 필리파의 가없은 구혼자 중 하나가 보낸 것이었다.

새 보금자리에서 생활한 지 석 주가 지나자 다들 자기들의 판단이 옳았다고 믿었다. 처음 두 주 동안은 즐겁고 흥분된 나날을 보냈다. 각자 물건을 정리하고 살림을 꾸리며 서로 다른 의견을 조율하느라 바빴다.

개학이 다가와 에이번리를 떠나야 했지만 앤은 여느 때와 다르게 별로 슬프지 않았다. 방학 마지막 며칠이 즐겁지 않았기 때문이다. 앤의 당선작은 지역 신문에 실렸다. 윌리엄 블레어 씨는 가게 계산대 위에 소설이 인쇄된 분홍색, 초록색, 노란색 소책자를 산더미처럼 쌓아놓고 손님들에게 나눠 주었다. 블레어 씨는 축하의 의미로 앤에게 소책자 한 묶음을 건넸지만 앤은 즉시 그것을 전부 부엌 난로에 던져 넣었다. 이상이 너무 높았던 앤은 이 일을 굴욕으로 여겼지만 에이번리 사람들은 앤의 수상을 무척 대단한 일로 여겼다. 많은 친구가 진심 어린 마음으로 감탄했으며 몇몇은 경멸 섞인 질투를 보였다. 조시 파이는 몇 년 전에 신문에서 그런 내용의 소설을 분명히 읽었다면서 앤 셜리가 그 이야기를 베꼈다고 모함했다. 찰리가 청혼했다가 퇴짜 맞은 사실을 알았거나 그렇다고 짐작한 슬론 집안사람들은 누구나 해낼 수 있는 일을 가지고 그렇게 자랑스러워 할 것까지는 없다고 깎아내렸다. 아토사 대고모는 앤이 소설을 썼다는 이야기를 듣고 매우 유감스러워했다. 에이번리에서 태어나 자란 사람이라면 꿈도 못 꿀 텐데 근본 없는 고아라 그따위 짓을 했다면서 혀를 끌끌 찼다. 린드 부인까지도 소설을 쓰는 것이 과연 올바른 행실인지 미심쩍어했지만 25달러짜리 수표를 보자 의심을 거두어들였다.

"지어낸 말에 그만한 돈을 지불하다니 기절초풍하겠구나."

대견함과 못마땅함이 절반씩 섞여 있는 말투였다.

모든 상황을 고려했을 때, 레드먼드로 떠날 시간이 된 것은 차라리 다행이었다. 현명하고 성숙한 2학년이 되어 개학식 날 여러 친구들과 만날 생각에 앤은 무척 설렜다. 프리실라와 스텔라와 길버트도 그곳에 와 있었고, 찰리 슬론은 이제까지 보았던 어느 2학년생보다 어깨에 힘을 주었다. 앨릭과 알론조 문제를 여전히 해결하지 못한 필리파도 있었고 무디 스퍼전 맥퍼슨의 얼굴도 보였다. 그는 퀸스를 졸업한 뒤로 학교에서 아이들을 가르쳐왔지만 그의 어머니는 아들이 이제 교직을 그만두고 목사가 되기 위한 공부를 할 때라고 결론 내렸다. 가엾은 무디 스퍼전은 대학 생활 시작부터 난리를 겪었다. 같은 하숙집의 짓궂은 2학년생 여섯 명이 밤에 그를 덮쳐 머리카락 절반을 깎아버린 것이다. 신고식을 호되게 치른 무디 스퍼전은 머리가 다시 자랄 때까지 우스꽝스러운 모습으로 다녀야 했다. 그는 앤에게 자기 천직이 정말 목사인지 여러 차례 의구심이 들었다고 쓸쓸하게 털어놓았다.

　제임시나 아주머니는 여학생들이 패티의 집을 꾸며놓은 뒤에 도착했다. 집주인 패티 부인은 앤에게 편지와 함께 집 열쇠를 보냈다. 편지에는 손님방 침대 아래 상자에 곡과 마곡을 넣어두었으며 원하면 꺼내도 된다고 적혀 있었다. 추신으로 그림을 걸 때 조심했으면 좋겠다고 덧붙여놓았다. 5년 전에 거실을 새로 도배했고, 자신과 마리아는 꼭 필요한 경우가 아니라면 새 벽지에 구멍을 내지 않기를 바란다는 내용이었다. 그 밖의 일은 모두 앤에게 맡긴다고 적혀 있었다.

　여학생들은 보금자리를 정돈하는 데 푹 빠졌다. 필리파의 말처럼 결혼에 비길 수 있을 만큼 멋진 일이었다. 남편에게 시달리는 일 없이 살림하는 즐거움을 누릴 수 있었다. 다들 이 작은 집을 꾸미거나 안락하게 만들 물건을 가져왔다. 프리실라와 필리파, 스텔라는 자질구레한 장식품과 그림을 잔뜩 내놓았다. 이들은 패티 부인의 새 벽지에 구멍이 나는 것도 아랑곳하지 않고 각자의 취향에 맞게 그림을 걸었다.

"여길 떠날 때 구멍을 메우면 돼. 패티 부인은 모르실 거야."

말리는 앤에게 세 사람이 한 말이었다.

다이애나는 앤에게 솔잎을 넣은 쿠션을 선물했고 하숙집의 에이다 아주머니는 멋지게 수놓은 쿠션을 앤과 프리실라에게 주었다. 마릴라는 큰 상자에 절임을 가득 채워 보내주면서 추수감사절에 한 바구니를 더 부치겠다고 귀띔했다. 린드 부인은 앤에게 조각보 이불 한 채를 주고 다섯 채를 더 빌려주었다.

"다 가져가거라. 다락방에 처박혀서 벌레가 좀먹는 것보다는 누구라도 쓰는 게 낫지 않겠니?"

감히 이 이불 근처로 접근하는 벌레는 없을 것이다. 방충제 향이 심해서 패티의 집 과수원에 2주간 널어놓은 뒤에야 겨우 쓸 만해졌기 때문이다. 귀족적인 스포퍼드 거리에서는 여간해서 보기 드문 광경이었다. 어느 날 옆집의 무뚝뚝하고 나이 든 백만장자가 찾아오더니 린드 부인이 앤에게 준 빨간색과 노란색 '튤립 무늬' 이불을 사겠다고 했다. 어머니가 조각보 이불을 만들곤 했는데 이것을 보니 예전의 기억이 떠올랐다는 것이다. 팔 수 없다고 하자 그는 크게 실망했다. 앤은 이 이야기를 린드 부인에게 편지로 알렸는데 흐뭇해진 부인은 똑같은 여분이 하나 있다는 답장을 보내왔다. 결국 백만장자 담배왕은 이불을 손에 넣었다. 하지만 그것을 자기 침대에 깔아놓겠다고 고집을 부리는 바람에 멋쟁이 아내가 몹시 난처해졌다.

그해 겨울 린드 부인의 조각보 이불은 제 몫을 해냈다. 장점이 많은 패티의 집에도 단점은 있었다. 살을 에는 추위였다. 서리가 내리는 밤이면 여학생들은 주저 없이 린드 부인의 조각보 이불 속으로 기어들었고, 부인이 이것을 빌려준 일이 하느님 눈에 가장 큰 선행으로 비치기를 기원했다. 앤은 첫눈에 보고 탐냈던 파란 방을 차지했다. 프리실라와 스텔라는 큰 방을 썼다. 필리파는 부엌 위의 작은 방으로 만족했다. 제임시나 아주머니에게는 아래층 거실 옆의 방을 내주기로 했다. 고양이 러스티는 처음에 문 앞 계단에서 잤다.

이곳으로 돌아온 지 며칠 뒤 앤은 학교에서 집으로 가는 길에 마주치는 사람들이 은근한 미소를 지으며 자신을 슬쩍 바라본다는 사실을 깨달았다. 앤은 옷차림에 무슨 문제라도 있나 싶어 불안해졌다. 모자가 비뚤어졌거나 허리띠가 느슨해진 것은 아닌지 고개를 길게 빼고 이리저리 훑어보았다. 그러다가 러스티를 발견했다. 이제까지 보았던 것 가운데 가장 볼품없는 고양이가 앤의 발뒤꿈치에 바짝 붙어 쫓아오고 있었다. 새끼 고양이 단계를 훌쩍 지난 듯한 그 녀석은 길쭉하고 몰골이 형편없었다. 귀는 양쪽 다 찢겨 있었고 한쪽 눈은 한시바삐 치료해야 했으며 턱밑은 터무니없을 정도로 부어 있었다. 털 색깔은 더 심각했다. 한때 검은색이었던 털은 구석구석 불에 그슬렸나 싶을 만큼 군데군데 숱이 없었고 지저분하며 꼴사나웠다.

앤이 "저리 가" 하고 쫓았지만 고양이는 '저리 가지' 않았다. 앤이 멈춰 서자 고양이도 웅크리고 앉아 멀쩡한 한쪽 눈으로 앤을 못마땅하다는 듯 쳐다보았다. 앤이 다시 걷기 시작하자 고양이도 따라왔다. 앤은 패티의 집 대문에 닿을 때까지는 어쩔 수 없다고 체념하고 있다가 집에 도착하자마자 냉정하게 문을 닫은 뒤 이제 고양이를 다시 볼 일은 없을 것이라고 생각했다. 하지만 15분 뒤 필리파가 문을 열었을 때 빛바랜 갈색 고양이가 여전히 계단에 앉아 있었다. 심지어 고양이는 재빨리 안으로 들어와서 앤의 무릎에 뛰어오르더니 보채는 것인지 의기양양한 것인지 알 수 없는 소리로 "야옹" 하고 울었다.

"앤, 그거 네 고양이야?"

마뜩잖아하는 스텔라에게 앤이 넌더리를 내며 부인했다.

"아니. 처음 보는 고양이야. 어디서부터인진 모르겠는데, 쟤가 날 따라왔어. 쫓아내봤지만 소용없었지. 윽, 좀 내려가라. 말쑥한 고양이라면 나도 꽤 좋아하지만 너처럼 생긴 애는 싫어."

하지만 고양이는 들은 척도 하지 않았다. 오히려 몸을 둥글게 말고는 천연덕스럽게 가르랑대기 시작했다.

"쟤가 널 찍은 게 틀림없어."

웃고 있는 프리실라에게 앤이 딱 잘라 선을 그었다.

"사양하겠어. 절대 안 돼."

"불쌍한 것이 굶주렸나 보네. 저런, 뼈가 살을 뚫고 튀어나올 지경이잖아."

필리파가 안쓰러워해도 앤은 단호했다.

"배불리 먹인 다음 돌려보낼 거야."

앤은 고양이에게 먹이를 준 다음 밖으로 내보냈다. 하지만 다음 날 아침에도 고양이는 여전히 문 앞 계단에 있었고 문이 열릴 때마다 집 안으로 뛰어들었다. 아무리 차갑게 대해도 주눅 들지 않았다. 또한 앤 말고는 누구에게도 관심을 보이지 않았다. 여학생들은 안타까운 마음에 먹이를 챙겨주었다. 하지만 일주일이 지나자 무언가 조치를 취해야 한다고 마음먹었다. 그사이 고양이의 모양새는 눈에 띄게 좋아졌다. 눈과 볼은 원래 모습을 되찾았으며 살이 오르고 얼굴을 씻는 행동도 보였다.

"아무리 그래도 우리가 키울 순 없어. 제임시나 아주머니가 다음 주에 오시는데 세라캣이라는 고양이를 데려올 거야. 한꺼번에 고양이 두 마리를 키울 순 없잖아. 그러면 이 녀석, 그래, 맞아. 러스티 코트를 걸친 것 같은 이 고양이는 세라캣과 만날 싸우겠지? 얘는 타고난 싸움꾼이야. 어젯밤에도 담배왕 집 고양이와 격전을 벌여서 기병, 보병, 포병을 죄다 해치웠거든."

"우린 이 고양이를 치워버려야 해. 그런데 문제는 어떻게 해야 할지 모르겠다는 거야. 쫓겨나지 않으려고 버티는 고양이를 연약한 여자 네 명이 어떻게 내보낼 수 있을까?"

앤은 스텔라의 말에 동의하면서 논란의 주인공을 째려보았다. 고양이는 난로 앞 깔개 위에 새끼 양처럼 얌전하게 엎드려 가르랑대고 있었다.

"음, 클로로포름을 써서 죽이면 어떨까? 그게 가장 자비로운 방법이야."

필리파가 기세 좋게 말했지만 앤은 침울해졌다.

"우리 중 누가 고양이한테 클로로포름을 쓸 수 있겠니?"

"앤, 내가 할 수 있어. 그나마 내가 할 줄 아는 일 중 하나야. 집에서 몇 마리 잡아봤거든. 아침에 고양이를 불러서 맛있는 먹이를 주는 거야. 그런 다음 우리 집 뒷문에도 하나 있는 낡은 마대를 가져와서 고양이를 넣고 나무 상자로 덮어둬. 그러고 나서 60밀리리터들이 클로로포름병을 가져다가 코르크 마개를 따고 상자 가장자리에 집어넣는 거야. 이제 상자 위에 무거운 걸 올려놓고 저녁까지 놔두면 돼. 고양이는 잠든 것처럼 평화로운 모습으로 몸을 웅크린 채 죽어 있을 거야. 고통도 없고 바둥거리지도 않아."

"쉬운 일처럼 들리긴 하네."

미심쩍어하는 앤을 필리파가 안심시켰다.

"정말 쉬워. 나한테 맡겨봐. 내가 다 알아서 할 테니까."

필리파의 계획에 따라 클로로포름을 어렵게 구했고 다음 날 아침 러스티는 운명의 순간을 맞이했다. 아침을 먹고 입가를 핥은 뒤 무릎 위로 올라온 러스티를 보자 앤은 가슴이 미어졌다. 이 가엾은 동물이 자기를 사랑하며 굳게 믿고 있는데 고양이를 없애는 일에 가담하려니 마음이 편치 않았다.

"여기 있으니 데려가. 살인자라도 된 기분이네."

앤이 필리파에게 재빨리 읊조렸다.

"고통스럽진 않을 거야. 너도 알잖아."

필리파가 위로했지만 앤은 도망가버렸다.

사형은 뒷문에서 집행되었다. 그날은 아무도 그 근처에 얼씬하지 않았다. 하지만 어두워질 때쯤 필리파가 러스티를 묻어줘야 한다고 말했다. 그리고 작업 지시를 했다.

"프리실라하고 스텔라는 과수원에 무덤을 파줘. 앤은 나랑 가서 상자를 들어내자. 난 이런 과정이 참 싫어."

두 공모자는 무거운 마음으로 살금살금 발소리를 죽이며 뒷문으로 향했다. 필리파가 상자 위에 올려놓았던 돌을 조심스럽게 들어 올렸다. 갑자기 잘못 들릴 리 없는 야옹 소리가 희미하지만 뚜렷하게 상자에서 새어나왔다.

"러스티가, 고양이가 안 죽었어."

앤은 부엌 문간에 멍하니 주저앉아 숨을 헐떡였다. 필리파는 믿을 수 없다는 듯 내뱉었다.

"그럴 리 없어."

또다시 들린 희미한 울음소리는 고양이가 죽지 않았음을 증명했다. 두 사람은 서로의 얼굴을 쳐다보았다.

앤이 물었다.

"우리 어떻게 하지?"

그때 스텔라가 대문간에 서서 농담하듯 따졌다.

"너희들 도대체 왜 안 와? 우린 벌써 무덤을 파놨어. '무엇이 고요를 계속되게 하고 모든 것을 침묵에 빠뜨리는가?'*"

앤도 다음 구절을 인용하면서 엄숙하게 상자를 가리켰다.

"오, 아니다. 죽은 자의 목소리는 저 멀리 급류가 쏟아 내리는 것처럼 들리는구나."

웃음소리가 터지면서 긴장된 분위기가 누그러졌다. 필리파가 돌을 다시 내려놓았다.

---

* 바이런의 시 〈그리스의 섬〉에 나온 표현

"아침까지는 고양이를 여기 둬야 해. 5분 동안 울지 않았잖아. 우리가 들은 울음소리는 죽어가면서 신음하는 소리였을 거야. 아니면 우리가 양심에 찔려서 잘못 들었거나."

하지만 다음 날 아침 상자를 들어 올리자 러스티는 단번에 앤의 어깨 위로 뛰어올라 얼굴을 다정하게 핥기 시작했다. 이보다 활기찬 고양이는 또 없을 것 같았다.

"상자에 구멍이 나 있었네. 이걸 못 봤어. 그래서 죽지 않은 거야. 자, 처음부터 다시 해야겠다."

필리파가 끙 소리를 내며 말하자 앤이 불쑥 선언했다.

"아니, 그러지 말자. 다시는 러스티를 죽이려고 하지 않을 거야. 이건 내 고양이니까 너희도 잘 돌봐주어야 해."

"뭐, 좋아. 그런데 제임시나 아주머니하고 세라캣한테는 네가 양해를 구해야 할 거야."

스텔라는 이 일에서 손을 떼겠다는 태도였다.

그때부터 러스티는 이 집의 가족이 되었다. 밤에는 뒷문의 신발 닦는 깔개 위에서 자고 낮에는 호화로운 생활을 즐겼다. 제임시나 아주머니가 왔을 무렵에는 토실토실해지고 털에도 윤기가 흘러서 제법 봐줄 만했다. 하지만 러스티도 키플링의 단편 소설 제목처럼 '혼자 걷는 고양이'였다. 모든 고양이에게 시비를 걸었고 봉변을 당한 고양이들도 거기에 맞서 발톱을 세웠다. 그렇게 러스티는 스포퍼드 거리의 귀족 고양이들을 하나하나 물리쳐갔다. 그리고 오직 앤만을 따랐기 때문에 누구도 러스티를 감히 쓰다듬지 못했다. 누가 몸에 손이라도 댈라치면 성난 기색으로 침을 뱉고 상스럽게 욕하는 듯한 소리로 응했다.

"저 성깔머리하고는. 도저히 못 봐주겠어."

"원래는 정말 착한 고양이였어."

스텔라의 말에 반박하듯 앤은 고양이를 꼭 안아주었다. 스텔라는 머리를 감싸 쥐었다.

"얘하고 세라캣하고 잘 지낼 수 있을지 모르겠어. 밤마다 과수원에서 고양이들이 싸워대는 것도 지긋지긋한데 거실에서까지 그런다는 건 상상도 못 하겠어."

제임시나 아주머니는 예정된 날에 도착했다. 그녀가 어떤 사람인지 모르는 앤과 프리실라와 필리파는 반신반의하며 기다렸지만, 막상 제임시나 아주머니가 벽난로 앞 흔들의자에 앉자 엎드려 절이라도 하고 싶은 심정이 되었다.

제임시나 아주머니는 체구가 아담한 노부인이었다. 작고 부드러운 역삼각형 얼굴에서 커다랗고 상냥한 푸른 눈이 빛났다. 그 눈 속에 지칠 줄 모르고 타오르는 젊음과 소녀의 희망이 가득 담겨 있었다. 뺨은 분홍빛을 띠었고, 눈처럼 새하얀 머리카락을 귀 위에 예스러운 방식으로 살짝 부풀려서 올려붙였다.

아주머니는 저녁놀이 질 때 물들어가는 구름처럼 고운 분홍색 실로 무언가를 부지런히 뜨개질했다.

"이건 옛날 방식이야. 하지만 나도 구식이고 내 옷도 그래. 그러니 내 사고방식도 구식인 게 당연하지. 걱정 마라. 그게 더 낫다고 말하려는 건 아니니까. 사실은 안 좋은 점이 꽤 많을 거야. 물론 편하고 익숙하긴 해. 새 신발이 말쑥하긴 하지만 신었을 때는 낡은 게 더 편안한 법이거든. 난 신발이든 생각이든 마음대로 결정해도 될 만큼 나이가 들었어. 여기서는 마음 놓고 편하게 지낼 생각이다. 내가 너희를 돌보면서 바르게 이끌어주길 기대한다는 건 알아. 하지만 난 그러지 않을 거야. 너희도 충분히 컸으니 어떻게 행동해야 할지 말 안 해도 알고 있겠지. 그래서 내 생각은 각자 원하는 방식으로 알아서 하자는 거야. 설령 파멸의 길을 가더라도 말이지."

제임시나 아주머니가 젊은 눈을 반짝이며 이야기를 끝맺었다. 그 순간 스텔라가 몸서리치며 애원했다.

"아, 누가 저 고양이들 좀 떼어놔줄래?"

제임시나 아주머니는 세라캣뿐만 아니라 조지프라는 고양이도 데리고 왔다. 막역한 친구가 키우던 고양이라고 했다.

"밴쿠버로 이사 가게 되었는데 조지프를 데려갈 수 없으니 나한테 맡아달라고 애원했지. 난 거절할 수 없었어. 고양이가 참 예뻤거든. 그러니까 성격이 예쁘단 뜻이란다. 털 색깔이 여러 가지라 조지프라는 이름을 붙인 거야.*"

확실히 그랬다. 조지프에게 진절머리가 난 스텔라의 말마따나 이 고양이는 걸어 다니는 누더기 자루 같은 모습이었다. 본바탕이 어떤 색깔인지 확인할 수도 없었다. 다리는 흰색인 데다 검은 점이 박혀 있었다. 회색 등 한쪽에는 노란 점이, 다른 쪽에는 검은 점이 있었다. 꼬리는 노란색이었다가 끝으로 갈수록 회색빛을 띠었다. 이쪽 귀는 검은색이고 저쪽 귀는 노란색이었다. 한쪽 눈 위에는 반점이 있어서 무서울 정도로 불량스러운 인상이

---

* 여러 가지 색깔의 천으로 지은 옷을 입었다는 성경 인물 요셉(Joseph)의 이름에서 따온 것이다. '케이프(망토식의 겉옷) 달린 외투'라는 뜻도 있다.

었다. 하지만 생김새와 다르게 조지프는 얌전하고 온순했으며 사람을 잘 따랐다. 다른 건 몰라도 한 가지 면에서 조지프는 "들꽃" 같았다. "수고도 하지 않고 길쌈도 하지" 않으며, 그렇다고 쥐를 잡지도 않았다. "온갖 영화를 누린 솔로몬도"* 조지프보다 더 폭신한 자리에서 잠을 자거나 더 기름진 음식을 즐기지는 못했을 것이다.

조지프와 세라캣은 각각 상자에 담겨 속달로 도착했다. 조지프는 상자에서 먹이를 먹은 뒤 마음에 드는 쿠션과 구석 자리를 골라잡았다. 배를 채운 세라캣은 벽난로 앞에 점잖이 자리를 잡고 얼굴을 씻었다. 세라캣은 덩치가 컸고 회색과 흰색이 섞인 털에서 윤기가 흘렀다. 제임시나 아주머니가 세탁부에게 받은 고양이였는데 보잘것없는 혈통이지만 위엄이 넘쳤다.

"그 세탁부 이름이 세라였어. 그래서 내 남편은 항상 얘를 '세라캣'이라고 불렀단다. 여덟 살이고 쥐를 아주 잘 잡지. 스텔라, 걱정하지 마라. 세라캣은 누구와 싸우는 법이 없으니까. 조지프도 그렇고."

제임시나 아주머니의 말에 스텔라가 대꾸했다.

"얘네들도 자기를 지키려면 싸워야 할걸요?"

그때 러스티가 나타났다. 러스티는 거실 중간쯤을 가로질러 신나게 달려오다가 침입자들을 발견하고 그 자리에서 멈춰 서더니 꼬리를 원래 크기의 세 배는 될 정도로 크게 부풀렸다. 마

치 시비라도 걸듯 등을 둥글게 말고 털을 곤두세웠다. 그런 다음 머리를 낮추며 도발하는 자세를 취하더니 증오심이 담긴 소리를 내지르면서 세라캣을 향해 몸을 날렸다.

위엄 있는 고양이 세라캣은 세수하던 동작을 멈추고 의아하다는 듯 러스티를 바라보았다. 러스티가 공격해오자 세라캣은 경멸하듯 앞발을 휘둘렀다. 러스티는 힘없이 깔개 위를 구르고 나서 멍하니 몸을 일으켰다. 내 따귀를 갈긴 저놈은 대체 누구지? 러스티는 경계하는 듯한 눈으로 세라캣을 바라보며 덤벼들지 아니면 여기서 그만둘지 고민했다. 세라캣은 천천히 등을 돌리고 다시 얼굴을 씻기 시작했다. 결국 러스티는 덤비지 않기로 했다. 그때부터 세라캣이 권력을 잡았고 러스티는 세라캣을 두 번 다시 건드리지 않았다.

하지만 이때 경솔하게도 조지프가 일어나 하품을 했다. 자기가 당한 치욕을 씻어내고 싶어서 안달 나 있던 러스티는 조지프에게 덤벼들었다. 조지프는 천성이 온순했지만 경우에 따라 싸우기도 했고 심지어 잘 싸웠다. 결과는 연이은 무승부였다. 둘은 매일같이 눈이 마주치기만 해도 싸워댔다. 앤은 러스티의 편을 들면서 조지프를 미워했고. 스텔라는 어쩔 줄 몰라 했지만 제임시나 아주머니는 웃음으로 넘겨버렸다.

"싸우게 내버려둬라. 조금만 지나면 친구가 될 거야. 조지프는 살이 너무 쪘으니 운동을 좀 해야 돼. 러스티도 세상에 고양이가 저 혼자뿐이 아니라는 걸 배워야 하고."

결국 조지프와 러스티는 자신들의 처지를 받아들였고, 철천지원수에서 둘도 없는 친구가 되었다. 둘은 같은 쿠션 위에서 서로의 몸에 발을 걸치고 잤으며 상대방의 얼굴을 진득이 핥아 주기도 했다.

"이제 우리는 서로 익숙해졌어. 그리고 나는 설거지와 바닥 쓸기 기술을 배웠지."

필리파의 말을 듣고 앤의 입가에 웃음이 배어나왔다.

"고양이에게 클로로포름을 쓰는 기술은 그저 그렇던걸."

"그건 상자에 난 구멍 때문이야."

필리파가 항변하기 무섭게 제임시나 아주머니가 사뭇 엄숙한 목소리로 말했다.

"구멍이 있어서 다행이었지. 새끼 고양이를 죽일 땐 물에 빠뜨려야 해. 그러지 않으면 세상은 온통 고양이 천지가 될 테니까. 하지만 다 자란 얌전한 고양이는 죽이면 안 돼. 달걀을 훔쳐 먹지만 않으면 내버려둬도 아무런 문제가 없어."

"러스티가 여기 왔을 때의 모습을 보셨다면 얌전하다는 생각 근처에도 가지 못하셨을 거예요. 꼭 악마 같았거든요."

스텔라의 말을 이어 제임시나 아주머니가 생각에 잠긴 얼굴로 대꾸했다.

"악마가 그렇게까지 흉하게 생기진 않았을 텐데. 흉하게 생겼다면 아주 나쁜 짓을 하고 다니진 않을지도 몰라. 난 악마가 꽤 잘생긴 신사처럼 생겼을 거라고 생각해왔거든."

17장

데이비의 편지

11월 어느 저녁 집에 돌아온 필리파가 말했다.

"얘들아, 눈이 내리고 있어. 정원 산책로에 작은 별 모양과 십자가 모양으로 피어난 눈꽃 밭이 펼쳐져 있다고. 얼마나 예쁜지 몰라. 난 눈송이가 이렇게까지 아름다운지 전에는 미처 몰랐어. 소박하게 생활하다 보니까 이런 걸 알아차릴 여유도 생기는구나. 내가 그런 삶을 살 수 있도록 기회를 준 너희 모두에게 축복이 임하길 빌게. 버터값이 1파운드에 5센트나 올랐다는 걱정마저 즐겁게 느껴져."

가계부 정리를 맡은 스텔라가 물었다.

"그렇게나 많이 올랐어?"

필리파가 진지하게 대답했다.

"올랐지. 자, 여기 네가 사 오라고 한 버터야. 나도 이제 장을 보는 데 어느 정도 전문가가 됐나 봐. 남자아이들하고 시시덕거리는 것보다 훨씬 재밌어."

"물가가 지독스레 오르기만 하는구나."

스텔라가 한숨을 쉬자 제임시나 아주머니가 이어 말했다.

"걱정할 것 없다. 고맙게도 숨 쉴 공기와 구원의 은총은 여전히 공짜잖니."

앤이 덧붙였다.

"웃음도 그렇죠. 얘들아, 웃음에는 아직 세금이 안 붙어서 다행이라는 걸 알게 될 거야. 이제부터 다들 배꼽 빠지게 웃을 테니까. 데이비가 쓴 편지를 읽어줄게. 한 해 동안 맞춤법 실력이 사뭇 달라졌어. 틀린 글자가 눈에 띄고 문장부호는 아직까지 서투르지만, 확실히 편지를 재미있게 쓰는 재주가 있어. 우리 마음껏 웃고 나서 저녁 공부를 시작하자."

앤은 편지를 읽기 시작했다.

앤 누나에게

누나한테 우리 모두 그럭저럭 잘 지낸다는 말을 하려고 펜을 들었어. 누나도 우리랑 똑같이 잘 지냈으면 좋겠어. 오늘은 눈이 조금 왔는데, 마릴라 아줌마 말로는 하늘에 사는 할머니가 깃털 이불을 탈탈 털어서 그런 거래. 앤 누나, 그렇다면 하늘에 사는 할머니가 하느님의 부인이야? 나 궁금해.

린드 아줌마는 많이 아팠는데 지금은 나아졌어. 지난주에 지하실 계단에서 넘어졌거든. 아줌마는 넘어지면서 우유 통하고 스튜 냄비를 얹어둔 선반을 붙잡았는데, 선반이 무너지는 바람에 그게 다 아줌마하고 같이 아래로 떨어지면서 굉장한 소리가 났어. 마릴라 아줌마는 지진이 일어난 줄 알았대. 스튜 냄비 하나가 찌그러졌고 린드 아줌마는 갈비뼈가 부러졌어. 의사 선생님이 와서 갈비뼈에 바르는 약을 줬는데 아줌마는 선생님 말을 못 알아듣고 그걸 다 먹은 거야. 의사 선생님은 아줌마가 죽지 않아서 기적이라고 했어. 아무튼 갈비뼈는 이제 다 나았나 봐. 린드 아줌마는 의사들은 아는 것도 별로 없다고 그랬어. 스튜 냄비는 끝내 못 고쳤어. 마릴라 아줌마가 내다 버렸지.

지난주는 추수감사절이었어. 학교도 가지 않았고 집에서 맛있는 저녁을 먹었어. 난 고기파이랑 구운 칠면조, 과일케이크, 도넛, 치즈, 잼, '쪼콜렛'케이크를 먹었어. 마릴라 아줌마가 나더러 이 많은 걸 죄다 먹어 치운다면 죽을 거라고 했는데 난 죽지 않았어. 도라는 밥을 먹은 다음 귀가 아프댔는데 귀에 문제가 있는 게 아니라 배탈이 난 거였어. 난 아무 데도 안 아팠어.

새로 오신 선생님은 남자야. 우리한테 우스운 이야기를 많이 해줘. 지난주에는 우리 3학년 남자애들 전부한테 "어떤 아내를 맞이하고 싶은가"라는 주제로 '글짓기'를 시켰고 여자애들한테는 어떤 남편을 얻고 싶은지에 대해서 쓰라고 했어. 선생님은 애들이 쓴 글을 읽다가 웃겨서 죽을 뻔했나 봐. 이건 내가 써낸 거야. 누나가 읽어보고 싶어 할 것 같아서 여기에 적을게.

내가 갖고 싶은 아내.

내 아내는 예의 바르고 시간 맞춰 밥도 주고 내가 시키면 잘 따르고 나한테 늘 공손히 굴어야 합니다. 나이는 열다섯 살이어야 합니다. 불쌍한 사람에게 잘해주고 집을 깨끗하게 치우고 성격도 좋고 교회도 잘 가야 합니다. 아주 예쁘게 생겨야 하고 곱슬머리여야 합니다. 내가 그런 아내를 갖게 된다면 나도 아내에게 굉장히 좋은 남편이 되어줄 것입니다. 여자는 자기 남편한테 굉장히 잘해줘야 한다고 생각합니다. 그렇지만 남편이 없는 여자도 있습니다. 정말 가엾은 여자입니다.

끝.

지난주에는 화이트샌즈에서 있었던 아이작 라이츠 아줌마의 장례식에 다녀왔어. 죽은 아줌마의 남편은 굉장히 슬퍼했어. 라이츠 아줌마의 할아버지가 양을 훔친 적이 있다고 린드 아줌마가 말해줬지만 마릴라 아줌마는 죽은 사람을 나쁘게 말하면 안 된다고 그랬어. 앤 누나, 왜 그러면 안 되는 거야? 궁금해. 그렇게 한다 해도 들킬 일은 없잖아. 안 그래?

저번에 린드 아줌마가 화를 굉장히 많이 냈어. 아줌마는 노아의 홍수 때도 살아 있었냐고 물어봤거든. 아줌마를 속상하게 하려고 그랬던 건 아니야. 그냥 궁금했거든. 앤 누나, 아줌마가 그때도 살고 있었어?

해리슨 아저씨는 기르던 개를 없애버리려고 했어. 그래서 개를 잡아 목을 매달았는데 해리슨 아저씨가 무덤을 파는 동안에 다시 살아나 헛간으로 도망갔대. 아저씨가 다시 목을 매달아버리니까 이번엔 죽었어. 그리고 해리슨 아저씨 집에 일하는 사람이 새로 들어왔어. 아저씨 말로는 일이 무척 서툴러서 양손이 다 왼손 같대. 배리 아저씨네서 일하는 사람은 엄청 게으르다고 했어. 이건 배리 아줌마가 한 말이야. 배리 아저씨는 그 사람이 게으른 게 아니라 일해서 뭘 얻는 것보단 기도해서 얻는 게 더 쉽다고 생각해서 그럴 뿐이래.

하면 앤드루스 아줌마가 여기저기 자랑하고 다니던 돼지 있잖아, 상 받은 녀석 말이야. 그런데 그 돼지가 어느 날 발작을 하더니 죽어버린 거 있지. 린드 아줌마는 앤드루스 아줌마가 자랑을 너무 많이 해서 천벌을 받은 거랬어. 난 돼지한테 너무 가혹한 일이라고 생각해. 그리고 밀티 볼터가 아팠어. 의사 선생님이 약을 줬는데 맛이 정말 형편없었대. 난 25센트만 주면 약을 대신 마셔주겠다고 했는데 볼터네 사람들은 지독한 구두쇠야. 밀티가 자기가 직접 마시고 돈은 쓰지 않겠다는 거야.

나는 볼터 아줌마한테 남자를 낚으려면 어떻게 해야 하는지 물어봤는데 아줌마는 길길이 날뛰면서 자긴 남자를 쫓아다닌 적이 없으니 모른다고 했어.

에이번리 마을 개선협회는 마을회관에 페인트칠을 다시 할 거래. 파란색 그대로 더는 내버려둘 수 없대.

어젯밤에 새로 오신 목사님이 차 마시러 집에 놀러왔어. 글쎄 파이를 세 조각이나 먹어 치우지 뭐야. 만약 내가 그랬다면 린드 아줌마는 나더러 돼지라고 불렀을 거야. 목사님은 엄청나게 빠른 속도로 파이를 입에 가득 밀어 넣었어. 그러면 안 된다고 마릴라 아줌마가 나한테 만날 얘기하잖아. 애들은 안 되는 행동을 왜 목사님은 해도 되는 거야? 나 궁금해.

이제 더 쓸 얘기가 없어. 입맞춤 여섯 번 보낼게. XXXXXX. 도라는 한 번 보낸대. 이게 도라 거야. X.

누나의 사랑하는 친구
데이비 키스

추신. 앤 누나, 악마의 아버지는 누구야? 나 궁금해.

18장

조지핀 할머니, 앤을 잊지 않다

크리스마스 휴가철이 되자 패티의 집 여학생들은 각자의 집으로 흩어졌지만 제임시나 아주머니는 그곳에 남기로 했다.

"오라는 곳은 많지만 고양이 세 마리를 데리고는 못 가겠구나. 가여운 동물들끼리 내버려두고 거의 3주나 집을 비울 순 없지. 이웃에게 부탁하면 좋으련만 이 거리에는 백만장자들뿐이잖니. 그들이 내 맘 같진 않을 거다. 그러니 나는 여기 남아서 너희가 돌아올 때까지 패티의 집을 따뜻하게 지키고 있으마."

앤은 언제나처럼 즐거운 기대에 부풀어 집으로 갔지만 마음속의 바람이 전부 채워지지는 않았다. 에이번리에 때 이른 겨울이 찾아왔기 때문이다. "가장 나이 많은 주민"*도 처음 겪을 만

---

* 미국 작가 마크 트웨인(1835-1910)이 날씨에 관한 연설에서 사용한 표현

큼 혹독한 추위가 닥쳤고 눈보라가 휘몰아쳤다. 초록지붕집은 말 그대로 거대한 눈 더미에 파묻히고 말았다. 운 나쁘게도 휴가 기간 내내 거의 날마다 눈 폭풍이 매섭게 몰아쳤다. 맑게 갠 날까지도 눈발이 바람에 끊임없이 흩날렸다. 길은 겨우 다닐 만해졌다가도 금세 다시 눈에 막혀버렸다. 에이번리 마을 개선협회는 대학생들을 위해 세 번이나 환영 파티를 열려고 했지만, 저녁마다 눈보라가 거세게 몰아치는 바람에 아무도 참석할 수 없었다. 결국 파티는 물거품이 되고 말았다. 초록지붕집을 사랑하고 아끼는 마음은 그대로였지만 앤은 패티의 집을 못내 그리워했다. 아늑한 난롯가, 제임시나 아주머니의 유쾌한 두 눈, 고양이 세 마리, 평소에는 친구들과 즐겁게 수다를 떨고 금요일 저녁에는 대학 친구들이 찾아와 진중하고 즐거운 이야기를 나누던 순간이 문득문득 떠올랐다.

앤은 외로웠다. 다이애나는 휴가 기간 내내 기관지염을 앓느라 집에 갇혀 지냈다. 그래서 초록지붕집에 올 수 없었고 앤도 좀처럼 비탈길 과수원집에 가볼 수 없었다. 유령의 숲을 통과하는 옛길은 눈보라가 심해서 지나갈 수 없었고, 얼어붙은 반짝이는 호수를 건너 돌아가는 길도 험하기는 마찬가지였기 때문이다. 루비 길리스는 흰 눈이 덮인 묘지에 잠들어 있었고, 제인 앤드루스는 서부 대초원에 있는 학교에서 아이들을 가르치고 있었다. 여전히 앤에게 충실했던 길버트만이 저녁에 시간이 될 때마다 눈길을 헤치고 초록지붕집을 찾아왔다. 하지만 길버트의 방문은 예전과 성격이 달랐다. 앤은 이제 그가 찾아오는 일이 두렵기까지 했다. 갑자기 침묵이 흘러서 고개를 들어보면 길버트의 담갈색 눈이 어김없이 자기에게 고정되어 있었다. 마음 깊숙한 곳에서부터 올라온 듯한 눈초리였기에 앤은 적잖이 당황했다. 길버트의 시선을 받고 마음이 불편해서 얼굴이 새빨개졌다는 사실을 깨닫는 것은 더더욱 당혹스러웠다.

'이건 마치… 그러니까 난처해서 몸 둘 바를 모르겠네.'

앤은 미묘한 상황을 누그러뜨려줄 누군가가 항상 곁에 있던 패티의 집으로 돌아가고 싶었다. 초록지붕집에 길버트가 오면 마릴라는 린드 부인의 방으로 곧장 올라가버렸고 쌍둥이까지도 억지로 데려갔다. 이런 행동이 무엇을 의미하는지는 분명했다. 앤은 어쩌지도 못하고 화만 삭일 뿐이었다.

하지만 데이비는 더할 나위 없이 행복했다. 아침에는 기쁜 마음으로 밖에 나와 우물과 닭장까지 가는 길에 쌓인 눈을 치웠다. 마릴라와 린드 부인이 앞다투어 앤을 위해 준비한 크리스마스 음식을 마음껏 먹었고 학교 도서관에서 빌려온 재미있는 이야기책을 읽었다. 멋진 주인공은 계속해서 궁지에 빠지는 이상한 재능을 타고났지만 그때마다 지진이나 화산 폭발이 일어난 덕분에 곤경에서 벗어나 엄청난 재산을 얻고 빛나는 성공을 거두며 마무리되는 이야기였다.

"앤 누나, 진짜 끝내주는 얘기야. 난 이걸 성경책보다 훨씬 많이 읽을 거야."

데이비는 책에 푹 빠져 있었다. 앤은 미소를 지었다.

"그래?"

데이비는 이상하다는 듯이 앤의 눈치를 살폈다.

"하나도 놀라지 않은 것 같네. 린드 아줌마는 내가 그렇게 말했을 때 깜짝 놀랐는데."

"아니. 데이비, 난 놀라지 않았어. 아홉 살짜리 남자아이가 성경보다 모험 이야기를 더 읽고 싶어 하는 건 자연스러운 일이거든. 하지만 네가 더 크면 성경이 얼마나 훌륭한 책인지 깨달을 거라고 생각해. 또 그러길 바라고 있어."

데이비도 인정했다.

"아, 나도 성경책 중에서 어떤 부분은 봐줄 만하다고 생각해. 그러니까 요셉 이야기 말이야. 그 대목은 정말 끝내줘. 하지만 내가 요셉이라면 형들을 용서하지 않을 거야. 절대로 용서 못 해! 전부 목을 따버렸을걸? 내가 그 말을 했을 때 린드 아줌마는 성경책을 탁 덮고 몹시 화를 내면서 그런 말을 하면 더는 읽어주지 않겠다는 거야. 그래서 난 일요일 오후에 아줌마가 책을 읽어주는 동안에는 아무 말도 안 해. 그냥 이것저것 생각만 해뒀다가 다음 날 학교에서 밀티 볼터한테 얘기해주지. 밀티한테 엘리사와 곰 이야기*를 해줬더니 되게 무서웠는지 그 뒤로 해리슨 아저씨를 대머리라고 놀리지 않게 됐어. 앤 누나, 프린스에드워드섬에도 곰이 살아? 나 궁금해."

"지금은 없어. 아, 눈보라가 그치기는 할까?"

바람에 날리는 눈발이 창문을 두드렸다. 앤이 딴생각을 하며 말하자 데이비가 대수롭지 않은 듯 말을 툭 던지고는 다시 책을 읽으려 했다.

---

* 구약성경에 나오는 이야기로, 아이들이 선지자 엘리사를 대머리라고 놀렸다가 곰에게 습격을 당해서 죽었다.

"하느님만이 아시겠지."

"데이비!"

이번에는 깜짝 놀란 앤이 나무라듯 소리쳤다.

"린드 아줌마도 그렇게 말했단 말야. 지난주 어느 날 밤에 마릴라 아줌마가 '뤼도비크 스피드하고 시어도라 딕스가 결혼을 하기는 할까요?'라고 물으니까 린드 아줌마가 '하느님만이 아시겠죠'라고 방금 내가 했던 거랑 똑같이 말했어."

데이비가 항의하자 앤은 자신을 난처하게 만드는 딜레마의 칼끝을 어디로 향해야 할지 금세 결정했다.

"음, 아주머니도 그렇게 말해서는 안 되는 거였어. 누구든 하느님의 이름을 헛되게 부르거나 가볍게 입에 올리는 건 옳지 않아. 데이비, 다시는 그러지 마."

데이비가 진지하게 물었다.

"천천히 엄숙하게 목사님처럼 말해도 안 되는 거야?"

"응, 그래도 안 돼."

"뭐, 그럼 안 그렇게. 뤼도비크 스피드하고 시어도라 딕스는 미들그래프턴에 사는데, 린드 아줌마 말로는 뤼도비크 스피드가 시어도라 딕스한테 결혼하자고 백 년 동안이나 졸랐대. 앤 누나, 이제 둘 다 너무 늙어서 결혼도 못 하는 것 아니야? 길버트 형이 누나한테 결혼하자고 너무 오랫동안 부탁하지 않았으면 좋겠어. 누나는 언제 결혼할 거야? 린드 아줌마는 둘이 결혼하는 건 확실하다고 그러는데."

"린드 아주머니도 참⋯."

앤은 흥분해서 말을 시작했다가 곧바로 입을 다물었다. 데이비가 조용히 말을 이었다.

"못 말리는 수다쟁이지. 다들 아줌마를 그렇게 부르잖아. 그런데 결혼하는 건 확실하긴 해? 나 궁금해."

"데이비, 너 정말 천방지축이구나."

앤은 방에서 성큼성큼 걸어 나가버렸다. 부엌에는 아무도 없었고 앤은 빠르게 저물어가는 겨울의 황혼이 비치는 창가에 앉았다. 해는 이미 졌고 바람도 잦아들었다. 파르스름하게 차가운 달이 서쪽의 보랏빛 구름 뒤로 고개를 내밀었다. 하늘은 어두워졌지만 서쪽 지평선을 따라 노란빛 띠가 점점 밝아지고 강렬해졌다. 마치 흩어진 빛들이 한곳에 몰려 있는 것 같았다. 일렬로 늘어서 있는 성직자처럼 전나무들로 둘러싸인 먼 언덕이 노란 띠를 등지고 서서 유난히 어두워 보였다. 앤은 음산하게 타오르는 황혼 녘 황량한 빛의 틈바구니에서 차갑게 생기를 잃은 희고 고요한 들판을 바라보며 한숨을 쉬었다. 무척 외롭고 슬퍼졌다. 다음 학기에 레드먼드로 돌아갈 수 있을지 걱정되었기 때문이다. 사실 그럴 가능성은 거의 없어 보였다. 2학년생이 받을 수 있는 유일한 장학금은 액수가 극히 적었다. 더구나 마릴라의 돈은 쓰지 않을 생각이었으며 그렇다고 여름방학 동안에 돈을 충분히 벌 가망도 없어 보였다.

'아무래도 휴학해야 할 것 같아. 다시 시골 학교에서 가르치면서 학비를 벌어야지. 그때쯤이면 친구들은 전부 졸업했을 테고 패티의 집은 꿈도 못 꾸겠지? 하지만 괜찮아! 겁쟁이가 되진 않을 거야. 필요하다면 어떻게든 돈을 벌어 졸업할 수 있을 것이라는 사실에 감사해야지.'

앤은 쓸쓸히 생각에 잠겼다.

"해리슨 아저씨가 눈을 헤치며 오솔길로 올라오고 있어. 편지를 가져왔으면 좋겠다. 저번에 편지를 받고 나서 벌써 사흘이나 지났잖아. 얄미운 자유당 놈들이 뭘 하는지 알고 싶어. 앤 누나, 난 보수당 편이야. 그러니까 누난 자유당 놈들을 잘 지켜보고 있어야 해."

데이비가 밖으로 뛰어나가며 귀띔해주었다. 해리슨 씨는 우편물을 가져왔다. 스텔라와 프리실라와 필리파가 보낸 편지들이었다. 설레는 마음으로 읽어 내려가는 동안 우울함이 가셨다. 제임시나 아주머니도 편지를 보내주었다. 난롯불을 피워놓았으며 고양이들은 모두 잘 지내고 집에 있는 식물도 다 쑥쑥 커간다는 내용이었다.

아주머니의 편지는 이렇게 이어졌다.

날씨가 정말 춥구나. 그래서 고양이들을 안에서 재운단다, 러스티와 조지프는 거실 소파에, 세라캣은 내 침대 발치에 자리를 마련해주었지. 세라캣이 가르랑대는 소리를 들으면 얼마나 든든한지 몰라. 밤에 잠에서 깨거나 외국에 가 있는 딸아이를 생각할 때 더 그렇단다. 딸아이가 있는 곳이 인도만 아니었다면 두 다리를 쭉 뻗고 잘 수 있었을 텐데. 인도는 길거리에 뱀이 널려 있어서 아주 위험하다고들 하더구나. 세라캣이 가르랑대는 소리를 들으면서 뱀 생각을 완전히 떨쳐버리려 해. 난 모든 존재에 하느님의 섭리가 닿아 있다고 생각하지만 뱀은 예외다. 도대체 뱀은 왜 창조하셨는지 모르겠구나. 하느님이 직접 하신 게 아니라는 생각도 가끔 든단다. 그런 것들을 만드는 데 악마도 한몫하지 않았을까 하는 쪽으로 생각이 기울기도 하지.

타자기로 친 얇은 편지도 있었는데 앤은 이것을 대수롭지 않게 여기고 마지막까지 남겨놓았다. 그러다가 정작 편지를 다 읽고 나서는 눈물을 글썽이며 꼼짝 않고 앉아 있기만 했다.

"앤, 무슨 일이니?"

마릴라의 물음에 앤은 가라앉은 목소리로 답했다.

"조지핀 배리 할머니가 돌아가셨어요."

"결국 떠나셨구나. 할머니가 일 년 넘게 편찮으셨지. 언제 돌아가실지 몰라 배리네 가족이 마음의 준비를 하고 있었단다. 앤, 몹시 아파하셨으니까 이제 편히 쉬게 되어서 도리어 다행일 수도 있어. 네게 참 잘해주셨는데."

"마릴라 아주머니, 조지핀 할머니는 마지막까지 제게 호의를 베풀어주셨네요. 이 편지는 할머니의 변호사한테서 온 거예요. 제 앞으로 천 달러를 남겨주셨어요."

"우아, 끝내주게 많은 돈이네. 누나하고 다이애나 누나가 손님방 침대에 뛰어올랐다가 만난 할머니잖아. 맞지? 다이애나 누나가 이야기해줬어. 그래서 돈을 그렇게 많이 주신 거야?"

"쉿, 데이비."

데이비가 소리치자 앤이 부드럽게 타일렀다. 앤은 가슴이 메어 말을 잇지 못하고 현관 위 다락방으로 조용히 올라갔다. 뒤에 남은 마릴라와 린드 부인은 이 소식에 대해 마음껏 이야기를 나누었다.

"앤 누나는 결혼하려는 마음이 있을까요? 지난여름에 도커스 슬론이 결혼하면서 그랬어요. 먹고살 만한 돈이 있으면 남편 때문에 속 썩이며 살지 않을 거라고요. 그런데 시누이와 살 바에는 아이 여덟 명 딸린 홀아비와 사는 게 낫다던데요."

데이비가 걱정스럽게 종알대자 린드 부인이 엄하게 말했다.

"데이비 키스, 입 다물지 못하겠니? 애들은 그런 말 하는 거 아니야."

19장

막간극*

"이번이 제 스무 번째 생일이고 이제 십 대 시절은 영원히 지나 갔다고 생각하니 기분이 정말 이상해요."

앤이 제임시나 아주머니에게 말했다. 앤은 러스티를 무릎에 올려놓은 채 벽난로 앞 깔개에 웅크리고 앉아 있었다. 아주머니 는 가장 좋아하는 의자에 앉아 책을 읽던 중이었다. 거실에는 두 사람뿐이었다. 스텔라와 프리실라는 학생회 모임에 갔고 필 리파는 2층에서 파티에 갈 준비를 하고 있었다.

"좀 서운하겠구나. 십 대는 인생에서 정말 멋진 시기잖니. 난 여전히 십 대에서 벗어나지 못한 것 같아 다행이고."

제임시나 아주머니에게 앤이 웃어 보였다.

---

*   연극의 막 사이 또는 전후에 진행하는 짧은 연극

"아주머니라면 절대 나이 먹지 않겠죠. 아마 백 살이 돼도 열여덟 살처럼 사실 거예요. 하지만 전 서운해요. 조금은 불만스럽기도 하고요. 오래전에 스테이시 선생님이 제게 이렇게 말씀하신 적이 있어요. 스무 살이 될 때쯤에는 좋은 쪽이든 나쁜 쪽이든 성격이 정해질 거라고요. 지금 제 성격은 썩 훌륭한 것 같진 않아요. 결점으로 뒤범벅되어 있으니까요."

제임시나 아주머니가 유쾌하게 말했다.

"다들 그래. 내 성격은 백 갈래 정도로 나뉘어 있어. 스테이시 선생님이라는 분의 말은 스무 살쯤엔 이쪽이든 저쪽이든 확실하게 성격의 방향이 정해져서 그 길을 따라 계속 발전한다는 뜻일 거야. 앤, 걱정 안 해도 된다. 하느님과 이웃과 자신에 대한 의무를 다한 뒤에는 재미있게 지내도록 해라. 이건 내 인생관인데, 지금까지 이래저래 괜찮게 맞아떨어졌지. 필은 오늘 밤 어떤 파티에 가는 거니?"

"춤을 추러 갈 거래요. 그래서 아주 예쁜 드레스를 샀어요. 크림 빛깔이 도는 노란 실크에 얇은 레이스가 달린 옷이에요. 필의 밤색 머리와 갈색 눈에 아주 잘 어울려요."

"'실크'랑 '레이스'라는 말에는 마법이 깃든 것 같지 않니? 듣기만 해도 춤을 추러 슬쩍 빠져나가고 싶어지거든. 그리고 노란색 실크라니, 햇빛을 엮어 짠 듯한 드레스가 떠오르는구나. 난 항상 노란색 실크 드레스를 갖고 싶어 했지만 처음에는 어머니가, 그다음에는 남편이 내 소원을 들어주지 않았단다. 훗날 내가 천국에 도착해서 맨 처음 할 일은 바로 노란색 실크 드레스를 사는 거야."

앤의 웃음소리가 크게 울려 퍼지는 가운데 필리파가 찬란한 구름결 같은 옷자락을 펄럭이며 아래층으로 내려와서는 벽에 걸린 기다란 타원형 거울에 옷차림새를 비춰보았다.

"예뻐 보이는 거울은 내 상쾌한 기분을 최고치로 올려준다니까! 내 방에 있는 거울은 얼굴을 풋내기로 만들어버리거든. 앤, 나 어때? 이만하면 예쁘지 않니?"

앤이 진심으로 감탄했다.

"필, 네가 얼마나 예쁜지 알고는 있는 거야?"

"물론 알지. 거울이나 남자들이 왜 있는데. 내 말은 그런 뜻이 아냐. 윗옷 끝자락이 옷 속에 제대로 들어가 있니? 스커트가 비뚤어진 건 아니지? 이 장미는 더 아래쪽에 다는 게 나을까? 너무 높이 단 것 같아서 걱정돼. 몸이 한쪽으로 기울어진 것처럼 보일 거야. 하지만 귀에 닿아서 간지러운 건 싫어."

"모든 게 딱 알맞아. 그리고 왼쪽 볼의 보조개도 사랑스러워."

"앤, 내가 널 특별히 좋아하는 이유가 있어. 넌 정말 마음이 넓어. 질투심 같은 건 쥐꼬리만큼도 없잖아."

제임시나 아주머니가 따졌다.

"앤이 질투를 왜 하겠니? 너처럼 미인은 아니지만 코 하나만큼은 훨씬 예쁘잖아."

"저도 알아요."

필리파가 인정하자마자 앤이 털어놓았다.

"나에게는 항상 코가 커다란 위안을 주었지."

"앤, 그리고 이마 위에서 머리카락이 자라는 모양도 정말 보기 좋아. 아래로 떨어질 듯하면서도 절대 떨어지지 않는 작은 곱슬머리 한 가닥이 늘 보이는 게 참 예뻐. 그런데 코 얘기가 나왔으니까 말인데, 난 코 때문에 걱정이 참 많아. 마흔 살이 될 때쯤엔 번 가문의 코 모양으로 변할 테니까. 앤, 내가 마흔 살이 되면 어떨 것 같니?"

"중년의 뚱뚱한 아주머니겠지."

앤이 필리파를 놀렸다. 필리파는 자신을 파티에 데려갈 남자를 기다리며 편안하게 의자에 앉았다.

"그렇게 되진 않을 거야. 조지프, 이 얼룩덜룩한 녀석 같으니라고. 감히 내 무릎 위로 뛰어오를 생각은 마. 온몸이 털투성이가 되면 춤을 추러 갈 수 없잖아. 아니야, 앤. 난 뚱뚱한 아주머니처럼 보이진 않을 거야. 하지만 분명 결혼은 했겠지."

"앨릭이랑? 아니면 알론조랑?"

앤의 물음에 필이 한숨을 내쉬었다.

"둘 중 하나일 거야. 어느 쪽이든 내가 결정할 수만 있다면."

제임시나 아주머니가 꾸짖었다.

"결정하는 게 별로 어려운 일은 아니란다."

"아주머니, 전 시소로 태어나려다가 사람이 되었나 봐요. 마음이 왔다 갔다 흔들리는 건 막을 수 없더라고요."

"필리파, 넌 좀 더 경우에 맞게 행동해야 해."

"물론 사리 분별을 잘하는 게 가장 좋겠지만, 그러면 재미를 뭉텅이로 놓치게 되잖아요. 아주머니도 앨릭하고 알론조를 알게 되면 그중 한 사람을 선택하는 게 왜 어려운지 이해하실 거예요. 둘 다 똑같이 좋은 사람이에요."

"그럼 그 둘보다 더 나은 사람을 고르도록 하려무나. 너한테 푹 빠진 4학년생이 있더랬지. 윌 레슬리라고 했던가? 크고 멋진 눈으로 널 지긋하게 바라보던데."

필리파는 매정하게 대꾸했다.

"지나치게 크고 부드러운 눈이던데요. 소 눈도 아니고."

"조지 파커는 어떤 것 같니?"

"언제 봐도 막 풀을 먹여 다림질한 듯 빳빳하다는 것 말고는 더 할 말이 없어요."

"마 홀워디는 어떠니? 그 사람의 결점은 못 잡아내겠지?"

"뭐, 가난하지만 않았어도 괜찮았겠죠. 제임시나 아주머니, 전 돈 많은 사람하고 결혼해야 한다고요. 잘생긴 외모와 함께 필수 요건이랍니다. 만약 길버트 블라이드가 부자였으면 전 걔랑 결혼하고 싶어 했을 거예요."

"어머, 네가?"

앤의 말에는 가시가 살짝 돋아 있었다.

"우리 둘 다 그럴 생각은 전혀 없잖아. 우리가 한마음으로 길버트를 원하는 것도 아니니까. 아, 안 돼. 불편한 이야기는 그만 치워버리자. 나도 언젠가는 결혼을 해야 되겠지만 고약한 날은 가능한 한 미뤄놓아야지."

놀려대는 필리파에게 제임시나 아주머니가 말했다.

"필, 사랑하지도 않는 사람하고 결혼해서는 안 된다. 누가 뭐라고 하든지 그건 옳지 않아."

오, 옛날 방식의 사랑을 겪은 심장은
오래도록 유행에서 벗어나 있구나.

필리파가 두 사람을 놀리듯 시를 읊었다.

"마차가 왔네. 난 갈게. 시대에 뒤떨어진 두 분 모두 안녕히."

필리파가 밖으로 나간 다음 제임시나 아주머니는 진지하게 앤을 바라보았다.

"앤, 저 아이는 예쁘고 상냥하고 마음씨도 좋지만 가끔씩 정신이 좀 나간 것 같지 않니?"

"아니요. 필의 생각에 문제가 있다고 생각하진 않아요. 단지 말만 그렇게 할 따름이죠."

앤이 웃음을 참자 제임시나 아주머니는 고개를 내저었다.

"뭐, 그 말이 맞다면 좋겠구나. 난 저 아이를 좋아하니까 정말이지 그러기를 바라. 하지만 이해할 순 없어. 날 깜짝 놀라게 만든다니까. 이제껏 만났던 아가씨들과는 완전히 달라. 나도 젊었을 땐 제법 다양한 모습을 가졌었지만 저 정도는 아니었다고."

"얼마나 많은 모습을 가지고 계셨던 거예요?"

"아마 대여섯 가지는 될 테지."

20장

길버트의 고백

"오늘은 온종일 따분하고 지루하네."

필리파가 느긋하게 하품을 하며 소파에 드러누웠다. 졸지에 자리를 뺏긴 고양이 두 마리는 기분이 상한 듯 보였다.

앤은 『픽윅 클럽 여행기』를 읽다가 고개를 들었다. 이제 봄 시험도 끝났으니 디킨스의 책에 빠져 있던 참이었다.

"우리한테는 지루한 날이지만 어떤 사람에게는 멋진 날일 수도 있어. 누군가에겐 무척 행복한 날일지도 모르지. 아마 오늘 어딘가에서 굉장한 일이 일어났을 수도 있고 걸작 시가 쓰였을 수도 있고 훌륭한 인물이 태어났을 수도 있잖아. 그리고 필, 실연을 당해 가슴이 찢어진 사람도 있을 거야."

필리파가 투덜거렸다.

"왜 마지막 문장을 덧붙여서 멋진 생각을 망치는 거니? 가슴이 찢어지거나 불쾌한 건 뭐든 생각하고 싶지 않아."

"필, 넌 평생 불쾌한 일을 피할 수 있을 거라 생각하니?"

"어머, 아냐. 지금 내가 그런 일을 당하고 있잖아? 앨릭하고 알론조가 날 죽도록 괴롭히고 있는데 걔네들 일이 즐겁다고 할 수 있을까?"

"넌 아무것도 진지하게 받아들이지 않는구나."

"왜 굳이 그래야 하지? 진지한 사람들은 얼마든지 널려 있잖아. 앤, 세상에는 주위를 즐겁게 만드는 나 같은 사람도 있어야 해. 사람들이 모두 명석하고 심각한 데다 죽도록 진지하다면 세상이 얼마나 끔찍하겠니? 조사이아 앨런*의 말을 빌리자면 나의 사명은 '매혹시키고 매력을 발산하는' 거야. 솔직히 말해봐. 내가 변화를 가져온 덕분에 지난겨울 패티의 집 분위기가 훨씬 밝고 즐거워지지 않았니?"

앤이 인정했다.

"그야 물론이지."

"그리고 다들 날 사랑하잖아. 내가 정신이 나갔다고 생각하시는 제임시나 아주머니까지도 날 좋아하신다니까! 왜 내가 달라져야 한다는 거지? 아, 너무 졸려. 간밤엔 새벽까지 무서운 유령 이야기를 읽었거든. 침대에 누워서 읽었는데, 다 읽고 난 뒤에 내가 불을 끄러 침대에서 나올 수 있었을 것 같아? 아니야! 만약 스텔라가 늦게라도 돌아오지 않았다면 등불은 아침까지 환하게 타고 있었을 거야. 때마침 스텔라의 인기척이 나길래 불러서 사

---

* 미국의 풍자 작가 마리에타 홀리(1836-1926)의 소설 속 등장인물

정을 설명하고는 불을 꺼달라고 부탁했어. 내가 직접 불을 끄려고 침대에서 나오면 다시 들어갈 때 무언가 내 발을 덥석 붙잡을 것만 같았거든. 그건 그렇고, 앤. 제임시나 아주머니는 이번 여름을 어떻게 보내신다니?"

"응, 여기 계시겠대. 댁에 돌아가기도 번거롭고 다른 사람 집에 가는 것도 싫다고 하셨지만 난 아주머니가 저 행복한 고양이들을 돌보기 위해 그러신다는 걸 알아."

"넌 무슨 책을 읽고 있었어?"

"『픽윅 클럽 여행기』야."

"난 그 책만 보면 항상 배가 고파. 맛있는 게 잔뜩 나오잖아. 등장인물들은 언제나 햄하고 달걀하고 밀크펀치를 입에 달고 사는 것 같아. 난 『픽윅 클럽 여행기』를 읽고 나면 매번 찬장을 뒤지러 가게 돼. 아, 생각만 했는데도 배가 고파지네. 앤 여왕님, 식료품 저장실에 맛있는 게 있나요?"

"오늘 아침에 레몬파이를 만들었어. 한 조각 먹어봐."

필리파가 식료품 저장실로 달려가자 앤은 러스티를 데리고 과수원에 나갔다. 상쾌한 향기가 어려 있는 초봄의 밤공기가 피부에 촉촉히 와닿았다. 공원의 눈은 아직 다 녹지 않았고, 항구 거리의 소나무 아래에도 4월의 햇빛을 피한 눈이 거무칙칙하게 쌓여 있었다. 그 때문에 항구로 통하는 길바닥은 진흙탕이었고 저녁 바람이 싸늘했다. 하지만 눈이 녹은 곳에서는 파릇파릇하게 풀이 자라났다. 그 시간 길버트는 눈에 잘 띄지 않는 구석 자리에서 은은하고 고운 산사꽃을 발견했다. 그는 양손 그득히 꽃을 들고 공원에서부터 걸어 올라왔다.

열고 붉은 기운이 도는 노을에 잎이 떨어진 자작나무 가지가 더없이 우아하게 매달려 있었다. 앤은 과수원의 커다란 회색 바위에 앉아 한 편의 시 같은 광경을 바라보았다. 앤은 하늘에 성을 짓는 중이었다. 그곳은 햇빛이 쏟아지는 정원과 웅장한 홀에 아라비아의 향기가 흘러넘치는 대저택이었다. 앤은 성을 다스리는 여왕이자 성주였다.

공상에 빠져 있던 앤은 길버트가 과수원 쪽으로 다가오는 것을 보고 얼굴을 찌푸렸다. 최근에는 길버트와 단둘이 있지 않도록 조심해왔다. 하지만 지금은 꼼짝없이 붙잡혀버렸다. 러스티마저 앤을 두고 가버렸다.

길버트는 앤 곁에 걸터앉아 산사꽃을 내밀었다.

"앤, 이걸 보면 어렸을 때 에이번리 학교에서 소풍 갔던 일이 생각나지 않니?"

앤은 꽃묶음을 받아들고 그 속에 얼굴을 파묻으며 황홀한 표정으로 말했다.

"난 지금 사일러스 슬론 아저씨네 메마른 땅에 있어."

"이제 며칠 뒤면 그곳에 가 있겠지?"

"아니, 두 주 동안은 못 가. 필하고 볼링브로크에 들를 예정이거든. 네가 나보다 먼저 에이번리에 가 있겠네."

"아니야. 난 이번 여름엔 에이번리에 안 갈 거야. 『데일리 뉴스』에서 일하자는 제안이 왔는데 받아들일 생각이야."

그 순간 앤은 멍해졌다. 길버트 없는 에이번리의 여름은 어떨지 상상해봤지만 별로 좋을 것 같지는 않았다.

"아, 물론 네겐 좋은 일이지."

앤은 아무렇지 않은 척하며 말을 끝맺었다.

"응. 하고 싶은 일이었거든. 학비에도 보탬이 될 테고."

"너무 무리해서 일하면 안 돼. 넌 지난겨울에도 쉬지 않고 공부만 했잖아. 아무튼 기분 좋은 저녁이지? 오늘 저기 오래되고 구부러진 나무 밑에서 하얗게 핀 제비꽃이 모여 있는 곳을 찾아냈어. 금광을 발견한 기분이야."

앤은 정신이 없어서 자기가 무슨 말을 하는지도 몰랐다. 하다못해 필리파라도 이 자리에 와주기를 간절히 바랐다. 넋을 놓은 건 길버트도 마찬가지였다.

"넌 언제나 금광을 발견하는구나."

"우리 제비꽃이 더 피어 있는지 가서 찾아보자, 응? 필도 부를게. 그리고…."

앤이 간절하게 매달렸다.

"앤, 지금은 필이나 제비꽃에 신경 쓰지 마. 난 너한테 하고 싶은 말이 있어."

길버트가 조용히 말하고는 앤이 가버리지 못하도록 손을 꼭 잡았다. 앤은 애원하듯 소리쳤다.

"아, 말하지 마. 하지 마. 제발, 길버트."

"난 해야 돼. 이런 식으로 계속 지낼 순 없어. 앤, 난 널 사랑해. 내 마음이 그렇다는 건 너도 알고 있잖아. 내가… 내가 널 얼마나 사랑하는지 말로는 다 표현할 수 없을 정도야. 앤, 언젠가는 내 아내가 되겠다고 약속해줄래?"

앤은 비참해졌다.

"난… 난 절대 그럴 수 없어. 아, 길버트. 네가… 네가 모든 걸

망쳐버렸어."

"그럼 넌 날 조금도 사랑하지 않는 거야?"

무거운 침묵이 흐른 뒤 길버트가 물었다. 그동안 앤은 도저히 고개를 들 수 없었다.

"그런 식으로는 아니야. 친구로서는 널 정말 많이 좋아해. 하지만 길버트, 널 사랑하진 않아."

"하지만 언젠간 그럴 수도 있잖아. 내게 일말의 희망조차 줄 수 없다는 거야?"

"아니, 그렇게 될 수 없어. 난 절대로… 절대로 널 사랑할 수 없어. 그런 식으로는 안 돼. 부탁이야, 길버트. 이제 다시는 나한테 이런 이야기를 하지 마."

앤은 필사적으로 외쳤다. 또다시 정적이 흘렀다. 길고 끔찍한 침묵이었다. 앤은 마침내 고개를 들었다. 길버트의 얼굴은 입술까지 허옇게 핏기가 없었다. 그의 눈 때문에 앤은 몸을 떨며 시선을 돌렸다. 이 순간 낭만이라고는 찾을 수 없었다.

'청혼이 이렇게까지 기괴하고 끔찍한 것이었던가? 언젠가는 길버트의 지금 얼굴을 잊을 수 있을까?'

마침내 길버트가 낮은 목소리로 물었다.

"다른 사람을 마음에 두고 있는 거니?"

"아니, 그런 건 아니야. 그런 식으로 좋아하는 사람은 한 명도 없어. 길버트, 난 세상에서 누구보다 널 좋아해. 그리고 우리, 우리 앞으로도 친구로 지내자."

길버트는 쓴웃음을 지었다.

"친구라고? 앤, 난 우정에 만족할 수 없어. 네 사랑을 원해. 그런데 넌 내가 그걸 절대 얻지 못할 거라고 말하는구나."

"미안해, 길버트. 용서해줘."

앤이 할 수 있는 말은 그게 다였다. 상상 속에서 거절당한 구혼자들을 떨쳐버릴 때 썼던 품위 있고 우아한 말들은 모두 어디로 사라져버린 것일까?

길버트는 쥐고 있던 앤의 손을 가만히 놓았다.

"용서를 하고 말고 할 일은 아니지. 네가 날 사랑한다고 생각한 적도 있었어. 내가 내 눈을 가린 거지. 그럼 잘 가."

방으로 돌아간 앤은 소나무가 보이는 창가 자리에 앉아 서럽게 울었다. 가치를 헤아릴 수 없을 만큼 귀중한 무언가가 삶에서 떨어져 나간 것 같았다. 그것은 길버트와의 우정이었다. 아, 왜 그것을 이런 식으로 잃어야 할까?

"앤, 무슨 일이야?"

필리파가 달빛이 어른거리는 어둠을 헤치고 들어오며 물었다. 앤은 대답하지 않았다. 그 순간 앤은 필리파가 천 킬로미터는 떨어진 곳에 있었으면 좋겠다고 생각했다.

"너 길버트 블라이드의 청혼을 거절한 것 같은데. 맞지? 앤 셜리, 넌 정말 바보야!"

앤은 대답을 피할 수 없어서 쌀쌀맞게 말했다.

"사랑하지 않는 사람과 결혼하지 않겠다는 건데, 어째서 그게 바보라는 거야?"

"넌 사랑을 눈앞에 두고도 모르고 있는 거야. 사랑이라고 생각하면서 상상 속 무언가를 만들어놓고는, 실제로도 사랑이 그렇게 보이기를 기대하는 거라고. 어머, 내가 난생처음 제대로 된 말을 했네. 어떻게 그런 말을 할 수 있었을까?"

"필, 제발 잠깐만 혼자 있게 내버려둬. 세상이 산산이 부서져 버렸어. 그걸 다시 짜 맞추고 싶어."

필이 나가면서 말했다.

"길버트가 없는 세상 말이구나?"

길버트가 없는 세상! 앤은 그 말을 쓸쓸하게 되뇌었다. 그곳은 외롭고 쓸쓸하지 않을까? 아, 모두 길버트 잘못이다. 그가 두 사람의 아름다운 우정을 망가뜨렸다. 이제부터는 길버트와 쌓아온 우정 없이 사는 데 익숙해져야 한다.

21장

어제의 장미

볼링브로크에서 보낸 두 주는 앤에게 무척 즐거운 시간이었다. 길버트를 생각할 때마다 왠지 모를 아픔과 불만이 조금씩 밀려오기는 했지만 앤은 길버트를 생각하는 데 시간을 많이 쓰지 않았다. 고든 가문의 유서 깊고 아름다운 저택 '마운트 홀리'는 성별을 가리지 않고 모아놓은 필리파의 친구들로 흥겹게 북적이는 곳이었다. 마차 나들이, 무도회, 소풍, 뱃놀이가 쉴 새 없이 이어졌고, 필리파는 이 모든 행사를 '대축제'라는 이름으로 한데 묶어 표현했다. 앨릭과 알론조는 필리파 옆에서 한시도 떨어지려 하지 않았기에 앤은 이들이 도깨비불처럼 필리파의 주위를 맴돌며 춤 상대가 되어주는 것 말고는 도대체 무슨 일을 하는지 의아했다. 두 사람 모두 멋있고 남자다웠지만 앤은 누가 더 나은지에 대해 어떤 의견도 내놓지 않으려 했다.

"둘 중 누구랑 결혼을 약속할지 마음을 정하도록 네가 날 도 와줄 거라고 기대했어."

필리파의 한탄에 대고 앤이 조금 날카롭게 쏘아붙였다.

"그건 네가 스스로 결정해야지. 넌 다른 사람이 누구랑 결혼 할지에 관해서는 나름 전문가잖아."

"아, 그건 전혀 다른 일이야."

필리파는 진심이었다.

앤이 볼링브로크에 머무는 동안 경험했던 가장 달콤한 사건 은 자기가 태어난 집에 찾아간 일이었다. 그곳은 앤이 그토록 자주 꿈에 그렸던 대로, 외딴 거리에 있는 작고 허름하면서 노 란 집이었다. 앤은 기쁨에 찬 눈으로 그 집을 바라보며 필리파 와 함께 대문으로 들어섰다.

"내가 마음에 그려둔 모습과 거의 똑같아. 창가에 인동덩굴은 없지만 문 옆에서 라일락이 자라고… 그렇지, 창문에 모슬린 커 튼도 달려 있어. 아직도 집이 노란색 칠을 한 채로 남아 있어서 얼마나 기쁜지 몰라."

키가 크고 깡마른 부인이 문을 열어주었다. 앤이 이것저것 묻 자 그녀는 기억을 되살리며 대답했다.

"네, 셜리 부부는 20년 전에 여기서 살았어요. 이 집에 세를 들었거든요. 어떤 사람들인지 기억나요. 둘 다 열병으로 한꺼번 에 죽었지요. 정말 슬픈 일이었어요. 아기만 남게 됐답니다. 아 마 그 아이도 오래전에 죽었을 거예요. 자주 아팠거든요. 토머 스 씨 부부가 아기를 데려갔어요. 자기네 아이들만으로는 성에 차지 않기라도 한 것처럼요."

"아기는 죽지 않았어요. 제가 바로 그 애거든요."

앤이 미소를 짓자 부인은 외마디 비명을 질렀다. 앤이 더는 아기가 아니라는 사실에 크게 놀란 듯했다.

"세상에나! 어머, 이렇게 자랐네. 어디 봐요. 그래, 닮았어요. 피부하고 머리색은 아빠를 빼다 박았네요. 그 사람도 빨간 머리였지요. 하지만 눈하고 입은 엄마 쪽에서 물려받았군요. 당신 어머니는 참 좋은 사람이었어요. 학교에서 우리 딸아이의 선생님이셨는데 아이가 홀딱 빠졌었답니다. 당신 부모님은 한 무덤에 묻혔어요. 성실하게 근무한 보답으로 학교 이사회에서 묘비를 세워줬다고 합디다. 안으로 들어오겠어요?"

"집을 둘러봐도 괜찮을까요?"

앤이 간절한 얼굴로 물었다.

"물론이죠. 얼마든지 구경하세요. 오래 걸리진 않을 거예요. 별로 볼 것도 없거든요. 남편한테 부엌을 새로 지어달라고 계속 부탁했지만 그이가 빠릿빠릿한 위인은 아니라서요. 응접실은 저기 있고, 2층에는 방이 두 개 있어요. 마음껏 둘러보세요. 저는 아기를 보고 있을게요. 동쪽 방이 바로 아가씨가 태어난 곳이에요. 아가씨 어머니가 해 뜨는 광경을 보는 걸 좋아한다고 했던 게 기억나네요. 해가 막 떠오를 때 아가씨가 태어났고, 어머니의 눈에 처음 들어온 게 햇빛이 비치는 아가씨 얼굴이었다는 이야기도 들었어요."

앤은 좁은 계단을 올라가 터져버릴 것 같은 가슴을 부여잡고 작은 동쪽 방으로 들어갔다. 그곳은 앤에게 성스러운 방이었다. 앤의 어머니가 엄마가 될 날을 기다리면서 더할 나위 없이 행복한 꿈을 꾼 곳이었다. 아기가 태어나는 신성한 순간 햇살이 발갛게 두 사람을 비추었던, 바로 그곳이었다. 그리고 어머니가 숨을 거둔 곳이기도 했다. 앤은 눈물이 가득한 눈으로 경건하게 방 안을 둘러보았다. 앤에게는 기억 속에서 영원히 환하게 빛날 보석 같은 시간이었다. 앤이 중얼거렸다.

"엄마는 지금 나보다도 어렸을 때 나를 낳았구나."

앤이 아래층으로 내려가자 부인이 복도에서 앤을 맞았다. 부인은 먼지투성이의 작은 꾸러미를 내밀었다. 꾸러미를 묶은 파란 리본은 흐릿하게 색이 바래 있었다.

"여기 오고 나서 2층 옷장을 정리하다가 찾아낸 편지 묶음이에요. 오래된 것 같은데 무슨 편지인지는 모르겠네요. 굳이 뜯어보지는 않았거든요. 하지만 맨 위에 수신인 이름이 '버사 윌리스 양'이라고 되어 있는 걸 보면, 아가씨 어머니의 편지인 것 같아요. 결혼 전 이름이거든요. 읽고 싶다면 가져가도 돼요."

"어머, 감사합니다. 정말 감사합니다."

앤은 주체 못할 만큼 기뻐서 큰 소리로 인사한 뒤 편지 꾸러미를 받아들었다. 부인이 말했다.

"집에 남은 건 이게 전부였지요. 가구는 죄다 팔아서 병원비로 썼고, 토머스 부인이 아가씨 엄마가 입던 옷가지와 이런저런 물건들을 가져갔으니까요. 아마 그 집 아이들 틈에서 오래 버티지 못했을 거예요. 제 기억에 그 아이들은 워낙 극성스러워서 뭐든 망가뜨렸거든요."

앤은 목이 메었다.

"제겐 어머니가 남긴 물건이 하나도 없어요. 이 편지를 주시다니 뭐라고 감사를 드려야 할지 모르겠네요."

"천만에요. 어머나! 아가씨 눈이 엄마를 쏙 빼닮았네요. 그 사람도 이야기를 나눌 때 꼭 이런 눈이었어요. 아버지는 소박했지만 정말 좋은 분이셨지요. 두 사람이 결혼했을 때 그 정도로 서로 사랑하는 한 쌍은 없을 거라고 주위에서 이야기하던 게 기억나네요. 가엾은 사람들, 둘 다 오래 살지는 못했지만 사는 동안 정말 행복했어요. 그게 가장 중요하지 뭘 더 바라겠어요."

앤은 빨리 집으로 돌아가 소중한 편지를 읽어보고 싶었다. 하지만 그 전에 찾아볼 곳이 한 군데 더 남아 있었다. 앤은 아버지와 어머니가 잠들어 있는 볼링브로크 묘지에 혼자 가서 녹음이 우거진 구석 자리 부모의 무덤가에 흰 꽃을 바쳤다. 그런 다음 마운트 홀리로 서둘러 돌아가 방에 틀어박혀서 편지를 읽어나갔다. 아버지가 쓴 것도, 어머니가 쓴 것도 있었다. 편지는 전부 열두 통뿐이어서 많은 양은 아니었다. 월터 셜리와 버사 셜리는 연애하는 동안 떨어져 지낸 적이 별로 없었기 때문이다. 세월의 흔적으로 종이가 누렇게 바랬고 군데군데 글씨도 흐릿했다. 얼룩지고 구겨진 편지에서 엄청나게 지혜로운 말을 찾아낼 수는 없었지만 문장 하나하나마다 사랑과 믿음이 가득 담겨 있었다. 세상을 떠난 지 오래된 연인의 아득하고 애틋한 마음이 깊게 배어 있었고, 잊힌 것들에서 풍겨나는 단내가 편지에 감돌았다. 글솜씨가 있었던 버사 셜리는 말과 생각을 통해 자기의 매력을 고스란히 드러냈다. 시간이 흘렀지만 그녀의 편지는 아름다운 향기를 간직하고 있었다. 모든 편지가 다정하고 친밀하며 성스러웠다. 앤은 그중에서도 자기가 태어난 뒤 잠시 집을 비운

아버지에게 보낸 어머니의 편지에 마음이 갔다. 편지에는 아기가 얼마나 영리하고 밝은지, 무엇보다 얼마나 사랑스러운지 설명하는 젊은 엄마의 자부심이 가득했다.

> 잠든 아이가 얼마나 사랑스러운지 몰라요. 깨어 있을 때는 훨씬 사랑스럽네요.

버사 셜리는 추신으로 이렇게 적어놓았다. 아마도 이 문장이 어머니가 쓴 마지막 글일 것이다. 최후의 시간이 어머니에게 아주 가깝게 다가와 있었기 때문이다.

그날 밤 앤이 필리파에게 말했다.

"오늘은 내 생애 가장 아름다운 날이었어. 아버지와 어머니를 찾았잖아. 그 편지 덕분에 그분들이 살아 계셨다는 걸 실감하게 됐어. 이제 난 더 이상 고아가 아니야. 책을 펼쳤는데 책장 사이에 어제의 장미가 예쁘고 사랑스러운 모습 그대로인 걸 발견한 기분이거든."

22장

봄도, 앤도 초록지붕집으로 돌아오다

난롯불 그림자가 초록지붕집 부엌 벽에서 춤을 추었다. 봄밤은 꽤 쌀쌀했고 열려 있는 동쪽 창으로 달콤하게 속삭이는 밤의 소리가 희미하게 흘러들었다. 마릴라는 난롯가에 앉아 있었다. 적어도 몸은 그랬다. 하지만 마음은 지난 세월의 발자취를 따라 돌아다녔다. 요즘 마릴라는 쌍둥이의 옷을 지어야 한다고 생각하면서도 종종 이렇게 시간을 보냈다.

"나도 나이를 먹었나 봐."

마릴라는 지난 9년 동안 살이 빠져서 외모가 더 각이 져 보였는데 그것 말고는 변한 것이 거의 없었다. 전보다 희끗희끗해진 머리를 단단히 묶어서 틀어 올린 뒤 머리핀 두 개로 고정시켰다. 그 핀도 늘 쓰던 것이다. 하지만 표정은 많이 바뀌었다. 전에는 웃음기를 넌지시 띠는 게 고작이었지만 이제는 입가에서 유쾌함이 뚜렷하게 드러났다. 눈빛은 온화하고 부드러워졌으며 다정하게 미소 짓는 일도 많아졌다.

마릴라는 지난날을 돌이켜보았다. 갑갑했지만 불행하지는 않았던 어린 시절, 애써 숨겨왔던 꿈과 무너진 희망이 있었던 처녀 시절, 그 뒤로 이어진 지루한 중년의 삶 속에 답답하고 단조로웠던 회색빛 시절이 떠올랐다. 그러던 어느 날 앤이 왔다. 생기발랄하고 상상력이 풍부하며 활발한 이 아이는 애정 어린 마음으로 공상의 세계를 펼쳤다. 아이가 가져온 빛깔과 온기와 광채 덕분에, 황무지처럼 쓸쓸했던 삶에서 장미꽃을 피울 수 있었다. 마릴라는 육십 평생 자기가 진정으로 살아 있다고 느낀 시절은 앤이 초록지붕집에 온 뒤의 9년뿐이라는 생각이 들었다. 그리고 내일 밤이면 앤이 집에 돌아올 것이다.

부엌문이 열렸다. 마릴라는 린드 부인이겠거니 생각하고 고개를 들었다. 하지만 아니었다. 훌쩍 커버린 앤이 눈을 별처럼 반짝이며 서 있었다. 손에는 산사꽃과 제비꽃을 한 다발 들고 있었다. 마릴라가 외쳤다.

"앤 셜리! 내일 밤이나 돼야 널 볼 줄 알았다. 카모디에서 어떻게 온 거니?"

살면서 처음으로 자제력을 잃을 만큼 깜짝 놀란 마릴라는 두 팔을 뻗어 앤을 꼭 끌어안았다. 그 바람에 앤이 들고 온 꽃이 납작해졌다. 마릴라는 앤의 그리고 윤기있는 머리카락과 사랑스러운 얼굴에 입을 맞췄다.

"사랑하는 마릴라 아주머니, 걸어서 왔답니다. 퀸스 전문학교에 다닐 땐 수십 번도 더 그렇게 했는걸요? 제 가방은 집배원이 내일 가져다줄 거예요. 갑자기 향수병이 심하게 도져서 하루 일찍 왔지 뭐예요. 그리고 아! 5월의 땅거미가 내리는 길을 걷는데 풍경이 정말 아름다웠어요. 들판에서 잠시 발길을 멈추고 이 산사꽃을 땄죠. 제비꽃 골짜기는 제비꽃이 빈틈없이 꽂혀 있는 꽃병같이 보였어요. 아주 예쁘고 하늘빛이 옅게 감도는 꽃병 있잖아요. 마릴라 아주머니, 이 꽃향기를 맡아보세요. 어서요. 한껏 들이켜 보세요."

마릴라는 앤이 하라는 대로 코를 킁킁대긴 했지만 제비꽃 향기보다는 앤에게 마음이 쏠려 있었다.

"얘야, 앉아라. 정말 고단하겠구나. 얼른 저녁을 차려주마."

"마릴라 아주머니, 오늘 밤에는 언덕 뒤편으로 사랑스러운 달이 떠 있었어요. 그리고 아, 카모디에서 집으로 올 때 개구리들이 제게 노래를 불러줬어요! 전 개구리들의 노랫소리가 정말 좋아요. 봄날 저녁의 가장 행복했던 추억 전부와 이어진 것 같거든요. 제가 처음 이곳에 왔던 날 밤을 항상 생각하게 해줘요. 제가 어땠는지 기억나시죠?"

"그래, 기억하지. 절대로 잊을 것 같진 않구나."

마릴라가 힘주어 말했다.

"그해에는 개구리들이 늪과 개울에서 쉴 새 없이 노래를 불렀거든요. 해 질 녘 제 방 창가에서 듣는 그 소리는 즐겁지만 슬퍼서 어쩜 그럴 수 있는 건지 궁금했죠. 그런데 집에 다시 오니까 정말 좋아요! 레드먼드도 멋지고 볼링브로크에서도 즐거웠지만, 초록지붕집이야말로 진짜 제 집이에요."

"길버트가 이번 여름에는 집에 오지 않는다고 하던데."

"네."

앤의 목소리에서 무언가를 느낀 마릴라는 예리한 눈길로 앤을 힐끗 보았지만 앤은 꽃병에 제비꽃을 꽂는 데만 정신이 빠져 있는 것처럼 보였다.

"보세요. 예쁘지 않나요? 한 해는 책 한 권과 같아요. 그렇죠, 마릴라 아주머니? 봄의 페이지에는 산사꽃과 제비꽃, 여름에는 장미꽃, 가을에는 붉은 단풍잎, 겨울에는 호랑가시나무와 상록수가 쓰일 거예요."

앤은 서둘러 말을 이었지만 마릴라는 집요했다.

"길버트는 시험을 잘 봤니?"

"아주 잘 봤어요. 반에서 가장 잘했죠. 그런데 쌍둥이랑 린드 아주머니는 어디에 있나요?"

"레이철하고 도라는 해리슨 씨 집에 가 있단다. 데이비는 볼 터랑 놀러갔고. 지금 오는 소리가 들리는 것 같구나."

데이비는 쏜살같이 뛰어 들어오다가 앤을 보더니 걸음을 멈추고 기쁨에 겨워 환호하며 앤에게 달려들었다.

"와, 앤 누나. 누나가 와서 참 좋아! 난 작년 가을보다 키가 5센티미터나 컸어. 린드 아주머니가 오늘 줄자로 재줘서 알게 된 거야. 그리고 누나, 내 앞니 좀 봐. 빠져버렸어. 린드 아주머니가 실 한쪽 끝을 이에 묶고 다른 쪽 끝은 문에 묶은 다음 문을 쾅 닫으니까 빠지더라. 난 그 이를 밀티한테 2센트에 팔았어. 밀티는 이를 모으거든."

"도대체 걔는 왜 이를 갖고 싶어 하는 거냐?"

마릴라가 묻자 데이비는 앤의 무릎에 기어오르며 답했다.

"인디언 추장 놀이를 할 때 쓸 목걸이를 만들려고요. 걔는 벌써 열다섯 개나 모았어요. 다들 밀티한테 자기 이를 주겠다고 약속했죠. 그래서 우리가 지금부터 이를 모으기 시작한들 소용없어요. 볼터네 사람들은 훌륭한 장사꾼이 맞아요."

마릴라가 따끔하게 물었다.

"볼터 아주머니네 집에선 착하게 굴었니?"

"네. 하지만 착하게 구는 건 지겨워 죽겠어요."

"나쁘게 구는 건 더 빨리 지겨워질 거야."

앤이 말하자 데이비가 우겼다.

"나쁜 짓을 하는 동안은 재미있잖아. 아니야? 그리고 나중에 잘못했다고 하면 돼. 그렇지?"

"데이비, 잘못했다고 말해도 나쁜 짓을 한 결과는 사라지지 않아. 지난여름 주일학교를 빼먹었던 일요일 기억 안 나니? 못되게 구는 짓에는 별 가치가 없다고 네가 나한테 말했잖아. 오늘은 밀티랑 뭘 했니?"

"아, 낚시를 하고 고양이도 쫓아다녔어. 새알을 찾아다니다가 메아리를 부르려고 소리를 지르기도 했어. 볼터네 헛간 뒤 덤불에는 메아리라는 게 있는데 엄청 커. 저기, 앤 누나. 메아리가 뭐야? 궁금해."

"데이비, 메아리는 아름다운 요정이야. 멀리 떨어진 숲에 살면서 언덕 사이에 나타나 세상을 향해 웃음 짓지."

"어떻게 생겼는데?"

"머리하고 눈동자는 까맣지만 목하고 팔은 눈처럼 하얀색이야. 얼마나 아름다운지는 아무도 확인해볼 수 없어. 사슴보다 빠르거든. 우리가 알아볼 수 있는 거라곤 놀리는 듯 부르는 목소리가 전부야. 밤에는 메아리가 부르는 소리를 들을 수 있어. 반짝이는 별들 아래에서 웃는 소리도 들을 수 있지. 하지만 볼 수는 없어. 쫓아가도 멀리 날아가버리고 언제나 다음에 나올 언덕 너머에서 웃고 있단다."

"앤 누나, 진짜로 하는 말이야? 아니면 거짓말이야?"

데이비가 빤히 쳐다보며 묻자 앤이 실망했다.

"데이비, 넌 동화와 거짓말도 구별 못 하니?"

"그럼 볼터네 덤불에서 건방지게 말대꾸하는 건 도대체 뭔데? 나 궁금해."

"데이비, 네가 좀 더 크면 다 설명해줄게."

계속 질문을 해대다가 나이 이야기가 나오자 새로운 생각이 떠오른 데이비는 잠시 고민하더니 진지하게 속삭였다.

"앤 누나, 나 결혼할 거야."

앤도 똑같이 진지한 얼굴로 물었다.

"언제?"

"아, 물론 어른이 되면 해야지."

"그럼 안심이네. 어떤 아가씨야?"

"스텔라 플레처. 나랑 같은 반이야. 저기, 앤 누나. 걘 내가 본 여자애 중에서 제일 예뻐. 내가 어른이 되기 전에 죽으면 누나가 그 애를 잘 돌봐줘야 해. 그래줄 거지?"

"데이비 키스, 터무니없는 말 좀 그만해."

마릴라가 엄하게 말하자 데이비가 볼멘소리를 했다.

"터무니없는 말이 아니에요. 걔는 내 아내가 되겠다고 약속했어요. 내가 죽으면 약속대로 내 미망인이 되는 거잖아요? 게다가 스텔라는 할머니 말고 아무도 돌봐줄 사람이 없어요."

마릴라가 말했다.

"앤, 이리 와서 저녁이나 먹어라. 저 아이가 공연히 말도 안 되는 소리를 하도록 부추기진 마라."

23장

—

바위 사람들을 찾지 못한 폴

그해 여름 에이번리에서의 생활은 무척 즐거웠다. 하지만 방학의 기쁨을 누리면서도 '마땅히 있어야 할 게 빠진 듯한' 느낌을 떨쳐내지 못했다. 마음속 깊이 들여다보면 길버트가 없어서 생겨난 감정이었지만 앤은 그 사실을 인정하고 싶지 않았다. 기도회와 에이번리 마을 개선협회 모임이 끝난 뒤 다이애나와 프레드를 비롯해 몇 쌍의 연인이 어둑하고 별빛 가득한 시골길을 즐겁게 서성거리는 동안 앤은 혼자 집으로 걸어왔고, 그때마다 가슴에서 이유를 설명하기 어려운 쓸쓸함과 묘한 아픔이 느껴졌다. 편지 정도는 쓸 법도 한데 길버트는 앤에게 한 통도 보내지 않았다. 가끔씩 다이애나가 편지를 받기는 했지만 앤은 길버트에 대해 물어보지 않았다. 앤이 길버트에게 직접 들었을 거라 생각한 다이애나도 굳이 나서서 그의 소식을 알려주지는 않았다. 길버트의 어머니는 쾌활하고 솔직하며 낙천적이었지만 눈치가 없었다. 그래서 사람들 앞에 있을 때 요즘 길버트에게 연락이 왔느냐고 앤에게 목청 높여 묻곤 했다. 난처해진 앤은 얼굴을 붉히며 "요즘엔 안 왔는데요"라고 더듬거리기만 할 뿐이었다. 블라이드 부인을 비롯해 모든 사람이 앤의 그런 모습을 보고 아가씨답게 수줍어한다고만 여겼다.

그것만 빼면 앤의 여름날은 무척 즐거웠다. 6월에는 프리실라가 와서 함께 재미있는 시간을 보냈다. 프리실라가 돌아간 뒤에는 두 달 동안 여름을 나기 위해 고향으로 돌아온 어빙 부부와 폴, 넷째 샬로타를 만났다.

메아리 오두막의 분위기는 다시금 흥겨워졌다. 강 건너편의 메아리는 가문비나무 뒤편 옛 정원에서 울려 퍼지는 웃음소리를 흉내 내느라 쉴 틈이 없었다.

라벤더는 전보다 다정하고 아름다워진 것 외에 달라진 부분이 없었다. 폴은 라벤더를 진심으로 사랑했고 둘 사이에는 아름다운 우정이 싹텄다.

"하지만 전 그분을 '엄마'라고 부르진 않아요. 진짜 엄마만 그렇게 부를 수 있잖아요. 그래서 다른 사람한테는 그 호칭을 쓸 수 없죠. 대신 '라벤더 엄마'라고 불러요. 그리고 전 그분을 아빠 다음으로 사랑해요. 솔직히 전 라벤더 엄마를 선생님보다 조금 더 사랑해요."

폴의 설명이 끝나자 앤이 대답했다.

"당연히 그래야지."

폴은 이제 열세 살이었는데 나이에 비해 키가 아주 컸다. 얼굴과 눈은 전과 다름없이 아름다웠고 여전히 그의 상상에 닿는 모든 것은 프리즘을 통과한 듯 무지갯빛으로 나뉘었다. 폴과 앤은 숲과 들과 해변을 즐겁게 거닐었다. 이 두 사람보다 더 완전하게 '마음이 맞는 사람들'은 없었다.

넷째 샬로타는 얼굴이 활짝 피어서 이제는 제법 처녀티가 났다. 머리를 거대하게 부풀려 묶어 올리고 '오랫동안 정들었던'* 파란색 리본은 벗어던진 지 오래였다. 하지만 주근깨투성이의 들창코는 여전했고 커다란 입과 빙그레한 미소도 전과 다름없었다. 넷째 샬로타는 앤을 보고 걱정스럽게 물었다.

"셜리 아가씨, 제 말투가 양키 같나요?"

"저런 샬로타, 난 잘 모르겠는데."

"그렇다면 정말 다행이에요. 집에서는 제가 양키 억양이라고들 하던데요. 하지만 그냥 절 놀리고 싶어서 그러는 거겠죠. 양키 억양을 쓰기가 정말 싫거든요. 셜리 아가씨, 양키가 나쁘다는 건 아니에요. 진짜 세련된 사람들이죠. 하지만 저는 언제든 그리운 프린스에드워드섬을 생각하는걸요."

폴은 처음 두 주 동안 에이번리의 할머니 집에서 지냈다. 앤은 폴을 만나러 갔다가 폴이 해변으로 나가고 싶어 무척이나 안달 나 있다는 사실을 알아차렸다. 노라, 황금 아가씨, 쌍둥이 뱃사람이 그곳에 있기 때문이다. 폴은 저녁 식사를 마칠 때까지

---

* 원문은 '올드 랭 사인'(auld lang syne)으로, 로버트 번스의 시에 윌리엄 쉴드가 곡을 붙인 노래 제목이다. 이 노래는 묵은해를 보내고 새해를 맞이하는 축가로 널리 불린다.

기다릴 수 없었다. 그런데 요정 같은 얼굴의 노라가 그리운 눈으로 두리번거리는 모습을 보지 못한 것일까? 해 질 녘 해변에서 돌아온 폴의 얼굴은 굳어 있었다.

"바위 사람들을 못 만났니?"

폴은 서글픈 표정으로 밤색 곱슬머리를 저었다.

"쌍둥이 뱃사람도, 황금 아가씨도 오지 않았어요. 선생님, 노라는 거기 있었는데, 전과 달랐어요. 변해버렸어요."

앤이 말했다.

"아니야, 폴. 변한 건 바로 너란다. 바위 사람들이 보기에 네가 너무 커버린 거야. 그들은 어린아이들을 놀이 친구로 삼고 싶어 해. 쌍둥이 뱃사람이 달빛으로 만든 돛을 달고 진줏빛 마법의 배를 타고 네게 오는 일은 이제 없을 거야. 황금 아가씨도 더는 황금 하프 연주를 들려주지 않을 거고. 노라도 머지않아 널 멀리하겠지. 폴, 어른이 되려면 반드시 대가를 치러야 한단다. 요정 나라를 뒤에 남겨두고 떠나야 하는 거야."

"두 사람은 늘 바보 같은 이야기를 나누고 있군요."

어빙 할머니는 반쯤은 못마땅하다는 듯이, 반쯤은 나무라는 듯이 말했다. 앤이 진지하게 고개를 저었다.

"어머, 아니에요. 예전 같진 않아요. 우린 아주아주 똑똑해지고 있어요. 그래서 참 안타깝지요. 언어가 우리의 생각을 감추기 위해 만들어진 것이라는 사실을 알게 되면서 예전의 절반만큼도 재미가 없어졌으니까요."

"그렇지 않아요. 언어라는 건 생각을 주고받기 위해서 우리에게 주어진 거예요."

어빙 할머니는 진지했다. 할머니는 탈레랑*이 누군지 몰랐고 그의 말을 이해하지도 못했다.

앤은 황금 같은 8월에 메아리 오두막에서 두 주 동안 평온한 나날을 보냈다. 그곳에서 앤은 시어도라 딕스와 느긋하게 사귀고 있는 뤼도비크 스피드에게 좀 더 적극적으로 나서라고 재촉했는데, 이 일은 다른 이야기**에 자세히 기록되어 있다. 어빙 가족의 오랜 친구인 아널드 셔먼도 그 무렵 그곳에서 같이 지내며 일상에 활기를 더해주었다.

"얼마나 멋진 휴가를 보냈는지 몰라요. 기분 전환을 톡톡히 했어요. 이제 두 주만 있으면 킹즈포트로, 레드먼드로, 패티의 집으로 돌아가네요. 라벤더 아주머니, 패티의 집은 정말 사랑스러운 곳이에요. 초록지붕집처럼 패티의 집도 우리 집 같다니까요. 제겐 집이 두 곳인 셈이죠. 그런데 여름은 어디로 가버린 걸까요? 봄날 저녁 산사꽃을 들고 집에 온 게 엊그제 같은데 말이에요. 어렸을 때 여름의 한쪽 끝에 서 있어도 다른 쪽 끝이 보이지 않았어요. 한없이 이어질 것처럼 제 눈앞에 펼쳐져 있었죠. 지금은 기껏해야 '한 손의 너비, 한 편의 이야기'*** 정도밖에 안 되지만요."

라벤더가 조용히 물었다.

"앤, 너하고 길버트는 여전히 좋은 친구지?"

- 언어가 서로의 생각을 감추기 위해서 발명되었다고 말한 프랑스의 정치가
- 에이번리 사람들의 삶을 그린 루시 모드 몽고메리의 단편집 『에이번리 연대기』를 말한다.
- 영국 시인 프랜시스 퀄스(1592-1644)의 시구를 인용한 표현

"물론이죠. 예전과 달라진 건 없어요."

라벤더는 고개를 저었다.

"앤, 뭔가 잘못된 것 같아. 주제넘다 생각할 수 있겠지만 이건 꼭 물어봐야겠다. 혹시 둘이 다퉜니?"

"아뇨. 단지 길버트가 우정 이상의 무언가를 원했고 전 그럴 수 없다고 한 것뿐이에요."

"앤, 진심으로 그렇게 생각하는 거야?"

"그럼요. 앞으로도 그럴 거예요."

"난 참 안타깝구나."

"왜 다들 제가 길버트 블라이드와 결혼하는 게 당연하다고 여기는지 모르겠네요."

앤이 짜증스럽게 말했다.

"앤, 너희가 서로에게 아주 잘 어울리는 짝이라서 그래. 그게 이유란다. 굳이 고개를 저을 필요는 없어. 진짜니까."

24장

조너스의 등장

앤은 필리파에게 편지를 받았다.

8월 20일, 프로스펙트곶에서

이름 끝에 e가 붙은 앤에게

난 지금 눈꺼풀에 뭐라도 받쳐놓고 싶어. 그래야 이 편지를 끝까지 쓸 수 있을 것 같거든. 부끄럽게도 올여름엔 네게 아무 소식도 전하지 못했네. 네게만 그런 게 아니야. 답장을 써야 할 편지가 산더미처럼 쌓였어. 이제 허리끈을 바짝 조이고 괭이질을 해야 할 판이라니까. 비유가 뒤죽박죽이라 미안해. 졸려서 제정신이 아니거든. 어젯밤 친척인 에밀리 고모랑 옆집에 다녀왔어. 다른 손님도 몇 명 와 있었는데, 그들이 떠나자마자 옆집 부인과 세 딸이 손님들의 일거수일투족을 꼬투리 잡아 욕을 해대는 거야. 손님들이 참 가엾게 느껴지더라니까. 그 집 사람들은 아마도 문이 닫히자마자 에밀리 고모와 나를 두고 입방아를 찧을 게 뻔해.

집에 돌아왔을 때 릴리 부인은 옆집에서 일하는 남자아이가 성홍열에 걸린 것 같다고 알려줬어. 그분이 흥분해서 그런 말을 하면 사실이라고 믿을 수밖에. 난 성홍열이 너무 무서워. 침대에 누워서도 그 생각을 하느라 잠을 설쳤어. 이리저리 뒤척이다가 깜빡 잠이 들었다가도 무서운 꿈에 시달렸지. 그러다 새벽 3시에 고열이 나고 목이 따끔거리고 머리가 너무 아파서 잠을 깼어. 난 내가 성홍열에 걸렸다고 생각했지. 난 완전히 겁에 질린 채 일어나 에밀리 고모의 『의학 백과』를 뒤적거렸어. 마침내 그 병의 증상을 찾아 읽었는데, 맙소사! 그 증상이 나한테 다 있는 거야. 그래서 침대로 돌아가 최악의 상황을 생각하며 곯아떨어졌지. 어째서 팽이가 다른 것들보다 푹 잘 수 있다는 건지 이해할 수 없지만, 아무튼 그랬어.•

그런데 오늘 아침엔 몸이 꽤 괜찮아졌어. 그러니까 성홍열에 걸렸을 리가 없었던 거지. 어젯밤에 옮아왔던 거라면 그처럼 빠르게 증상이 악화되지는 않았을 테니까. 낮이었

<hr>

• 원문의 slept like a top은 단잠을 잔다는 뜻이다. 여기서 top은 '팽이'인데, 팽이가 빨리 돌 때 위에서 내려다보면 가만히 서 있는 것 같다는 점에서 유래된 표현이다.

으면 그 사실을 기억할 수 있었을지 몰라도 새벽 3시에는 논리적인 생각을 할 수 없잖아.

내가 프로스펙트곶에서 무엇을 하며 시간을 보내는지 궁금할 거야. 음, 난 여름이 되면 한 달 동안은 해변에서 지내는 걸 좋아했어. 육촌인 에밀리 고모가 프로스펙트곶에서 '고급 하숙집'을 운영하는데, 아빠는 나더러 거기 가서 지내라고 하시더라. 그래서 두 주 전에 여기 왔지. 그리고 항상 그랬듯 나이 많은 '마크 밀러 아저씨'가 '만능 다용도' 말 한 마리를 낡은 마차에 매고 역으로 마중 나오셨어. 친절한 노인인 아저씨는 나한테 분홍색 박하사탕을 한 움큼 주셨지.

나는 박하사탕에 일종의 종교적인 의미가 있다고 생각해. 어렸을 때 교회 갈 때마다 할머니가 박하사탕을 주셔서 그런가 봐. 박하사탕 냄새에 대해 이야기하면서 "이게 바로 성자의 향기인가요?"라고 물은 적도 있었지. 마크 아저씨가 준 박하사탕은 별로 먹고 싶지 않았어. 아저씨는 주머니를 휘저어 사탕을 꺼냈는데 같이 딸려 나온 녹슨 못이나 자질구레한 것들을 골라내고 주셨거든. 하지만 난 친절한 아저씨의 기분을 상하게 할 수 없어서 틈날 때마다 사탕을 길바닥에 조심스럽게 뿌렸어. 마지막 하나를 버렸을 때 마크 아저씨가 꾸짖듯 말하더라. "필 아가씨, 사탕을 한꺼번에 먹으면 안 돼. 그러다 배탈 나."

나 말고 에밀리 고모네 집에 묵는 손님은 다섯 명밖에 없었어. 네 명은 노부인이고 한 명은 젊은 남자였지. 식탁에서 내 오른쪽에 앉는 사람은 릴리 부인이야. 부인은 자기가 무슨 병을 앓고 어떻게 아픈지 죄다 늘어놓으면서 은근히 자부심을 느끼는 사람이야. 누가 무슨 병명이라도 입밖에 내면 부인은 고개를 내저으면서 말해. "아, 그건 내가 잘 알고 있어요." 그러고 나서 온갖 얘기를 주워섬기지. 한번은 조너스가 부인이 듣는 자리에서 보행 장애 이야기를 꺼냈는데, 부인이 냉큼 끼어들더니 그게 어떤 건지 잘 안다고 하더래. 자기가 10년이나 보행 장애를 앓았는데 어떤 떠돌이 의사에게 치료받고 나았다는 거야.

조너스가 누구냐고? 잠깐만 기다려봐. 때가 되면 다 말해줄게. 존경해 마지않는 노부인들과 함께 묶일 만한 사람이 아니거든.

식탁에서 내 왼쪽에 앉는 사람은 피니 부인이야. 항상 징징대고 애처롭게 이야기하지. 저러다가 울음을 터뜨리지는 않을까 조마조마하다니까. 부인을 보고 있노라면 그녀에게 인생이란 눈물의 골짜기요, 웃음은 말할 것도 없고 미소조차 비난받을 만큼 경박한 짓이라고 생각될 정도야. 부인은 제임시나 아주머니가 그러는 것보다 날 훨씬 안 좋게 보고 있어. 그나마 제임시나 아주머니는 그게 마음에 걸리는지 날 예뻐해주려고 노력하지만 피니 부인은 그럴 생각조차 없는 것 같아.

내 대각선 자리에는 마리아 그림즈비 아주머니가 앉아. 여기 온 첫날 마리아 아주머니에게 비가 올 것 같다고 말하니까 소리 내어 웃더라. 역에서 오는 길이 아주 예뻤다고 말했더니 또 웃었어. 아직 모기가 몇 마리 남아 있는 것 같다고 하자 한 번 더 웃었어. 프로스펙트곶은 여전히 예쁘다고 말해도 웃기만 하지 뭐야. 아마 내가 '우리 아버지는 목을 매서 돌아가셨고, 어머니는 독약을 먹고 돌아가셨으며, 오빠는 감옥에 있고, 저는 폐결핵 말기예요'라고 말해도 마리아 아주머니는 틀림없이 웃을 거야. 원래 그렇게 태어났으니까 어쩔 수 없겠지. 그래도 그렇게 웃기만 하다니, 너무 슬프고 끔찍한 일이야.

네 번째 노부인은 그랜트 부인이야. 상냥한 할머니지만 누구에게나 좋은 말만 해댈 뿐이니 대화 상대로는 정말 지루하고 재미없어.

앤, 드디어 조너스를 소개할 차례가 왔어.

내가 여기 온 첫날 식탁 바로 맞은편에 젊은 남자가 앉아 있었어. 그는 내가 갓난아이였던 때부터 날 알고 있던 것처럼 미소를 지었어. 그의 이름은 조너스 블레이크, 세인트컬럼비아에서 온 신학생이며, 여름에는 프로스펙트곶 선교 교회에서 일한다는 사실은 마크 아저씨에게 들어서 알고 있었어.

조너스는 아주 못생긴 청년이야. 장담하건대 여태껏 내가 본 사람 중에서 가장 못생겼어. 덩치가 크고 나사가 하나 빠진 듯한 체형인 데다 다리도 터무니없이 길어. 황갈색 머리카락은 축 늘어져 있고 눈동자는 초록색에 입도 큼지막하지. 그리고 귀는… 아, 되도록 그 사람 귀는 생각하지 않으려고 해.

그런데 그가 말할 때 눈을 감고 듣기만 하면 그 남자에게 홀딱 반할 것 같아. 목소리가 참 근사하거든. 게다가 마음과 성품까지 정말 아름다운 사람이야.

우린 금세 좋은 친구가 됐어. 물론 그도 레드먼드 졸업생이라 그 사실이 우리 둘의 연결 고리가 되었지. 우린 함께 낚시를 하고 배도 탔어. 달빛이 비치는 모래사장을 걷기도 했지. 달빛 아래서는 그렇게 못생겨 보이지 않더라. 참 괜찮은 사람이야. 다정함이 마음에서 막 뿜어져 나오는 것 같더라니까. 그랜트 부인을 뺀 나머지 노부인들은 조너스를 별로 안 좋아해. 잘 웃고 농담도 자주 하는 데다가 그가 자기들과 어울리기보다는 경박해 보이는 나랑 있는 걸 더 좋아하기 때문이지.

앤, 어쨌든 조너스는 나를 경박하다고 생각하지 않았으면 좋겠어. 말도 안 되는 소리지만, 난생처음 만난 조너스라는 황갈색 머리 남자가 날 어떻게 생각하는지 왜 이리 신경 쓰이는 걸까?

지난 일요일에는 조너스가 마을 교회에서 설교를 했어. 물론 나도 갔지. 하지만 조너스가 설교를 한다는 게 실감 나지 않았어. 그가 예비 목사라는 사실이 터무니없는 농담처럼 느껴졌거든.

아무튼 조너스는 설교를 했어. 그런데 그가 설교를 시작한 지 10분 정도 지났을 때 내가 너무나도 작고 하찮은 존재로 느껴졌어. 맨눈으로는 보이지도 않을 것 같았지. 조너스는 여자 이야기는 한 마디도 하지 않았고 날 쳐다보지도 않았어. 나라는 작은 나비가 얼마나 가볍기 그지없으며 속이 좁고 가여운지, 내가 조너스의 이상형과 얼마나 딴판인지를 그때 깨달았지. 그의 이상형은 당당하고 강하고 숭고한 여자일 거야. 조너스는 정말 진지하고 부드럽고 진실했어. 목사에게 필요한 모든 자질을 갖추었지. 나 같은 애가 어떻게 그를 못생겼다고 평가할 수 있었는지 의아해졌어. 영감이 충만한 눈과 지적인 이마를 거칠게 내려뜨린 머리로 가린 저 모습을 보고서도 터무니없는 생각을 했던 거야. 물론 실제로 못생긴 게 맞지만!

너무나 훌륭해서 죽을 때까지 들을 수 있을 것 같은 설교였어. 동시에 날 한없이 부끄럽게 한 설교이기도 했지. 아, 앤. 내가 너 같았으면 정말 좋았을 텐데.

조너스는 집에 오는 길에 내 뒤를 따라오더니 평소처럼 밝게 싱긋 웃어줬어. 하지만 그의 웃음조차 다시는 날 속이지 못해. 난 조너스의 진정한 면모를 봐버렸으니까. 언젠가는 그도 이 필리파 고든의 진정한 모습을 볼 수 있을까? 아직은 아무도 본 적 없는, 심지어 앤 너조차도 아직 본 적 없는 내 모습을 말이야.

난 그를 '조너스'라고 불렀어. 블레이크 씨라고 부르는 걸 깜빡한 거야. 정말 아찔하지? 하지만 그런 것들이 중요하지 않을 때도 있는 법이지.

"조너스, 당신은 목사님이 되기 위해 태어났어요. 절대 다른 사람이 될 수는 없어요."

그가 진지하게 대답했어.

"그래요, 난 그럴 수 없죠. 사실 오랫동안 다른 일을 찾아보려고 했어요. 목사가 될 생각은 없었거든요. 하지만 그것이 내 사명임을 마침내 깨달았어요. 하느님의 도움으로 이 일을 해볼 생각입니다."

그의 목소리는 낮고 경건했어. 난 조너스가 그 일을 무척 훌륭하고 숭고하게 해낼 거로 생각해. 곁에서 그를 도와줄 여자도 행복하겠지? 타고난 기질이나 교육 수준에서 그에게 어울리는 여자 말이야. 그의 곁에 있는 여자는 헛된 상상이나 하면서 변덕스러운 바람에 깃털처럼 흔들리지는 않을 거야. 어떤 모자를 써야 할지도 항상 명확하게 알고 있을 테지. 어쩌면 모자가 하나뿐일 때도 있을 거야. 목사님들은 부유한 편이 아니니까. 하지만 모자를 하나만 가지고 있거나 모자가 아예 없다고 해도 전혀 신경 쓰진 않겠지. 조너스가 있는데 뭐가 부족하겠어.

앤 셜리, 내가 블레이크 씨와 사랑에 빠졌다고 대놓고 말하거나 넌지시 암시하거나 혹은 그런 식으로 생각해서는 안 돼. 머리카락도 축 늘어져 있고 가난한 데다가 못생기기까지 한 신학생 조너스를 내가 좋아할 수 있을까? 마크 아저씨의 말처럼 그건 '불가능한 일이고, 있을 것 같지도 않은 일'이야.

잘 자.

필

추신. 그건 불가능한 일이야. 하지만 실제로 일어날까 봐 정말 두려워. 난 행복하긴 하지만 때로는 비참하면서 무섭기도 해. 그가 절대 날 좋아할 리 없다는 사실을 알아. 앤, 내가 그럭저럭 괜찮은 목사 부인이 될 수 있을 것 같니? 사람들이 내가 기도 모임을 이끄는 모습을 상상이나 할 수 있을까?

필 고든

25장

———

멋진 왕자가 나타나다

"집에 있을지 밖에 나갈지 생각하고 있었어요."

앤은 패티의 집 창문 너머로 저 멀리 공원의 소나무를 바라보며 말했다.

"제임시나 아주머니, 오늘 오후만큼은 빈둥거리면서 편안하게 늘어져 있고 싶네요. 아늑한 벽난로, 접시에 가득 담긴 갈색 사과, 가르랑대며 사이좋게 노는 고양이 세 마리, 초록색 코가 달린 도자기 개 두 마리와 시간을 보낼까요? 아니면 회색빛 숲과 항구 바위에 부딪치는 잿빛 물살을 보러 공원으로 갈까요?"

"내가 너만큼 젊었더라면 공원을 택했을 거다."

제임시나 아주머니는 조지프의 노란색 귀를 뜨개바늘로 간질이며 대답했다. 앤이 그런 아주머니를 놀렸다.

"아주머니는 우리 중 누구보다 젊다고 큰소리치셨잖아요."

"그래, 마음만은 그렇지. 하지만 다리는 너희만큼 젊지 않단다. 앤, 나가서 신선한 공기 좀 마시려무나. 요즘 얼굴이 너무 창백해 보여."

앤이 엉덩이를 들썩거렸다.

"그럼 공원에 가야겠어요. 솔직히 오늘은 느긋하게 집에서 쉴 기분이 아니에요. 혼자서 자유롭고 신나게 지내고 싶거든요. 아마 지금쯤 공원은 텅 비었을 거예요. 모두 풋볼 시합을 보러 갔을 테니까요."

"넌 거기 왜 안 갔니?"

"그 이유는 '그녀가 말했네. 아무도 제게 청하지 않았어요, 선생님'이라고 할 수 있죠. 징글맞은 꼬마 댄 레인저 말고는 아무도 같이 가자는 말을 하지 않았어요. 댄하고는 아무 데도 가고 싶지 않아요. 하지만 댄의 여린 마음을 상하게 하고 싶지 않아서 경기를 보러 갈 생각이 없다고 말해줬어요. 상관없어요. 어쨌든 오늘은 그럴 기분이 아니니까요."

"나가서 바람이라도 쐬렴. 류머티즘 증상이 있는 걸 보면 비가 오려나 봐. 우산을 꼭 챙겨가거라."

"아주머니, 나이 든 사람들만 류머티즘에 걸리는 거예요."

"앤, 다리 류머티즘은 누구라도 앓을 수 있단다. 노인들은 마음에도 류머티즘이 도진다고들 하더구나. 천만다행으로 내 마음은 아직 멀쩡해. 마음이 류머티즘에 걸린다면 관을 고르러 가는 편이 차라리 나을 거야."

• 영국 전래동요 〈예쁜 아가씨, 어딜 가시나?〉의 가사를 응용한 표현

11월의 일몰은 진홍빛으로 물들었다. 철새가 떠나간 뒤로 바다의 찬가는 더욱 깊고 슬퍼졌으며, 바람은 소나무 숲을 세차게 흔들면서 큰 소리로 노래했다. 앤은 소나무가 무성한 공원의 오솔길을 거닐며 마음속에 자욱이 낀 안개를 거센 바람에 날려 보냈다. 마음속 안개 때문에 괴로워하는 일은 앤에게 익숙하지 않았다. 하지만 레드먼드로 돌아와 3학년이 된 뒤로 인생이라는 거울은 전처럼 앤의 영혼을 완벽하고 투명하게 비추지 않았다.

겉보기에 패티의 집에서는 일과 공부와 여가 생활이 즐겁게 이어졌다. 금요일 저녁이면 난롯불이 환하게 타오르는 거실은 손님들로 북적거렸으며 농담을 던지고 웃어대는 소리가 온 집 안에 울려 퍼졌다. 제임시나 아주머니는 환한 미소로 이들을 맞이했다. 필리파가 편지에서 언급했던 조너스도 종종 찾아왔다. 그는 세인트컬럼비아에서 새벽 기차를 타고 왔다가 밤늦게 돌아갔다. 패티의 집 사람들은 모두 그를 좋아했지만 제임시나 아주머니는 고개를 절레절레하면서 요즘 신학생들은 전과 사뭇 달라졌다고 진단했다.

아주머니가 필리파에게 말했다.

"얘야, 사람은 퍽 괜찮아 보이지만, 목사님이라면 좀 더 무게를 잡고 위엄을 갖추는 게 좋겠구나."

"잘 웃는 남자는 기독교인이 될 수 없는 건가요?"

필리파의 물음에 제임시나 아주머니가 나무랐다.

"남자는 그래도 되겠지. 하지만 얘야, 난 목사님의 자격을 이야기하는 거다. 지금처럼 블레이크 씨와 시시덕거리면 안 돼. 정말 그래선 안 되는 거야."

"전 그에게 수작 부리지 않았어요."

필리파가 항의했지만 앤 말고는 아무도 그 말을 믿지 않았다. 다른 사람들은 필리파가 여느 때처럼 즐긴다고 생각했다. 그래서 지금 못된 행동을 하는 거라며 따끔하게 지적해주었다.

"필, 블레이크 씨는 앨릭과 알론조 같은 사람이 아니야. 그는 매사를 진지하게 받아들인다고. 어쩌면 네가 그 사람 마음을 아프게 할지도 몰라."

스텔라의 진지한 말을 듣고 필리파가 반문했다.

"정말 내가 그에게 상처를 줄 수 있을 것 같니? 그렇게 생각할 수만 있다면 나야 좋지."

"필리파 고든! 네가 그렇게 매정한 사람인지 몰랐어. 어쩜 사람의 마음에 상처를 주고 싶다고 말할 수 있니?"

"난 그렇게 말하지 않았어. 내 말을 제대로 들어줬음 좋겠네. 내게 그 사람 마음을 아프게 할 힘이라도 있다면 얼마나 좋겠냐고 말했을 뿐이야. 내가 그럴 능력을 가지고 있기나 한지 알고 싶다는 뜻이었어."

"필, 널 이해할 수 없어. 넌 의도적으로 그를 끌고 다니잖아. 그게 아무 의미도 없다는 걸 알면서도 그러는 이유가 뭐니?"

"할 수만 있다면 조너스가 나한테 청혼하게 만들고 싶어."

필리파가 차분하게 말하자 스텔라가 가슴을 쳤다.

"넌 진짜 못 말리는구나."

길버트도 금요일 저녁에 이따금씩 찾아왔다. 그는 항상 기분이 좋아 보였고 농담과 재치 있는 이야기를 늘어놓으면서도 과하지 않게 적절한 선에서 처신했다. 그는 일부러 앤에게 가까이

다가가 찾지도, 그렇다고 피하지도 않았다. 둘이 마주치는 상황에서는 마치 처음 만난 사람을 대하듯 유쾌하고 예의 바르게 이야기를 나누었다. 예전의 우정은 흔적도 없이 사라졌다. 앤은 그 사실을 뼈저리게 느꼈지만 길버트가 자기에게 거절당한 좌절감을 완벽하게 극복했으니 고맙고 기쁜 일 아니냐며 스스로 곱씹었다. 앤은 지난 4월 어느 날 저녁 과수원에서 있었던 일이 길버트의 마음을 후벼서 생채기를 냈을까 봐 그리고 그 여파가 가라앉기까지 오랜 시간이 걸릴까 봐 두려웠다. 하지만 이제는 걱정할 필요가 없다는 사실을 깨달았다. 남자란 사랑 때문에 죽어서 벌레의 먹이가 되지는 않는 법이다. 길버트가 당장 죽을 위험에 처하지 않았다는 사실만큼은 분명했다. 그는 인생을 즐겼고 그의 속마음은 야심과 열정으로 가득했다. 한 여자가 아름답다거나 냉담하다는 이유만으로 절망 속에서 인생을 허비하는 일은 없었다. 길버트와 필리파가 끊임없이 주고받는 농담을 들으면서 앤은 자기가 길버트를 사랑할 수 없다고 말했을 때 봤던 그의 눈빛이 자신의 착각은 아니었나 의심스러워졌다.

길버트의 빈자리에 기쁜 마음으로 발을 들여놓으려는 사람도 몇몇 있었다. 하지만 앤은 겁을 먹거나 비난하지 않고 그들을 거절했다. 백마 탄 왕자가 실제로 나타나지 않는다 해도 대신할 사람을 구할 생각은 없었다. 회색빛으로 흐려진 날, 바람 부는 공원에서 앤은 단호하게 마음먹었다.

제임시나 아주머니가 예고했던 대로 돌연 세찬 비가 몰아치기 시작했다. 앤은 우산을 쓰고 서둘러 언덕을 내려갔다. 항구 거리에 다다르자 돌풍이 거리를 따라 휘몰아쳤다. 우산은 금세 뒤집혔다. 앤은 필사적으로 우산을 움켜쥐었다. 그때 가까이에서 누군가의 목소리가 들렸다.

"실례합니다만, 제 우산을 같이 쓰고 비를 피하시겠습니까?"

앤은 고개를 들었다. 훤칠한 키, 잘생기고 눈에 띄는 외모, 어둡고 우수 어린 눈, 감미로운 음악처럼 정감 가는 목소리…. 그렇다. 앤의 상상 속 주인공이 살아 움직이는 형상으로 눈앞에 서 있었다! 앤이 말한 대로 재현했다고 해도 이토록 앤의 이상형과 똑같을 수는 없을 정도였다.

"감사합니다."

앤은 넋이 나간 채로 대답했다.

"저기 곳에 있는 작은 정자로 서둘러 가는 게 좋겠어요. 소나기가 그칠 때까지 저기서 기다리죠. 비가 오래 내릴 것 같지는 않으니까요."

낯선 남자가 제안했다. 지극히 평범한 내용이었지만 그 음색이 어찌나 감미로운지! 미소 짓는 얼굴은 또 어떻고! 앤은 이상하리만큼 가슴이 뛰는 것을 느꼈다.

두 사람은 함께 정자로 뛰어가 숨을 헐떡이며 지붕 아래에 앉았다. 앤은 고장 난 우산을 들어 보이며 미소 띤 얼굴로 유쾌하게 말했다.

"우산이 돌풍을 맞아 뒤집혔을 때 저는 무생물의 전적 부패*를 확신했어요."

---

* 전적 부패(total depravity)는 인간이 영적으로 무능력하며 완전히 부패한 존재라는 뜻이다. 개신교 교리 중 하나로 '전적 타락'이라고도 한다.

앤의 빛나는 머리 위로 빗방울이 빛났다. 느슨하게 풀린 몇 가닥의 머리카락이 목과 이마 주변에 감겨 있었다. 뺨은 붉게 상기되었고 크게 뜬 눈은 별처럼 초롱초롱했다. 남자는 감탄하는 얼굴로 앤을 바라보았다. 그의 눈길을 받고 앤은 얼굴이 붉어지는 것을 느꼈다. 이 남자는 누구일까? 그의 외투 옷깃에는 레드먼드를 상징하는 흰색과 주홍색 배지가 달려 있었다. 앤은 신입생을 빼면 모든 학생의 얼굴쯤은 알고 있었다. 그런데 이 기품 있는 청년은 분명 신입생이 아니었다.

"우린 동창인 듯하군요. 덕분에 소개할 것이 많이 줄어들겠어요. 제 이름은 로열 가드너입니다. 그쪽은 지난번 저녁 공부 모임에서 테니슨의 작품을 읽었던 셜리 양이죠?"

그가 앤의 배지를 보고 미소 짓자 앤은 솔직하게 답했다.

"네. 하지만 전 그쪽이 누구신지 전혀 모르겠어요. 저기, 몇 학년이세요?"

"어느 학년에도 속하지 않은 기분이에요. 2년 전에 1학년과 2학년 과정을 마쳤습니다. 그 뒤로는 줄곧 유럽에 있었죠. 학부 과정을 마치기 위해 돌아온 겁니다."

"저도 3학년이에요."

앤의 말에 그의 근사한 두 눈이 의미심장하게 빛났다.

"그럼 우린 동창생일 뿐 아니라 동기생이기도 하네요. 이제야 메뚜기에게 먹혀버린 듯한 지난 세월이 아깝지 않다고 느껴지는군요."

비는 한 시간 동안이나 쏟아졌다. 하지만 앤에게는 찰나처럼 짧게 느껴졌다. 구름이 걷히고 창백한 11월의 햇살이 항구 거리와 소나무 위를 비스듬히 내리비추자 두 사람은 함께 집으로 걸어갔다. 패티의 집 대문 앞에 도착할 무렵 그가 집에 방문해도 괜찮을지 물어보았고 앤은 기꺼이 승낙했다. 앤의 뺨은 타는 듯 달아올랐으며 심장 박동이 손가락 끝까지 고동쳤다. 러스티가 주인의 무릎에 기어올라 핥아주려고 했지만 형식적인 인사만 받았을 뿐이다. 마음 가득 낭만적인 전율이 흐르는 앤은 귀 찢어진 고양이에게 관심을 가질 여유가 없었다.

그날 저녁 '패티의 집 셜리 양' 앞으로 소포가 배달되었다. 상자를 열어보니 더없이 아름다운 장미 열두 송이가 들어 있었다. 필리파는 상자에서 떨어진 카드를 얼른 집어 들고는 뒤에 적힌 이름과 인용된 시구절을 읽었다.

"로열 가드너라고? 로이 말이구나. 어머, 앤. 네가 그 사람과 아는 사이였어? 그런 줄은 전혀 몰랐네."

필리파가 호들갑을 떨자 앤이 다급하게 설명했다.

"오늘 오후 비가 올 때 공원에서 만났어. 내 우산이 뒤집혀서 그가 자기 우산을 씌워준 거야."

"어머! 그렇게 흔한 일 때문에 그 사람이 줄기가 기다란 장미 열두 송이와 함께 아주 감상적인 시를 보내줬다고? 그 카드를 보면서 네 얼굴이 장밋빛으로 빨개진 이유는 뭐야? 앤, 난 얼굴만 봐도 다 알아."

필리파는 호기심 어린 얼굴로 앤을 빤히 바라보았다.

"필, 말도 안 되는 소리 하지 마. 그런데 너 가드너 씨 알아?"

"그 사람 여동생 둘을 만난 적이 있어. 그리고 킹즈포트에서 웬만한 사람이면 다 알걸? 가드너 집안은 노바스코샤에서 가장 부유하고 유서 깊은 가문이야. 로이는 감탄할 정도로 잘생겼고 머리도 좋지. 2년 전에 어머니의 건강이 나빠져서 대학을 잠시 떠나 함께 유럽으로 간 거야. 아버지가 안 계시거든. 학교를 휴학해서 크게 낙담했겠지만 사람들 말로는 어머니께 그런 내색을 보이지도 않고 항상 다정하게 대했대. 어, 디, 보, 자. 앤, 뭔가 로맨스 냄새가 나는데. 꽤 부럽긴 하지만 꼭 그런 것만은 아니야. 어쨌든 로이 가드너는 조너스가 아니니까."

"바보 같은 소리!"

앤이 쏘아붙였다. 하지만 그날 밤 앤은 오래도록 잠을 이루지 못했다. 아니, 자고 싶지도 않았다. 깨어서 하는 공상이 꿈나라의 어떤 환상보다 매혹적이었던 것이다. 마침내 진짜 왕자가 나타난 것일까? 앤은 검게 반짝이는 눈동자로 자신을 지그시 바라보던 모습을 떠올렸다. 그가 진짜 왕자라고 생각하고 싶은 마음이 간절해졌다.

26장

크리스틴의 등장

패티의 집 여학생들이 옷을 차려입고 있었다. 해마다 2월이면 3학년들이 4학년들을 위해 파티를 열었는데 그곳에 갈 준비를 하고 있었던 것이다. 앤은 자신의 파란 방 거울을 보며 만족스러워했다. 이날은 특별히 아름다운 드레스를 입고 있었다. 원래이 옷은 크림색 비단에 시폰을 덧댄 단순한 모양이었다. 그런데 필리파가 크리스마스 휴가 때 이 드레스를 집으로 가져가서 시폰 위에 작은 장미 꽃봉오리를 수놓겠다고 고집을 부렸다. 솜씨 좋은 필리파의 손을 거치자 레드먼드의 모든 여학생이 부러워하는 드레스가 완성되었다. 파리에서 드레스를 사다 입는 앨리분까지도 앤이 옷자락을 끌면서 본관 계단을 올라갈 때 부러운 눈빛으로 쳐다볼 정도였다.

앤은 머리에 꽂은 하얀색 난꽃이 자기와 잘 어울리는지 살펴보고 있었다. 로이 가드너가 파티에 갈 때 쓰라며 보내준 것이었다. 앤은 레드먼드의 여학생 중에서 그렇게 생긴 난꽃을 가진 사람은 자기뿐이라는 사실을 알고 있었다. 그때 필리파가 방에 들어오더니 앤을 넋 놓고 쳐다보았다.

"앤, 정말 예쁘다. 오늘 밤은 널 위한 시간이야. 평소 열에 아홉은 당연히 내가 너보다 나아 보이잖아. 그런데 열 번째 밤이 되면 네 얼굴이 갑자기 꽃을 활짝 피우면서 날 완전히 가려버린단 말이지. 도대체 비결이 뭐니?"

"필, 옷 때문이야. 옷이 날개라는 말도 있잖아."

"그렇지 않아. 지난번 저녁에 네가 그렇게 예뻐 보였을 땐 린드 아주머니가 만들어준 낡은 파란색 플란넬 블라우스를 입고 있었잖아. 로이가 아직 네게 푹 빠지지 않았다 해도 오늘 밤엔 틀림없이 그렇게 될걸? 하지만 앤, 난꽃은 꽂지 않는 게 좋겠어. 아니, 질투하는 건 아니야. 네게 어울리지 않아서 그래. 너무 이국적이고 열대지방 느낌이 많이 나는 데다 거만해 보이기까지 하거든. 어쨌든 머리에 그걸 꽂지는 마."

"좋아, 그럼 뗄게. 사실 나도 난꽃을 별로 좋아하지 않아. 나랑은 관계없는 꽃이거든. 로이가 난꽃을 자주 보내주는 건 아니야. 내가 가까이 두고 볼 수 있는 꽃을 좋아한다는 걸 그도 알기 때문이지. 난꽃은 어디 방문할 때나 들고 가는 꽃이잖아."

"조너스도 오늘 밤에 쓸 분홍색 장미꽃을 나한테 보내줬어. 그런데 정작 본인은 못 온대. 빈민가에서 기도회를 인도해야 한다나! 내 생각엔 여기 오고 싶어 하지 않는 것 같아. 앤, 난 사실 조너스가 날 좋아하지 않을까 봐 무서워. 그래서 난 시름시름 말라 죽어버릴지, 아니면 계속 공부해서 학사학위를 받고 사리 분별을 할 줄 아는 쓸모 있는 사람이 될지 마음을 정하려고 애쓰는 중이야."

앤이 매몰차게 말했다.

"필, 넌 사리 분별 잘하고 쓸모 있는 사람이 될 가능성은 없어. 그러니까 시름시름 앓다 죽는 편이 낫겠네."

"매정한 앤 같으니라고!"

"필, 이 바보야! 조너스가 널 사랑한다는 사실은 너도 잘 알고 있잖아."

"하지만 그렇다는 사실을 직접 말해주지는 않았어. 내 쪽에서 그가 입을 열게 만들 수는 없는 노릇이잖아. 물론 사랑에 빠진 눈빛이기는 해. 그건 알겠어. 그래도 '내게 눈으로만 말해요'*만으로는 혼수에 쓸 깔개에 수를 놓거나 식탁보 가장자리를 바느질할 순 없지. 진짜로 약혼하기 전에는 그런 일을 시작하고 싶지 않아. 그건 운명을 시험하는 일이니까."

"필, 블레이크 씨는 네게 청혼하는 걸 두려워하고 있어. 가난한 그는 지금껏 네가 해오던 풍족한 생활을 누리게 해줄 수 없거든. 그가 오래전부터 청혼하지 못했던 이유가 그것뿐이라는 건 너도 알고 있잖아."

"그렇겠지."

필리파가 서글픈 얼굴로 고개를 끄덕이다가 갑자기 밝은 표정을 지었다.

---

* 영국 작가 벤 존슨(1572-1637)의 시 〈실리아〉에 나온 표현

"그 사람이 나한테 청혼을 안 하고 있는 거라면 내가 먼저 할 거야. 그러면 돼. 그럼 잘되겠지. 이제 더는 걱정하지 않을 거야. 그러고 보니까 요즘 길버트 블라이드가 크리스틴 스튜어트하고 붙어 다닌다던데. 너 알고 있었니?"

앤은 작은 금목걸이를 목에 채우려던 참이었다. 갑자기 고리를 잠그기가 힘들어졌다. 목걸이에 무슨 문제라도 있었던 것일까, 아니면 손가락을 움직이기가 불편했을까?

"아니, 몰라. 크리스틴 스튜어트가 누군데?"

앤이 대수롭지 않은 듯이 대답했다.

"로널드 스튜어트의 여동생이야. 올겨울에 음악을 공부하러 킹즈포트에 와 있어. 나도 아직 본 적은 없는데 사람들 말로는 무척 예쁘대. 길버트가 걔한테 푹 빠져 있다고 하더라. 앤, 네가 길버트의 고백을 거절했을 때 난 얼마나 화가 났는지 몰라. 하지만 로이 가드너가 네 운명의 짝이었나 봐. 이젠 알겠어. 네가 옳았던 거야."

앤은 친구들이 자기와 로이 가드너의 결혼을 기정사실로 못박을 때마다 얼굴을 붉혔지만 지금은 달랐다. 갑자기 머릿속이 하얗게 되면서 필의 수다도 시시하게 느껴졌고 파티에도 흥미를 잃었다. 앤은 애꿎은 러스티의 귀를 툭툭 건드렸다.

"이 고양이 녀석, 당장 쿠션에서 내려와! 네 자리에 얌전히 앉아 있으란 말야."

앤은 난꽃을 집어 들고 아래층으로 내려왔다. 거실에서는 제임시나 아주머니가 벽난로 앞에 외투를 한 줄로 걸어놓고 따뜻하게 덥히는 중이었다. 로이 가드너는 앤을 기다리면서 세라캣과 장난을 치고 있었다. 세라캣은 로이가 마음에 들지 않았는지 그를 보면 항상 등을 돌렸다. 하지만 패티의 집에 사는 사람들은 로이를 아주 많이 좋아했다. 제임시나 아주머니는 그가 한결같이 공손하고 예의 바른 데다 듣기 좋은 목소리로 호소력 있게 말하는 것에 홀딱 반했다. 그래서 로이야말로 자기가 아는 사람 중에 가장 훌륭한 청년이며 그런 남자를 만난 앤은 복 받은 아가씨라고 단언했다. 그런데 이런 말을 들을 때마다 앤은 마음이 불편했다. 로이의 구애는 아가씨라면 누구나 바라는 것일 만큼 낭만적인 사건이지만 앤은 제임시나 아주머니나 친구들이 모든 게 정해졌다는 식으로 여기지 않았으면 싶었다. 로이가 앤에게 외투를 입혀주면서 시적인 찬사를 속삭였을 때도 앤은 평소처럼 얼굴이 붉어지거나 가슴이 두근거리지 않았다. 두 사람이 레드먼드로 걸어가는 짧은 시간 동안 로이는 앤의 말수가 눈에 띄게 줄어들었다는 사실을 알아차렸다. 로이는 앤이 여학생 탈의실에서 나왔을 때도 조금 창백해 보인다고 생각했다. 하지만 두 사람이 파티 장소에 들어서자 앤은 혈색이 돌면서 얼굴빛이 환하게 되살아났다. 앤은 더없이 즐거운 표정으로 로이에게 시선을 돌렸다. 로이도 앤에게 미소를 보냈다. 필리파의 말마따나 '검은 벨벳처럼 깊은 미소'였다. 하지만 사실 앤은 로이를 보고 있지 않았다. 대신 방 건너편 종려나무 밑에서 길버트가 크리스틴 스튜어트로 보이는 여자와 서서 이야기 나누는 모습을 뼈아프게 의식하고 있었다.

크리스틴은 아주 예뻤고 중년이 되면 살집이 풍부해질 것 같아 보이는 몸매였다. 키가 컸고, 큼지막한 눈동자는 진한 파란색으로 빛났으며, 피부는 상아처럼 뽀앴다. 검은 머리카락은 윤기가 흘렀다. 앤은 속이 무척 상했다.

'저 여자는 내가 늘 꿈꾸던 모습을 하고 있어. 장미 꽃잎 같은 얼굴빛, 별처럼 반짝이는 제비꽃 빛깔의 눈, 검은 머리…. 그래, 모든 걸 가졌어. 저 여자 이름이 코델리아 피츠제럴드가 아닌 것이 신기할 정도야! 하지만 몸매는 나보다 못하고 코 모양도 확실히 별로야.'

앤은 이렇게 결론을 내리면서 조금이나마 위안을 얻었다.

27장

***

서로를 향한 신뢰

그해 겨울의 3월*은 온순하고 얌전한 양처럼 다가왔다. 황금빛으로 물든 상쾌하고 아릿한 날들이 이어졌다. 날이 저물면 서리 낀 분홍빛 저녁노을이 찾아들었고 하루의 시간은 달빛이 내리는 요정 나라를 향해 조금씩 스러져갔다.

패티의 집 여학생들에게는 4월 시험의 그림자가 짙게 드리웠다. 모두 열심히 공부했다. 필리파까지도 평소와 달리 교과서와 공책을 붙잡고 공부에 매진했다.

"나 수학에서 존슨 장학금을 탈 거야. 그리스어라면 쉽게 장학금을 받겠지만, 내가 진짜 똑똑하다는 걸 조너스한테 증명해 보이고 싶어서 수학을 고른 거야."

***

* 프린스에드워드섬의 겨울은 11월부터 4월까지 이어진다.

필리파가 차분하게 선언하자 앤이 말했다.

"조너스는 네 곱슬머리 아래의 두뇌보다 커다란 갈색 눈과 삐죽 웃는 얼굴을 더 좋아할걸?"

제임시나 아주머니가 끼어들었다.

"내가 어렸을 때는 수학 같은 걸 알고 있으면 여자답지 못하다고 생각했단다. 하지만 시대가 변했지. 전부 다 좋은 쪽으로 바뀐 건지는 모르겠지만 말이다. 필, 너 요리할 줄 아니?"

"아뇨. 지금까지 생강빵 말고는 아무것도 만들어본 적 없어요. 그나마도 늘 망쳤죠. 가운데는 움푹 들어갔고 가장자리는 우툴두툴해졌으니까요. 어떤 모양이었는지 짐작하실 거예요. 하지만 아주머니, 수학 장학금을 탈 정도로 머리가 타고났다면 요리도 잘 배울 수 있지 않을까요?"

제임시나 아주머니는 조심스럽게 말했다.

"그럴 수도 있겠구나. 난 여성의 고등교육을 비난하지 않는단다. 내 딸도 대학을 졸업하고 석사학위까지 받았어. 요리도 할 줄 알지. 그 아이가 대학교수한테 수학을 배우기 전에 요리부터 가르쳐줬거든."

3월 중순에 패티 스포퍼드 부인에게서 편지가 왔다. 마리아와 함께 한 해 더 외국에 머무른다는 내용이었다.

패티 부인은 편지에 이렇게 적었다.

그러니까 여러분은 내년 겨울까지 패티의 집에 있어도 괜찮아요. 나는 마리아랑 이집트를 둘러볼 계획이에요. 죽기 전에 스핑크스를 보고 싶거든요.

"아주머니 두 분이 '이집트를 둘러보는' 모습을 상상해봐! 설마 스핑크스를 올려다보면서 뜨개질을 하진 않겠지?"

프리실라가 웃자 스텔라가 말했다.

"패티의 집에서 한 해 더 지낼 수 있다니, 정말 다행이야. 난 두 분이 돌아오실까 봐 걱정했거든. 그렇게 되면 즐겁고 소박한 보금자리가 사라지고 가엾은 아기 새들은 하숙이라는 잔인한 세상으로 내던져질 테니까."

"나 공원에 갈래. 내가 여든 살이 됐을 때 오늘 밤 공원으로 산책 나간 걸 다행이라고 여길 것 같거든."

필리파가 책을 옆으로 던져버리자 앤이 물었다.

"무슨 뜻이야?"

"같이 가주면 다 얘기해줄게."

두 사람은 산책 중에 마주친 3월 저녁의 신비와 마법에 매료되었다. 사방은 고요하고 온화했으며, 멋지고 순수하면서도 진중한 침묵에 싸여 있었다. 촘촘한 은빛 비늘이 반짝거리며 돋아나는 소리가 희미하게 남아 있었다. 귀뿐만 아니라 마음을 열어야만 비로소 들을 수 있는 소리였다. 두 사람은 진한 붉은 빛으로 이글이글 타오르는 겨울 석양의 중심부까지 이어진 소나무 숲 오솔길을 거닐었다.

필리파는 소나무의 푸른 가지 끝이 햇살을 받아 장밋빛으로 물들어 있는 공터에서 걸음을 멈추고 말했다.

"내가 재능만 충분했어도 이런 축복의 순간에는 집으로 돌아가 시를 썼을 거야."

앤이 나직이 시구를 인용하며 속삭였다.

"여긴 모든 게 정말 멋져. 근사하고 순결한 고요함이며, 늘 생각에 잠겨 있는 것 같은 어둠 속 나무들이 다 그래. '숲은 하느님의 첫 번째 성전이니라.'* 이런 곳에서는 항상 경외심과 숭배하는 마음을 느낄 수 있어. 난 소나무 사이를 걸을 때마다 하느님이 나와 아주 가까이 계신다는 기분이 들어."

"앤, 난 세상에서 가장 행복한 여자야."

필리파가 갑자기 고백하자 앤은 차분하게 물었다.

"블레이크 씨가 드디어 청혼했구나?"

"응, 그의 청혼을 받는 동안 난 재채기를 세 번이나 했어. 정말 끔찍하지? 하지만 그의 말이 끝나기도 전에 난 '네'라고 대답했지. 그가 마음을 바꿔서 청혼을 없던 일로 하자고 할까 봐 걱정했거든. 난 지금 정신 못 차릴 만큼 행복해. 조너스가 나같이 경박한 사람을 좋아할 거라고는 믿지 못했으니까."

앤이 진지하게 말했다.

"필, 넌 경박하지 않아. 겉으로는 실없게 보이지만 마음속 깊은 곳에는 다정하고 성실하면서 여성스럽기까지 한 여린 영혼이 숨어 있잖아. 대체 그걸 왜 숨기는 거야?"

"앤 여왕님, 저도 어쩔 수 없답니다. 네 말이 맞아. 내 마음은 가볍지 않아. 하지만 내 영혼은 경박한 껍데기 같은 것이 감싸고 있는데 당최 그걸 벗겨낼 수 있어야지. 포이저 부인 말처럼 난 껍데기를 깨고 나와야 해. 그래서 다른 사람이 되어야만 진정으로 변할 수 있을 거야. 하지만 조너스는 진짜 내 모습을 알

---

* 미국 시인 윌리엄 브라이언트(1794-1878)의 시 〈숲의 찬가〉에서 인용했다.

고, 경박한 성격이든 뭐든 내 모든 걸 사랑해. 나도 그런 조너스를 사랑하고 있어. 내가 그 사람을 사랑한다는 걸 깨달았을 때만큼 놀란 적은 없었어. 못생긴 사람과 사랑에 빠진다는 건 상상도 못 해봤거든. 내가 단 한 명의 연인에게만 마음을 열다니. 그것도 조너스라는 남자라니! 이제부터 그를 '조'라고 부를 생각이야. 아주 멋지고 상쾌하면서 귀여운 이름이잖아. 알론조한테는 애칭을 붙여줄 생각도 못 했어."

"그럼 앨릭하고 알론조는 어떻게 할 거야?"

"둘 중 누구와도 결혼할 수 없다고 크리스마스에 이야기해줬어. 내가 그들을 신랑감으로 생각했다니, 돌이켜보면 참 어처구니없네. 두 사람이 몹시 슬퍼해서 나도 그냥 큰 소리로 울어버렸어. 하지만 내가 결혼할 사람은 세상에서 단 한 명뿐이라는 사실을 알고 있었어. 한번 마음을 먹으니 결심하기는 아주 쉬웠지. 확신한다는 게 얼마나 기쁜 일인지 몰라. 누군가가 불어넣은 것이 아니라 스스로 가진 확신이라면 더할 나위가 없지."

"앞으로도 변치 않을 자신이 있어?"

"결심 말이야? 잘 모르겠어. 하지만 조가 훌륭한 방법을 가르쳐줬어. 어떻게 해야 할지 몰라 당황스럽다면 여든 살이 되고 다시 생각해봤을 때 다행이라고 여길 만한 일을 하라는 거야. 조는 마음을 무척 빠르게 정하는 편이야. 그런 사람이 한 집에 너무 많아도 곤란하잖아."

"너희 부모님은 뭐라고 하실까?"

"아빠는 별말씀 안 하실 거야. 내가 하는 일은 뭐든지 옳다고 생각하시니까. 하지만 엄마는 뭐라고 하시겠지. 어휴, 엄마는 코

뿐만 아니라 혀도 번 가문의 특성을 고스란히 물려받아 잔소리가 심해. 하지만 결국에는 다 잘되겠지."

"필, 네가 블레이크 씨와 결혼하면 이제껏 누려왔던 좋은 것들을 꽤 많이 포기해야 할 거야."

"하지만 그이가 나와 같이 있을 거잖아. 다른 것들은 별로 그립지 않을 거야. 우린 내년 6월에 결혼할 예정이란다. 조는 올봄에 세인트컬럼비아를 졸업해. 그러고 나서 패터슨 거리의 작은 선교 교회를 맡기로 했어. 내가 빈민가에 있는 게 상상이나 되니? 하지만 난 빈민가로 가든 그린란드의 빙산에 오르든 그 사람과 함께할 거야."

앤이 어린 소나무에게 말했다.

"지금 여기 있는 이 아가씨가 부자가 아니면 절대 결혼하지 않을 거라고 말했던 그 사람이랍니다."

"아, 내가 철없을 때 했던 바보 같은 말들을 떠올리게 하진 말아줘. 난 가난해져도 부자였을 때처럼 즐겁게 지낼 거야. 두고 봐. 요리랑 옷 만드는 법도 배울 거야. 패티의 집에 살면서 어떻게 장을 보는지도 배웠고, 여름내 주일학교에서 가르친 적도 있어. 제임시나 아주머니는 내가 조와 결혼하면 그의 앞길에 걸림돌이 될 거라고 하셨지만 난 안 그럴 거야. 내가 분별력도 없고 진지하지도 않다는 사실은 알아. 하지만 훨씬 좋은 걸 갖고 있잖아. 내겐 사람들이 날 좋아하게 만드는 재주가 있어. 볼링브로크에는 기도회가 열릴 때마다 혀 짧은 소리로 간증하는 사람이 있는데, 그가 '전등처럼 빛날 수 없다면 촛불처럼 빛나라'라고 말했었지. 난 조의 작은 촛불이 될 거야."

"필, 넌 구제 불능이야. 글쎄, 난 널 너무 좋아하니까 입에 발린 말이나 가벼운 축하의 말을 던지진 못하겠어. 하지만 네가 행복해져서 진심으로 기뻐."

"알아, 앤. 네 커다란 회색 눈에서 진정한 우정이 보이거든. 언젠가는 나도 지금 같은 축하의 눈빛으로 널 쳐다볼 수 있겠지. 너도 로이랑 결혼할 거잖아. 안 그래?"

"필리파, 남자가 청혼하기도 전에 거절했다는 베티 백스터 이야기 들어봤지? 난 그걸 따라 할 생각은 없어. 로이가 내게 청하기도 전에 거절하거나 승낙할 순 없잖아."

"로이가 너한테 푹 빠져 있다는 사실은 레드먼드 전체가 다 알아. 너도 그 사람을 사랑하잖아. 안 그러니?"

필리파가 스스럼없이 말하자 앤은 마지못해 대답했다.

"그, 그런 거 같아."

이런 고백을 할 때는 얼굴이 붉어져야 할 것 같았지만 실제로 얼굴색이 변하지는 않았다. 오히려 앤이 있는 자리에서 누군가가 길버트 블라이드와 크리스틴 스튜어트 이야기를 꺼낼 때마다 앤은 얼굴이 뜨겁게 달아올랐다.

'길버트와 크리스틴은 나랑 아무런 상관이 없잖아. 그런데 왜 그들 얘기를 들을 때마다 얼굴이 붉어지는 거야?'

이유를 분석하는 일도 포기해버렸다. 물론 앤은 로이를 진심으로 사랑했다. 어떻게 그러지 않을 수 있겠는가? 그는 앤의 이상형이 아니던가? 찬란한 검은 눈과 호소하는 듯한 목소리를 그 누가 마다할 수 있겠는가? 레드먼드의 여학생 절반이 앤을 무척 부러워하지 않았던가? 생일날 제비꽃 상자와 함께 매력적인 소네트*도 보내지 않았던가! 앤은 그 시를 한 줄도 빠짐없이 외우고 있었다. 상당히 잘 쓴 연애시였다. 물론 키츠나 셰익스피어의 수준에는 절대 못 미쳤고, 로이의 시가 그에 버금가는 작품이라 여길 만큼 앤의 눈에 콩깍지가 씐 것도 아니었다. 하지만 잡지에 실려도 손색없는 시였다. 무엇보다 이 시는 앤에게 바친 것이다. 로라, 베아트리체, 아테네 처녀**가 아니라 바로 앤 셜리가 주인이다. 앤의 눈은 아침의 별이요 뺨에 감도는 붉은 기는 아침놀에서 가져왔고 입술은 낙원의 장미보다 빨갛다는 말이 운율에 맞게 나열된 시를 보고 있노라면 앤은 가슴이 떨릴 정도로 낭만적인 기분이 들었다. 길버트라면 셰익스피어처럼 눈썹에 바치는 소네트를 쓰는 일은 꿈도 못 꿀 것이다. 하지만 길버트는 농담을 알아들었다. 언젠가 앤이 로이에게 우스갯소리를 한 적이 있는데, 로이는 속뜻을 전혀 알아차리지 못했다. 앤은 길버트와 그 이야기를 하면서 즐겁게 웃었던 일이 떠올랐고, 한편으로는 유머 감각이 없는 남자와 함께하는 삶이 길게 보면 조금 재미없지 않을까 걱정되었다. 하지만 우수에 젖은 듯 신비로운 분위기의 영웅에게 세상의 우스운 면까지 봐주기를 기대하는 것은 욕심 아닐까? 말도 안 되지!

28장

6월 어느 날 저녁

"항상 6월인 세상에 살면 어떨지 궁금해요."

앤은 땅거미가 질 무렵 흐드러지게 핀 꽃이 향기를 퍼뜨리는 과수원을 지나 현관 계단 쪽으로 걸어오면서 말했다. 마릴라와 린드 부인이 그곳에 앉아 그날 다녀온 샘슨 코츠 부인의 장례식 이야기를 하고 있었다. 도라는 두 사람 사이에 앉아 그날 배운 것을 열심히 공부하는 중이었다. 그런데 데이비는 풀밭 위에 책상다리로 앉아 있었다. 뺨 한쪽의 보조개가 더는 들어갈 수 없을 만큼 깊이 패도록 우울한 얼굴이었다.

앤의 말을 듣고 마릴라가 한숨을 쉬었다.

"그럼 6월에 질려버리겠지."

"아마 그렇겠죠. 하지만 지금 제 기분 같아서는 질리기까지 아주 오랜 시간이 걸릴 것 같아요. 모든 게 오늘처럼 매력적이라면 지루할 틈이 없겠죠? 만물이 6월을 사랑하는걸요. 데이비, 넌 꽃이 활짝 피는 계절에 어째서 우울한 11월 같은 표정이니?"

"사는 게 지겹고 피곤해서 그래."

어린 비관주의자의 말이었다.

"고작 열 살인데 그렇다고? 세상에, 정말 슬픈 일이구나!"

"장난치는 거 아냐. 나는 나… 나… 낙심했단 말이야."

데이비는 짐짓 무게를 잡으며 이리저리 머리를 굴린 끝에 어려운 말을 입에서 끄집어냈다.

앤이 데이비 옆에 앉으며 물었다.

"왜? 뭐 때문에 그런 거야?"

"홈스 선생님이 아파서 다른 선생님이 새로 오셨는데, 월요일까지 풀어오라면서 덧셈을 열 문제나 내줬거든. 내일 그걸 해치우려면 온종일 해야 될 거야. 토요일에 숙제를 해야 한다는 건 정말 불공평해. 밀티 볼터는 자기라면 숙제를 안 할 거라고 했는데, 마릴라 아줌마가 나는 꼭 해야 된대. 난 카슨 선생님이 하나도 마음에 안 들어."

"데이비 키스, 선생님한테 그런 말 하면 못써. 카슨 선생님은 아주 훌륭한 아가씨야. 허튼짓할 분이 아니란다."

린드 부인이 엄하게 야단치는 말에 앤이 웃었다.

"그런 말은 그리 매력적으로 들리지 않는걸요. 저는 조금은 허튼짓을 하는 사람이 좋아요. 하지만 데이비, 너랑 달리 난 카슨 선생님이 좋아. 어젯밤 기도회에서 선생님을 봤는데 언제나 고지식하게 굴 것 같은 눈은 아니었어. 자, 데이비. 용기를 내. '내일은 내일의 해가 뜬다'라는 말도 있잖아. 내가 문제 풀이를 도와줄게. 덧셈 숙제 걱정으로 빛과 어둠 사이의 아름다운 시간을 낭비하지는 마."

데이비는 얼굴이 환해졌다.

"응, 안 그럴게. 누나가 덧셈 문제를 도와주면 밀티하고 낚시하러 가기 전까지는 다 끝낼 수 있겠네. 아토사 할머니 장례식이 오늘이 아니라 내일이었다면 좋았을 텐데. 밀티한테 들었는데, 아토사 할머니라면 관에서 벌떡 일어나 입관식을 보러온 사람들한테 험한 말을 퍼부을 거라고 자기 엄마가 말했대. 그래서 나도 그곳에 가보고 싶었거든. 그런데 마릴라 아줌마는 아토사 할머니가 안 그럴 거래."

린드 부인이 엄숙하게 말했다.

"불쌍한 아토사도 관 속에서 더없이 평화롭게 누워 있더구나. 생전 만족스러운 얼굴로 지내는 모습을 본 적이 없는데, 그런 표정은 처음이었지. 아토사를 위해 운 사람은 많지 않았어. 불쌍한 노인네야. 엘리샤 라이트네 사람들은 아토사가 죽어서 다행이라고 생각하던데 그들을 탓할 순 없다고 본다."

"죽음을 슬퍼해줄 사람 없이 세상을 떠나는 건 정말 끔찍한 일이에요."

앤이 몸서리를 치자 린드 부인이 단언했다.

"아토사의 부모님 말고는 아무도 불쌍한 그녀를 사랑해주지 않았어. 그건 확실해. 심지어 남편마저 그랬을 거야. 아토사는 네 번째 아내였어. 남편은 습관적으로 결혼하는 사람 같았지. 그는 아토사와 결혼한 뒤 몇 년밖에 못 살았어. 의사 말로는 소화불량으로 죽었다는데 난 항상 아토사의 말이 그를 죽였다고 주장해왔지. 암, 그렇고말고. 가엾은 아토사는 이웃에 대해서만 큼은 속속들이 알고 있었는데 정작 자신에 대해서는 잘 몰랐지. 어쨌든 아토사도 세상을 떠났구나. 다음 행사는 다이애나의 결혼식이겠네."

"다이애나가 결혼한다고 생각하니까 한편으로는 우습기도 하고 어쩔 땐 무섭기도 해요."

앤이 한숨을 쉬고는 두 무릎을 끌어안은 채 다이애나 방의 불빛이 유령의 숲을 헤치고 일렁이는 것을 바라보았다.

"다이애나 본인은 저렇게 척척 잘해내고 있는데 뭐가 무섭다는 건지 모르겠구나. 프레드 라이트는 기름진 목장을 가졌고 또 모범적인 청년이잖니."

린드 부인이 목소리를 높이자 앤은 빙긋이 웃었다.

"맞아요. 그는 확실히 예전에 다이애나가 결혼하고 싶어 했던 거칠고 당돌한 청년이 아니죠. 프레드는 설명이 필요 없을 만큼 좋은 사람이에요."

"당연히 그래야지. 너는 다이애나가 나쁜 남자랑 결혼했으면 좋겠니? 아니면 네가 그런 사람이랑 결혼하고 싶은 거냐?"

"아, 아니에요. 나쁜 사람과 결혼한다는 건 말도 안 되죠. 하지만 못되게 행동할 가능성이 있으면서도 결코 그렇게 되지 않을 사람이라면 괜찮을 것 같기도 해요. 사실 프레드는 마냥 착하기만 하잖아요."

"너도 언젠가는 철이 좀 들었으면 좋겠구나."

마릴라가 씁쓰레하게 말했다. 사실 속으로는 낙심해서 슬퍼하고 있었다. 앤이 길버트 블라이드의 구애를 거절한 사실을 알고 있었기 때문이다. 에이번리는 그 일에 대한 소문으로 들끓었는데 말이 어디서 새어나갔는지는 아무도 몰랐다. 어쩌면 찰리 슬론이 아무렇게나 넘겨짚고는 사실인 양 떠벌리고 다녔을지도 모른다. 또는 다이애나가 약속을 어기고 조심성 없는 프레드에게 말해서 이야기가 돌았을 수도 있다. 여하튼 동네방네 소문이 퍼졌다. 블라이드 부인은 사람들 앞에서건 둘만 있을 때건 길버트 소식을 들은 적이 있는지를 앤에게 더는 묻지 않았고, 대신 싸늘하게 인사만 하고 지나쳐갈 뿐이었다. 앤은 해맑고 마음이 젊은이처럼 푸릇푸릇한 길버트의 어머니를 좋아했었기에 이런 상황이 되자 속으로 슬퍼할 수밖에 없었다. 마릴라는 아무 말도 하지 않았지만 린드 부인은 여러 번 화를 내며 빈정거렸다. 그러다가 새로운 소문이 무디 스퍼전 맥퍼슨의 어머니를 통해 린드 부인의 귀에도 들어갔다. 앤이 대학에서 다른 남자 친구를 사귀었는데 그는 부유할 뿐 아니라 잘생긴 외모와 착한 성격까지 겸비했다는 내용이었다. 그 뒤로 린드 부인은 입을 다물었다. 그래도 마음속 깊은 곳에서는 앤이 길버트를 받아들였으면 좋았을 것이라는 생각이 꿈틀댔다. 물론 부유함은 좋은 조건이다. 하지만 현실적인 성향의 린드 부인조차도 부가 필수라고 여기지는 않았다. 만약 앤이 그 잘생긴 무명씨를 길버트보다 '좋아한다면' 더는 할 말이 없었다. 그러면서도 앤이 돈 때문에 결혼해버리는 잘못을 저지를까 봐 속을 태웠다. 한편 앤을 잘 알고 있었던 마릴라는 지나치게 염려하지 않았다. 다만 세상의 이치라고 여기는 무언가가 잘못된 방향으로 흘러가고 있음을 느끼고 안타까워했을 뿐이다.

"일어날 일은 일어나기 마련이야. 그리고 가끔씩은 일어나지 말아야 할 일이 일어나기도 하지. 네가 마주한 상황도 거기에 해당되는 건 아닐까 하는 생각이 들어. 하느님께서 개입하시지 않는다면 그럴 수도 있잖니."

린드 부인이 우울하게 말을 내뱉은 뒤 한숨을 쉬었다. 하느님 이 영영 개입하시지 않을까 봐 걱정된 것이다. 그렇다고 자기가 나설 수도 없어서 마음만 졸일 뿐이었다.

앤은 드라이어드 거품이 있는 곳으로 걸어 내려가 커다랗고 하얀 자작나무 아래 자라난 도라지들 사이에 웅크려 앉았다. 지 난여름 앤과 길버트가 종종 앉았던 곳이다. 길버트는 학기가 끝 나자 다시 신문사로 일하러 갔다. 길버트가 없는 에이번리는 너 무나 지루했다. 길버트는 단 한 번도 앤에게 편지를 쓰지 않았 고 앤은 오지도 않는 편지를 계속 기다렸다. 그동안 로이는 일 주일에 두 번씩 편지를 보내주었다. 그의 편지는 회고록이나 전 기 속에서 튀어나온 듯 아름답고 정교한 문장으로 구성되어 있 었다. 앤은 편지를 읽을 때마다 자기가 로이를 깊이 사랑한다고 느꼈다. 하지만 그의 편지를 읽을 때 마음이 흔들리고 조급해지 고 고통스러워지면서 두근거린 적은 결코 없었다. 어느 날 하이 럼 슬론 부인이 길버트의 단정한 검은 글씨가 적혀 있는 봉투를 앤에게 건네주었을 때 느낀 기분은 이제 경험할 수 없었다. 그 때 앤은 서둘러 집으로 돌아가 동쪽 다락방에 올라가자마자 정 신없이 봉투를 열었지만, 안에는 대학 학회의 어느 보고서를 타 자기로 친 사본이 들어 있었다. 그게 전부였다. 앤은 죄 없는 사 본을 방 저쪽으로 던져버리고는 자리에 앉아 특별히 공을 들여서 로이에게 보내는 멋진 편지를 썼다.

다이애나의 결혼식은 닷새 후였다. 비탈길 과수원집은 빵을 굽고 술을 빚고 스튜를 끓이느라 정신없었다. 옛날 방식 결혼식이 성대하게 열릴 예정이었기 때문이다. 물론 앤은 열두 살 때 약속한 대로 신부의 들러리를 서기로 했다. 길버트도 신랑의 들러리를 서기 위해 킹즈포트에서 올 예정이었다. 앤은 이런저런 준비를 하는 동안 가슴이 설렜지만 그 모든 것 아래로 희미한 아픔을 느꼈다. 어떤 의미에서는 앤이 오래 사귄 소중한 친구를 잃는 것과 같았기 때문이다. 다이애나의 신혼집은 초록지붕집에서 3킬로미터나 떨어져 있었다. 앞으로는 예전처럼 함께 시간을 보내면서 끈끈한 우정을 나눌 수 없을 것이다. 앤은 다이애나 방의 불빛을 바라보면서 오랜 세월 그 빛이 자신을 어떻게 비춰주었는지 떠올렸다. 하지만 더는 저 불빛이 여름의 황혼을 통과하며 반짝이지 않을 것이다. 가슴이 먹먹해지면서 커다란 눈물방울이 앤의 회색 눈에 가득 차올랐다.

"어른이 되고, 결혼하고, 변해가는 건 참 서글픈 일이야!"

29장

다이애나의 결혼식

"역시 진정한 장미는 분홍 장미야. 분홍색 장미는 사랑과 믿음을 뜻하잖아."

서쪽이 내려다보이는 비탈길 과수원집 다락방에서 앤은 다이애나의 부케를 흰 리본으로 매듭지어 묶으며 말했다.

다이애나는 방 한가운데에서 하얀 웨딩드레스를 입고 긴장한 듯 서 있었다. 검은 곱슬머리 위로 서리처럼 하얗고 얇은 면사포가 살포시 얹혀 있었다. 몇 해 전에 맺은 낭만적인 약속에 따라 앤이 씌워준 면사포였다.

"오래전 상상 속에서나 본 광경만큼 모든 게 예뻐 보여. 그때 네가 어쩔 수 없이 결혼해야만 하는 장면에서 난 우리가 헤어지는 모습을 생각하며 울었잖아. 다이애나, 넌 내가 꿈꾸던 완벽한 신부야. '안개같이 하늘거리는 아름다운 면사포'를 쓴 신부지. 난 네 들러리고. 아! 하지만 상상과 다르게 내가 퍼프소매 옷을 입진 않았네. 물론 이 짧은 레이스 소매가 더 예쁘긴 하지만. 또 상상했던 것처럼 가슴이 찢어지게 아프지도 않고 프레드가 밉지도 않아."

앤이 웃음을 섞어 말하자 다이애나가 항변했다.

"앤, 우리가 정말 헤어지는 건 아냐. 내가 어디 먼 곳으로 가는 것도 아니잖아. 우린 예전처럼 서로 사랑하며 지낼 거야. 그동안 우린 오래전에 했던 우정의 '맹세'를 지켜왔잖아. 그렇지?"

"맞아. 다이애나, 우린 아름다운 우정을 나누며 서약을 충실하게 지켜왔지. 단 한 번이라도 싸우거나 어느 한쪽에게 냉정하게 굴거나 나쁜 말을 해대면서 우정을 망친 적은 없었거든. 앞으로도 좋은 관계가 이어졌으면 좋겠어. 하지만 이제부터는 모든 게 전과 완전히 같을 순 없어. 네게 다른 관심사가 생기면 난 아마도 우선순위 바깥으로 밀려날 거라고. 하지만 린드 아주머니 말대로 '그런 게 인생' 아니겠니? 린드 아주머니는 아기는 '담배 줄무늬' 뜨개질 조각보 한 장을 네게 주셨지. 내가 결혼할 때도 하나 주신댔어."

"네 결혼식에서 안타까워할 만한 사실이 하나 있다면 내가 들러리를 설 수 없다는 거야."

다이애나가 한탄했다.

"나는 내년 6월에 필이 블레이크 씨와 결혼할 때도 들러리를 설 예정이야. 그게 끝이야. '들러리를 세 번 서면 신부가 될 수 없다'라는 속담도 있잖아. 다이애나, 목사님이 오셨어."

앤은 분홍색 꽃과 눈처럼 흰 꽃이 가득 피어 있는 과수원을 창문으로 힐끗 내려다보면서 말했다.

다이애나가 숨을 헐떡이더니 갑자기 얼굴이 창백해지면서 몸을 떨기 시작했다.

"어머, 앤. 아, 앤… 나 너무 떨려. 결혼식이 끝날 때까지 못 버틸 것 같아…. 앤, 이러다가 기절해버릴지도 몰라."

앤은 짓궂게 말했다.

"네가 기절하면 빗물받이 통이 있는 곳으로 끌고 가서 그 속에 집어넣을 텐데 괜찮겠어? 다이애나, 기운 내. 결혼이 그렇게까지 무서운 일은 아닐 거야. 많은 사람이 예식을 거친 뒤에도 살아남았어. 날 봐. 얼마나 차분하고 침착하니. 내 모습을 보고 용기를 내도록 해."

"앤 양, 네가 결혼할 때 어떻게 하나 두고 보겠어! 어머, 앤. 아빠가 2층으로 올라오는 소리가 들려. 부케 좀 줘. 면사포는 제대로 덮었어? 얼굴이 너무 창백한 건 아니지?"

"넌 정말 사랑스러워. 다이애나, 마지막으로 내게 작별의 입맞춤을 해줘. 다시는 다이애나 배리에게 입맞춤을 받을 수 없을 테니까."

"앞으로는 다이애나 라이트가 하면 되지. 아, 엄마가 부르시네. 어서 내려가자."

그 무렵 유행하던 소박한 옛 방식에 어울리게 앤은 길버트의 팔을 잡고 응접실로 내려갔다. 길버트가 바로 그날 이곳에 도착했기 때문에 두 사람은 킹즈포트를 떠난 뒤 이 계단 위에서 처음 만났다. 길버트는 예의 바르게 악수를 청했다. 그는 아주 건강해 보였지만 조금 야위었다는 사실을 앤은 금세 알아차렸다.

다행히도 길버트의 얼굴빛은 나쁘지 않았다. 앤이 부드러운 하얀 드레스를 입고 반짝이는 풍성한 머리에 은방울꽃을 꽂은 모습으로 복도를 따라 걸어왔을 때 그의 뺨은 타는 듯 붉게 물들었다. 두 사람이 손님들로 북적이는 응접실에 나란히 들어서자 소근거리는 감탄사가 방 안 여기저기에서 흘러나왔다. 감동한 린드 부인이 마릴라에게 속삭였다.

"정말 보기 좋은 한 쌍이에요."

프레드는 새빨개진 얼굴로 혼자 천천히 입장했다. 이어서 다이애나가 아버지의 팔을 잡고 바닥에 옷자락을 끌면서 들어왔다. 다이애나는 기절하지 않았고 예식을 방해할 만한 뜻밖의 일도 일어나지 않았다. 결혼식 뒤에는 피로연이 이어졌고 떠들썩한 분위기가 계속되었다. 밤이 깊어지자 프레드와 다이애나는 마차를 타고 달빛을 받으며 새 집으로 떠났고, 길버트는 앤을 초록지붕집까지 바래다주었다.

그날 저녁 격의 없이 흥겨운 분위기가 이어지는 동안 두 사람 사이에는 예전의 우정이 되살아났다. 아, 정든 길을 길버트와 다시 걷다니 얼마나 멋진 일인가!

활짝 핀 장미의 속삭임, 데이지꽃의 웃음소리, 풀잎이 피리를 부는 소리, 모든 것이 어우러진 상냥한 소리가 생생하게 들릴 만큼 고요한 밤이었다. 익숙한 들판 위로 쏟아지는 아름다운 달빛이 온 세상을 환하게 비췄다.

"들어가기 전에 연인의 오솔길을 산책할까?"

반짝이는 호수를 가로지르는 다리를 건널 때 길버트가 물었다. 물속에는 커다란 황금 꽃 같은 달이 피어 있었다.

앤은 흔쾌히 승낙했다. 그날 밤 연인의 오솔길은 요정 나라로 통하는 길목이었다. 달빛의 마법으로 하얗게 수놓은 듯 희미하게 빛나는 신비로운 장소였다. 길버트와 연인의 오솔길을 걷는 상황이 위태로웠던 때도 있었다. 하지만 로이와 크리스틴 덕분에 이제는 전혀 불안하지 않았다. 앤은 길버트와 가볍게 이야기를 나누는 중에도 머릿속으로는 자꾸만 크리스틴을 떠올리고 있다는 사실을 깨달았다. 앤은 킹즈포트를 떠나기 전에 크리스틴과 몇 번 만났고 그녀를 친절히 대했다. 크리스틴도 마찬가지였다. 그래서 두 사람은 아주 친하게 지냈다. 하지만 둘 사이가 우정으로 발전하지는 못했다. 앤이 느끼기에 크리스틴은 마음이 맞는 사람이 아니었기 때문이다.

길버트가 물었다.

"여름내 에이번리에서 지낼 거니?"

"아니, 다음 주에 동쪽 지역의 밸리로드로 가. 에스터 헤이손이 7월에서 8월까지 학생들을 가르쳐달라고 부탁했거든. 그 학교에서 계절학기가 열리는데 에스터는 몸이 별로 좋지 않대. 그래서 에스터를 대신해 가르치러 가는 거야. 생각해보면 괜찮은 면도 있어. 내가 요즘 에이번리에서 낯선 사람이 된 것 같거든. 속상하긴 하지만 사실인걸. 지난 2년 동안 내가 가르친 학생들이 부쩍 자라서 처녀 총각이 된 걸 보면 기분이 묘하다니까. 학생들 절반은 이제 어른이야. 너랑 나를 비롯해서 친구들이 모여 있던 장소에 그 아이들이 있는 걸 보면 내가 언제 이렇게 나이를 먹었나 싶어."

앤은 웃다가 한숨을 쉬었다. 자기가 많이 늙은 것 같으면서도 한편으로는 성숙하고 현명해졌다는 생각이 들었다. 이는 앤이 청춘의 한가운데를 지나고 있다는 증거였다. 앤은 희망과 공상의 안개를 통해 인생을 바라보았던, 사랑스럽고 유쾌한 그 시절로 돌아가고 싶다고 혼잣말을 했다. 지금은 영원히 사라져버려 말로 표현할 수 없는 무언가를 그때는 갖고 있었다. 그 영광과 꿈은 어디로 가버린 것일까?

"이렇게 세상은 변해가네."*

길버트는 현실에 맞는 시구를 무심하게 인용했다. 앤은 길버트가 크리스틴을 생각하는 게 아닐까 궁금해졌다.

'아, 에이번리는 이제 너무 쓸쓸한 곳이 되어버릴 거야. 다이애나도 가버렸잖아!'

---

* 미국 작가 엘런 맥케이 허친슨(1851-1933)의 시 〈이렇게 세상은 변해가네〉를 인용했다.

30장

스키너 부인의 로맨스

밸리로드역에 도착한 앤은 기차에서 내린 뒤 주위를 두리번거리며 마중 나온 사람이 있는지 살펴보았다. 재닛 스위트라는 사람의 집에서 하숙하기로 했지만, 에스터가 편지에서 묘사한 모습과 닮은 사람은 어디에도 없었다. 우편물 자루를 가득 실은 마차를 탄 나이 든 부인만 눈에 띌 뿐이었다. 그녀의 몸무게는 적어도 90킬로그램은 되어 보였다. 추분 무렵의 커다란 보름달처럼 붉그스름하고 둥근 얼굴에는 별달리 눈에 띄는 특징이 없었다. 10년 전에나 유행했던 검은색 캐시미어 드레스는 몸에 꽉 끼었고, 노란 리본으로 장식한 검은색 작은 밀짚모자는 먼지가 잔뜩 쌓여 있었다. 손에는 색이 바랜 검정 레이스 벙어리장갑을 끼고 있었다.

부인은 앤을 향해서 채찍을 흔들며 소리쳤다.

"여기예요. 밸리로드 학교의 새 선생님이죠?"

"네."

"아, 그럴 줄 알았어요. 밸리로드는 선생님들이 아름답기로 유명한 곳이거든요. 밀러즈빌의 선생님들이 그저 그렇게 생겼다고 알려진 것처럼요. 오늘 아침 재닛 스위트가 역에 나가서 선생님을 모셔 올 수 있냐고 내게 물어봤어요. 그래서 이렇게 말했죠. '당연히 할 수 있죠. 그 선생님이 옷매무새가 헝클어지는 걸 신경 쓰지 않는다면요. 우리 마차는 우편물 자루를 싣기도 벅찬 데다가 전 토머스보다 덩치도 크잖아요!' 잠깐만요, 선생님. 이 자루들을 옆으로 치워서 어떻게든 선생님이 탈 자리를 만들어볼게요. 재닛의 집까지는 3킬로미터밖에 안 돼요. 재닛 옆집에서 일하는 아이가 오늘 밤에 선생님 가방을 가지고 올 거예요. 아, 내 이름은 스키너, 어밀리아 스키너예요."

앤은 간신히 마차에 오르면서 재미있다는 듯 미소를 지었다. 스키너 부인은 통통한 손으로 말고삐를 잡아당겼다.

"이랴! 내가 우편물을 가져오는 건 이번이 처음이에요. 오늘 토머스가 순무밭에 괭이질을 해야 한다면서 나더러 대신 다녀오라고 했거든요. 그래서 퍼질러 앉아 대충 챙겨 먹고 출발했죠. 이것도 나름대로 좋네요. 물론 좀 지루하긴 하지만요. 앉아서 생각도 하고 그저 멍하니 있기도 하는 거죠. 이랴! 집에 빨리 도착하고 싶네요. 내가 없으면 토머스는 무척 외로워해요. 우린 결혼한 지 얼마 안 됐거든요."

"그렇군요!"

앤이 정중한 말투로 호응했다.

"겨우 한 달 됐죠. 토머스는 꽤 오랫동안 나한테 결혼하자고 청했지만요. 아주 낭만적인 사람이에요."

앤은 낭만이라는 단어에 어울릴 만한 스키너 부인의 모습을 떠올려보려고 애썼지만 실패했다.

"아, 네."

"네. 그리고 날 따라다닌 남자가 또 있었어요. 이랴! 난 오랫동안 과부로 산 터라 사람들은 내가 다시 결혼하리라는 기대를 접었지요. 그런데 선생님처럼 교사로 일하는 내 딸이 학생들을 가르치러 서부로 떠나는 바람에, 결혼 생각을 하지 않고선 외로워서 견디기 힘들었죠. 머지않아 토머스가 나타났는데 그때 다른 남자도 있었어요. 윌리엄 오버다이어 시먼이라고, 그게 그 사람 이름이에요. 누굴 선택할지 오랫동안 마음을 정하지 못했어요. 두 사람은 계속 찾아왔고 난 계속 망설였죠. 윌리엄은 돈이 많았어요. 집도 좋았고 꽤나 말쑥하게 차려입고 다녔죠. 정말 최고의 신랑감이었어요. 이랴!"

"왜 그분과 결혼하지 않으셨어요?"

앤의 물음에 스키너 부인이 진지한 표정으로 대답했다.

"글쎄요. 음, 그 사람이 절 사랑하지 않았거든요."

앤은 눈을 크게 뜨고 스키너 부인을 쳐다보았다. 표정이 진지했다. 우스갯소리로 한 말이 아니라는 것은 분명해 보였다.

"윌리엄은 3년 동안 홀아비로 살았고 살림은 여동생이 하고 있었어요. 그런데 여동생이 시집을 가자 집안일을 해줄 사람이 필요했던 거죠. 해볼 만한 일이기는 했어요. 멋진 집에서 살았으니까요. 이랴! 토머스는 가난했어요. 맑은 날에는 비가 새지 않는 게 장점인 집에서 살았죠. 겉으로 보기엔 그림 같은 집이었지만요. 하지만 난 토머스를 사랑했고 윌리엄에게는 한 번도 마음을 주지 않았어요. 그래서 난 스스로 논쟁을 했어요. '세라 크로.' 아, 결혼 전 성이 크로예요. '네가 원한다면 부자랑 결혼할 수 있겠지만 행복하진 않을 거야. 사랑 없이 같이 살 순 없어. 그냥 토머스랑 결혼해. 그는 널 사랑하고 너도 그렇잖아. 다른 게 뭐가 중요해?' 이랬! 그래서 난 토머스한테 당신으로 정했다고 말했어요. 이후로 결혼을 준비하는 내내 윌리엄 오버다이어의 집 앞을 지나갈 수 없었어요. 멋진 집을 보면 마음이 흔들릴까 봐 무서워서요. 하지만 지금은 전혀 그렇지 않아요. 토머스랑 같이 있으면 마냥 편안하고 행복할 뿐이니까요. 이랬!"

"윌리엄 오버다이어 씨는 어떻게 받아들이던가요?"

"난리를 좀 부리긴 했죠. 하지만 지금은 밀러즈빌에 사는 말라깽이 노처녀랑 만나고 있어요. 머지않아 그 여자와 결혼할 것 같아요. 그의 첫 번째 부인보다는 마누라 노릇을 잘할 거예요. 윌리엄은 원래 전 부인과 결혼하고 싶지 않았지만 자기 아버지가 원하는 바람에 청혼했던 것뿐이에요. 여자가 '싫어요'라고 말할 줄로만 알았대요. 다른 대답이 나오리라고는 꿈도 꾸지 않았겠죠. 그런데 여자가 '좋아요'라고 말한 거예요. 그런 식으로 궁지에 몰리는 경우도 있더군요. 이랬! 그 부인은 살림을 끝내주게 잘했는데 한편으로는 지독하게 인색한 사람이었죠. 같은 모자를 18년 동안이나 썼다니까요. 새 모자를 샀을 때 윌리엄은 길에서 자기 부인을 보고도 누군지 몰라봤대요. 이랬! 난 그나마 운이 좋은 거예요. 그와 결혼했으면 굉장히 비참해졌을 테니까요. 불쌍한 사촌 제인 앤처럼 말이에요. 제인 앤은 좋아하는 마음이 좀처럼 생기지 않는 부자랑 결혼해서 강아지보다 못한 인생을 살고 있어요. 지난주에 날 보러 와서 이렇게 말했어요. '난 언니가 부러워. 내 남편하고 큰 집에 사는 것보다 사랑하는 남자랑 길가의 작은 오두막에 사는 게 더 나아.' 제인 앤의 남편이 그렇게 나쁜 사람은 아니에요. 기온이 30도가 넘는데도 털외투를 입을 정도로 이상하긴 하지만요. 그 사람한테 뭘 시키려면 그 반대되는 일을 하라고 구슬리는 방법밖에 없어요. 하지만 잘 지내보려고 할 만큼 둘 사이에 애정이 있는 건 아니니까, 그건 불쌍한 인생이죠. 이랴! 저기 움푹 들어간 곳에 재닛의 집이 있어요. 재닛은 자기 집을 '길가 집'이라고 불러요. 어때요, 그림 같은 곳이죠? 지금 우편물 자루 옆에 앉아 있으니까 마차에서 내리자마자 기분이 좋아질 거예요."

"네, 함께 오는 동안 정말 즐거웠어요."

앤이 진심으로 말하자 스키너 부인은 우쭐해졌다.

"설마요! 토머스한테 말해줘야지. 내가 어디서 칭찬을 받으면 그이는 진심으로 기뻐하거든요. 이랴! 자, 다 왔어요. 학교에서 잘 지냈으면 좋겠네요, 선생님. 재닛의 집 뒤쪽 늪지를 지나는 지름길이 있어요. 그 길로 가려면 정말 조심해야 해요. 시커먼 진흙탕에 발을 들여놓는 순간 그대로 빠져버려서 최후의 심판 날까지 다시는 모습이 보이지 않고 비명을 질러도 들리지 않게 될 거예요. 애덤 파머네 소가 그랬듯이 말이죠. 이랴!"

31장

앤이 필리파에게

앤 셜리가 필리파 고든에게 인사를 보내며

사랑하는 필, 네게 편지를 써야 할 때가 된 것 같아. 지금 난 밸리로드에서 다시 시골 학교 '선생님'으로 일하고 있어. 재닛 스위트라는 분의 '길가 집'에서 하숙을 하고 있지. 재닛은 친절한 분이고 얼굴도 아주 예쁘단다. 키가 큰 편이지만 너무 크다 싶을 정도는 아니야. 몸집도 크지만 절약하는 게 몸에 배어서 그런지 몰라도 푸근해보이진 않아. 군데군데 흰머리가 섞인 부드러운 갈색 곱슬머리를 하나로 묶어 올렸고, 햇빛같이 밝은 얼굴에 뺨은 장밋빛이며, 크고 다정한 눈은 물망초처럼 파랗단다. 게다가 재닛은 기름진 만찬을 즐길 수만 있다면 소화불량에 걸리거나 말거나 전혀 개의치 않아. 유쾌하지만 옛 방식을 고집하는 요리사라고 할까?

난 재닛을 좋아하고 재닛도 날 좋아해. 그녀에게는 어린 나이에 세상을 떠난 동생이 있었는데, 이름이 나와 같은 '앤'이었대. 아마 그래서 나를 더 좋아하나 봐.

여기 도착한 날 내가 그 집 정원에 들어서자 재닛은 활기차게 말했어.

"만나서 정말 반가워요. 어머, 제가 예상했던 모습과는 전혀 다르네요. 전 선생님의 머리카락이 검은색일 거라고 생각했거든요. 제 동생 앤이 검은 머리였죠. 그런데 선생님은 빨간 머리네요!"

몇 분 동안은 첫인상으로 기대했던 것과 달리 재닛을 좋아할 수 없을 것 같다고 생각했어. 하지만 누가 날 빨간 머리라고 부른 일만으로 편견을 갖기보다는 분별력 있게 행동해야겠다고 마음먹었지. 아마 '적갈색'이라는 어휘가 재닛의 머릿속 단어장에 떠오르지 않았을 거야.

길가 집은 무척 사랑스러운 곳이야. 작고 하얀 집인데, 길에서 조금 떨어진 움푹 들어간 땅에 자리하고 있어. 길과 집 사이에는 과수원과 꽃밭이 어우러져 있어. 정문으로 이어지는 길은 재닛이 '대조가비'라고 부르는 대합조개 껍질로 테두리를 둘러쳤어. 현관 위에는 담쟁이덩굴이 자라고 지붕에는 이끼가 끼었지. 내가 머무는 곳은 응접실에서 조금 떨어진 작고 산뜻한 방이야. 침대와 나만 겨우 들어갈 정도로 좁아. 침대 머리맡에는 그림이 걸려 있어. 로버트 번스가 커다란 버드나무 그늘이 드리워진 하이랜드 메리의 무덤가에 간 장면이야. 번스의 얼굴이 어쩌나 침울해 보이던지 내가 악몽을 계속 꾸는 것도 당연하다 싶어. 글쎄, 여기 온 첫날엔 내가 웃지 못하게 되는 꿈을 꿨지 뭐니.

응접실은 작고 깔끔해. 하나뿐인 창문에는 커다란 버드나무 그림자가 드리워져서 방 안은 에메랄드빛이 어슴푸레하게 감도는 동굴 같아. 의자 등받이에는 멋진 천을 씌웠고 바닥에는 화려한 매트가 깔려 있어. 둥근 탁자에는 책과 카드가 가지런히 정돈되어 있고 벽난로 선반에는 마른 풀을 꽂아놓은 꽃병 여러 개가 있지. 꽃병들 사이에는 장례식 관 뚜껑에 붙이는 명찰이 예쁘게 장식되어 있었어. 재닛의 아버지와 어머니, 오빠, 여동생 앤 그리고 전에 여기서 죽은 일꾼까지 모두 다섯 개였어! 만약 어느 날 내가 갑자기 미치게 된다면 저 명패 때문일 거야. '본 증서로 이 말이 사실임을 증명함'이라는 문구를 여기 적어놓을게.

그래도 전체적으로 쾌적한 편이어서 재닛한테도 그렇게 말해줬어. 재닛은 그 말을 듣고 날 아주 좋아하게 됐지. 에스터는 이 집에 그늘이 너무 많이 져서 비위생적이라고 했고, 깃털 이불 침대에서 자는 것도 싫어하는 바람에 재닛에게 미움을 받았거든. 하지만 난 깃털 이불 침대가 마음에 쏙 들어. 비위생적이고 깃털이 많을수록 더 좋은걸. 재닛은 내가 뭐라도 먹는 모습을 보는 게 좋대. 내가 에스터 헤이손 같을까 봐 걱정했나 봐. 에스터는 아침 식사로 과일과 따뜻한 물만 있으면 된다고 말하면서 재닛이 기름진 요리를 만들지 못하게 했대. 에스터는 정말 좋은 사람이지만 유행에 민감한 편이거든. 에스터의 문제가 무엇인지 굳이 찾아본다면, 상상력이 부족하고 소화불량을 자주 앓는다는 것이겠지.

재닛은 젊은 남자가 찾아왔을 땐 응접실을 써도 된다고 말해줬어. 찾아올 남자가 많지는 않을 것 같아. 밸리로드에서는 옆집에서 고용한 일꾼 말고 젊은 남자를 보지 못했어. 그의 이름은 샘 톨리버인데 키가 아주 크고 말랐어. 머리는 황갈색이야. 얼마 전 저녁에 그가 와서 마당 울타리에 한 시간쯤 앉아 있었어. 재닛하고 나는 바로 옆 현관에서 수를 놓았지. 그동안 그 사람은 내게 "박하를 드세요, 선생님! 박하가 감기에 좋아요"라는 말과 "오늘 밤 이 근처에 메뚜기가 많이 뛰어다니지요, 암요"라는 말을 먼저 건넬 뿐이었어.

그런데 여기서도 연애 사건이 진행 중이야. 내가 휘말리는 소용돌이의 정도에 차이는 있겠지만 나이 든 사람들의 연애에 엮이는 게 내 운명인 것 같아. 어빙 씨 부부는 내가 자기들 결혼을 성사시켰다고 늘 말씀하곤 하셔. 카모디의 스티븐 클라크 부인은 아직도 내가 한 말을 정말 고마워하고 있어. 내가 말하지 않았더라도 다른 사람이 말해줬을 거야. 하지만 내가 뤼도비크 스피드와 시어도라 딕스를 도와주지 않았더라면 둘은 여태껏 느긋하게 교제만 할 뿐 연애 이상으로는 진전하지 못했을 것 같기는 해.

나는 지금 벌어지는 일들을 그냥 지켜보기만 하고 있어. 한번 도와주려고 했다가 도리어 엉망으로 꼬이게 만들었거든. 그래서 다시는 끼어들지 않으려고 해. 만나면 하나도 빼먹지 않고 이야기해줄게.

32장

———

더글러스 부인과 차를 마시다

앤이 밸리로드에 온 뒤로 맞이한 첫 번째 목요일 밤, 재닛은 앤더러 기도회에 함께 가자고 말했다. 기도회에서 재닛은 활짝 피어난 장미 같아 보였다. 옅은 파란색 팬지꽃 무늬 모슬린 드레스에는 검소한 재닛이 죄책감을 느낄 수도 있겠다 싶을 정도로 주름이 많이 잡혀 있었다. 하얀색 밀짚모자에는 분홍색 장미 송이와 타조 깃털 세 개가 달려 있었다. 앤은 꽤 놀랐다. 나중에야 재닛이 그렇게 차려입은 이유를 알게 되었다. 에덴동산만큼이나 오래된 동기였다.

밸리로드의 기도회에는 주로 여성들이 모였다. 여성 서른 두 명이 참석했고 아직 애티를 벗지 못한 소년이 두 명 참석했으며 목사님을 제외하고 나니 성인 남성은 혼자 온 한 명뿐이었다. 앤은 자기도 모르게 혼자 온 남자를 자세히 살펴보았다. 미남도 아니고 젊지도 않았으며 세련된 면도 없었다. 의자에 앉으려면 다리를 꼬아야 할 정도로 다리가 눈에 띄게 길었고 어깨는 구부정했다. 손이 컸고 머리카락은 당장 깎아야 할 정도로 길었으며 턱수염도 제대로 손질하지 않았다. 하지만 앤은 그 사람의 얼굴이 마음에 들었다. 친절하고 정직하고 부드러운 인상이었다. 그 안에는 또 다른 무언가도 담겨 있었다. 다만 정확하게 꼬집어 정의하기는 힘들었다. 마침내 앤은 그가 강인하게 시련을 헤쳐온 사람이며 그런 면모가 얼굴에 드러난 것이라고 결론 내렸다. 그의 표정에는 꿋꿋하고 유쾌한 인내심이 새겨져 있었고, 필요한 경우 어떤 시련이라도 감당하겠지만 정말로 괴로워 몸부림치기 시작할 때까지는 즐거운 모습을 보이겠다는 결연한 의지를 나타내고 있었다.

기도회가 끝나자 이 남자가 재닛에게 다가와 말했다.

"재닛, 집까지 바래다줄까요?"

재닛이 그와 팔짱을 꼈다. 나중에 앤은 패티의 집 친구들에게 "재닛은 남자가 집에 데려다주는 일을 처음 겪는 열여섯 살도 안 된 여자아이처럼 새침해하고 수줍어했어"라고 증언했다.

"셜리 양. 더글러스 씨를 소개할게요."

재닛은 자못 긴장한 기색이었고 더글러스 씨는 고개를 끄덕이며 말했다.

"선생님, 기도회에서 보고 있었습니다. 참 멋진 아가씨라고 생각했죠."

여느 사람 백 명 중 아흔아홉 명이 이렇게 말했더라면 앤은 몹시 짜증이 났겠지만 이때만큼은 달랐다. 앤은 더글러스 씨가 진심으로 그렇게 생각하면서 기분 좋게 자기를 칭찬하고 있다는 생각이 들었다. 앤은 감사의 미소를 보낸 뒤 눈치껏 두 사람과 거리를 두고 달빛이 비치는 길을 걸었다.

'재닛에게도 애인이 있었구나!'

앤은 무척 기뻤다. 재닛이라면 현모양처의 귀감이 될 것이다. 쾌활하고 검소하며 너그러운 데다 요리의 여왕이니 그럴 자격이 충분했다. 재닛이 노처녀로 남는다면 이는 자연의 이치를 명백하게 거스를 만큼 아쉬운 일로 기록될 것이다.

다음 날 재닛이 말했다.

"존 더글러스가 선생님과 함께 자기 어머니를 보러 와달라고 부탁했어요. 그분은 많은 시간을 침대에 누워서 보내고 집 밖으로는 나가는 법이 없죠. 하지만 사람들과 어울리는 걸 굉장히 좋아하기 때문에 우리 집에서 하숙하는 사람들을 항상 보고 싶어 하세요. 혹시 오늘 저녁에 갈 수 있나요?"

앤은 흔쾌히 승낙했다. 하지만 약속이 미뤄졌다. 더글러스 씨가 그날 느지막이 찾아와 토요일 저녁에 차를 마시러 방문해달라는 어머니의 뜻을 전했던 것이다.

"어머, 예쁜 팬지꽃 드레스를 입지 그러셨어요?"

두 사람이 집을 나설 때 앤이 물었다. 더운 날이었다. 몹시 흥분한 데다 캐시미어 드레스를 입은 재닛은 마치 산 채로 구워지는 것처럼 보였다.

"더글러스 부인이 그 드레스를 보고 질색하실까 봐 걱정돼서요. 경박한 데다 상황에 어울리지 않는 옷이라고 생각하실 거예요. 존은 그 드레스를 좋아하지만요."

재닛은 무척 안타까워했다.

더글러스 집안의 오래된 저택은 재닛의 길가 집에서 150미터 정도 떨어진 바람 부는 언덕 꼭대기에 있었다. 집은 넓고 아늑했으며 위엄이 느껴질 만큼 고풍스러운 데다 단풍나무 숲과 과수원에 둘러싸여 있었다. 뒤편에는 크고 잘 정돈된 헛간이 늘어서 있었고, 모든 것이 이 집의 살림살이가 부유하다는 사실을 잘 보여주었다. 더글러스 씨의 얼굴에 나타난 꿋꿋한 인내심이 무엇을 의미하는지는 알 수 없지만 빚이 쌓여 있거나 독촉장을 받는 것과는 거리가 멀다고 앤은 생각했다.

존 더글러스가 문 앞에서 두 사람을 맞이하고 거실로 안내했다. 거실 안락의자에 그의 어머니가 앉아 있었다.

앤은 이곳에 오기 전 더글러스 부인이 아들처럼 키가 크고 말랐을 것이라고 생각했다. 그런데 부인은 몸집이 자그마했다. 두 볼은 부드러운 분홍빛을 띠었고 푸른 눈에는 온화한 기운이 감돌았으며 입매는 아기 같았다. 세련되고 아름다운 검은색 실크 드레스를 입고, 솜털 같은 하얀색 숄을 어깨에 둘렀으며 눈같이 흰 머리에는 우아한 레이스 모자를 썼는데, 그 모습이 마치 할머니 인형 같았다.

부인이 입맞춤을 받기 위해 얼굴을 내밀며 상냥하게 말했다.

"재닛, 잘 지냈니? 다시 만나서 정말 기쁘구나. 아, 이분이 새로 오신 선생님이구먼. 만나서 반가워요. 내 아들이 어찌나 선생님 칭찬을 하던지 조금 질투가 날 정도였다니까요. 재닛도 틀림없이 샘을 좀 냈을 거예요."

가엾은 재닛은 얼굴을 붉혔고 앤은 격식을 갖춰서 예의 바르게 인사말을 건넸다. 인사를 마치고 모두 자리에 앉아 대화를 나누었다. 이야기를 술술 늘어놓는 데 거리낌이 없어 보이는 더글러스 부인을 제외하면 아무도 마음이 편해 보이지 않았다. 그래서 대화가 매끄럽게 이어지지 않았고 앤도 그 자리에 있기가 곤혹스러웠다. 부인은 재닛을 곁에 앉혀놓고 이따금씩 손을 어루만졌다. 재닛은 비록 미소를 짓고 있었지만 흉측한 드레스를 입은 모습이 무척 불편해 보였고 존 더글러스는 웃음기 없이 앉아 있기만 했다.

다과가 마련된 탁자에서 더글러스 부인은 재닛에게 차를 따라달라고 우아하게 부탁했다. 재닛은 한층 더 얼굴이 붉어졌지만 부인이 시키는 대로 했다. 스텔라에게 보낸 편지에서 앤은 이 식사 자리를 다음과 같이 묘사했다.

우린 차가운 소 혀 요리와 닭고기, 딸기절임, 레몬파이와 타르트, 초콜릿케이크, 건포도 과자, 파운드케이크, 과일케이크를 먹었고 다른 파이도 몇 개 더 먹었어. 아마 캐러멜파이였던 것 같아. 평소에 먹는 양보다 두 배는 족히 먹었는데 더글러스 부인은 한숨을 쉬더니 내 입맛에 맞는 음식을 아무것도 차리지 못해서 안타깝다고 하는 거야.

부인이 상냥하게 말했어.

"우리 재닛의 요리 때문에 선생님이 다른 걸 입에 대지도 못하는 것 같네요. 물론 밸리로드에서 재닛과 요리 솜씨로 견줄 만한 사람은 없죠. 셜리 선생님, 파이 한 조각만 더 드시죠. 아직 아무것도 안 드셨잖아요."

스텔라, 난 이미 차가운 소 혀 요리 한 접시, 닭고기 한 접시, 비스킷 세 개, 절임 듬뿍, 파이 한 접시, 타르트 한 개, 초콜릿케이크 한 조각을 먹은 상태였어!

차를 다 마시고 나서 더글러스 부인은 인자한 미소를 지으며 아들에게 말했다.

"우리 재닛을 정원으로 데리고 가서 장미꽃을 꺾어주렴. 두 사람이 밖에 나가 있는 동안 셜리 선생님이 나랑 같이 있을 거야. 그렇게 해주시겠죠? 셜리 선생님, 나는 몸이 아주 약한 늙은 이예요. 말로 다 할 수 없을 만큼 고통스럽게 살아왔죠. 20년이라는 길고 지긋지긋한 세월 동안 손가락 한 마디 길이씩 죽어가고 있었던 거예요."

부인이 슬픈 얼굴로 말하고 한숨을 쉬며 안락의자에 앉았다.

"얼마나 힘드셨겠어요!"

앤은 진심을 담아 동정을 보이려 했지만 자기가 바보 같다는 생각만 들었다. 더글러스 부인은 수심의 그림자가 드리운 얼굴로 말을 이었다.

"주위 사람들이 내가 다음 날 동이 트는 모습을 보지 못할 거라고 생각했던 순간도 몇십 번이나 있었죠. 내가 무슨 일을 겪었는지 어느 누가 알겠어요. 나 자신 말고는 아무도 모른답니다. 뭐, 이젠 남은 시간도 그리 길어 보이지는 않네요. 셜리 선생님, 머지않아 내 고난의 순례가 끝날 거예요. 이 어미가 떠난 뒤에도 존이 자길 돌봐줄 좋은 아내를 맞이할 거라고 생각하면 위안이 되네요. 셜리 선생님, 정말 크나큰 위안이 된답니다."

"재닛은 사랑스러운 분이에요."

앤의 따뜻한 말에 더글러스 부인도 동의했다.

"사랑스럽죠! 마음도 예뻐요. 살림 솜씨도 흠잡을 데 없답니다. 나는 그렇게 잘하진 못했어요. 건강이 허락하지 않았으니까요. 존이 현명한 선택을 해주어서 정말 고마울 따름이에요. 난 그 아이가 행복했으면 좋겠고 행복하리라 믿어요. 셜리 선생님, 존은 하나뿐인 내 아들이에요. 이 늙은이는 존이 행복하기를 가슴 깊이 바랄 뿐이랍니다."

"물론 그러시겠죠."

앤은 얼빠진 얼굴로 대꾸했다. 난생처음 바보가 된 것 같았지만 이유는 짐작조차 할 수 없었다. 자기 손을 다정하게 쓰다듬으며 미소 짓는 이 상냥한 천사 같은 노부인에게 무슨 말을 해야 할지 몰라서 안절부절못했다.

"재닛, 날 보러 자주 와주렴. 내가 원하는 만큼의 절반도 오지 않더구나. 하지만 머지않아 존이 너를 여기 데려와서 영원히 함께 살아가겠지?"

두 사람이 떠날 때 더글러스 부인이 애정을 담아 말했다. 그때 앤은 문득 존 더글러스를 쳐다보다가 깜짝 놀랐다. 인내심의 한계를 넘어서는 고문을 받았을 때 지을 법한 표정을 하고 있었다. 존이 어디 아픈 게 틀림없다고 확신한 앤은 가만히 얼굴을 붉히고 있던 재닛에게 돌아가자고 재촉했다.

"더글러스 부인은 참 다정한 분이죠?"

두 사람이 길을 걸어 내려갈 때 재닛이 물었다.

"음… 네."

앤이 멍하니 대답했다. 존 더글러스가 왜 그렇게 보였는지 궁금해하던 참이었다. 재닛이 얼굴 전체에 동정 어린 표정을 지으며 말했다.

"부인은 모진 고통을 겪어왔어요. 종종 무서운 발작을 일으키시거든요. 그래서 존은 걱정이 많아요. 어머니가 발작하실까 봐 되도록이면 집을 비우지 않으려고 해요."

33장

단지 찾아오기만 했던 사람

그런 일이 있은 지 사흘 뒤 앤이 학교에서 집으로 돌아와 보니 재닛이 울고 있었다. 눈물과 재닛은 전혀 어울리지 않았기에 앤은 깜짝 놀랐다.

"어머, 무슨 일 있으세요?"

앤이 걱정스러운 얼굴로 소리쳤다. 재닛은 여전히 흐느끼며 입을 열었다.

"내가, 내가 오늘로 마흔 살이 됐어요."

"음, 어제도 거의 마흔 살에 가까웠는데 마음이 아프진 않았 잖아요."

앤은 터져 나오려는 웃음을 내리누르면서 위로했다. 재닛은 울음을 꿀꺽 삼키고 말을 이었다.

"하지만… 하지만 이제 존 더글러스는 내게 결혼하자고 청하지 않을 거예요."

"어머나, 그럴 리 없어요. 재닛, 그분께 시간을 드려야 해요."

말은 이렇게 했지만 앤도 속으로는 확신할 수 없었다. 그러자 재닛이 말로 표현할 수 없는 냉소를 담아 쏘아붙였다.

"시간이라고요? 그 사람한테는 시간이 20년이나 있었다고요. 도대체 얼마나 더 필요한 거죠?"

"아니, 그럼 존 더글러스 씨가 20년 동안이나 당신을 만나러 왔다는 건가요?"

"그랬지요. 그러면서도 나한테 결혼 얘기는 한 마디도 꺼내지 않았어요. 앞으로도 할 것 같지 않고요. 나는 그동안 이 일에 대해 일언반구도 하지 않았지만, 이제는 누구에게라도 털어놓지 않으면 미쳐버릴 것 같네요. 네, 맞아요. 존 더글러스는 20년 전부터 나랑 사귀기 시작했어요. 내 어머니가 돌아가시기도 전이었죠. 그 사람이 하도 찾아오기에 나도 한동안 지켜보다가 어느 순간부터 조각보 같은 혼수용품을 이것저것 마련하기 시작했어요. 하지만 그는 결혼에 관해서만큼은 어떤 말도 하지 않았고 단지 찾아오기만 했어요. 내가 할 수 있는 일은 아무것도 없었죠. 우리가 만나기 시작한 지 8년이 지나고 우리 어머니가 돌아가셨어요. 내가 세상에 혼자 남겨졌으니 이번만큼은 그가 청혼을 할지도 모른다고 생각했죠. 친절하고 배려심 깊은 그는 날 위해서라면 뭐든지 다 해줬어요. 하지만 결혼하자는 말만큼은 절대 입 밖에 내지 않았죠. 이후로도 계속 그런 식이었어요. 사람들은 나를 나쁜 여자로 몰아가고 있어요. 그의 어머니를 간병하기 싫어서 내가 결혼하지 않는 거라고 수군대죠. 아, 난 진심으로 존의 어머니를 돌봐드리고 싶다고요! 하지만 난 사람들이 마음대로 생각하도록 내버려뒀어요. 동정을 받는 것보단 욕을 먹는 게 낫잖아요! 존이 내게 청혼하지 않아서 창피하고 자존심도 상해요. 왜 청혼을 안 하는 걸까요? 이유만 알아도 이렇게까지 마음 아프지는 않을 텐데….."

"아마 존의 어머니는 상대가 누구든 아들이 결혼하지 않기를 바라시나 보죠."

"아니에요. 그분은 원하고 계세요. 당신께서 눈 감기 전에 존이 자리 잡는 모습을 보고 싶다고 제게 몇 번이나 되풀이해서 말씀하신걸요. 존한테도 그런 뜻을 항상 내비치셨어요. 요전 날 앤도 직접 들었잖아요. 전 바닥을 뚫고 저 아래로라도 기어 내려가고 싶은 심정이었어요."

"저로서는 이해할 수 없네요."

어쩔 줄 몰라 하던 앤이 가까스로 말했다. 뤼도비크 스피드가 떠올랐다. 하지만 이번 경우는 전혀 달랐다. 존 더글러스는 뤼도비크 같은 남자가 아니었다.

"재닛, 더 의연한 모습을 보여주어야 해요. 왜 진작 그를 쫓아버리지 않았나요?"

앤이 단호하게 말했다. 하지만 재닛의 목소리는 애처로웠다.

"그럴 수 없었어요. 알다시피 난 존을 무척 좋아하니까요. 그가 오지 않는 것보다는 이렇게라도 계속 오는 게 좋았어요. 그 사람 말고는 좋아하는 사람도 없었거든요. 그래서 지금껏 문제 삼지 않았던 거예요."

"하지만 단호하게 거절했더라면 그가 남자답게 청혼했을지도 모르잖아요."

앤이 부추겨도 재닛은 고개를 저을 뿐이었다.

"아뇨, 그건 아닌 것 같네요. 함부로 그런 시도를 하기에는 너무 두려웠어요. 그게 내 진심이라고 그가 생각할까 봐, 그래서 가버릴까 봐 무서웠으니까요. 내가 겁이 많아서일 수도 있겠지만, 내 마음이 그런걸요. 어쩔 수 없죠."

"아, 재닛 어쩔 수 없는 일이 아니에요. 지금도 늦지 않았어요. 확실하게 태도를 정해야 해요. 우유부단한 행동을 더는 참을 수 없다고 그에게 분명히 알려야 해요. 제가 도와줄게요."

재닛은 모든 희망이 사라진 것처럼 말했다.

"난 자신이 없어요. 내가 용기를 낼 수 있을지조차 잘 모르겠어요. 너무 오랫동안 물 흐르듯 이어져온 일이니까요. 하지만 곰곰이 생각해볼게요."

앤은 자기가 존 더글러스에게 실망했다는 사실을 깨달았다. 그를 꽤 좋게 보았던 앤은 그가 20년 동안이나 여자의 마음을 가지고 놀았으리라고는 생각도 못 했다. 그는 혼이 나야 마땅했다. 앤은 복수심에 차서 그 과정을 지켜보겠다고 마음먹었다. 그래서 다음 날 저녁 기도회에 함께 갈 때 재닛이 '의연한 모습'을 보여줄 생각이라고 말하자 몹시 기뻐했다.

"이제 더는 짓밟히지 않을 거라는 걸 존 더글러스도 똑똑히 알게 해줄 거예요."

"두말하면 잔소리죠."

앤이 힘주어 말했다.

기도회가 끝나자 존 더글러스가 재닛에게 다가와 여느 때처럼 집까지 바래다주겠다고 했다. 재닛은 겁을 먹은 듯하면서도 단호한 태도로 차갑게 말했다.

"아니, 괜찮아요. 혼자서도 집에는 잘 찾아갈 수 있어요. 40년씩이나 오갔던 길인데 당연히 그래야죠. 더글러스 씨, 그러니 괜한 수고를 할 필요 없어요."

앤은 존 더글러스를 지켜보았다. 달빛이 환하게 비췄던 터라 앤은 지난번처럼 고문대 위에서 일그러지는 듯한 그의 얼굴을 보게 되었다. 그는 한 마디 말도 없이 몸을 돌리더니 성큼성큼 반대 방향으로 길을 걸어 떠나갔다.

"잠깐, 잠깐만요! 더글러스 씨, 잠깐만요! 돌아오세요."

앤은 길이 떠나가게 큰 소리로 존을 불러댔다. 어리둥절해하는 구경꾼들은 전혀 신경 쓰지 않았다.

존 더글러스는 자리에 멈춰 섰지만 발걸음을 돌리지는 않았다. 앤은 길을 달려 그의 팔을 붙잡고 끌다시피 하면서 재닛에게 데려왔다. 앤이 애원했다.

"돌아오셔야 해요. 이건 실수예요, 더글러스 씨. 다 제 잘못이라고요. 제가 재닛한테 그렇게 말하라고 했어요. 재닛은 원하지 않았어요. 하지만 이젠 다 괜찮아졌어요. 재닛, 그렇죠?"

재닛은 아무런 말도 없이 존의 팔을 잡고 걸어갔다. 얌전히 두 사람 뒤를 따라 집으로 돌아온 앤은 뒷문을 열고 슬그머니 안으로 들어갔다.

"뭐, 이렇게 도와주다니 앤은 정말 좋은 사람이네요."

재닛이 비꼬듯 말했다. 앤은 후회했다.

"재닛, 어쩔 수 없었어요. 마치 살인 사건이 벌어지는 걸 옆에

서서 지켜보는 기분이었다고요. 그 사람을 쫓아가지 않을 수가 없었다니까요."

"사실 나도 앤이 그렇게 해줘서 기뻐요. 존 더글러스가 급히 길을 내려가는 걸 보았을 때 전 인생에 남아 있던 기쁨과 행복이 마지막 한 조각까지 함께 떠나가는 것 같았거든요. 정말 끔찍한 기분이었어요."

"당신이 왜 그런 말을 했는지 그가 물어보던가요?"

앤이 묻자 재닛이 무표정하게 대답했다.

"아뇨, 그 이야기는 절대 하지 않더군요."

34장

———

존 더글러스, 마침내 청혼하다

앤은 결국 무슨 일이라도 일어날지 모른다는 희망을 미약하게 나마 남겨두고 있었다. 하지만 아무런 일도 일어나지 않았다. 존 더글러스는 재닛을 마차에 태우고 나갔다가 기도회가 끝나면 그녀와 함께 걸어서 집까지 바래다주었다. 지금까지 20년 동안 그렇게 해왔고, 20년이 지나도록 그렇게 할 것 같았다.

어느새 여름이 끝나가고 있었다. 앤은 학교에서 학생들을 가르쳤고 편지를 써서 보냈으며 틈틈이 공부도 했다. 학교를 걸어서 오가는 길은 즐거웠다. 언제나 지나쳐가는 늪지는 정말 아름다웠다. 물기를 머금은 땅에 듬성듬성 놓인 둔덕에는 더없이 푸르른 이끼가 깔려 있었다. 그 사이로 은빛 개울이 굽이쳤고 가문비나무가 곧게 뻗어 있었다. 나뭇가지에는 잿빛 도는 녹색 이끼가 끼어 있었고 너무 자라 땅 위로 드러난 나무뿌리는 온갖 아름다운 식물로 덮여 있었다.

밸리로드의 생활은 조금 단조로웠다. 그러다가 정신이 번쩍 드는 일이 일어났다.

어느 날 저녁 엷은 누런색 머리의 빼빼 마른 새뮤얼이 앤에게 불쑥 찾아와 박하사탕을 권했던 일이 있었다. 이후로 길에서 우연히 마주칠 때를 제외하면 따로 만날 일이 없었다. 그런데 8월의 어느 따뜻한 밤 그가 나타났다. 그는 현관 옆 통나무 벤치에 점잔을 빼며 앉아 있었다. 평소처럼 작업복 차림이었다. 여기저기 기운 바지와 팔꿈치가 해진 파란색 진 셔츠를 입었고 낡은 밀짚모자를 쓰고 있었다. 새뮤얼은 지푸라기를 질겅질겅 씹으면서 앤을 진지하게 바라보았다. 앤은 한숨을 쉬며 책을 내려놓고는 수놓고 있던 찻잔 받침을 집어 들었다. 새뮤얼과 제대로 된 대화를 나눈다는 것은 생각할 수조차 없는 일이었다.

긴 침묵 끝에 샘은 느닷없이 말을 꺼냈다.

"난 저기서 떠날 거요."

새뮤얼은 손으로 이웃집 쪽을 가리키며 들고 있던 지푸라기를 흔들었다. 앤이 예의 바르게 답했다.

"어머, 그러세요?"

"네."

"그럼 이제 어디로 가세요?"

"글쎄요, 내 집을 마련해볼까 생각 중이죠. 밀러즈빌에 적당한 집이 하나 있던데요. 하지만 내가 거길 빌린다면 여자랑 같이 사는 게 낫지 않겠어요?"

앤은 무심하게 대꾸했다.

"그렇겠죠."

"네."

다시 긴 침묵이 이어졌다. 마침내 새뮤얼은 지푸라기를 버리고 단도직입적으로 물었다.

"나랑 같이 살래요?"

"뭐, 뭐라고요?"

앤이 숨을 헐떡였다.

"나랑 같이 살겠냐고요."

처지가 딱하게 된 앤이 가까스로 물었다.

"그러니까, 저랑 결혼하자는 말인가요?"

"네."

"아니, 전 당신을 잘 몰라요."

앤이 화를 내며 소리치자 새뮤얼이 말했다.

"결혼하고 나서 알아가면 되죠."

앤은 짓밟힌 자존심을 겨우 그러모아 딱 잘라 말했다.

"저는 절대로 당신과 결혼하지 않을 거예요."

"그럼 나보다 못한 놈이랑 결혼하게 될지도 몰라요. 난 일도 잘하고 은행에 돈도 좀 있거든요."

새뮤얼이 타이르려는 듯 입을 떼자 앤이 말했다.

"다시는 제게 그런 말을 하지 마세요. 도대체 왜 그딴 생각을 하게 된 건가요?"

앤은 유머 감각을 끌어모아 가까스로 분노를 눌렀다. 지금은 정말 우스꽝스러운 상황이 아닐 수 없었다.

"당신은 꽤나 예쁜 아가씨잖아요. 걸음걸이도 아주 세련되었고요. 난 게으른 여자는 질색이요. 아무튼 내 말을 잘 생각해봐요. 당분간은 마음 바꾸지 않고 기다려줄 테니까요. 난 이만 가야 해요. 소젖을 짜야 하거든요."

청혼에 대한 환상은 지난 몇 년 동안 너무나 많은 시련을 겪은 터라 이제 거의 남아 있지 않았다. 덕분에 앤은 이번 일 때문에 속으로 아파하는 일 없이 마음껏 웃을 수 있었다. 그날 밤 앤은 재닛 앞에서 새뮤얼의 흉내를 냈고, 두 사람은 그의 감상적인 고백을 떠올리며 실컷 웃어댔다.

앤의 밸리로드 생활도 막을 내릴 때가 되어가던 어느 날 오후, 앨릭 워드가 마차를 몰고 길가 집으로 와서는 다급한 목소리로 재닛을 찾았다.

"더글러스 씨 집으로 빨리 오시랍니다. 더글러스 부인이 돌아가실 것 같아요. 20년 동안이나 금세라도 숨이 넘어갈 것처럼 연기만 하더니 기어이 초상을 치를 모양이네요."

재닛은 모자를 가지러 달려갔다. 앤은 더글러스 부인의 병세가 평소보다 나쁜지 물어보았다.

"평소의 절반만큼도 나쁘지 않아요. 그래서 심각하다는 생각이 드는 거죠. 다른 땐 비명을 질러대며 온 집 안을 뒹굴었는데 이번엔 가만히 누워서 입을 다물고 있네요. 더글러스 부인이 입을 다물고 있을 땐 심하게 아픈 거예요. 확실해요."

"더글러스 부인을 별로 안 좋아하시나 봐요?"

앤이 묻자 수수께끼 같은 대답이 돌아왔다.

"난 고양이다운 고양이가 좋아요. 심술궂은 여자 같은 고양이는 별로 좋아하지 않는다고요."

해 질 무렵 재닛이 집에 돌아왔다.

"더글러스 부인이 돌아가셨어요. 내가 그 집에 도착하고 나서 얼마 지나지 않아 눈을 감으셨죠. 내게 딱 한 마디를 남기셨네요. '이제 존하고 결혼하겠지?' 앤, 난 마음이 찢어지는 것처럼 아팠어요. 생각해봐요. 존의 어머니까지도 내가 자기 때문에 존과 결혼하지 않았다고 생각하신 거잖아요! 난 한 마디도 할 수 없었어요. 그곳에 다른 여자들도 와 있었거든요. 존이 밖에 나가 있어서 다행이었어요."

재닛은 말을 마치고 나서 처량하게 울기 시작했다. 몹시 지쳐 보였다. 앤은 재닛을 위로해주려고 뜨거운 생강차를 만들었다. 나중에 앤은 생강 대신 백후추를 넣었다는 걸 깨달았지만 재닛은 알아차리지도 못했다.

장례식이 있던 날 저녁 재닛과 앤은 석양이 비치는 현관 계단에 앉아 있었다. 바람은 소나무 숲에서 잠에 빠져 있었고 기분 나쁜 번개가 북쪽 하늘에서 번쩍였다. 재닛은 보기 흉한 검은색 드레스를 입은 데다 하도 울어서 눈과 코가 새빨갰다. 두 사람은 거의 아무 말도 하지 않았다. 앤이 기운을 북돋아주려고 노력했지만 재닛은 별로 달가워하지 않았기 때문이다. 차라리 비참한 마음을 견디고 싶었던 것이 분명했다.

갑자기 대문의 걸쇠 소리가 났다. 잠시 후 존 더글러스가 성큼성큼 정원으로 들어오더니 제라늄 화단을 넘어서 두 사람을 향해 곧장 걸어왔다. 재닛이 일어섰다. 앤도 따라 일어섰다. 앤은 키가 컸고 새하얀 드레스를 입고 있었지만 존 더글러스의 눈에는 보이지도 않았다.

"재닛, 우리 결혼합시다."

20년 동안이나 그 말을 할 때만 기다려왔다는 듯이, 이제는 어떤 말보다 그 말을 먼저 해야만 한다는 듯이 마침내 존의 입에서 그 말이 터져 나왔다.

재닛의 얼굴은 너무 울어서 더 이상 붉어질 수 없을 정도였지만, 이제는 어떻게 하면 저런 색이 될 수 있을까 싶을 정도의 보랏빛으로 변했다. 재닛이 천천히 말했다.

"전에는 왜 청혼을 하지 않았나요?"

"그럴 수 없었어요. 청혼하지 않겠다고 어머니와 약속했거든요. 순전히 어머니 뜻이었어요. 19년 전에 어머니가 심한 발작을 일으켰는데, 다들 어머니가 이대로 돌아가실 거라고 생각했죠. 어머니는 당신이 살아 계시는 동안 재닛에게 청혼하지 않겠다는 약속을 해달라고 애원했어요. 의사가 여섯 달밖에 남지 않았다고 말하기에, 어머니가 그리 오래 살지는 못할 거라는 사실은 모두가 예상하고 있었지만 난 그런 약속 같은 건 하고 싶지 않았죠. 하지만 어머니는 아프고 괴로워하는 중에도 무릎까지 꿇고 부탁했어요. 결국 약속해야 했죠."

재닛이 비명을 질렀다.

"어머니는 내 어떤 점이 마음에 안 드셨대요?"

"전혀 없어요. 그런 게 있을 리가요. 어머니는 살아생전 다른 여자를 집에 들이고 싶지 않았던 것뿐이에요. 어머니는 내가 만약 약속하지 않는다면 그 자리에서 당장 죽어버리겠다고 하셨어요. 나더러 어머니를 죽인 패륜아가 되고 싶으냐고 하셨죠. 그 말을 들으니 나도 어쩔 수 없었어요. 어머니는 그때부터 약속을 빌미로 날 붙잡아두고 있었던 겁니다. 무릎을 꿇고 제발 놓아달라고 애원도 해봤지만 소용없었어요."

"어째서 내게 말해주지 않았나요? 알고 있기만 했었어도! 왜 아무런 이야기도 하지 않았던 거예요?"

재닛은 목이 멘 채로 물었다. 존은 목이 쉬어 있었다.

"아무한테도 말하지 않겠다는 맹세까지 했거든요. 심지어 어머니는 성경책에 대고 맹세하게 했어요. 재닛, 이렇게 오랜 세월이 흘러갈 줄 꿈에라도 알았더라면 절대 그러지 않았을 거요. 내가 19년 동안 얼마나 괴로웠는지 당신은 모를 겁니다. 내가 당신을 얼마나 괴롭혔는지도 잘 알아요. 하지만 재닛, 그래도 우리 결혼합시다. 제발 나와 결혼해줘요. 당신에게 청혼할 수 있게 되자마자 달려온 거요."

얼이 빠져 있던 앤은 그 순간에야 정신이 들었고 이곳은 자신이 있을 자리가 아니라는 사실을 깨달았다. 앤은 슬그머니 자리를 피했고 다음 날 아침이 되어서야 재닛을 보았다. 재닛은 앤에게 뒷이야기를 들려주었다.

"그런 잔인하고 무자비한 거짓말쟁이 늙은이가 다 있을까요!"

앤이 소리쳤지만 재닛은 엄숙하게 말했다.

"쉿, 돌아가신 분이잖아요. 살아 계시면 몰라도, 아무튼 돌아가셨는걸요. 그러니까 그분을 나쁘게 말하면 안 돼요. 하지만 앤, 전 드디어 행복해졌어요. 이유라도 알았더라면 그렇게 오래 기다렸어도 힘들지 않았을 텐데요."

"언제 결혼할 거예요?"

"다음 달에요. 결혼식은 아주 조용하게 치를 거예요. 사람들이 끔찍한 말을 마구 퍼부어대겠죠. 다들 불쌍한 어머니가 세상을 떠나자마자 내가 서둘러 존을 낚아챘다고 할 거예요. 존은 사람들한테 사실을 알리고 싶어 했지만 내가 말렸어요. '존, 안 돼요. 어쨌든 그분은 당신 어머니잖아요. 이 비밀은 우리 사이에 묻어두고 고인에 대한 기억에 그림자를 드리우지 않기로 해요. 사람들이 어떤 말을 떠들어대든 난 상관없어요. 이제 진실을 알았으니까 다른 게 뭐가 중요하겠어요. 모든 것은 고인 곁에 함께 묻어둬요'라고 그에게 말했어요. 그 사람을 달래서 내 말에 따르도록 만든 거죠."

"저 같으면 절대로 용서할 수 없었을 거예요. 재닛은 정말 마음이 넓은 사람이네요."

앤은 심기가 불편한 듯 보였지만 재닛은 너그럽게 말했다.

"앤도 내 나이쯤 되면 어떤 일을 대하는 자세가 달라질 거예요. 나이가 들면서 배우는 거죠. 용서하는 법 말이에요. 마흔 살이 되면 스무 살 때보다 용서하기가 더 쉬워진답니다."

35장

――

레드먼드에서 보내는 마지막 해

"다들 돌아왔구나. 햇볕에 그을린 피부가 정말 멋져. 얼굴은 경주에 나서는 늠름한 남자처럼 즐거워 보이고. 그리운 패티의 집과 아주머니와 고양이들을 다시 보니 참 기쁘지 않니? 저런, 러스티는 귀 한쪽도 마저 없어졌구나?"

필리파가 옷가방 위에 앉아 기쁨의 한숨을 내쉬었다.

"러스티는 귀가 없어도 세상에서 가장 멋진 고양이일 거야."

앤이 이렇게 말하며 짐 가방을 푸는 동안 러스티는 앤의 무릎 위에서 뒹굴며 반가움을 표현했다.

"아주머니, 우릴 다시 보게 돼서 기쁘시죠?"

필리파가 물었다. 웃으며 수다를 떠는 네 여학생 주위에 널린 짐 가방과 옷가지를 바라보면서 제임시나 아주머니가 안타까운 듯 말했다.

"그래. 하지만 우선 짐부터 정리하면 좋겠구나. 이야기는 나중에도 얼마든지 나눌 수 있잖니. 일부터 하고 난 다음에 놀자는 게 어렸을 때 내 좌우명이었어."

"아주머니, 요즘 시대에는 반대가 되었답니다. 저희 좌우명은 '놀 만큼 논 다음에 들이파라'예요. 먼저 한바탕 놀고 나면 공부를 더 잘할 수 있거든요."

제임시나 아주머니는 기숙사 사감 중에서 여왕으로 뽑혀도 손색없을 만큼 매력적이고 우아한 모습으로 조지프와 뜨개질거리를 집어 들고는 못 말리겠다는 듯 필리파를 바라보았다.

"목사님하고 결혼할 사람이 '들이파다'가 뭐냐?"

"그게 어때서요? 왜 목사 사모님이면 '점잔 빼는'* 말만 할 거라고 생각하는 거죠? 전 안 그럴 거예요. 패터슨 거리에 사는 사람들은 속어를, 그러니까 비유적인 언어를 쓴단 말이에요. 제가 그런 식으로 말하지 않으면 그들은 절 거만하고 잘난 척하는 사람이라고 생각할 거예요."

필리파가 투덜거리자 점심 바구니의 음식 부스러기를 세라캣에게 먹이고 있던 프리실라가 물었다.

"부모님한테는 그 이야기를 했니?"

필리파가 고개를 끄덕였다.

"뭐라고 하셨어?"

"아, 엄마는 난리도 아니었어. 하지만 난 바위처럼 꿋꿋하게

버텼지. 전에는 어떤 상황에서도 고집을 부려본 적 없는 내가, 이 필리파 고든이 그랬다니까! 아빠는 엄마보다 차분하게 반응하셨어. 할아버지도 목사님이셨기 때문에 성직자에겐 호의를 갖고 계시거든. 난 엄마가 마음을 좀 가라앉히길 기다린 다음에 조를 집으로 데려갔어. 다행히 두 분 모두 조를 마음에 들어 하시더라고. 하지만 엄마는 나한테 기대하는 바를 이야기할 때마다 조한테 가시 돋친 말만 해댔어. 아, 얘들아. 확실히 장미꽃이 흩뿌려진 길을 걷는 휴가는 아니었단다. 하지만 난 이겨냈고 조를 얻었지. 다른 건 아무래도 상관없어."

"너한테나 그렇겠지."

제임시나 아주머니가 비관적으로 말하자 필리파가 곧바로 되받아쳤다.

"조도 그렇게 느끼고 있어요. 아주머니는 조를 불쌍한 사람이라고만 생각하시네요. 왜 그러세요? 제 생각엔 조를 부러워할 사람이 많아 보이는데요. 조는 저의 뛰어난 머리와 잘난 미모, 순수한 마음을 차지했잖아요."

제임시나 아주머니가 참을성 있게 말했다.

"우린 네 말을 어떻게 받아들이면 되는지 알고 있으니까 괜찮다만, 다른 사람들 앞에선 그런 말을 하지 않았으면 해. 다들 무슨 생각을 하겠니?"

"어머, 사람들이 저를 어떻게 생각하는지는 별로 관심 없어요. 전 다른 사람들이 저를 보듯 색안경 쓴 눈으로 제 모습을 보고 싶진 않거든요. 그러면 거의 모든 순간이 불편해질 게 뻔해요. 번스 같은 시인도 기도문을 전부 다 솔직하게 쓰지는 않았을지도 모르죠."

"아, 우리 모두는 진심으로 원하지도 않는 소원을 빌지. 자기 마음을 들여다볼 정도로 솔직할 수 있다면 얼마나 좋겠니. 그런 기도는 하늘 높이까지는 가닿지 않을 것 같구나. 난 어떤 여자를 용서하게 해달라고 기도했었지만 지나고 보니 용서하고 싶어 한 적이 없었어. 가까스로 그걸 깨달았을 때에야 비로소 기도할 필요도 없이 그 사람을 용서하게 됐지."

제임시나 아주머니가 깨끗이 털어놓자 스텔라가 말했다.

"아주머니가 누군가를 오랫동안 용서하지 않았다는 게 사실인가요? 전 상상도 못 하겠어요."

"전에는 그랬지. 하지만 오래 살다 보면 앙심을 품는 게 얼마나 하찮은 일인지를 깨닫게 된단다."

"그러니까 생각나는 게 있네요."

앤은 존과 재닛 이야기를 꺼냈다. 그러자 필리파가 졸랐다.

"네가 편지에서 슬쩍 내비쳤던 낭만적인 사건도 들려줘."

앤이 새뮤얼의 청혼을 의기양양하게 재연해 보였다. 여학생들은 큰 소리로 웃었고 제임시나 아주머니도 미소를 지었다.

"네게 마음이 있는 남자를 웃음거리로 만드는 일은 바람직하진 않지만 나도 항상 그러긴 했지."

제임시나 아주머니의 말이 끝나자마자 필리파가 재촉했다.

"아주머니, 쫓아다니던 남자들 얘기 좀 해주세요. 꽤나 많았을 것 같은데요."

제임시나 아주머니가 쏘아붙였다.

"많았을 거라고? 과거시제가 아니야. 지금도 있거든. 고향에는 나한테 전부터 추파를 던져온 나이 지긋한 홀아비가 셋이나 있어. 이 세상 로맨스를 너희 같은 젊은이들이 죄다 움켜쥐고 있다고 생각하는 건 큰 오산이다."

"홀아비하고 추파라는 말은 낭만적으로 들리지 않는걸요."

"뭐, 그렇기도 하겠구나. 하지만 젊은 사람들이라고 해서 항상 낭만적인 건 아니지. 날 따라다니던 남자들 중 몇 명은 확실히 낭만과 거리가 멀었어. 난 가엾은 그 남자들을 실컷 비웃어 주곤 했지. 짐 엘우드라는 사람은 언제나 멍하니 정신이 나가서 일이 어떻게 돌아가는지도 모르는 것 같았단다. 내가 '아니요'라고 말했다는 걸 1년 뒤에야 깨달았지. 그는 결혼식 직후 교회에서 집으로 가는 길에 부인이 썰매에서 떨어졌는데도 부인이 옆에 없다는 사실을 몰랐다는구나. 그리고 댄 윈스턴이란 사람도 있었어. 그는 아는 게 너무 많아서 문제였단다. 세상일에 통달했을뿐더러 저세상 일에 대해서도 빠삭했었지. 무슨 질문을 하든 술술 대답했어. 심지어 최후의 심판 날이 언제냐고 물어도 자신 있게 말하더라. 밀턴 에드워즈는 정말 좋은 사람이고 나도 그를 좋아했는데 결혼하지는 않았어. 일단 그는 농담을 알아듣는 데 일주일이나 걸렸고, 나한테 청혼도 하지 않았기 때문이야. 허레이쇼 리브는 날 좋아한다는 남자 중에서 가장 재미있는 사람이었어. 하지만 그 사람은 이야기를 너무 꾸며대는 게 흠이었어. 거짓말을 하고 있는지 상상하는 대로 지껄여대는지 구분할 수가 있어야지, 원"

"그들 말고 다른 사람들은 어땠어요?"

"우선 짐을 풀어야 하지 않겠니? 나머지는 좋은 사람들이어

서 웃음거리로 삼을 수 없구나. 그들과의 추억은 소중하게 간직하고 싶다. 앤, 네 방에 꽃 상자가 있어. 한 시간 전에 온 거야."

제임시나 아주머니는 말을 마친 뒤 뜨개바늘을 든다는 것이 그만 조지프를 들고 흔들어버렸다.

첫 주가 지나자 패티의 집 여학생들은 자리를 잡고 앉아 공부에 전념했다. 레드먼드에서 보내는 마지막 해였고 어떻게든 졸업장을 받아야 했기 때문이다. 앤은 영문학에 매진했고 프리실라는 고전에 몰두했으며 필리파는 수학에 집중했다. 때로는 지쳤고 때로는 낙심이 되면서 이렇게까지 고생할 가치가 없을지도 모른다는 회의가 들었다. 11월의 어느 비 오는 밤 이런 기분이었던 스텔라가 앤의 파란 방에 들렀다. 앤은 바닥에 앉아 있었다. 옆에 있는 램프 불빛이 작은 동그라미를 그리며 퍼져 있었고 주위에는 구겨진 원고가 눈처럼 흩어져 있었다.

"도대체 뭘 하고 있는 거니?"

"예전에 이야기 클럽에서 썼던 걸 읽어 보는 중이야. 기운을 북돋아줄 만큼 푹 빠져들 만한 일이 필요했거든. 공부만 하다 보니 온 세상이 파랗게 보일 지경이었어. 그래서 여기 올라와 가방에서 이 뭉치를 꺼낸 거야. 이야기들이 어찌나 눈물과 비극에 젖어 있는지 웃음을 참지 못할 정도야."

스텔라가 소파에 몸을 던지며 말했다.

"나도 우울하고 심란해. 뭘 해도 소용없는 것처럼 느껴지거든. 내가 하는 생각 자체가 낡았잖아. 전과 달라진 게 없어. 앤, 결국에는 사는 게 다 무슨 소용이니?"

"스텔라, 머리가 지쳐서 그런 기분이 드는 거야. 날씨도 한몫하고 있네. 힘겨운 하루를 버티고 이렇게 비가 쏟아지는 밤이 오면 마크 태플리*가 아닌 다음에야 누구라도 짓눌려버리는 거지. 사는 게 가치 있다는 사실은 너도 알고 있잖아."

"아, 그렇겠지. 하지만 지금은 잘 모르겠어."

스텔라의 말에 앤이 꿈꾸듯 말했다.

"그럼 이 세상에 살면서 업적을 남긴 위대하고 고귀한 사람들을 생각해봐. 그들 뒤에 태어나 그들이 가르치고 이뤄놓은 것을 이어받는 일도 가치 있지 않을까? 그들의 영감을 공유한다고 생각하는 것도 참 중요한 일이잖아? 그리고 미래에 태어날 모든 위대한 사람의 경우는 어때? 작은 일이라도 하면서 그 사람들을 위한 길을 닦아놓고, 그들이 한 걸음이라도 편하게 걷도록 도와주는 일도 가치 있지 않을까?"

"앤, 머리로는 네 말에 동의해. 하지만 내 영혼은 여전히 멍하고 의욕도 전혀 생기지 않아. 비가 오는 밤이면 난 축 늘어지고 우울해지거든."

"난 비 오는 밤이 좋을 때도 있어. 침대에 누워 빗방울이 지붕을 두드리고 소나무 사이에 들이치는 소리를 듣는 게 좋아."

"비가 지붕에만 고여 있는 거라면 나도 좋아. 항상 그렇진 않다는 게 문제지. 지난여름에 오래된 시골 농가에서 끔찍한 밤을 보낸 적 있어. 지붕에서 비가 새니까 침대 위로 물방울이 뚝뚝 떨어졌지. 거기에 시적인 건 없었어. '음울하고 컴컴한 한밤중'**

• 찰스 디킨스의 소설 『마틴 처즐윗』에 나오는 인물

•• 영국 시인 로버트 번스(1759-1796)의 시 〈그레고리 경〉에 나온 표현

에 일어나 빗방울이 떨어지지 않는 곳으로 침대를 옮겨야 했거든. 단단한 구식 침대라 무게가 1톤은 됐을 거야. 아마 거의 그 정도였겠지. 그리고 그 뚝뚝 떨어지는 빗방울 소리가 밤새도록 계속되는 바람에 온 신경이 너덜너덜해질 지경이었어. 맨바닥에 떨어지는 빗방울 소리가 얼마나 섬뜩한지 넌 상상도 못 할 거야. 꼭 유령 발걸음 소리처럼 들린다니까. 아니, 앤. 너 왜 웃는 거야?"

"이 소설들 때문에 그래. 필이라면 이것들이 다 죽여준다고 말했을 거야. 여러 가지 의미로 그랬겠지. 이 이야기들 속 등장인물은 전부 죽어버리거든. 여주인공들은 얼마나 눈부시고 사랑스러운지 몰라. 입은 옷은 또 어떻고! 실크, 새틴 천, 벨벳, 보석, 레이스…. 다른 건 절대 몸에 걸쳐보지도 않았어. 이 이야기는 제인 앤드루스가 썼는데 여주인공이 작은 진주알로 장식한 아름다운 하얀색 새틴 잠옷을 입고 잔다고 적어놨네."

"계속 읽어줘. 웃을 수 있는 인생은 살 만한 가치가 있다고 느끼기 시작했어."

"이건 내가 쓴 거야. 이야기 속 여주인공은 '머리부터 발끝까지 커다란 최고급 다이아몬드로 치장해 번쩍거리는 모습으로' 무도회를 신나게 즐겼지. 하지만 아름다운 외모나 값비싼 옷차림이 무슨 소용이겠니? '영광의 길은 무덤으로 이어질 뿐이다'●라는 말도 있잖아. 다들 죽임을 당하거나 찢어지는 가슴을 안고 죽거나 둘 중 하나야. 여기 나오는 인물들에게 피할 길은 없어."

<hr />

● 　영국 시인 토머스 그레이(1716-1771)의 시 〈시골 묘지에서 쓴 비가〉의 한 구절

"나도 네가 쓴 소설을 읽어볼래."

"음, 이게 내 걸작이야. 이 재기 발랄한 제목에 주목해봐. 「내무덤들」이라니. 난 이걸 쓰면서 눈물을 한 바가지나 흘렸어. 내가 낭독해주자 다른 애들도 눈물을 몇 통은 흘렸지. 제인 앤드루스는 그 주에 손수건을 너무 자주 빨아서 엄마한테 엄청 야단맞았어. 어느 감리교 교회 목사 사모님의 여정을 그린 가슴 아픈 이야기야. 주인공을 감리교도로 정한 건 여기저기 돌아다니기 위해서였어. 주인공은 사는 곳이 바뀔 때마다 아이를 한 명씩 땅에 묻어. 아이는 아홉 명이고 무덤은 뉴펀들랜드에서부터 밴쿠버까지 곳곳에 멀리 떨어져 있어. 난 아이들을 묘사하고 저마다 죽는 장면을 그린 다음 묘비명과 비문까지 자세하게 썼지. 아홉 명 전부를 묻으려고 했지만 여덟 명을 퇴장시키니까 상상력이 고갈되는 바람에 아홉 번째 아이는 회복할 수 없는 장애를 지닌 채로 살게 했어."

스텔라는 「내 무덤들」을 읽으면서 비극적인 장면이 나올 때마다 미소를 지었고, 밤새도록 여기저기 쏘다니다 지친 러스티는 제인 앤드루스의 원고 위에서 몸을 웅크리고 잠이 들었다. 제인의 글은 15세의 아름다운 간호사 아가씨가 한센병 환자들이 사는 마을로 가서 끔찍한 병을 얻어 죽는 이야기였다. 앤은 다른 원고를 훑어보면서 이야기 클럽 회원들이 가문비나무 아래나 시냇가의 고사리 사이에 앉아 소설을 쓰던 시절을 회상했다. 그때 우린 얼마나 즐거웠던가! 앤이 원고를 읽는 동안 지나가버린 여름날의 햇살과 웃음소리가 되살아났다. 그리스의 영광과 로마의 위엄을 모두 동원한다고 해도 이야기 클럽 소설의 우습고 눈물겨운 마법을 제대로 엮어내지는 못할 것 같았다. 앤은 원고 뭉치 속에서 포장지에 적힌 글을 발견했다. 이 글이 탄생한 시간 속 공간이 생각나면서 앤의 회색 눈동자에는 웃음의 물결이 넘실거렸다. 토리 도로에 있는 콥 씨네 오리 축사 지붕을 뚫고 떨어졌던 날에 썼던 단편이었다.

앤은 원고 전체를 훑고 난 뒤 다시 정독했다. 그 글은 과꽃과 스위트피가 나누는 대화 그리고 라일락 덤불에 사는 야생 카나리아와 정원을 수호하는 요정 사이에 오고가는 작은 대화였다. 다 읽은 뒤 앤은 앉은 채로 허공을 응시했다. 스텔라가 방에서 나가자 앤은 구겨진 원고를 펴고 결연히 되뇌었다.

"난 할 수 있어!"

36장

가드너 가족의 방문

"제임시나 아주머니, 인도 우표가 붙은 편지 한 통이 와 있네요. 스텔라한테는 편지가 세 통, 프리실라한테는 편지 두 통이 왔고. 이 멋지고도 두툼한 편지는 조가 나한테 보낸 거야. 앤, 네게 온 건 전단지 한 통밖에 없어."

필이 휙 건네준 얇은 편지를 받고 앤의 얼굴은 붉게 물들었다. 처음에는 아무도 눈치채지 못했지만 몇 분 뒤 고개를 든 필리파는 앤의 얼굴이 달라졌다는 사실을 알아보았다.

"앤, 무슨 좋은 일이라도 있니?"

"『젊은이의 벗』이라는 잡지에서 두 주 전에 내가 보낸 단편을 싣겠다고 연락이 왔어."

앤이 말했다. 잡지에 밥 먹듯이 글을 싣는 사람처럼 말해보려고 애썼지만 뜻대로 되지는 않았다.

"앤 셜리! 정말 대단해! 무슨 글이었는데? 잡지는 언제 나와? 원고료는 받았어?"

"응. 나한테 10달러짜리 수표를 보내줬어. 그리고 편집자가 내 작품을 더 보고 싶다는 내용의 편지도 동봉했어. 물론 더 보여줄 거야. 이번 이야기는 옛날에 쓴 단편인데 상자 속에서 찾았어. 그 글을 다듬어서 보냈지. 솔직히 이게 뽑힐 거라고는 생각지도 못했어. 별다른 줄거리가 없었거든."

앤은 「에이버릴의 속죄」 때 실패한 쓰라린 경험을 떠올렸다.

"앤, 그 10달러로 뭘 할 거야? 모두 시내로 나가서 취할 때까지 마셔볼까?"

필리파가 제안했고 앤도 쾌활하게 선언했다.

"한바탕 정신없이 노는 데 써버릴 생각이야. 어쨌든 이건 더러운 돈이 아니잖아. 그 끔찍한 베이킹파우더 소설을 써서 받은 수표와는 달라. 난 그 돈을 유용하게 써보려고 옷을 샀는데, 옷을 입을 때마다 기분이 나빠지더라고."

"다들 생각해봐. 패티의 집에 진짜 작가가 살고 있어!"

프리실라가 감탄하자 제임시나 아주머니는 엄숙히 말했다.

"그건 대단히 책임 있는 자리다."

"진짜 그래요. 작가는 다루기 힘든 황소 같은 존재랍니다. 언제 어떻게 날뛸지 알 수 없으니까요. 앤이 우리 이야기를 있는 그대로 쓸지도 모르죠."

프리실라가 똑같이 엄숙하게 동의했다. 제임시나 아주머니의 표정이 더욱 진지해졌다.

"내 말은 글을 써서 출판하는 일에는 막중한 책임이 따른다는 뜻이었어. 앤도 그걸 깨달았으면 좋겠구나. 우리 딸도 외국에 나가기 전에 소설을 쓴 적이 있었는데 지금은 더 숭고한 일로 관심을 돌렸지. 그 아이는 '장례식에서 읽혔을 때 부끄러워질 글은 한 줄도 쓰지 말자'라는 말을 좌우명으로 삼았단다. 앤, 너도 이 말을 각별히 유념하는 게 좋을 거야. 네가 문학을 할 생각이라면 더더욱 그래야겠지. 하지만 솔직히 말하자면, 엘리자베스는 이 말을 할 때면 항상 웃었단다. 걘 언제나 너무 많이 웃어. 어떻게 선교사가 될 생각을 했는지 모르겠다. 그런 결심을 해주어서 나야 고맙지만. 난 그 애가 차라리 선교사가 되기를 기도했거든. 하지만 안 그래도 됐겠다 싶기는 해."

곤혹스러워하며 말을 마친 제임시나 아주머니는 이 아가씨들이 어째서 모두 웃고 있는지 의아해했다.

그날 내내 앤의 눈은 쉴 틈 없이 반짝였다. 문학을 향한 열망이 뇌리에 싹트고 꽃을 피웠다. 들뜬 마음은 제니 쿠퍼가 주최한 산책 파티에 갔을 때도 가라앉지 않았다. 앤과 로이 바로 앞에서 걷고 있는 길버트와 크리스틴의 모습조차도 별빛 같은 희망의 광채를 없애지는 못했다. 물론 앤이 구름 위를 걷듯 황홀한 상태이기는 했지만, 그럼에도 크리스틴의 걸음걸이가 우아하지 않다는 것을 알아차리지 못할 정도는 아니었다.

'하지만 길버트는 크리스틴의 얼굴만 보고 있는 것 같아. 남자는 다 똑같겠지?'

앤이 경멸하며 몸서리치고 있을 때 로이가 물었다.

"토요일 오후에 집에 있을 건가요?"

"네."

"제 어머니와 누이들이 당신을 만나러 갈 겁니다."

로이의 조용한 말을 듣고 전율이라고 할 만한 느낌이 앤의 마음속으로 밀려들었다. 하지만 썩 좋은 기분은 아니었다. 로이의 가족을 한 명도 만난 적이 없었던 앤은 그제야 로이가 한 말의 무게를 실감했다. 돌이킬 수 없는 무언가가 다가오는 것 같아서 오싹한 느낌이 들었다.

"그분들을 만나 뵙게 되어 기뻐요."

앤은 담담하게 말했지만 정말로 기뻐할 일인지 확신할 수 없어서 무척 혼란스러웠다. 물론 기뻐해야 마땅한 일이었다. 하지만 시련일 수도 있지 않을까? 가드너의 가족이 자신의 아들이자 오빠가 '빠져 있는 상대'를 유심히 살펴보고 있다는 소문은 앤도 들은 적이 있었다. 방문 소식을 전달해서 로이가 앤에게 부담감을 준 것만은 분명했다. 앤은 자신이 머지않아 저울대에 오른다는 사실을 알고 있었다. 앤을 찾아가기로 했다는 사실은 내키든 내키지 않든 간에 이들이 앤을 가족의 구성원으로 삼을 수 있을지 고민한다는 뜻이었다.

'그냥 내 모습 그대로 있어야지. 좋은 인상을 주려고 억지로 애쓰진 않을 거야.'

앤은 당당하게 생각했다. 하지만 이번 토요일 오후에 어떤 드레스를 입는 것이 나을지, 머리를 높이 올리는 게 예전 머리보다 어울릴지 고민하느라고 즐거웠던 산책 파티도 시들해져버렸다. 밤이 될 무렵에야 앤은 토요일에 갈색 시폰 드레스를 입되 머리는 밑으로 내리기로 마음먹었다.

패티의 집 여학생들은 금요일 오후에 수업이 없었다. 스텔라는 공부 모임에서 발표할 논문을 쓰느라 거실 구석 탁자에 앉아 있었고, 근처 바닥에는 공책과 원고가 어수선하게 흩어져 있었다. 스텔라는 다 쓴 종이를 한 장씩 집어 던지지 않으면 한 줄도 더 쓸 수 없다고 공공연히 말했다. 플란넬 블라우스에 모직 스커트 차림의 앤은 집으로 걸어올 때 바람에 날려 머리가 헝클어진 채로 마루 한가운데 앉아 새의 뼛조각을 가지고 세라캣과 장난치고 있었다. 조지프와 러스티는 둘 다 앤의 무릎 위에서 몸을 웅크리고 있었다. 프리실라가 부엌에서 요리를 하고 있었던 터라 따뜻한 자두 향기가 온 집 안을 가득 채웠다. 곧이어 프리실라는 커다란 앞치마를 두른 채 코에 밀가루를 묻히고 거실로 들어와서는 방금 크림 장식을 마친 초콜릿케이크를 제임시나 아주머니에게 보여주었다.

이 상서로운 순간에 문을 두드리는 소리가 들렸다. 아무도 그 소리에 신경 쓰지 않았지만 필리파는 아침에 주문한 모자가 온 줄 알고 얼른 일어나 문을 열었다. 하지만 문 앞에는 가드너 부인과 두 딸이 서 있었다.

앤이 허둥지둥 일어나자 고양이 두 마리는 짜증을 내며 무릎에서 내려왔다. 동시에 앤은 자기도 모르게 뼛조각을 오른손에서 왼손으로 바꿔들었다. 부엌으로 돌아가려면 거실 한가운데를 가로질러야 했던 프리실라는 당황한 나머지 초콜릿케이크를 난롯가 소파의 쿠션 아래에 거칠게 처박아놓고는 2층으로 뛰어올라갔다. 스텔라는 주섬주섬 정신없이 원고를 주워 모았다. 제임시나 아주머니와 필리파만 평정심을 유지하고 있었다. 두 사람 덕분에 앤을 포함한 모두가 침착하게 앉아 있을 수 있었다.

프리실라는 앞치마를 벗어 던지고 얼굴에 묻은 밀가루를 닦은 뒤 아래층으로 내려왔고, 스텔라는 자기가 어지럽힌 구석 탁자 자리를 정리했으며, 필리파는 가벼운 대화를 꺼내서 어수선한 상황을 수습했다.

가드너 부인은 키가 크고 마른 미인이었으며 세련된 드레스를 입고 있었다. 다정다감하게 행동했지만 억지로 그런 체하는 것 같기도 했다. 그녀의 딸인 알린 가드너는 어머니가 젊었을 때를 그대로 빼다 박은 모습이었지만 따뜻한 태도라고는 눈 씻고 찾아봐도 없었다. 자기 딴에는 사람들을 친절히 대하려고 애썼지만 오히려 거만하고 잘난 척하는 것으로밖에 보이지 않았다. 도러시 가드너는 호리호리하고 쾌활했으며 말괄량이 같은 면이 있었다. 도러시는 로이가 특히 아끼는 동생이라는 사실을 알고 있었던 앤은 그녀에게 호감을 느꼈다. 장난꾸러기 같은 갈색 눈이 아니라 꿈꾸는 듯한 검은 눈동자였다면 로이와 많이 닮았을 것이다. 긴장감이 없다고 할 수는 없는 분위기였고 난처한 일도 두어 번 정도 일어났지만 도러시와 필리파 덕분에 가드너 가족을 물 흐르듯 순조롭게 대접할 수 있었다. 자기들끼리 남겨진 러스티와 조지프는 서로 추격전을 벌이기 시작했고 한바탕 거칠게 질주하다가 가드너 부인의 무릎 위에까지 난폭하게 뛰어올랐다. 가드너 부인은 긴 손잡이가 달린 안경을 집어 들고는 고양이들이 이리저리 날아다니는 광경을 생전 처음 본다는 듯 물끄러미 쳐다보았고, 앤은 당황스러운 웃음을 애써 삼키며 거듭 사과했다.

"고양이를 좋아하시나 봐요?"

가드너 부인은 말투에서 의아하다는 기색을 은근히 드러냈다. 앤은 러스티를 좋아하기는 했지만 특별히 고양이를 좋아하지는 않았다. 하지만 가드너 부인의 말투는 귀에 거슬리는 점이 있었다. 엉뚱하게도 길버트의 어머니가 고양이를 좋아한 나머지 남편이 허락하는 한도 내에서 가능한 한 많은 고양이를 키우고 있다는 사실을 떠올렸다.

"고양이는 귀여운 동물이잖아요, 안 그런가요?"

앤이 심술궂게 말하자 가드너 부인은 쌀쌀맞게 대답했다.

"난 고양이를 좋아해본 적이 없어요."

그때 도러시가 말했다.

"난 좋아해요. 고양이는 아주 귀여운데 제멋대로잖아요. 개는 너무 착하고 말을 잘 들어요. 그래서 오히려 거리감이 느껴지죠. 하지만 고양이는 놀라울 정도로 인간적이에요."

"저기 고풍스럽고 예쁜 개 모양 도자기가 두 점 있네요. 가까이 가서 봐도 될까요?"

알린은 이렇게 말하면서 벽난로 쪽으로 가려고 거실을 가로질렀다. 그러다가 의도치 않게 다른 사건이 일어났다. 마곡을 집어 들고는 프리실라의 초콜릿케이크가 숨겨져 있는 쿠션에 앉은 것이다. 프리실라와 앤은 괴로워하며 눈빛을 교환했지만 어쩔 도리가 없었다. 알린은 위풍당당하게 앉아서 돌아갈 때까지 도자기 개에 관해 이야기했다.

도러시는 뒤편에서 잠시 머뭇거리다가 앤의 손을 꼭 잡고는 갑작스럽게 속삭였다.

"내 생각엔 당신하고 난 좋은 친구가 될 것 같아요. 아, 로이 오빠가 내게 당신 이야기를 다 해줬어요. 오빠와 이런저런 이야기를 하는 사람은 가족 중에서 나밖에 없거든요. 가엾은 오빠. 어느 누구도 엄마와 알린에게만큼은 속마음을 털어놓을 수 없다는 사실을 앤도 알아차렸을 거예요. 여러분들은 여기서 즐겁게 지내시는 것 같군요! 나도 가끔 들러서 함께 시간을 보내도 괜찮을까요?"

"물론이죠. 언제든 오세요."

앤은 진심으로 답했다. 로이의 누이 중 한 사람이라도 좋아할 수 있어서 다행이었다. 알린을 좋아할 수는 없는 노릇이었다. 알린도 앤을 좋아하게 될 일이 없을 것이다. 가드너 부인이 앤을 마음에 들어 하는지도 불확실했다. 아무튼 시련의 시간이 모두 지나자 앤은 안도의 한숨을 내쉬었다.

> 혀끝이나 펜촉에서 나오는 모든 슬픈 말들 중
> 가장 슬픈 말은 '그때 그랬더라면'이니.*

프리실라는 쿠션을 들어 보이며 비극적인 말투로 인용했다.

"이제 이 케이크는 네가 '완전한 실패'라고 부를 법한 상태가 돼버렸네. 쿠션도 케이크와 마찬가지로 망가져버렸고. 금요일이 불길한 날이 아니라는 말은 입 밖에 내지 말길 바랄게."

"토요일에 방문하겠다던 사람이 금요일에 와서는 안 되지."

제임시나 아주머니의 말에 필리파가 대꾸했다.

"로이가 실수한 것 같은데요. 그 사람은 앤하고 말할 때면 자기가 무슨 이야기를 하고 있는지도 모르잖아요. 그나저나 앤은 지금 어디 있는 거야?"

앤은 2층으로 올라가 있었다. 이상하게도 울고 싶은 기분이었다. 하지만 그 대신 웃어버렸다.

'러스티와 조지프는 지나치게 극성맞았어! 그래도 도러시는 사랑스러웠어.'

37장

———

어엿한 대학 졸업생

"나 죽어버리고 싶어. 아, 지금이 내일 밤이면 좋을 텐데."

필리파가 앓는 소리를 하자 앤이 차분하게 말했다.

"네가 오래 살면 두 소원 다 이루어질 텐데."

"너야 그렇게 속 편한 말을 할 수 있겠지. 넌 철학을 잘하잖아. 난 아니란 말야. 내일 볼 무시무시한 시험을 생각하면 주눅이 든다고. 내가 낙제하면 조는 뭐라고 할까?"

"넌 낙제하지 않을 거야. 오늘 그리스어 시험은 어땠어?"

"모르겠어. 답안을 잘 써냈을 수도 있고, 호메로스가 무덤에서 뛰쳐나올 만큼 형편없었을지도 몰라. 공책을 하도 들여다봤더니 이젠 머릿속에 아무 생각도 떠오르지 않아. 이번 시험 집행이 끝나면 가엾은 나는 얼마나 황송해할까?"

"시험 집행이라고? 그런 말은 들어본 적 없는데."

"나도 누군가처럼 새로운 말을 만들 권리는 있잖니?"

필리파가 말하자 앤이 대꾸했다.

"말은 만드는 게 아니야. 저절로 변해가는 거지."

"아무래도 괜찮아. 시험이라는 거친 파도가 밀려간 뒤의 잔잔한 수면이 눈앞에 희미하게 보이기 시작했거든. 얘들아, 너희는 레드먼드 생활이 거의 끝났다는 게 실감 나니?"

"그럴 리가 없잖아. 레드먼드의 신입생 무리 속에 프리실라하고 내가 단둘이 있었던 게 엊그제 같아. 그런데 어느새 4학년이 되어 마지막 시험을 치르고 있네."

앤이 슬프게 말하자 필리파는 경구를 인용해서 답했다.

"강력하시고 현명하시고 존경하옵는 4학년들이여.* 우리가 레드먼드에 입학했을 때보다 더 현명해졌다고 생각하니?"

"가끔씩 현명하지 못한 행동을 할 때도 있지."

제임시나 아주머니가 따끔하게 지적하자 필리파는 애원하듯 매달렸다.

"아, 제임시나 아주머니. 전체적으로 봤을 때 저희는 아주머니가 엄마처럼 돌봐주신 지난 3년 동안 나름대로 착실하게 지내지 않았나요?"

"너희 네 명은 동급생 중에서도 가장 사랑스럽고 다정하고 착한 아이들이야. 하지만 너희가 분별력이 뛰어나다고 선뜻 말하기는 어렵지. 물론 그런 걸 기대하기에는 무리가 있다고 봐. 경험을 통해 배워야 분별력이 쌓이는 법이란다. 대학에서 그걸 가르칠 수는 없는 노릇이지. 너희는 4년 동안 대학을 다녔고 난 대학 문턱에도 가본 적이 없어. 하지만 아가씨들, 내가 너희보다 훨씬 많은 걸 알고 있잖니."

평소 누군가를 추어올리는 법이 없지만 적절한 순간에는 칭찬을 아끼지 않는 제임시나 아주머니가 장담했다.

스텔라가 읊조렸다.

규칙에서 벗어나는 일들이 많고,
대학에서 얻지 못하는 지식도
산더미처럼 존재하며,
학교에서 배우지 못하는 것도 한가득이라네.

"죽은 언어나 기하학같이 쓸데없는 것 말고 레드먼드에서 무언가 배운 게 있니?"

제임시나 아주머니가 따져 묻자 앤이 항변하듯 답했다.

"물론이죠. 저는 그렇다고 생각해요."

필리파가 말했다.

"지난번 수업 때 우들리 교수님이 하신 말씀이 진짜라는 걸 배웠어요. 교수님은 이렇게 말씀하셨거든요. '유머는 존재의 향연에서 가장 강한 향신료다. 실수를 웃어넘기되 배울 점을 찾아라. 고생을 농담거리로 삼되 그동안 힘을 얻어라. 어려움을 희롱하되 극복해내라.' 제임시나 아주머니, 이건 배울 만한 가치가 있지 않나요?"

"응, 그렇구나. 웃어넘겨야 할 건 웃어넘기고 그러지 말아야 할 것에 대해서는 웃지 않는 법을 배웠을 때 지혜와 이해심을 터득할 수 있겠지."

"앤, 넌 레드먼드 강의에서 뭘 얻었니?"

프리실라가 나직이 물어보자 앤은 천천히 입을 열었다.

"작은 장애물 하나하나는 농담처럼 여기고 큰 장애물 하나하나는 승리의 징조로 여기는 법을 배웠어. 이게 바로 레드먼드가 내게 준 거라고 생각해."

"레드먼드가 내게 무엇을 가르쳐주었는지 말하려면 우들리 교수님의 다른 말씀을 빌려야 할 거야. 교수님이 이렇게 연설하셨잖아. '볼 줄 아는 눈만 있다면, 사랑할 줄 아는 마음만 있다면, 모아 쥘 손만 있다면 세상에는 우릴 위한 것들이 너무나 많다. 남자와 여자들 그리고 예술과 문학 분야에도 너무나 많은 것이 있으며, 기뻐하고 감사할 많은 것들이 있다.' 앤, 레드먼드는 내게 이 진실을 어느 정도는 가르쳐준 것 같아."

프리실라의 말에 제임시나 아주머니가 대답했다.

"너희의 말을 듣고 보니, 타고난 용기가 충분하다면 20년 동안의 삶이 가르쳐주는 것을 대학 생활 4년 만에 깨우칠 수 있겠구나. 고등교육이라는 게 제법 쓸 만하다는 생각이 든다. 전에는 항상 의심스러웠거든."

"제임시나 아주머니, 그런데 타고난 용기가 없는 사람은 어떻게 되나요?"

"아무것도 배울 수 없겠지. 대학뿐만 아니라 인생에서도 마찬가지야. 백 살까지 산다고 해도 태어났을 때와 별반 다르지 않을 거다. 그건 불행이지 그들의 잘못은 아니야. 참 불쌍한 사람들이지. 하지만 용기를 조금이라도 가지고 있다면 그 점에 대해서 마땅히 하느님께 감사드려야 한단다."

이번에는 필리파가 질문했다.

"용기라는 게 뭔지 설명해주실래요?"

"아니, 아가씨들. 설명해주지 않을 거란다. 용기를 가진 사람은 그게 무엇인지도 알고 있을 거고, 용기가 없는 사람은 아무리 가르쳐주어도 그게 무엇인지조차 모를 테니까. 그러니 일부러 설명할 필요는 없겠지."

하루하루가 쏜살같이 지나가고 시험도 모두 끝났다. 앤은 영문학에서 최우등상을 받았고 프리실라는 고전에서, 필리파는 수학에서 우등상을 받았다. 스텔라는 모든 과목에서 좋은 성적을 거두었다. 이제 학위 수여식이 다가왔다.

"예전 같았으면 오늘 인생의 새날을 열었다고 말했겠지."

앤은 로이가 보내준 제비꽃을 상자에서 꺼내 들고 물끄러미 바라보았다. 물론 이 꽃을 졸업식에 가져갈 생각이었지만 왠지 탁자 위의 다른 상자에 눈이 갔다. 그 상자 안에는 은방울꽃이 가득 들어 있었다. 에이번리에 6월이 찾아올 무렵 초록지붕집 정원에 피어났던 은방울꽃처럼 싱싱하고 향기로웠다. 상자 옆에는 길버트 블라이드의 카드가 놓여 있었다.

앤은 왜 길버트가 졸업식에 맞춰 꽃을 보내왔는지 궁금했다. 지난겨울에는 길버트를 거의 못 만났다. 크리스마스 휴가가 지나고 나서 어느 금요일 저녁에 딱 한 번 패티의 집을 찾아왔을 뿐, 다른 곳에서는 마주치지 못했다. 길버트가 최우등상과 쿠퍼 상을 목표로 열심히 공부하느라고 레드먼드의 사교 활동에는 거의 참여하지 않는다는 사실을 앤은 알고 있었다. 앤은 사람들과 즐겁게 어울리며 겨울을 보냈다. 가드너 가족과도 자주 만났고 도러시와는 무척 친밀한 사이가 되었다. 대학 친구들은 조만간 앤과 로이가 약혼을 발표할 것으로 기대했다. 앤도 당연히 그렇게 여겼다. 하지만 앤은 졸업식에 가려고 패티의 집을 나서기 직전에 로이의 제비꽃을 휙 내던지고 길버트의 은방울꽃을 집어 들었다. 왜 그랬는지는 앤 자신도 설명할 수 없었다. 오랫동안 간직해온 포부를 실현하는 졸업식에서만큼은 에이번리 시절의 꿈과 우정이 훨씬 친밀하게 느껴졌을지도 모른다. 앤과 길버트는 학사모를 쓰고 졸업가운을 입은 자신들의 모습을 그려보며 설렜던 적이 있었다. 이 멋진 날 로이의 제비꽃이 끼어들 틈은 없었다. 함께 나누었던 열망이 결실을 맺은 자리에 오랜 친구가 준 꽃보다 어울릴 만한 것이 있겠는가.

앤은 몇 년 동안 이날이 오기를 고대해왔다. 하지만 막상 졸업식 날이 되었을 때 앤의 머릿속에 선명히 남은 기억은 레드먼드 총장이 학사모와 졸업장을 수여하면서 학사라고 불러준, 그 가슴 벅찬 순간이 아니었다. 앤의 은방울꽃을 보고 반짝 빛나던 길버트의 눈빛도 아니었으며, 단상 위의 앤 곁을 지나가면서 로이가 던진 당황스럽고 낙심한 눈길도 아니었다. 알린 가드너의 거들먹거리는 인사치레나 도러시의 호들갑스러운 축하 인사도 아니었다. 말로는 설명하기 힘든 이상한 아픔이 오랫동안 기대해왔던 이날을 망쳐버렸다. 이 기묘한 통증은 희미하지만 씁쓸한 뒷맛을 두고두고 남겼다.

문학부 졸업생들은 그날 밤 파티를 열었다. 앤은 무도회에 갈

채비를 하면서 평소 하고 다니던 진주목걸이는 치워두고, 크리스마스 때 초록지붕집으로 배달되었던 작은 상자를 꺼냈다. 상자 안에는 실처럼 가느다란 금 사슬에 작은 분홍색 에나멜 펜던트가 달린 목걸이와 카드가 들어 있었다. 카드에는 이렇게 적혀 있었다.

행운을 빌며, 너의 옛 친구 길버트가.

에나멜 펜던트를 보자 앤은 길버트가 자기를 '홍당무'라고 놀린 뒤 하트 모양 분홍색 사탕을 주면서 화해하려고 애쓰던 운명의 날이 떠올라 웃음이 났다. 앤은 길버트에게 고맙다는 편지를 써 보냈다. 하지만 목걸이를 걸어보지는 않았다. 오늘 밤 앤은 감미로운 미소를 지으며 하얀 목에 그 목걸이를 걸었다.

앤과 필리파는 레드먼드까지 함께 걸어갔다. 앤은 입을 다물고 있었지만 필리파는 이런저런 이야기를 늘어놓았다. 그러다가 필리파가 불쑥 이런 말을 꺼냈다.

"길버트 블라이드하고 크리스틴 스튜어트가 졸업식이 끝나자마자 약혼을 발표할 거라던데, 너는 들은 이야기 없니?"

"아니."

필리파가 대수롭지 않게 말했다.

"내 생각엔 사실인 것 같아."

앤은 아무런 말도 하지 않았다. 어둠 속에서 얼굴이 화끈거리는 듯한 기분을 느꼈다. 옷깃 안으로 손을 살짝 넣어 금목걸이를 잡았다. 힘껏 비틀자 줄이 끊어졌다. 앤은 목걸이를 주머니에 찔러 넣었다. 손이 떨리고 눈은 따끔거렸다.

하지만 그날 밤 흥겨운 분위기 속에서도 가장 즐거워한 사람은 바로 앤이었다. 길버트가 춤을 청하러 오자 앤은 아쉬워하는 기색도 없이 순서를 기다리는 사람이 너무 많다면서 거절했다. 파티가 끝난 뒤 패티의 집 꺼져가는 난롯불 앞에서 친구들과 새틴 천 옷에 남아 있던 봄의 한기를 몰아낼 때도 앤은 그날의 무용담을 누구보다 쾌활하게 이야기했다.

"밤에 너희가 몰려나간 뒤에 무디 스퍼전 맥퍼슨이 여기 들렀다. 졸업 파티가 열리는지도 몰랐다는구나. 그 남자는 귀가 튀어나오지 않도록 머리에 고무줄을 감고 자는 게 좋을 거다. 전에 날 따라다녔던 남자가 그렇게 했었는데 확실히 나아졌지. 내가 그렇게 하도록 권했고, 그는 내 말을 따랐어. 하지만 그는 내가 그런 말을 했다는 걸 평생 용서하지 않더구나."

불을 계속 지피기 위해 일어나 있던 제임시나 아주머니가 말했다. 프리실라가 하품하며 두둔했다.

"무디 스퍼전은 무척 진지한 청년이에요. 자신의 귀 모양보다 더 중대한 문제에 관심을 가진 사람이라고요. 장차 목사님이 될 거라잖아요."

"뭐, 하느님이 인간의 귀 모양 따위에는 별로 신경을 쓰지 않으실 것 같구나."

제임시나 아주머니는 위엄 있게 말하고 나서 무디 스퍼전에 대해 더는 험담하지 않았다. 풋내기 목사 지망생일지라도 성직자에 대해서는 합당한 존경심을 품고 있었기 때문이다.

38장

―

헛된 기대

"한번 상상해봐. 다음 주엔 내가 에이번리에 있을 거야. 얼마나 기쁜지 몰라! 하지만 또 상상해봐. 다음 주면 패티의 집을 영원히 떠나게 되잖아. 생각만 해도 끔찍해!"

앤이 몸을 구부리고 린드 부인의 조각보 이불을 상자 안에 쑤셔 넣으면서 말했다.

"우리의 웃음소리가 유령이 되어 패티 부인과 마리아 부인의 꿈속에서 메아리치는 건 아닐까?"

필리파가 생각에 잠기며 말했다. 패티 부인과 마리아 부인은 세계 곳곳을 누빈 뒤에 집으로 돌아오고 있었다.

패티 부인이 편지에 적었다.

우린 5월 둘째 주에 돌아갈 예정이에요. 카르나크신전을 보고 나면 패티의 집이 작게 느껴지겠지만 난 넓은 곳에서 사는 걸 좋아하지 않아요. 그리고 집에 돌아가는 건 참 기쁜 일이죠. 늘그막에 여행길을 나서면 남은 날이 많지 않다는 생각이 들어서 지나치게 많은 것을 하려는 욕심이 생긴답니다. 다만 마리아가 만족을 못 할까 봐 걱정이에요.

"난 앞으로 이 집에 올 사람을 축복하기 위해서 내 공상과 꿈을 남겨둘 거야."

앤이 파란 방을 아쉬운 듯 둘러보며 말했다. 3년 동안 행복하게 지냈던 아름다운 방이었다. 이 방 창가에서 무릎 꿇고 기도했으며, 창문으로 몸을 내밀어 소나무 뒤로 지는 해를 바라보았다. 가을이면 빗방울이 창문을 두드리는 소리를 들었고, 봄에는 창틀에 앉은 개똥지빠귀를 반갑게 맞이했다. 앤은 자기가 꾼 꿈들이 방 안에 떠다니는 모습을 상상해보았다. 기뻐하다가 괴로워하고 울거나 웃었던 방을 영원히 떠날 때, 만져지지도 않고 보이지도 않지만 틀림없이 존재하는 무언가가 소리 없이 기억과 닮은 형태로 뒤에 남아 있을 것 같았다.

"내 생각엔 누군가가 꿈을 꾸고 슬퍼하고 기뻐하며 살았던 방에는 그 시간과 떼려야 뗄 수 없는 관계가 되면서 인격이 주어지는 것 같아. 이 방은 50년이 지난 뒤 내가 여기 들어와도 '앤, 이야, 앤' 하고 말을 걸어올 거야. 우린 여기서 얼마나 멋진 시간을 보냈는지 몰라! 수다를 떨고 농담도 하고 재미있는 모임도 만들었잖아! 아, 난 6월에 조와 결혼할 거고 말할 수 없이 행복해질 거라는 것도 알아. 하지만 지금은 이 아름다운 레드먼드 생활이 영원히 이어졌으면 좋겠다는 생각뿐이야."

필리파의 말에 앤이 고개를 끄덕였다.

"말도 안 되는 이야기지만 지금은 나도 너와 같은 마음이야. 나중에 더 기쁜 일이 생기더라도 여기서 아무런 부담 없이 즐겁게 지냈던 때와 똑같은 생활을 누리진 못할 거야. 필, 이제 그 생활이 영원히 끝나버렸어."

"러스티는 어떻게 할 생각이니?"

그동안 특별 대우를 받았던 고양이 러스티가 방으로 어슬렁거리며 들어오자 필리파가 물었다. 러스티를 따라 방으로 들어오던 제임시나 아주머니가 말했다.

"내가 집으로 데려갈 생각이란다. 조지프하고 세라캣도 함께 갈 거야. 이미 같이 사는 법을 배운 저 고양이들을 하루아침에 떼어놓을 순 없지 않겠니? 고양이나 사람이나 그런 걸 배우기란 쉽지 않은 법이지."

"러스티랑 헤어지는 건 슬프지만 초록지붕집에 데려갈 수도 없는걸요. 마릴라 아주머니는 고양이를 싫어하시고 데이비는 러스티를 못살게 들들 볶을 테니까요. 게다가 저도 집에 그리 오래 머무르지는 않을 것 같아요. 서머사이드 고등학교에서 제게 교장 자리를 제안했거든요."

앤이 안타까워하자 필리파가 물었다.

"받아들일 생각이니?"

"아직, 아직 결정 못 했어."

앤이 당황스러운 듯 얼굴을 붉히며 대답했다. 필리파는 이해한다는 듯 고개를 끄덕였다. 로이가 무언가 말을 할 때까지 앤이 아무런 계획도 세울 수 없다는 건 분명했다. 로이가 머지않아 "그렇게 해주시겠습니까?"라고 물었을 때 앤이 "네"라고 대답할 것도 의심할 필요가 없었다. 앤도 이런 상황을 침착하게 받아들였다. 앤은 로이를 깊이 사랑했다. 사실 그동안 상상했던 사랑과 다르기는 했지만, 앤은 "인생사가 과연 상상한 대로 되던가?"라고 조금은 체념한 듯한 마음으로 자문해보았다. 어린 시절에 가졌던 다이아몬드에 대한 환상과 같았다. 기대했던 보랏빛 광채 대신 차갑게 반짝이는 빛을 본 처음 순간 얼마나 실망했는지 모른다. 그때 앤은 이렇게 말했었다.

"저건 내가 생각했던 다이아몬드가 아냐."

하지만 로이는 좋은 사람이었고 말로는 딱히 설명할 수 없는 설렘이 인생에서 빠져버린다고 해도 두 사람은 무척 행복할 것이다. 그날 저녁 로이가 찾아와서 공원에 산책하러 가자고 앤을 불러냈을 때 패티의 집 사람들은 모두 그가 무슨 말을 할 생각인지 알고 있었다. 그리고 앤의 대답이 무엇일지도 알았다. 아니, 안다고 생각했다.

"앤은 정말 복이 많은 아가씨야."

제임시나 아주머니의 말에 스텔라가 어깨를 으쓱했다.

"그렇겠지요. 로이는 좋은 사람인 데다 굉장히 매력 있어요. 하지만 뭔가 특별한 게 있는 것 같지는 않아요."

"스텔라 메이너드, 그 말은 질투라도 하는 듯이 들리는구나."

제임시나 아주머니가 꾸짖었지만 스텔라는 태연했다.

"그렇게 들릴지도 모르겠네요. 하지만 질투하는 게 아니에요. 전 앤을 사랑하고 로이도 좋아해요. 모두들 앤이 멋진 상대를 만났다고 이야기하죠. 이제는 가드너 부인까지도 앤이 매력 있다고 인정해요. 하늘이 두 사람의 인연을 맺어준 것 같다고요. 그런데 왠지 무언가 마음에 걸려요. 제임시나 아주머니, 그 점을 최대한 고려해주세요."

로이는 두 사람이 비 오는 날 처음 만나 이야기를 나눴던 해변의 작은 정자에서 앤에게 청혼했다. 그는 이곳을 선택할 수밖에 없었고 앤도 아주 낭만적인 청혼이라고 생각했다. 그가 청혼하면서 한 말은 어디서 베끼기라도 한 듯 더없이 아름다웠다. 루비 길리스의 구혼자 중 한 사람이 '청혼과 결혼에서 갖춰야 할 몸가짐'이라는 글을 그대로 읊었던 상황과 비슷했다. 전체적으로 거의 흠잡을 데 없고 진지한 분위기였다. 로이의 진심은 의심할 필요가 없었다. 교향곡을 망쳐버리는 불협화음도 없었다. 앤은 자기가 머리부터 발끝까지 전율을 느껴야 한다고 생각했다. 하지만 그렇지 않았을뿐더러 스스로 무섭게 느껴질 만큼 차분하기만 했다. 로이가 대답을 듣기 위해 잠시 말을 멈추자 앤은 "네"라는 운명적인 말을 하려고 입을 열었다.

바로 그때, 앤은 자기가 벼랑 끝에서 비틀거리며 뒷걸음질하듯 떨고 있다는 사실을 깨달았다. 아찔할 만큼 눈부신 빛이 눈앞에 번쩍거리면서 지금껏 살아오는 동안 배운 것보다 훨씬 많은 것을 한꺼번에 깨닫는 순간이 찾아왔다. 앤은 로이의 손에서 자기 손을 잡아 빼며 외쳤다.

"아, 난 당신과 결혼할 수 없어요. 못 해요. 할 수 없어요."

로이는 얼굴이 새파랗게 질리면서 넋이 나갔다. 모든 게 순조로우리라 확신했던 터라 당황할 수밖에 없었다.

"무슨 뜻이죠?"

로이가 말을 더듬거리자 앤이 가까스로 말을 이었다.

"당신과 결혼할 수 없다는 뜻이에요. 할 수 있다고 생각했었죠. 하지만 못 하겠어요."

아까보다는 차분해진 로이가 물었다.

"왜 못 하겠다는 건가요?"

"왜냐하면… 결혼할 만큼 당신을 좋아하지는 않으니까요."

로이는 얼굴을 붉히며 천천히 말했다.

"그러면 지난 2년 동안 내게 장난을 친 건가요?"

"아니, 아니에요. 절대 장난이 아니었어요."

앤은 안쓰럽게 숨을 몰아쉬었다. 아, 어떻게 설명할 수 있을까? 앤은 도저히 할 수 없었다. 세상에는 말로 설명할 수 없는 것도 존재하는 법이다.

"난 당신을 좋아한다고 생각했어요. 정말 그렇게 생각했죠. 하지만 지금 그게 아니라는 사실을 깨달았어요."

로이가 씁쓸하게 말했다.

"당신이 내 인생을 망쳤군요."

"용서해주세요."

앤이 참담한 심정으로 애원했다. 뺨은 뜨겁게 달아올랐고 눈은 찌르는 듯 아파왔다. 로이는 돌아서서 우뚝 선 채 몇 분이고 바다 쪽을 바라보았다. 다시 몸을 앤 쪽으로 돌렸을 때 그의 얼굴은 아까처럼 창백해져 있었다.

"내게 아무런 희망도 줄 수 없는 건가요?"

로이가 말했다. 앤은 말없이 고개를 끄덕였다.

"그럼, 이별이군요. 난 도저히 이해가 안 가요. 당신이 내가 생각했던 여자가 아니라는 사실을 믿을 수 없어요. 하지만 아무리 비난해봤자 서로에게 무슨 소용 있겠어요. 당신은 내가 사랑할 수 있었던 단 한 명의 여자였어요. 적어도 당신의 우정만큼은 고맙게 생각합니다. 앤, 잘 가요."

"안녕히 가세요."

앤의 목소리가 떨렸다. 로이가 가버리자 앤은 오랫동안 정자에 앉아서 허여멀건 안개가 육중한 몸을 끌고 조금씩 뭍으로 다가오는 모습을 지켜보았다. 굴욕감과 자기에 대한 실망감으로 가득한 수치스러운 시간이었다. 이 모든 감정이 파도처럼 앤을 덮쳐왔다. 하지만 앤의 마음속 깊은 곳에는 자유를 되찾았다는 기묘한 느낌이 도사리고 있었다.

앤은 땅거미가 내릴 무렵 패티의 집에 몰래 들어가 자기 방으로 올라갔다. 하지만 필리파가 앤의 방 창가에 앉아 있었다. 앞으로 일어날 일이 예상되면서 앤은 얼굴이 달아올랐다.

"잠깐만. 내 말이 끝날 때까지만 기다려줘. 필, 로이가 결혼하자고 했는데 난 거절했어."

"거절했다고?"

필리파가 어이없는 표정으로 말했다.

"응."

"앤 셜리, 너 제정신이야?"

"그런 것 같아. 아, 필. 제발 나한테 뭐라고 하지 말아줄래? 넌 이해 못 할 거야."

앤의 목소리에는 기운이 하나도 없었다.

"이해가 안 되는 건 분명하네. 넌 2년 동안이나 로이 가드너를 부추겨왔어. 그래놓고는 지금 나한테 거절했다는 얘기를 하고 있잖아. 그럼 넌 그 사람을 데리고 논 거니? 앤, 네가 그런 짓을 하다니 믿을 수 없어."

"난 그를 농락한 게 아니야. 마지막 순간까지도 그를 진심으로 좋아한다고 믿었어. 그러다가, 음, 그 사람하고는 절대로 결혼할 수 없다는 사실을 깨달았을 뿐이야."

필리파가 매몰차게 말했다.

"내 생각엔 네가 그의 재산을 보고 결혼할 생각이었다가 양심에 찔려서 그렇게 못 한 거야."

"그렇지 않아. 난 그가 가진 돈에 관해서는 단 한 번도 생각해본 적 없어. 아, 로이한테도 뭐라 설명할 수 없었는데 지금이 훨씬 어려운 것 같네."

필리파는 격분했다.

"글쎄, 어쨌든 넌 로이에게 몹쓸 짓을 했어. 로이는 잘생기고 똑똑하고 부자인 데다 좋은 사람이야. 더 이상 뭘 원하니?"

"난 내 삶에 깊이 들어와 있는 사람을 원해. 로이는 그렇지 않아. 처음에는 잘생긴 외모와 낭만적인 언행에 푹 빠졌어. 뿐만 아니라 로이의 검은 눈이 내 이상형에 가깝다 보니 나중에는 내가 사랑에 빠진 게 틀림없다고 믿어버린 거야."

"자기 마음을 모른다는 점에서는 나도 뭐라 할 말이 없지만, 넌 나보다 더 나빠."

필리파의 말에 앤이 반박했다.

"난 내 마음을 알아. 마음이 변했고, 거기에 다시 익숙해져야 한다는 게 문제야."

"네게 무슨 말을 하든 소용없을 것 같다."

"필, 그러지 않아도 돼. 난 굴욕의 구렁텅이에 빠졌어. 이 일로 이제까지의 모든 시간을 망쳐버렸다고. 이제 난 레드먼드 시절을 추억할 때마다 오늘 저녁의 수치스러운 일을 떠올릴 수밖에 없을 거야. 로이는 날 경멸해. 너도 날 경멸하잖아. 그리고 나도 지금 나 자신을 경멸하고 있어."

"가엾은 앤. 이리 와. 내가 위로해줄게. 내가 너한테 무슨 말을 할 자격은 없어. 나도 조를 만나지 않았으면 앨릭이나 알론조하고 결혼했을 테지. 아, 현실은 모든 게 뒤얽혀 있어. 소설처럼 선명하게 정리된 게 아니야."

필리파는 마음이 조금 누그러진 듯했다.

"살아 있는 동안 누구에게도 청혼 같은 건 받고 싶지 않아."

앤이 흐느꼈다. 앤의 말은 진심이었다.

39장

——

결혼이라는 것

앤은 초록지붕집에 돌아오고 나서 처음 몇 주 동안 '기쁨의 꼭대기'에 있다가 내리막으로 곤두박질친 듯한 기분이 들었다. 패티의 집에서 친구들과 우정을 나누던 즐거운 시간이 그리웠다. 지난겨울에 꿈꾸었던 몇몇 눈부신 생각은 앤 주위를 둘러싼 먼지 속에 파묻혀 있었다. 자기혐오에 빠진 지금은 다시 꿈을 꾸기 시작할 엄두도 내지 못했다. 그러자 앤은 꿈이 있을 때는 고독이 빛나지만 꿈이 없어지는 순간 고독의 매력은 사라진다는 사실을 깊이 깨달았다.

앤은 공원 정자에서 고통스럽게 헤어진 뒤로 로이를 보지 못했다. 대신 킹즈포트를 떠나기 전 도러시가 찾아왔다.

"앤과 오빠가 결혼하지 않는다니, 정말 속상해요. 난 앤이 내 새언니가 되면 좋겠다고 생각했었거든요. 하지만 앤이 옳았어요. 오빠랑 결혼하면 지루해서 미칠 거예요. 오빠 참 다정한 사람이지만, 재미라곤 조금도 없거든요. 겉으로는 유쾌해 보여도 실상은 그렇지 않아요."

도러시가 말하자 앤이 간절하게 물었다.

"이 일로 우리 우정이 깨지진 않겠죠?"

"물론이죠. 앤처럼 좋은 사람을 잃을 수는 없으니까요. 가족이 되진 못해도 좋은 친구로 지내고 싶어요. 로이 오빠 일로 걱정하지는 마요. 오빠는 지금 끔찍한 심정이고, 내가 매일같이 오빠의 신세 한탄을 들어주어야 하지만, 언제나 그래왔듯이 오빠 잘 극복해낼 거예요."

"어머, '언제나'라고요? 전에도 그런 적이 있었나요?"

앤의 목소리가 달라지자 도러시는 솔직하게 말했다.

"그럼요. 전에도 두 번 그런 적이 있었어요. 그때마다 똑같이 나한테 자기 이야기를 쏟아냈죠. 그분들이 대놓고 오빠를 거절하진 않았어요. 그저 다른 사람과 약혼한다고 발표했을 뿐이죠. 물론 오빠가 앤을 만나고 나서는, 이전까지는 진정으로 누군가를 사랑하지 않았던 거라고 나한테 확실히 말했어요. 지금까지의 연애는 소년 시절의 공상에 지나지 않았다나요? 어쨌든 앤이 걱정할 필요는 없을 것 같아요."

앤은 이제부터 걱정하지 않기로 했다. 안도감과 분노가 뒤섞인 기분이었다. 로이는 자기가 사랑한 사람은 앤밖에 없다고 말했었다. 그가 그렇게 믿고 있었다는 사실은 명백했다. 하지만 로이의 인생을 망치지 않은 게 확실하다는 생각이 들자 앤은 마음이 편안해졌다. 세상에는 다른 여신도 있으니 도러시의 말처럼 로이는 다시 어딘가의 성소에서 누군가를 숭배할 것이다. 그렇기는 하지만 인생의 환상이 몇 꺼풀 더 벗겨지면서 앤은 마음이 황량해지고 쓸쓸한 기분이 들었다.

고향에 돌아와 있던 어느 날 저녁 앤은 슬픈 표정을 지으며 현관 위 다락방에서 아래층으로 내려왔다.

"마릴라 아주머니, 눈의 여왕 있잖아요. 오랫동안 저기 있었던 벚나무는 어떻게 된 거예요?"

"아, 그것 때문에 네가 속상해할 줄 알았다. 나도 마음이 편치 않았으니까. 내가 어렸을 때부터 거기 서 있던 나무거든. 3월에 강풍을 맞고 쓰러졌단다. 속이 다 썩어 있었지."

마릴라의 말을 듣고 앤은 무척 슬퍼했다.

"그 나무가 없으니까 현관 위 다락방이 예전과 달라진 것 같아요. 창문 밖을 내다볼 때마다 무언가를 잃어버렸다고 느끼겠죠. 몹시 그리울 거예요. 그리고 아, 예전에는 초록지붕집으로 돌아올 때마다 다이애나가 여기서 절 맞아줬잖아요."

린드 부인이 의미심장하게 말했다.

"다이애나는 지금 다른 생각을 해야 할 시기일 텐데."

"음, 에이번리 소식을 전부 얘기해주세요."

앤은 현관 계단에 앉은 채로 말했다. 저녁 시간을 비추는 햇살이 황금빛 비처럼 앤의 머리 위에 쏟아졌다.

"편지에 쓴 일 말고 별다른 소식은 없단다. 지난주에 사이먼 플레처의 다리가 부러진 일은 아직 듣지 못했겠지. 그 가족한테는 대단한 사건이야. 그들은 하고 싶은 일이 있어도 괴팍한 늙은이가 옆에 버티고 있어서 아무것도 못 하고 있었던지라, 미뤄

둔 일들을 백 개쯤은 해치우고 있을 거다."

마릴라가 린드 부인의 말을 거들었다.

"그 집안은 죄다 짜증 나는 사람들뿐이죠."

"짜증 난다고요? 그보다 더하죠! 그 사람 어머니는 기도 모임 때마다 벌떡 일어나서는 자식들 결점을 죄다 늘어놓으면서 아이들을 위해 기도해달라고 청하곤 했어요. 물론 아이들은 화가 났고 전보다 상태가 더 안 좋아졌죠."

"제인 소식도 앤한테 아직 얘기 안 한 것 같아요."

마릴라가 귀띔해주자 린드 부인이 코웃음을 치고는 심드렁하게 말을 이었다.

"아, 제인. 음, 제인 앤드루스가 지난주에 서부에서 돌아왔단다. 위니펙의 백만장자하고 결혼한다더구나. 하면 앤드루스 부인이 고새를 못 참고 사방팔방으로 소문내고 다녔다는 사실은 너도 잘 알지?"

앤이 진심으로 말했다.

"보고 싶네요. 제인도 찬란한 인생을 누릴 자격이 있죠."

"물론 나도 제인에 관해 나쁜 말을 하려던 건 아니다. 꽤 괜찮은 아이지. 하지만 백만장자에게 어울리는 신붓감은 아니야. 그 남자가 부자라는 점만 아니면 내세울 게 별로 많지 않다는 걸 너도 알게 될 거다. 암, 그렇고말고. 하면 부인 말로는 광산으로 돈을 번 잉글랜드인이라지만 난 그가 양키라는 사실이 끝내 밝혀질 거라고 믿는다. 제인을 온통 보석으로 도배해놓은 걸 보면 돈이 많긴 많은가보지. 약혼반지에 박혀 있는 다이아몬드가 어찌나 크던지, 가뜩이나 통통한 제인의 손에 회반죽 덩어리를 올려둔 것 같더구나."

린드 부인의 말투에서 씁쓸한 기분이 묻어났다. 평범한 일벌레일 뿐인 제인 앤드루스는 백만장자와 약혼한 반면, 앤은 부자가 됐든 가난뱅이가 됐든 아직 짝을 찾지 못한 것 같았기 때문이다. 게다가 하면 앤드루스 부인은 눈꼴시어 못 봐줄 지경으로 자랑이나 하고 다녔다.

"길버트 블라이드는 대학에서 어떻게 지낸 거냐? 지난주에 자기 집에 왔을 때 봤는데 얼굴이 창백하고 몸도 야위어서 못 알아볼 뻔했지 뭐니."

마릴라가 묻자 앤이 말했다.

"겨우내 너무 열심히 공부한 탓이에요. 길버트가 고전에서 최우등상을 탔고 쿠퍼상까지 받은 건 아시죠? 5년 동안 아무도 하지 못했던 일이에요! 그래서 몸이 좀 상했나 봐요. 우리들 모두 조금씩은 지쳐버리긴 했지만요."

"어쨌든 너는 대학을 졸업했는데 제인 앤드루스는 앞으로도 그럴 일 없겠지."

린드 부인은 은근히 만족한 기색이었다.

그로부터 며칠이 지난 어느 날 저녁 앤은 제인을 만나러 갔다. 하지만 제인은 샬럿타운에 가고 없었다.

앤을 맞이한 앤드루스 부인은 신바람이 나 보였다.

"옷을 맞추러 갔단다. 지금 같은 때에 제인의 옷을 에이번리 같은 촌구석 재봉사한테 맡길 순 없지 않겠니."

"제인한테 아주 좋은 소식이 있다고 들었어요."

앤의 말에 하면 부인이 고개를 약간 젖히며 말했다.

"그래, 맞아. 비록 학사학위는 없지만 꽤나 성공했지. 잉글리스 씨는 백만장자여서 결혼하면 신혼여행을 유럽으로 가기로 했단다. 돌아오면 위니펙에 있는 훌륭한 대리석 저택에서 살 거야. 제인은 고민거리가 하나밖에 없다더구나. 요리 솜씨가 뛰어난데 남편이 손에 물 묻히는 걸 허락하지 않아. 그는 엄청난 부자라서 요리사를 고용했거든. 요리사와 하녀 두 명에 마부와 하인까지 둘 생각이라고 했어. 그런데 앤, 넌 대체 어떻게 지내는 거냐? 네가 결혼한다는 말은 못 들어봤구나. 대학 공부까지 마쳤는데 좋은 소식은 없니?"

"저는 노처녀가 되려나 봐요. 저한테 맞는 사람은 눈 씻고도 찾을 수 없네요."

앤이 웃어넘겼다. 앤으로서는 꽤 짓궂은 말이었다. 자기가 노처녀로 남는다고 해도 결혼할 기회가 전혀 없었던 게 아니라는 사실을 앤드루스 부인에게 알려주고자 일부러 돌려 말한 것이다. 하지만 앤드루스 부인도 재빨리 맞받아쳤다.

"글쎄다. 너무 까다롭게 구는 아가씨들은 노처녀가 되기 쉬운 법이지. 내가 보기엔 그렇더구나. 그러고 보니까 길버트 블라이드가 스튜어트라는 처자와 약혼했다는 소문이 돌던데 그건 대체 무슨 소리냐? 찰리 슬론 말로는 그 아가씨가 굉장한 미인이라고 하더구나. 그게 정말이니?"

"길버트가 스튜어트와 약혼했다는 게 사실인지 아닌지는 정확히 모르겠지만 스튜어트가 굉장히 예쁘게 생겼다는 건 틀림없는 사실이죠."

앤이 평정심을 잃지 않으려고 애쓰며 대답했다. 하지만 앤드루스 부인은 이쯤에서 그칠 생각이 전혀 없어 보였다.

"너하고 길버트가 짝이 될 거로 생각한 적도 있었단다. 앤, 정신 똑바로 차리지 않으면 네 신랑감들이 손가락 틈새로 하나둘씩 미끄러져 나갈지도 몰라."

앤은 앤드루스 부인과의 신경전을 그만두기로 마음먹었다. 가느다란 칼로는 전투용 도끼로 찍어대는 적을 막을 수 없었다.

"제인이 집에 없으니 오늘 아침에는 이만 돌아가야 할 것 같아요. 제인이 돌아오면 다시 들를게요."

앤이 도도한 태도로 일어서자 부인은 호들갑을 떨었다.

"그렇게 하려무나. 제인은 요만큼도 으스대지 않는단다. 그 애는 옛 친구들과도 전과 다를 바 없이 지낼 거야. 아마 널 만나면 뛸 듯이 반가워할 거다."

제인의 백만장자 신랑은 5월 마지막 날 도착해 눈부시게 차려입은 약혼녀를 데리고 떠났다. 린드 부인은 잉글리스 씨가 마흔 살은 되어 보이고 키가 작고 너무 마른 데다 머리도 하얗게 세어 있는 모습을 보자 심술궂게 웃으며 고소해했다. 린드 부인이 가차 없이 그의 결점을 꼽았다는 사실쯤은 굳이 설명하지 않아도 알 수 있을 것이다.

"저런 사람이 자신을 번쩍거리게 만들고 싶어 한다면 가진 금을 모조리 들이부어도 모자랄 거다. 암, 그렇고말고."

린드 부인이 근엄하게 말했지만 앤은 친구 편을 들었다.

"친절하고 마음씨 좋은 사람 같은걸요. 분명히 제인을 세상에서 가장 소중하게 여길 거예요."

린드 부인은 "흥!" 하고 콧방귀를 뀔 뿐이었다.

필리파 고든의 결혼식이 그다음 주로 예정되어 있어서, 앤은 신부 들러리를 서기 위해 볼링브로크로 갔다. 필리파는 요정같이 아름다운 신부였고 조 목사는 행복의 후광으로 둘러싸인 덕분에 아무도 그를 못생겼다고 생각하지 않았다.

필리파가 말했다.

"우린 에반젤린*의 땅으로 신혼여행을 갈 거야. 그러고 나서 패터슨 거리에 자리를 잡아야지. 엄마는 우리 계획을 듣고 넌더리를 내셨어. 조가 거기보다는 형편이 나은 지역의 교회에 부임해야 한다고 생각하시는 것 같아. 하지만 패터슨 거리의 황량한 들판 같은 빈민가도 조만 있으면 장미꽃처럼 활짝 피어날 거야. 아, 앤. 난 너무 행복해서 가슴이 먹먹할 정도야."

앤은 언제나 친구들의 행복을 기뻐했다. 하지만 어느 곳을 가도 다른 사람이 가진 행복에 둘러싸여 있다 보니 조금 외로워질 때도 있었다. 에이번리에 돌아와서도 마찬가지였다. 이곳에서 다이애나는 첫아기를 옆에 누인 산모에게 허락된 놀라운 영광을 맞이하고 있었다. 앤은 얼굴이 창백한 젊은 엄마를 경외하는 마음으로 바라보았다. 여태껏 다이애나를 봐오면서 느껴보지 못했던 감정이었다. 눈동자에 황홀한 빛을 띠고 있는 이 창백한 여인이 학창 시절에 늘 함께 놀던, 검은 곱슬머리에 장밋빛 뺨을 가진 다이애나란 말인가? 앤은 자기가 지난 시절에만 속할 뿐 현재와는 완벽히 차단된 것처럼 묘한 고독을 느꼈다.

"정말 예쁘지?"

•   롱펠로의 목가적인 시 〈에반젤린〉에 등장하는 인물

다이애나가 자랑스러워하며 물었다. 조그맣고 통통한 아기는 둥근 얼굴과 발그레한 뺨이 프레드를 꼭 빼닮았다. 솔직히 예쁜 아기는 아니었다. 하지만 입맞춤하고 싶을 만큼 귀엽고 사랑스러웠다. 앤은 진심을 담아 그렇게 말해주었다.

"난 이 아이가 태어나기 전까지는 딸을 낳고 싶었어. 그래서 앤이라는 이름을 붙이려 했지. 그런데 꼬마 프레드를 낳고 보니 여자아이를 백만 명 준다고 해도 이 아이와 절대 바꿀 수 없어. 세상 그 무엇에도 비할 수 없을 만큼 소중한 아이니까."

다이애나의 고백을 듣고 앨런 부인이 명랑하게 말했다.

"모든 아기는 한 명 한 명이 가장 사랑스럽고 소중하다는 말도 있잖니. 아마 꼬마 앤이 태어났다고 해도 다이애나는 똑같은 기분이었을 거야."

앨런 부인은 에이번리에 와 있었다. 이곳을 떠나고 나서는 처음 방문한 것이었다. 여전히 다정하고 사려 깊은 모습이었다. 오랜 친구인 앤과 다이애나는 뛸 듯이 기뻐하며 부인을 환영했다. 지금 에이번리 교회 목사의 아내는 존경할 만한 사람이기는 했지만 그녀들과 마음이 통한다고 할 수는 없었다.

"아이가 말을 할 수 있게 될 때까지 어떻게 기다린담. 난 아이가 '엄마'라고 부르는 소리를 정말 듣고 싶어. 그리고 난 아이에게 엄마에 대한 멋있는 첫 기억을 만들어주기로 결심했어. 우리 엄마에 대한 첫 기억은 내가 나쁜 짓을 해서 찰싹 맞았다는 거야. 맞을 만했으니까 맞았겠지. 우리 엄마는 언제나 좋은 분이었고, 난 엄마를 정말 사랑하니까. 하지만 엄마에 대한 첫 번째 기억이 더 멋졌으면 좋았겠다는 생각이 들어."

다이애나가 한숨을 쉬자 앨런 부인이 말했다.

"내게 남아 있는 어머니에 대한 기억은 하나밖에 없지만, 내 모든 기억을 통틀어서 가장 아름답단다. 내가 다섯 살 때 일이었어. 어느 날 언니 둘을 따라 학교에 놀러가도 된다는 허락을 받았지. 학교가 끝나자 언니들은 각자 친구들과 함께 집으로 돌아갔어. 둘은 내가 서로 다른 쪽에 있다고 생각했거든. 난 이쪽도 저쪽도 아닌 쉬는 시간에 같이 놀던 어느 여자아이를 따라갔지. 학교 근처에 있는 그 아이의 집에 가서 흙장난을 하기 시작했어. 한창 신나게 놀고 있는데 큰언니가 숨을 헐떡이면서 머리 끝까지 화가 난 채로 달려온 거야.

언니는 '이 말썽꾸러기야!'라고 소리치면서 미적거리는 내 손을 잡아채고는 질질 끌고 갔어. '당장 집으로 가자. 너 이제 큰일 났어! 엄마가 정말 화났다고. 각오해. 집에 가면 엄마가 널 회초리로 마구 때릴 거야.'

그때까지 난 회초리로 맞은 적이 없었어. 걱정과 두려움이 여린 마음에 가득 찼지. 집으로 걸어가던 그때처럼 비참했던 적은 없었단다. 난 나쁜 짓을 할 생각이 추호도 없었거든. 페미 캐머런이 자기 집에 초대했고, 난 그곳에 가는 게 나쁜 짓이라는 사실을 몰랐으니까. 그리고 그 일로 회초리를 맞게 된 거야. 집에 도착하자마자 언니는 날 부엌으로 끌고 갔어. 부엌에는 엄마가 저녁 어스름이 내린 난롯가에 앉아 있었어. 가냘픈 다리가 어찌나 떨리던지 서 있기조차 힘들 정도였지. 그런데 엄마는, 우리 엄마는 두 팔로 날 안아 올리셨어. 한 마디 꾸지람도 없었고 야단치거나 무섭게 겁을 주지도 않으셨어. 단지 내게 입을 맞추고는 날 가슴에 꼭 끌어안았지. '얘야, 네가 길을 잃었을까 봐 정말 걱정했단다'라고 엄마가 다정하게 말씀하셨어. 날 내려다보는 엄마의 눈에서 빛나는 사랑이 보였지. 엄마는 날 꾸짖거나 나무라지 않으셨어. 허락 없이 다른 곳에 가서는 안 된다고 타이르셨을 뿐이야. 그 일이 있은 지 얼마 뒤에 엄마는 돌아가셨어. 이게 내가 엄마에 대해 갖고 있는 유일한 기억이란다. 정말 아름답지 않니?"

앤은 여느 때와 달리 외로워하며 자작나무 길과 버들 연못을 지나 집으로 돌아왔다. 여러 달 만에 걸어보는 길이었다. 짙은 보랏빛 꽃들이 활짝 피어 있는 밤이었다. 꽃향기가 너무 진해서 숨이 막힐 정도였다. 금세라도 물이 넘치려고 하는 잔을 받아 든 것처럼 몸이 움츠러들었다. 전에는 요정 같아 보였던 오솔길 자작나무들은 어느새 큰 나무로 자랐다. 모든 것이 변했다. 앤은 어서 여름이 지나가고 다시 일을 하러 갈 때가 왔으면 좋겠다는 생각이 들었다. 그때쯤이면 인생이 이처럼 허무하게 느껴지지는 않을 것 같았다.

"나는 세상에 나갔다. 더는 낭만의 빛을 띠지 않았다."[*]

앤은 한숨을 쉬었다. 세상에서 낭만 따위는 다 사라졌다는 생각이 도리어 꽤 낭만적이라 위안을 받을 수 있었다.

---

* 미국 시인 윌리엄 컬런 브라이언트(1794-1878)의 시 〈개울〉의 한 구절

40장

묵시록[•]

어빙 씨네 가족이 여름을 나기 위해 메아리 오두막을 찾아왔다. 앤은 7월 중 석 주를 그곳에서 행복하게 지냈다. 라벤더는 변한 게 하나도 없었고, 넷째 샬로타는 어엿한 숙녀였지만 여전히 앤을 마음 깊이 흠모했다.

"셜리 아가씨, 이러니저러니 해도 말이죠. 보스턴에서 아가씨 같은 분은 한 명도 못 봤어요."

넷째 샬로타의 말에는 진심이 담겨 있었다.

열여섯 살인 폴은 거의 어른이 되어 있었다. 밤색 곱슬머리

• 　신약성경의 마지막 권으로 기독교 신자들이 받는 박해와 고난을 위로하고 예수의 재림과 미래의 사건을 상징적으로 예언한 책이다. 가톨릭교와 그리스정교에서는 '묵시록', 개신교에서는 '계시록'이라고 한다. 우리말 성경에서는 요한계시록(개역개정 등), 요한의 묵시록(공동번역) 등으로 번역했다.

는 바짝 자른 갈색 머리로 바뀌었고, 요정보다는 풋볼에 관심이 많았다. 하지만 옛 선생님 앤에게는 여전히 끈끈한 유대감을 느끼고 있었다. 세월이 흘러도 서로 마음이 맞는 사람들의 관계는 변하지 않는 법이다.

앤이 초록지붕집으로 돌아온 날은 습하고 으스스하며 하늘마저 우중충한 7월의 어느 저녁이었다. 가끔씩 해안을 휩쓸었던 여름 폭풍이 들이닥쳐 바다를 거칠게 몰아세웠다. 앤이 집 안으로 들어서자마자 빗방울이 유리창을 때렸다.

마릴라가 물었다.

"폴이 너를 집까지 바래다준 거냐? 자고 가라고 하지 그랬어. 날씨가 점점 더 나빠질 것 같은데."

"빗줄기가 거세지기 전에는 메아리 오두막에 도착할 거예요. 폴도 오늘 중에는 돌아가고 싶어 했거든요. 음, 전 아주 즐겁게 지내다 왔어요. 그래도 가족을 다시 만나니까 너무 좋아요. '동쪽에 가봐도 서쪽에 가봐도 내 집만 한 곳은 없다'라는 속담도 있잖아요. 데이비, 그새 또 키가 컸네?"

"누나가 없는 동안에도 거의 3센티미터나 컸어. 밀티 볼터랑 키가 똑같아. 얼마나 속이 시원한지 몰라. 이제 밀티는 제 키가 더 크다고 으스대지 못할 테니까. 근데, 앤 누나. 길버트 블라이드 형이 죽는다는 건 알고 있어?"

데이비가 자랑스럽게 말했다. 말문이 막힌 앤은 그 자리에 얼어붙은 듯 가만히 서서 데이비를 바라보았다. 얼굴이 몹시 창백해지는 바람에 마릴라는 앤이 기절하지는 않을까 걱정할 정도였다. 그러자 린드 부인이 화를 냈다.

"데이비, 입 좀 다물지 못하겠니. 앤, 그런 표정 짓지 마. 그런 얼굴 하지 말라니까! 이렇게 불쑥 말할 생각은 아니었다."

"그게, 정말인가요?"

앤의 목소리는 평소와 완전히 달랐다. 린드 부인이 무거운 얼굴로 말했다.

"길버트가 많이 아프단다. 네가 메아리 오두막으로 떠나고 나서 곧바로 장티푸스에 걸렸어. 아무 이야기도 못 들었니?"

"네."

앤이 다시 낯선 목소리로 말했다.

"처음부터 증세가 아주 나빴다는구나. 의사는 몸이 너무 쇠약해져 있다고 말했어. 길버트네 집에서는 간호사까지 데려오면서 취할 수 있는 조처는 모조리 했지. 앤, 얼굴 풀라니까. 목숨이 붙어 있는 한 희망도 있는 법이란다."

"아까 해리슨 아저씨가 여기 왔는데, 길버트 형한테는 아무런 희망도 없다고 말했는걸."

데이비가 다시 입을 열었다. 늙고 수척하고 지친 모습의 마릴라는 자리에서 일어나 엄한 얼굴로 데이비를 부엌에서 쫓아냈다. 린드 부인이 늙어서 쇠약해진 두 팔로 하얗게 질린 앤을 다정하게 안으며 말했다.

"아, 얘야. 그런 얼굴 하지 마라. 난 희망을 버리지 않았다. 정말로 안 버렸어. 길버트는 블라이드 집안 특유의 강인한 체력을 이어받았으니 괜찮을 거야. 암, 그렇고말고."

앤은 린드 부인의 팔을 가만히 떼어놓고 부엌을 가로질러 걸어가더니 복도를 지나고 계단을 올라가 예전 자기 방으로 갔다.

앤은 창가에 무릎을 꿇고 멍하니 밖을 내다보았다. 주위는 어두 컴컴했으며 바람에 오소소 떨고 있는 들판에는 비가 매섭게 쏟 아졌다. 유령의 숲은 폭풍우를 맞아 몸을 뒤트는 거대한 나무들 의 신음소리로 가득했고, 공기 중에는 먼 해안에서부터 회오리 치는 파도 소리가 천둥처럼 요동쳤다. 그리고 지금 길버트는 죽 어가고 있다!

성경에 묵시록이 있듯이 모든 이의 삶에도 묵시록이 있다. 앤 은 폭풍과 어둠 속에서 고뇌에 차 잠 못 이루던 그 쓰디쓴 밤에 자기의 묵시록을 읽어나갔다.

'나는 길버트를 사랑한다. 이제까지 줄곧 사랑해왔다!'

앤은 이제야 진실을 마주하게 되었다. 오른손을 잘라버릴 수 없듯이 길버트를 인생에서 아픔 없이 떼어버릴 수 없다는 사실 을 비로소 깨달은 것이다. 하지만 너무 늦게 알아버렸다. 그의 마지막 순간에 그와 함께 있을 수 있다는 사실만으로는 쓰라린 위로를 받기에도 이미 늦은 듯했다.

'내가 그렇게까지 어리석지만 않았어도, 다른 데 눈이 멀지만 않았어도 지금 당장 길버트에게 갈 수 있었을 텐데. 하지만 길 버트는 내가 자기를 사랑한다는 것조차 모를 거야. 내가 자기를 절대 사랑하지 않는다고 믿으며 세상을 떠나겠지. 아, 앞으로 공허하게 펼쳐질 어두운 세월이여! 그런 세월을 어떻게 살아갈 수 있을까? 도저히 자신이 없어!'

앤은 창가에 웅크리고 앉아 자신도 죽고 싶다는 생각을 했다. 행복한 삶을 사는 동안 한 번도 가져본 적 없던 바람이었다.

'길버트가 이대로 떠나버린다면, 한 마디 말이나 손짓도 없이 가버린다면 나도 살 수 없어. 길버트 없이는 모든 게 아무런 가치가 없어. 나는 길버트를 위해 존재하는 사람이고, 그건 길버트도 마찬가지야.'

극도로 고통스러운 시간과 싸우면서 앤은 확신했다.

'길버트는 크리스틴 스튜어트를 사랑하지 않아. 결코 사랑한 적 없지. 아, 나와 길버트 사이에 이어진 인연의 끈을 깨닫지 못하다니, 로이 가드너를 보며 느꼈던 우쭐한 감정을 사랑이라고 생각하다니, 난 얼마나 바보였던가. 죄에 대가가 따르듯 이제 난 어리석음에 대한 대가를 치러야만 해.'

린드 부인과 마릴라는 잠자리에 들기 전에 앤의 방 문가로 조용히 다가왔다가 안에서 침묵이 흐르자 의아하다는 듯 서로 마주 보고 고개를 저으며 돌아섰다. 폭풍우는 밤새도록 몰아쳤지만 동이 틀 무렵에는 힘이 빠진 듯했다. 앤은 어둠의 끝자락을 잡고 한 자락 마법 같은 빛이 새어나오는 것을 보았다. 곧이어 동쪽 언덕 꼭대기에는 불붙은 듯 진홍색 테두리가 나타났다. 구름이 둥글게 모이더니 지평선 위에서 크고 부드러운 하얀색 덩어리로 한데 뭉쳤고, 하늘은 푸른빛과 은빛으로 빛났다. 온 세상이 고요해졌다.

앤은 무릎을 펴고 일어나 아래층으로 조용히 내려갔다. 앤이 들판에 발을 디디자 핏기 없는 얼굴을 향해 비를 머금은 상쾌한 바람이 불어와 메마르고 충혈된 눈을 식혀주었다. 경쾌한 휘파람 소리가 오솔길에서 낭랑하게 울려 퍼졌다. 곧이어 퍼시피크 부오테의 모습이 눈에 들어왔다.

앤은 갑자기 몸에 힘이 빠지는 것을 느꼈다. 버드나무 아래쪽

가지를 붙잡지 않았다면 쓰러졌을 것이다. 퍼시피크는 조지 플레처 씨의 집에서 일하는 사람이었고, 그 집은 블라이드네 옆집이었으며, 플레처 부인은 길버트의 이모였다. 퍼시피크라면 분명히 길버트가 어떤 상태인지 알고 있을 것이다.

퍼시피크는 휘파람을 불면서 붉은 오솔길을 따라 성큼성큼 걸어왔다. 그는 앤을 보지 못했다. 앤이 세 번이나 부르려 했지만 헛수고였다. 그가 멀리 지나갈 무렵이 되어서야 앤은 떨리는 입술로 간신히 그를 불러 세울 수 있었다.

"퍼시피크!"

퍼시피크는 뒤를 돌아보고는 씩 웃으며 쾌활하게 인사를 건넸다. 앤이 힘없는 목소리로 말했다.

"퍼시피크, 지금 조지 플레처 씨 집에서 오는 길이죠?"

퍼시피크가 반갑게 말했다.

"맞아요. 어젯밤 우리 아부지가 아프다는 전갈을 받았습죠. 어젠 폭풍우 때문에 어디 움직일 수나 있어야죠. 그래서 오늘 아침 일찍 나왔어요. 지름길이라 숲으로 갑니다요."

"오늘 아침에 길버트의 상태가 어떤지 들었나요?"

앤은 이렇게 묻지 않고는 배겨낼 수 없었다. 그만큼 절박했기 때문이다. 아무리 최악의 상황이라도 이 끔찍한 불안을 참는 것보다는 견디기 쉬울 것 같았다.

"많이 나아졌어요. 어젯밤에 고비를 넘겼습죠. 의사가 그러는데 이제 곧 괜찮아질 거래요. 하지만 거의 죽을 뻔했죠! 데련님은 대학 다니다 죽을 뻔한 거죠, 뭐. 근데 저 얼른얼른 가봐야 해요. 우리 아부지가 날 빨리 보고 싶어 하니까요."

퍼시피크는 다시 휘파람을 불며 걷기 시작했다. 그의 뒷모습을 똑바로 바라보는 앤의 눈에 기쁨이 가득 차올랐다. 밤새 앤을 짓눌렀던 고뇌는 흔적도 없이 사라졌다. 궁상 맞은 차림의 퍼시피크는 비쩍 마르고 꽤나 못생긴 청년이었다. 하지만 앤의 눈에 그는 산 위에서 기쁜 소식을 가져다주는 요정들만큼이나 멋져 보였다. 이후로 앤은 퍼시피크의 검은 눈동자와 둥근 갈색 얼굴을 볼 때마다 탄식 대신 기쁨의 향유를 가져다준 그 순간의 따뜻한 기억을 떠올릴 것이다.

퍼시피크의 경쾌한 휘파람 소리가 유령 소리처럼 귓가에 뒤울림을 남기며 멀어졌다. 연인의 오솔길 단풍나무 아래로 그가 조용히 멀어지고 나서 긴 시간이 지났다. 그런데도 앤은 버드나무 아래에 서서, 집어삼킬 듯한 두려움이 사라졌을 때 가슴 저릿하게 밀려드는 달콤함을 맛보았다. 그날 아침의 잔은 신비롭고 황홀한 감정이 넘쳐흘렀다. 가까운 모퉁이에서 꽃잎마다 수정 같은 이슬을 머금고 이제 막 피어난 장미꽃들을 보며 앤은 경외심을 느꼈다. 머리 위로 자라난 큰 나무에서 지저귀는 새들의 노랫소리는 앤의 심정과 완벽하게 맞아떨어지는 것 같았다. 아주 오래되고 진실하며 놀라운 책의 한 구절이 앤의 입에서 흘러나왔다.

"저녁에는 울음이 깃들일지라도 아침에는 기쁨이 오리로다."*

• 구약성경의 시편 30편 5절에 나온 구절

41장

사랑은 시간의 잔을 집어 들고

"오늘 오후 9월의 숲을 지나 '향료가 나는 동산을 넘어'* 전에 거닐던 곳으로 같이 산책을 갈 수 있을지 물어보려고 왔어. 헤스터 그레이의 정원에 가보면 어떨까?"

길버트가 현관 모퉁이를 돌아 불쑥 모습을 드러냈다. 얇고 연한 초록색 드레스를 무릎에 올려놓은 채 돌계단 위에 앉아 있던 앤은 조금 멍한 얼굴로 고개를 들면서 아쉬운 듯 말했다.

"아, 나도 그러고 싶어. 하지만 길버트, 진짜 갈 수 없어. 오늘 저녁엔 앨리스 펜할로의 결혼식에 가야 하거든. 이 드레스도 손을 좀 봐야 하고 그게 다 될 때쯤에는 나갈 준비를 해야 해. 정

---

* 영국 찬송 시의 아버지로 불리는 아이작 와츠(1674-1748)의 〈고난에 처한 자 그 누구인가〉에 나오는 표현이다.

말 미안해. 나도 가고 싶은데 도저히 짬을 낼 수 없네."

"그럼 내일 오후에는 갈 수 있니?"

길버트가 물었다. 별로 실망하는 기색은 아니었다.

"응, 그럴 수 있을 것 같아."

"그럼 난 바로 집에 가서 내일 하려고 했던 일을 미리 해놔야 겠다. 앨리스 펜할로가 오늘 밤에 결혼하는구나. 앤, 그러고 보니 올여름 넌 결혼식에 세 번이나 참석하게 되었어. 필하고 앨리스하고 제인까지 말이야. 그런데 제인은 왜 날 결혼식에 초대하지 않은 걸까? 아무튼 절대 용서 못 해."

"제인을 탓할 수만은 없어. 앤드루스 집안의 엄청나게 많은 친척들을 생각해봐. 꼭 초대해야 하는 사람을 추리는 일만으로도 골치깨나 아팠을 거야. 하객들이 그 집에 다 들어가 있을 수도 없었으니까. 난 제인의 옛 친구라는 이유로 참석할 수 있었던 것뿐이야. 적어도 제인은 그렇게 생각하겠지. 하지만 앤드루스 아주머니가 날 초대한 이유는 제인의 화려한 모습을 뽐내고 싶어서였던 것 같아."

"다이아몬드를 엄청나게 많이 달고 있어서 어디서부터 어디까지가 다이아몬드고 제인은 어디 있는지 알아볼 수조차 없었다는 게 사실이야?"

앤이 웃었다.

"다이아몬드를 주렁주렁 많이 매달고 있기는 했어. 다이아몬드, 하얀색 새틴 천, 망사, 레이스, 장미, 오렌지꽃으로 둘러싸여 있어서 새침하고 자그마한 제인이 눈에 띄지 않을 정도였지. 하지만 제인은 아주 행복해했고 잉글리스 씨도 마찬가지였어. 앤드루스 아주머니는 말할 것도 없었지."

"오늘 밤엔 그 드레스를 입을 거야?"

주름이 가득 잡히고 온갖 장신구로 멋을 낸 드레스를 내려다보며 길버트가 물었다.

"응. 참 예쁘지? 머리에는 기생꽃을 꽂을 거야. 올여름 유령의 숲에는 그 꽃들이 한가득 피어났을 테니까."

길버트는 마음속으로 프릴 장식이 달린 초록색 드레스를 입은 앤의 모습을 그려보았다. 겉으로 드러난 팔과 목의 굴곡에서는 처녀다움이 느껴졌고 감아 묶은 빨간 머리에는 하얀 별이 빛났다. 상상하는 것만으로도 길버트는 숨이 멎을 것 같았다. 하지만 내색하지 않고 다른 쪽으로 고개를 돌렸다.

"그럼 내일 다시 올게. 오늘 밤 즐겁게 보내."

앤은 성큼성큼 걸어가는 길버트의 뒷모습을 바라보며 한숨을 쉬었다. 길버트는 친절했다. 지나치다고 여길 만큼 너무너무 친절한 사람이었다. 그는 병상에서 몸을 회복한 뒤 초록지붕집에 자주 찾아왔다. 덩달아 옛 우정 속에 담긴 무언가도 되살아났다. 하지만 앤은 이제 그것만으로는 만족할 수 없다는 사실을 깨달았다. 사랑의 장미에 비하면 우정의 꽃은 흐릿하고 아무런 향기도 없었다. 또한 앤은 길버트가 지금 자기에게 우정 말고 다른 감정은 느끼지 못하는 것 아닐까 하는 의심이 들기 시작했다. 황홀했던 그 아침에 앤이 확신했던 빛은 평범한 날이 평범하게 밝아오면서 희미해져버렸다. 앤은 자신이 돌이킬 수 없는 실수를 한 것은 아닌지 비참한 두려움에 사로잡혔다. 결국 길버트가 사랑하는 사람은 크리스틴인 듯했다. 어쩌면 약혼까지 했을지도 모른다. 앤은 불안하게 흔들리는 희망을 마음에서 몰아내며 일과 야망이 사랑의 자리를 대신하는 미래를 그려보고자 애썼다. 가르치는 일은 아주 탁월하게까지는 아닐지라도 그럭저럭 잘해낼 수 있을 것 같았다. 그동안 쓴 짧은 글이 몇몇 편집자의 관심을 끌기 시작했으며 이런 행운은 이제 막 싹트기 시작한 문학적 꿈에도 좋은 전조를 보여주었다. 하지만, 하지만…. 앤은 초록색 드레스를 집어 들며 다시금 한숨을 쉬었다.

다음 날 오후 길버트가 찾아왔을 때 앤은 전날 밤 흥겨운 시간을 보낸 뒤였음에도 피곤한 기색 하나 없이 새벽처럼 생생하고 별처럼 아름다운 모습으로 그를 기다리고 있었다. 앤이 입은 옷은 초록색 드레스였다. 결혼식에 입고 갔었던 옷이 아니라 레드먼드 환영식에서 길버트가 특히 예쁘다고 말해주었던 그 옷이었다. 드레스의 초록빛은 색감이 풍부한 앤의 머리카락, 별빛 같은 회색 눈동자, 백합처럼 고운 피부를 돋보이게 해주었다. 두 사람이 그늘진 숲길을 따라 걸을 때 길버트는 앤의 옆모습을 바라보면서 앤이 이렇게 사랑스러웠던 적은 없었다고 생각했다. 앤도 이따금씩 길버트를 곁눈질하면서 그가 병을 앓은 뒤로 훨씬 어른스러워졌다고 생각했다. 마치 소년 시절을 영원히 뒤에 두고 온 것 같았다.

아름다운 날이기도 했지만 그에 못지않게 길가의 풍경도 예뻤다. 두 사람이 헤스터 그레이의 정원에 도착해서 낡은 벤치에 앉으려고 멈췄을 때 아쉬운 마음이 들 정도였다. 하지만 그곳도 아름답기는 마찬가지였다. 다이애나와 제인과 프리실라와 앤이 이 자리를 발견한 날인 황금빛 소풍에 나섰던 예전 그날만큼이나 눈부셨다. 그때는 수선화와 제비꽃이 아름답게 피어 있었지만 지금은 미역취가 요정이 들고 있을 법한 횃불처럼 구석구석을 밝혔고, 과꽃이 정원을 푸른색으로 점점이 수놓았다. 시냇물 소리가 전과 다름없는 매력을 사방에 풍기며 숲에서 자작나무 골짜기를 지나 들려왔고, 그윽한 공기에는 넘실대는 파도의 숨결이 가득 담겨 있었다. 건너편에는 여러 해 동안 여름 햇빛 속에서 은회색으로 빛바랜 울타리에 둘러싸인 들판이 있었고, 길게 누운 언덕은 가을 구름의 그림자를 스카프처럼 둘렀다. 서풍이 불어오면서 옛 꿈이 되살아났다.

"내 생각엔 '꿈이 이루어지는 땅'은 작은 골짜기 너머 저 멀리 푸른 안개 속에 있는 것 같아."

앤이 조용히 말했다. 길버트가 물었다.

"앤, 너에게는 이루지 못한 꿈이 있니?"

길버트의 목소리에는 앤이 패티의 집 과수원의 비참한 저녁 이후 듣지 못했던 무언가가 담겨 있었다. 앤의 가슴이 거칠게 요동쳤다. 하지만 앤은 아무렇지도 않다는 듯 가볍게 대답했다.

"물론이지. 누구나 그렇잖아. 우리가 모든 꿈을 다 이룬다고 해도 마냥 좋지만은 않을 거야. 더는 이룰 꿈이 없다면 죽은 것이나 마찬가지일 테니까. 저기 낮게 내려앉은 태양이 들이마시는 과꽃과 고사리의 향기는 얼마나 달콤할까? 코로 냄새를 맡듯이 눈으로도 향기를 볼 수 있었으면 좋겠어. 틀림없이 무척 다채로운 모습일 거야."

길버트는 앤처럼 화제를 돌리지 않고 또박또박 말했다.

"내게는 꿈이 하나 있어. 결코 실현될 수 없을 거라는 생각도 종종 들었지만 계속해서 그 꿈을 간직해왔지. 바로 가정을 이루는 꿈이야. 그곳에는 벽난로 불도 있고 고양이와 개도 있고 친구들의 발소리도 들려. 그리고 네가 있어!"

앤은 무언가 말을 하고 싶었지만 적당한 단어를 떠올리지 못했다. 앤의 마음에 행복감이 파도처럼 밀려왔다. 겁이 날 만큼 엄청난 행복이었다.

"앤, 2년 전에 내가 네게 뭘 물어본 적이 있잖아. 오늘 그걸 다시 물어본다면 그때와 다른 대답을 해줄 수 있겠니?"

앤은 아직 아무런 말도 할 수 없었다. 하지만 무수히 많은 세대에 걸쳐 사람들을 매혹시켰던, 사랑으로 반짝이는 눈을 들어 한순간 그와 눈을 맞췄다. 이 순간 길버트에게는 앤의 눈빛만으로 충분했다.

두 사람은 마치 에덴동산에 어스름이 내린 것처럼 달콤한 황혼이 깃들 때까지 오래된 정원을 거닐었다. 이야기하고 추억할 것들이 참 많았다. 그동안 주고받았던 말과 행동, 듣고, 생각하고, 느끼고, 오해했던 것이 너무도 많았다.

"난 네가 크리스틴 스튜어트를 사랑한다고 생각했어."

앤이 길버트에게 말했다. 마치 자기는 로이 가드너를 사랑한다는 오해를 살 만한 일을 한 적이 없다는 듯 비난 섞인 투였다. 길버트는 어린아이처럼 웃었다.

"크리스틴은 고향에서 다른 사람하고 약혼한 상태야. 난 그 사실을 알고 있었어. 물론 내가 안다는 걸 크리스틴도 알았지. 크리스틴의 오빠가 졸업하면서 나한테 부탁했거든. 자기 여동생이 음악을 공부하러 겨울에 킹즈포트로 올 예정인데 아는 사람이 하나도 없어서 외로워할 테니까 살갑게 대해달라고 하더라. 그래서 부탁을 들어주었을 뿐이야. 친해지면서 알았는데, 크리스틴은 좋은 사람이더라고. 내가 아는 여자 중에서 가장 멋진 부류라고 손꼽을 정도였지. 크리스틴과 내가 서로 사랑하는 사이라는 소문이 학교에 퍼져 있다는 사실은 알고 있었어. 난 하나도 신경 쓰지 않았어. 앤, 네가 날 사랑할 수 없다고 말한 뒤부터 한동안은 누가 뭐라고 하든 상관없었거든. 내게 다른 사람은 없었어. 절대 없었지. 학교에서 네가 내 머리를 내리쳐 석판을 깨부순 날부터 내겐 언제나 너뿐이었어."

"내가 바보같이 행동했는데도 너는 어떻게 변함없이 날 사랑할 수 있었는지 모르겠어."

앤의 말에 길버트가 솔직하게 말했다.

"음, 단념하려고도 해봤어. 네가 지금 말한 것처럼 너를 바보라고 생각했기 때문은 아니야. 가드너가 등장한 뒤로 내겐 기회가 없다는 생각이 들어서 그랬지. 네가 로이와 결혼할 거라는 예상과 함께 살아온 지난 2년이 내게 어떤 의미였는지 네게 말할 수 없었고 지금도 차마 이야기하지 못하겠어. 참견쟁이들에게 네가 곧 약혼을 발표할 거라는 말을 매주 들을 때마다 내 마음이 어땠는지도 도저히 말 못 해. 열이 내려서 겨우 침대에 앉아 있을 수 있게 된 기적의 날이 올 때까지도 난 그 말을 사실로 믿고 있었어. 그때 필 고든한테, 아니, 필 블레이크한테서 편지를 받았어. 필은 네가 로이와 아무런 사이도 아니니까 다시 도전해보라고 충고해줬지. 음, 그리고 난 후 내 회복세가 어찌나 빨랐던지 의사 선생님도 놀랄 정도였어."

앤은 웃음을 터뜨렸다. 그런 다음 몸을 살짝 떨었다.

"길버트, 난 네가 죽어간다고 생각한 그 밤을 절대 잊지 못할 거야. 아, 난 드디어 알게 됐어. 그제야 알게 되었지만 너무 늦었다고 생각했지."

"하지만 늦지 않았잖아. 앤, 이걸로 모든 걸 보상받은 거야. 안 그러니? 우리에겐 선물 같은 오늘을 가장 완벽하게 빚어진 아름다운 날로 평생 간직해두자."

"오늘은 우리 행복의 탄생일이야. 난 항상 이곳 헤스터 그레이의 오래된 정원을 좋아했어. 그리고 이제부터는 전보다 더 소중한 곳이 되겠지."

앤이 부드럽게 말하자 길버트의 얼굴에 슬픈 표정이 스쳤다.

"하지만 난 네게 오래 기다려달라고 부탁해야만 해. 내가 대학에서 의학 과정을 마치려면 3년이나 걸리거든. 그리고 그 시간이 마침내 다가왔다고 해도 햇살 무늬 다이아몬드나 대리석 복도 같은 건 없을 거야."

앤이 웃었다.

"다이아몬드나 대리석 복도 따위는 가져보지 못한대도 좋아. 난 너만 있으면 돼. 이런 말을 거침없이 하는 걸 보면 나도 필만큼이나 뻔뻔한 것 같네. 물론 다이아몬드나 대리석 복도가 좋긴 하겠지만, 그런 것들이 없으면 상상할 거리가 훨씬 많아질 거야. 그리고 기다리는 것도 문제없어. 서로를 기다리면서 일하고 꿈을 꾸는 동안 우린 행복해질 테니까. 아, 이제는 꿈조차도 아주 달콤하겠지."

길버트는 앤을 바짝 끌어당기고 입을 맞췄다. 그런 뒤 두 사람은 사랑이라는 새 삶이 펼쳐진 왕국의 왕과 왕비가 되어 땅거미 속을 함께 걸었다. 오솔길 굽이굽이로 그 어느 때보다 단내를 풍기는 꽃이 흐드러지게 피어났고 황량한 초원에는 추억과 희망의 바람이 불어왔다.

✳ 꽃으로 장식하다

주일학교에 처음 가던 날, 앤은
들장미와 미나리아재비로 모자
를 장식한다(1권). 앤이 꺾은 들
장미는 우리나라에서 찔레꽃이
라고 부르는 것과 다른 품종이
다. 프린스에드워드섬의 숲과
들판에는 토종인 버지니아와
캐롤라이나를 비롯해 여러 종
류의 들장미가 자란다. 꽃잎과
열매를 가공해서 차, 잼, 기름,
세정제 등 다양한 제품으로 만
들 수 있다. 앤은 앨런 목사 부
부나 모건 부인처럼 집에 귀한
손님이 왔을 때 들장미로 식탁

북미 지역에서 볼 수 있는 들장미

산사꽃

을 풍성하게 장식했다.

"그건 지난여름에 죽은 꽃들의 영혼이고, 여긴 그 꽃들의 천국이 틀림없다고 생각하는 거예요"(1권). 앤이 마릴라에게 설명하고 있는 이 꽃은 바로 산사꽃이다. 산사나무는 초여름에 흰 꽃이 피고 가을에 붉은 열매가 열린다. 꽃 여러 송이가 무리지어 핀 모습이 무척 아름답기 때문에 정원이나 공원을 가꿀 때 많이 심는다. 유럽이나 북아메리카에서는 5월에 핀다고 해서 '메이플라워'(Mayflower)라고 부르기도 한다. 앤은 친구들과 산사꽃으로 화환을 만들어 모자를 장식했으며, 길버트가 자기에게 산사꽃을 주고 싶어 하자 이를 거절하기도 한다 (1권). 앤의 아들 젬은 어머니를 위해서 들에 나갈 때마다 이 꽃을 꺾어 온다(6, 7권).

앤은 초록지붕집 창가의 제라늄에 '보니'라는 이름을 지어준다 (1권). 마릴라가 꽃의 이름을 '사과향(apple-scented) 제라늄'이라고 알려준 것으로 미루어 앤의 집에 있던 품종은 '애플제라늄'인 듯하다. 꽃이 아름답고 오래가며 달콤한 향기가 나기 때문에 관상용으로 사

애플제라늄

랑받는다. 앤과 친구들이 주축이 되어 조직한 마을 개선협회가 환경 정비 사업의 하나로 길가에 제라늄 화단을 만들기도 했다(2권).

❋ 숲에서 만난 식물들

초록지붕집 근처의 시냇물을 건너면 가문비나무 숲이 나온다. 앤과 다이애나는 어두컴컴하고 스산한 이곳을 '유령의 숲'이라고 불렀다(1권). 가문비나무는 잎이 바늘처럼 뾰족하게 생긴 침엽수로, 높이가 30미터 넘게 자라며 사계절 내내 잎이 푸른 상록수다. 수꽃과 암꽃이 한 그루에서 피고 열매는 비늘 조각이 여러 겹으로 포개진 모습이다. 날씨가 추운 지역의 산지

프린스에드워드섬 곳곳에서
흔하게 볼 수 있는 고사리

산지의 가문비나무 숲

자작나무 숲

에서 잘 자라며, 건축재나 가구재로 널리 쓰인다.

앤은 숲을 거닐고 물가를 지날 때 주위를 자세히 살펴보곤 했는데 그때마다 고사리가 눈에 띄었다. 고사리는 꽃이 피지 않고 홀씨로 번식하는 양치식물이다. 어린잎은 요리 재료로 쓰고 뿌리줄기로는 녹말을 만든다. 양지와 음지를 가리지 않으며, 환경이 좋지 않은 곳에서도 잘 자라기 때문에 초록지붕집 근처나 연인의 오솔길, 자작나무 길, 드라이어드 거품 근처에서도 쉽게 볼 수 있었다.

자작나무는 여느 나무와 다르게 껍질이 하얀색이라 먼 곳에서도 눈에 띈다. 나무껍질이 종이처

초록지붕집 유적지 방문객들이
근처의 자작나무에 남긴 낙서

럼 벗겨지는데, 옛 사람들은 여기에 글을 쓰거나 그림을 그렸다. 몽고메리도 자작나무 껍질에 글을 쓰곤 했다. 자작나무는 양지바른 곳에서 잘 자라며 정원이나 길가에 많이 심는다. 앤과 다이애나는 자작나무가 길게 늘어선 길을 따라 학교를 오갔다. 다이애나는 그곳에 '자작나무 길'이라는 이름을 붙였지만, 앤은 그 이름을 마음에 들어 하지 않았다(1권).

✱ 정원을 장식한 식물들

앤의 방 창문 앞에는 특별한 나무가 있다. 앤이 '눈의 여왕'이라는 이름을 지어준 벚나무다(1권). 벚나무는 장미과에 속하는 식물로 다양한 종류가 있다. 꽃 색깔은 분홍색 또는 흰색인데, 앤의 집에 있던 벚나무에는 새하얀 꽃이 피었다. 열매인 버찌는 식재료로 쓰인

프린스에드워드섬에서
볼 수 있는 벚꽃

개양귀비

다. 앤에게 소중한 친구이자 추억의 대상이었던 이 나무는 앤이 대학에서 공부하느라고 집을 떠나 있는 동안 강풍을 맞아 쓰러지고 말았다(3권).

앤의 잉글사이드 저택 뜰에는 양귀비가 무리 지어 자란다. 앤의 아들 월터가 실수로 쏟은 씨앗들이 그 자리에서 싹을 틔운 것이다(6권). 프린스에드워드섬에서는 '셜리 양귀비'라고 부르는 개양귀비를 쉽게 볼 수 있다. 아편의 원료인 양귀비와는 다른 식물이다.

개양귀비는 싹이 튼 이듬해에 꽃이 피고 열매를 맺는 두해살이풀이다. 5월경에 붉은색, 자주색, 흰색 꽃을 피우며, 줄기 전체에 털이 있다.

앤의 잉글사이드 저택 정원에는 붉은색, 흰색, 분홍색 작약이 활짝 피어 있다. 그 집에서 일하는 수전이 심고 가꾼 것이다. 마을에서 가장 멋진 작약이라 수전은 몹시 자랑스러워한다(8권). 여러해살이풀인 작약은 꽃이 크고 아름다워 관상용으로 많이 재배한다. 뿌

작약

리는 약재로 쓴다. 5~6월에 꽃이 피며 둥글고 길쭉한 잎이 어긋맞게 난다. 작약은 꽃의 생김새가 비슷한 모란과 혼동할 수 있는데, 작약은 풀인 반면 모란은 나무이며 잎의 모양이 달라서 쉽게 구별할 수 있다. 모란의 잎은 앞부분이 세 갈래로 갈라져 있다.

✱ 특별한 의미가 담긴 꽃

레드먼드 대학 졸업식을 앞두고 앤은 두 남자에게 꽃을 받는다. 대학에서 만난 로이 가드너는 제비꽃을, 어린 시절부터 친구였던 길버트는 은방울꽃을 보내왔다. 결국 앤은 6월이면 초록지붕집 정원에 피어났던 은방울꽃을 선택했다(3권). 은방울꽃은 여러해살이풀로 땅속줄기가 길게 뻗으면서 자란다. 꽃줄기에 작고 하얀 방울이 대롱대롱 매달린 듯한 꽃송이가 무척 아름다울 뿐 아니라 향기가 은은해서 관상용으로 많이 심는

은방울꽃

다. 꽃말은 '순결', '다시 찾은 행복'이다. 앤은 자기가 태어난 집을 상상할 때마다 활짝 핀 은방울꽃을 떠올린다. 다이애나의 결혼식에서는 은방울꽃을 머리에 꽂고 들러리를 서기도 했다.

　어느 날 앤이 하얀 수선화를 한 아름 안고 부엌에 들어섰을 때 매슈가 정신을 잃고 쓰러졌다. 결국 매슈는 숨을 거두고 말았다. 그 뒤로 앤은 한동안 수선화를 볼 수도, 향기를 맡을 수도 없었다(1권). 꽃을 볼 때마다 좋지 않은 기억이 떠올랐기 때문이다. 수선화는 열매를 맺지 못하기 때문에 땅속의 비늘줄기로 번식하는 식물이다. 추위에 강하며 봄에 흰

수선화

색 또는 노란색 꽃이 핀다. 이 꽃의 이름에 얽힌 이야기가 있다. 그리스신화에 등장하는 미소년 나르키소스가 연못에 비친 자기 모습에 반해서 빠져 죽었는데, 그 자리에서 피어난 꽃이 바로 수선화(Narcissus)였다는 것이다. '자기애'(自己愛)를 뜻하는 용어인 '나르시시즘'(narcissism)도 이 이야기에서 유래했다.

그린이 유보라

대학에서 애니메이션과 만화를 공부했다. 현재 일러스트레이터이자 문구 디자이너로 바쁘게 활동하고 있다. 특히 어릴 적 누군가 찍어 주었던 사진 속 아이처럼 마냥 행복했던 그 순간을 사람들에게 전하고 있다.

옮긴이 오수원

대학과 대학원에서 영어영문학을 공부하고 현재 파주 출판도시에서 동료 번역가들과 '번역인'이라는 작업실을 꾸려 활동하고 있다. 철학, 역사, 예술, 문화 관련 양서를 우리말로 맛깔나게 옮기는 것이 꿈이다. 총 8권에 이르는 빨간 머리 앤 전집을 번역하면서 작가 몽고메리가 펼쳐놓은 인간의 우정과 신의, 자연과 영성에 대한 섬세한 감성, 상실에 대한 쓰라린 통찰을 독자에게 전하려 했다.

빨간 머리 앤 전집 3

레드먼드의 앤

1판 1쇄 발행 2023년 6월 14일
1판 2쇄 발행 2024년 3월 11일

지은이 루시 모드 몽고메리
그린이 유보라
옮긴이 오수원
발행인 박명곤 **CEO** 박지성 **CFO** 김영은
기획편집1팀 채대광, 김준원, 이승미, 이상지
기획편집2팀 박일귀, 이은빈, 강민형, 이지은
디자인팀 구경표, 구혜민, 임지선
마케팅팀 임우열, 김은지, 이호, 최고은

펴낸곳 (주)현대지성
출판등록 제406-2014-000124호
전화 070-7791-2136 **팩스** 0303-3444-2136
주소 서울시 강서구 마곡중앙6로 40, 장흥빌딩 10층
홈페이지 www.hdjisung.com **이메일** support@hdjisung.com
제작처 영신사

© 현대지성 2023

"Curious and Creative people make Inspiring Contents"
현대지성은 여러분의 의견 하나하나를 소중히 받고 있습니다.
원고 투고, 오탈자 제보, 제휴 제안은 support@hdjisung.com으로 보내 주세요.

현대지성 홈페이지

이 책을 만든 사람들
편집 김준원 **디자인** 구경표